译文纪实

Faster, Higher, Farther
The Volkswagen Scandal

Jack Ewing

[美]杰克·尤因 著　　　　吴奕俊 鲍京秀 译

"排放门"

大 众 汽 车 丑 闻

上海译文出版社

此书谨献给我父亲，他为环保事业奋斗终生，

正因他的不懈努力，才成就此书。

目　录

帝国崛起

大众汽车主宰世界之路

1937　纳粹劳工阵线成立了一家公司，想要打造一款"人民汽车"，即大众汽车（Volkswagen）。人们所熟悉的大众圆形 VW 标志由弗兰茨·克·莱姆斯皮斯设计，他是费迪南德·保时捷设计部的发动机专家。

1965　大众汽车从戴姆勒–奔驰公司（Daimler-Benz）手上买下了汽车同盟（Auto Union）。

1969　大众汽车将汽车同盟与 NSU 汽车公司合并，组建了奥迪（Audi）。

1986　大众汽车收购西班牙国有汽车制造商西雅特（SEAT），收购前已与之联合生产汽车。

1991　东欧共产主义垮台后，大众汽车从捷克政府手中收购斯柯达（Skoda），斯柯达成了大众汽车旗下的低端品牌。

1998　为提升市场，大众汽车收购英国豪华汽车制造商宾利汽车（Bentley Motors）、意大利跑车制造商兰博基尼（Lamborghini）和前景惨淡的奢侈品牌布加迪（Bugatti）。

2008　大众汽车成为瑞典卡车制造商斯堪尼亚公司（Scania）的大股东。

2011　大众汽车收购德国卡车制造商曼恩集团（MAN）的大部分

股权。

2012　大众汽车收购保时捷（Porsche），保时捷是与其长期合作的跑车制造商。这笔交易使得保时捷家族和皮耶希家族拥有了大众汽车大部分的表决权股。

2013　大众汽车收购意大利摩托车制造商杜卡迪（Ducati）。

2015　大众汽车的汽车销售量首次超越日本丰田汽车公司（Toyota），大众汽车一跃成为世界上最大的汽车制造商。

保时捷家族、皮耶希家族与大众汽车

（对大众汽车历史影响最深远的家族成员）

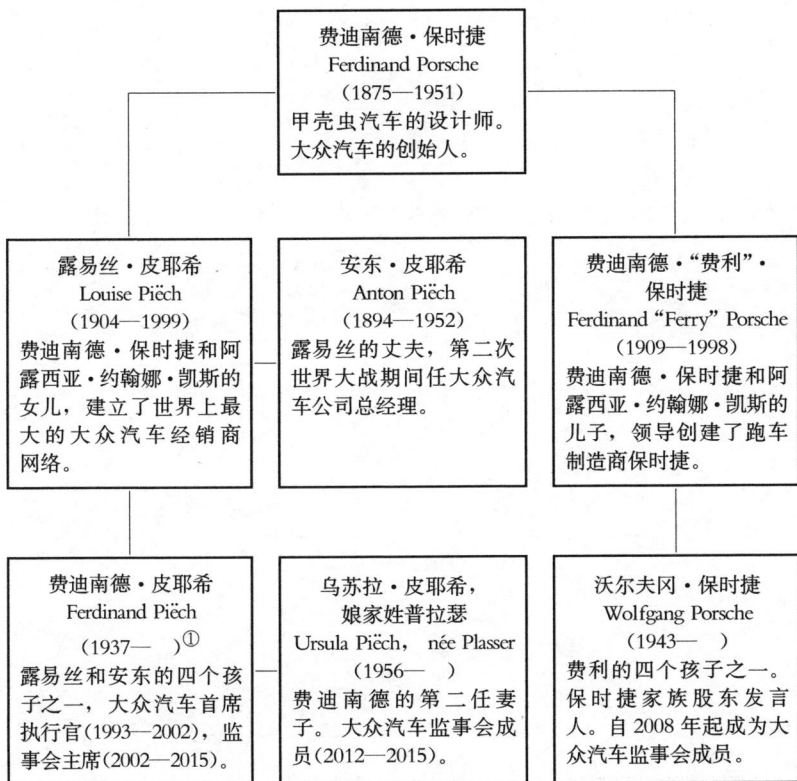

费迪南德·保时捷
Ferdinand Porsche
（1875—1951）
甲壳虫汽车的设计师。
大众汽车的创始人。

露易丝·皮耶希
Louise Piëch
（1904—1999）
费迪南德·保时捷和阿露西亚·约翰娜·凯斯的女儿，建立了世界上最大的大众汽车经销商网络。

安东·皮耶希
Anton Piëch
（1894—1952）
露易丝的丈夫，第二次世界大战期间任大众汽车公司总经理。

费迪南德·"费利"·保时捷
Ferdinand "Ferry" Porsche
（1909—1998）
费迪南德·保时捷和阿露西亚·约翰娜·凯斯的儿子，领导创建了跑车制造商保时捷。

费迪南德·皮耶希
Ferdinand Piëch
（1937—　）①
露易丝和安东的四个孩子之一，大众汽车首席执行官（1993—2002），监事会主席（2002—2015）。

乌苏拉·皮耶希，娘家姓普拉瑟
Ursula Piëch, née Plasser
（1956—　）
费迪南德的第二任妻子。大众汽车监事会成员（2012—2015）。

沃尔夫冈·保时捷
Wolfgang Porsche
（1943—　）
费利的四个孩子之一。保时捷家族股东发言人。自 2008 年起成为大众汽车监事会成员。

① 本书英文版初版于 2017 年 5 月，费迪南德·皮耶希已于 2019 年 8 月过世。
——编注

第一章 公路之旅

2013 年春天，美国西弗吉尼亚大学的研究生驾车穿行在加利福尼亚州的高速公路上，这景象十分有趣。他们驾驶着一辆大众捷达旅行车，后备厢里塞着一连串软管硬管，用五金店买的夹子和托架固定住。汽车后部载物区的胶合板上放置着一个盒子，汽车排气管排出的尾气通过这些软管，进入到这个神秘的灰色盒子里。盒子旁边是一台本田牌便携式发电机，用螺栓固定在胶合板上，散发着臭味，发出可怕的响声。来自印度的赫门特·卡普潘纳（Hemanth Kappanna）和来自瑞士的马克·贝施（Marc Besch）忍受着噪声和尾气。他们必须得忍受。发电机用于驱动整套装置。

人们直盯着他们看。一个好奇的警察甚至盘问了他们。这个临时装置总是出故障。发电机经受不了太多碰撞，需要经常更换，这使得资助款慢慢耗尽。西弗吉尼亚大学为卡普潘纳、贝施和阿尔温德·蒂鲁文加丹（Arvind Thiruvengadam）的这个项目筹集到七万美金，不算太多。一次故障后，贝施和蒂鲁文加丹在一家大型家装用品店的停车场度过了大半个晚上，试图让装置恢复正常运转。但是学生们所做的工作至关重要——比他们当时想象的要重要得多。他们在测试捷达的排放物，尤其是氮氧化物，这类气体对人类健康和环境有着一系列可怕影响。氮氧化物会令儿童患上哮喘，使得罹患哮喘者病情恶化。它们还会引发慢性支气管炎、癌症和心血管疾病。人们已经了解到，城市地区氮氧化物超标会导致因心脏病突发而被送进医院急诊室的人数激增。它还是造成全球变暖的主要原因之一，对酸雨的"贡献"要比等量的二氧化碳大得多。氮氧化物还会与阳光反应，产生雾霾。雾霾笼罩着城市，尤其是洛杉矶，而这几名学生大部分时光都在洛杉矶度过。洛杉矶因其独特的汽车文化，充足的阳光和碗状的地形，成为雾霾的理想栖息地。洛杉矶是全美空气质量最糟糕的城市，氮氧化物要承担主要责任。

学生们之所以选择大众捷达汽车作为测试对象，是因为捷达是美国为数不多装有柴油发动机的一款汽车。在西弗吉尼亚大学替代燃料、引擎和排放中心（CAFEE）的负责人丹·卡尔德（Dan Carder）的监督下，他们对柴油驱动的大众帕萨特和宝马 SUV 进行测试。CAFEE 以专门测量和分析汽车尾气所含物质而闻名。相较于汽油动力汽车，柴油车的燃油利用率更高，二氧化碳产生量更少。但是，柴油车排放的氮氧化物远远超过汽油车，因为柴油的燃烧温度高于汽油。热量使得柴油发动机变成氮氧化物的温床，将大气中的氮和氧结合，形成有害的氮氧化物分子。

大众汽车声称捷达和帕萨特都是"清洁柴油"汽车。他们为汽车配备了相应技术，清除尾气中的氮氧化物。这家德国汽车制造商甚至花费数百万美元，试图说服美国人，柴油车是丰田混合动力车的一种环保替代品。然而，西弗吉尼亚大学的学生们开车环游洛杉矶、旧金山，甚至到达了西雅图，看到的景象却并非如此。一个学生开着车，另一个学生坐在副驾驶座位上，用笔记本电脑监测数据。即使专家在场，可能也会对他们的行为感到困惑。20 世纪 90 年代便有了测量道路排放物的技术，但很少用于乘用车。政府监管机构更倾向于在实验室中测试汽车的各项指标，因为在实验室中更容易控制所有的变量，如气压、空气温度，这些因素都会影响到排放物的各项数据。学生们所做的工作不完全是革命性的，但还是出乎人们的意料。

西弗吉尼亚小组从加州空气资源委员会（该州维护清洁空气的执法者）处借来有特殊配置的车库，在滚轴上测试捷达和帕萨特的排放情况，并未发现任何异样。但是，当学生们驾驶大众捷达行进在公路上，连接上他们自己的装置，汽车开始产生大量的氮氧化物，远远超出控制标准。事实上，捷达制造出的氮氧化物远超现代长途柴油卡车。帕萨特的情况要稍微好些，但是仍然超出法律限定标准。同样参加测试的宝马在大多数路况测试下排放都是达标的，仅在少数爬坡路况下高出标准。

　　卡普潘纳琢磨不透。按照他的预估，随着时间的推移，大众汽车的平均排放量会接近法律限定标准。但情况并非如此。"啊呀，"卡普潘纳心想，"可能是变量没有控制好。"他和同伴觉得存在某种神秘的技术问题。污染控制系统就像是复杂的流动化学实验室，尽力中和所有有毒物质，这些有毒物质是现代社会流动性的副产品，不仅包括氮氧化物，还包括其他污染物，如甲醛和烟尘颗粒。设计系统和编写发动机电脑程序的工程师们必须同时管理几十种变量。阀门堵塞或软件错误都很有可能使系统紊乱。

　　卡普潘纳和同伴从来没怀疑过大众公司隐瞒了事实真相。像几乎所有汽车行业的工作者一样，他们真心敬仰德国工程。毕竟，卡尔·本茨（Carl Benz）在1886年申请专利，标志着第一辆实用汽车的问世，而本茨正是德国人。从那以后，费迪南德·保时捷等德国发明家一直走在汽车技术的最前沿。宝马、梅赛德斯-奔驰和大众奥迪在高端汽车市场占据主导地位。仅仅因为它们是德国制造，消费者心甘情愿为它们花上更多钱。汽车制造业支撑起了整个德国经济的大片江山。没有哪个国家能在汽车制造业上与德国相媲美。"清洁柴油"的概念或许是个天大的谎言，而这个谎言竟会被几名资金不足的大学研究人员揭露——他们这辈子做梦都没想到过这些。

第二章　费迪南德之孙

大众汽车的诞生始于一次宣传运动。早在 20 世纪 20 年代，德国工程界和政治界就一直在讨论如何制造出大众能够消费得起的汽车，一款人民汽车，也就是大众汽车。民族自豪感是催生大众汽车问世的部分原因。尽管卡尔·本茨发明了汽车，但让德国人感到懊恼的是，美国人亨利·福特让汽车成为老百姓能够消费得起的新型交通工具。1938 年，德国每五十人才拥有一辆汽车。而在美国，每五人就有一辆汽车，其中自然有福特的一份功劳。

1933 年，希特勒执政后，很快利用了发明人民汽车的想法，并将其纳入纳粹组织的威望工程之中。他命令，这款车的售价不得超过一千帝国马克（reichsmark），之所以这样定价，是因为这个数字好听罢了，而不在于实际的可能性几何。可行性从来就不是重点。纳粹党声称生活水平即将得到提高，大众汽车的出现是为了证明这不是一句空话。背后还另有玄机。大众汽车为希特勒在德国铺设高速公路提供了合理依据，从而掩盖他们真实的军事目的。高速公路车道分隔，进入公路有一定条件的限制，这一切都是为了让国防军（Wehrmacht）能够快速到达国防边境。

元首希特勒想要一辆人民汽车，但戴姆勒-奔驰或已被美国通用汽车公司收购的亚当·欧宝（Adam Opel）等老牌汽车制造商并不想要。对于这个希特勒特别钟爱的项目，他们只是口头上敷衍罢了，不过他们还是对国家赞助新竞争对手的这个想法感到忧虑。汽车制造商行业协会本应监管这个项目，不能公开发表反对意见。他们能做的就是暗中打压新汽车的设计者：工程师费迪南德·保时捷，他是希特勒面前的大红人。保时捷经营着一家独立的设计工作室，正深受财务问题的困扰。协会仅给他二十万马克的微薄预算，让他完成这个项目。其中预付款只有两万五千马克。

但德国汽车行业的领袖们低估了保时捷的决心和对工程的满腔热忱。保时捷来自苏台德地区，第一次世界大战之前，此地曾是奥匈帝国的领土，后来成为捷克斯洛伐克的一部分。汽车行业刚刚起步时，保时捷就已是知名人物了。19世纪末到20世纪初，保时捷打造出电池动力汽车。第一次世界大战期间，他在斯柯达汽车厂负责监管奥匈帝国火炮的机动化事宜，斯柯达汽车厂位于如今的捷克共和国。（多年后，柏林墙倒塌，大众收购了斯柯达。）战争期间，作为独立承包商，保时捷为戴姆勒-奔驰和汽车联盟（后成为奥迪的一部分）设计并生产了一系列创新型赛车。他从未获得过大学学位，很大程度上依赖于自学，但保时捷作为工程师的名声很响，约瑟夫·斯大林都想邀请他到苏联帮忙监督汽车工业。

1934年3月，希特勒邀请保时捷到柏林，共同商讨大众汽车项目。他们在帝国总理府附近的豪华酒店凯瑟霍夫会面，希特勒执政前曾在此小住。希特勒对这位工程师印象颇佳，三个月后便正式将项目交给他。这项任务艰巨异常，但保时捷无须从零开始。他的工作室曾为客户定制汽车，部分设计没有被采纳，保时捷便将它们重新利用起来。斯图加特的保时捷设计局为一家德国摩托车制造商打造了一款测试车，名为保时捷32型，该公司曾考虑进军汽车行业，最后关头却打了退堂鼓。32型的车身设计与大众公司的一款汽车惊人地相似，部分技术特征甚至一模一样，如汽车后部的风冷发动机，省去了散热器，减轻了车身重量。

保时捷意识到老牌汽车制造商正试图削弱他的力量，使得他确信要与希特勒建立良好关系。1935 年 12 月 29 日，保时捷在儿子费迪南德（人们一般称他为费利）和女婿安东·皮耶希的陪同下，驾驶一辆原型样车，从斯图加特驱车前往慕尼黑。安东·皮耶希当时已是纳粹党成员。（皮耶希发音为 "pee-echhh"，"ch" 发轻喉音。）在慕尼黑，他们见到了希特勒，并向他提交了一份进度报告。希特勒大喜。保时捷能直接与希特勒联系，从而保护了自己免受其他汽车制造商的影响，这些制造商们仍试图确保大众汽车永远无法投入生产。竞争对手坚持认为，这辆车必须通过五万公里（约三万英里）的道路测试，才能投入生产。这远远超出当时任何一辆新车所能承受的范畴。保时捷的拥护者后来坚称，他对纳粹组织无感。但他更愿意利用与希特勒的关系，来实现自己在工程领域的雄心壮志。

老牌汽车制造商对保时捷的敌意最终伤及自身。德国劳工阵线（*Deutsche Arbeitsfront*）感受到他们明显缺乏热情，便在 1937 年接管了大众汽车项目。这个阵线是纳粹控制的一个组织，希特勒上台后便强行吞并了独立工会。它还没收了工会财产，将其中一部分资金用于资助建造大众汽车工厂。窃取工人财产的行为后来产生了重要的影响。战后，作为放弃要求赔偿的回报，大众汽车员工赢得了公司管理层的话语权。即使按照德国的衡量标准，这一举措也是非同寻常的。有了话语权，大众监事会工人代表可以否决关闭工厂的计划。这一举措同时也是劳资合作中最伟大的实践之一。不知不觉中，纳粹组织为其奠定了基础。

随着汽车设计的发展，人们开始思考如何大规模生产汽车。那时，保时捷已年逾花甲，从当时留下来的照片来看，他神情严肃，体格较为健壮，稀疏的头发向后梳着，胡子十分浓密。当事情没有达到预期结果，他就会大发雷霆。1937 年，保时捷访问美国，参观了福特工厂，甚至招募了一些有德国血统的福特公司高管。他计划建一家工厂，刻意模仿福特的大规模装配方法。新工厂选址靠近法勒斯雷本，位于汉诺威和柏林铁路沿线附近的一个城镇。除了四通八达的铁路，该地还与米特尔兰运河接壤，这是一条人工水路，让工厂发电厂能用驳船运送煤炭。此外，该工厂与外界隔绝，与德国任何一个主要人口中心的距离都不算近。城市位于运河的另一边，这样的地理位置使人们形成了一种狭隘的世界观，几十年后，大众汽车因此大伤元气。与慕尼黑的宝马和斯图加特的戴姆勒不同，大众远离城镇，地处偏僻。

　　1938 年 5 月 26 日，希特勒亲自在大众汽车厂奠基仪式上发表讲话。到场观众七千余人。希特勒宣布，这辆车将被命名为"KdF 汽车"，"KdF"是德语"*Kraft durch Freude*"的简称，意即"力量来自欢乐"。保时捷的设计与后来闻名于世的大众甲壳虫汽车相似度极高。就车的外观而言，这个绰号再合适不过。后置的风冷发动机为汽车省去了散热器格栅，因此，保时捷将 KdF 汽车的前端设计成圆形，车顶也是相似形状，挡泥板凸起，尽量减少风的阻力。再配上凸出的大圆头灯，这辆车让人联想起某种半机器半虫的生物。不过，这或许不完全是原创设计。后来，保时捷被指控抄袭汉斯·莱德温卡的汽车设计元素，莱德温卡是捷克汽车制造商太脱拉的首席汽车设计师。莱德温卡的设计确实与保时捷所设计的车身形状类似，同样有后置的风冷发动机。莱德温卡将保时捷告上法庭，但 1939 年 3 月德国军队入侵捷克斯洛伐克，军方出面撤销了对保时捷的诉讼。KdF 汽车的售价为 990 马克，相当于当时的 396 美元。最后，还要加上 250 马克的保险和送货费。按照分期付款计划，德国人每周需支付 5 马克，理论上来说，四年半后他们便可以拥有一辆汽车。当时，市面上最便宜的汽车售价约为 1 700 马克。这辆车让普通德国人有机会获得现代化的代步工具，这与"人民收音机"（*Volksradie*）的做法如出一辙。"人民收音机"是纳粹组织的另一个项目，人们只需花费 14 美元，便能收听到无线电广播。

然而，在当时的一些局外人看来，KdF 汽车只是口号响亮，现实并非如此美好。他们质疑德国以广告承诺的价格交付车辆的能力，不管怎样，这个价格超出了大多数德国人的承受范围。《纽约时报》记者奥托·托利舒斯因其对战前德国的报道而名声大噪。1938 年，他指出，这辆车的价格一直在上涨，德国通往大规模流动的道路"既长又陡"。托利舒斯是将此车叫做"甲壳虫"的第一人，后来这个绰号越来越响亮。

希特勒野心勃勃，对大众汽车寄予厚望，到了近乎痴狂的地步。希特勒承诺，1946 年，当该厂全面投入生产，汽车年产量将达到 150 万辆。就连福特公司也得甘拜下风。这家工厂不仅是世界上最大的汽车制造厂，还是世界上最大的工厂。出于对自身发展的考虑，大众执着于"做大"，这后来帮助它从战争中幸存了下来。

1939 年 6 月 7 日，希特勒再次参观了大众汽车厂，可以说，这个汽车厂在各个方面都算是实现了他的部分雄心。汽车厂的建筑群沿着米特尔兰运河河岸足足延伸了一公里多。砖墙建筑临水而建，墙面上嵌着高而窄的长方形窗户，砖砌围护墙之间间距相等，朝前凸出，墙上还嵌着一级级楼梯。这样的建筑很难不吸引人们的目光。厂房内部，钢筋或混凝土柱支撑起整个高耸的屋顶，屋顶上方是一排排倾斜的天窗，自然光透过天窗射入室内。

但是 1939 年 9 月，大众汽车还没来得及开始投入大规模生产，德国就入侵波兰，大众汽车接到命令，将重心转至军事生产。事实证明，与纳粹组织的宏伟承诺相比，KdF 汽车的产量实在少得可怜。战争结束时，工厂只生产了 640 辆民用汽车，都被精英阶层收入囊中。33.6 万德国人每周按时支付 5 马克，但这笔钱花得根本就不值得。

工厂没有制造大众汽车，而是为 Ju - 88 轰炸机提供维修服务，这是一种双引擎俯冲轰炸机，在不列颠之战期间曾对朴茨茅斯和怀特岛造成严重破坏。该厂还生产各种军工产品，包括野战烤箱、地雷、V-1火箭零部件和铁拳。铁拳是一种手持反坦克武器，在纳粹阻止盟军进攻的最后关头发挥了重要作用。战争最后的几个月里，纳粹向包括妇女、儿童和老人在内的数千平民分发了这些武器。

直至战争结束，大众生产了约6.6万辆汽车，这仅是计划的一小部分。最重要的莫过于水桶车（*Kübelwagen*），由费迪南德·保时捷亲自操刀设计，设计以KdF汽车的组件为基础。水桶车实际上是军用甲壳虫，相当于是德国国防军的吉普车。这很早就证明，保时捷为大众设计的车适应性强，用途广泛。（20世纪70年代，大众汽车在美国发售了一款被称为"那玩意"的车，销售时间不长。该车配有可移动车门和折叠式风挡，与水桶吉普车相似之处显而易见。）这辆车甚至有水陆两栖型，即166型军用水陆两栖车（*Schwimmwagen*）。

另外，费迪南德和他的儿子费利设计了早期的虎式坦克，原计划由德国军火制造商克虏伯生产。虎式坦克是个著名的失败案例。希特勒希望保时捷设计出一种坦克，能超越俄国装甲车，就像他设计的赛车能笑傲战前赛道一样，这款坦克能成为驰骋战场的巨兽。要是德国的装甲坦克有大众汽车那么好，局势本将有所改善。保时捷的虎式坦克设计相当复杂，但东线战场路面泥泞不堪，根本不适合这种过分讲究的坦克作战。在整个战争过程中，德国一直在努力制造坦克，希望自己的坦克和苏联红军的坦克一样，作战高效、坚不可摧、易于维护。"这简直太愚蠢了。"提及费迪南德和费利·保时捷设计的坦克时，历史学家威廉·曼彻斯特写道，"它们不该出现在兵工厂，相比之下，玩具店更适合它们。"

很有可能，无意之中，费迪南德和费利·保时捷为二战盟军付出的努力，比他们对德国战争事业的贡献还要大。他们浪费宝贵原材料打造的武器，在战场上不过是纸老虎罢了。随后几十年，事实也充分显示出，保时捷家族迷恋精巧的设计，但这些巧夺天工的机械造价高昂，性能不稳定，很不实用。不过有一种保时捷设计的坦克确实派上了实际用处。数年后，在斯图加特的保时捷跑车厂，保时捷设计的豹式坦克被用来压扁废弃的新型跑车的原型样车，以免它们落入竞争者手中。

1942年夏天，费迪南德·保时捷的部分家庭成员参观了KdF汽车城。他的外孙费迪南德·皮耶希也在其中，他是露易丝·保时捷和安东·皮耶希之子。母亲露易丝是外祖父费迪南德·保时捷的掌上明珠，父亲安东曾任大众汽车公司总经理。很明显，那年夏天，年仅五岁的小费迪南德不仅继承了外祖父的名字，还继承了他对机器的痴迷。这个小外孙喜欢在保时捷工程局里四处游荡。工程局已迁至奥地利，在一排排绘图桌上，老费迪南德的雇员们忙于各种技术项目。费迪南德·皮耶希后来回忆，当他吹嘘德国很快就会发明出直冲云霄的火箭，这番言论在成年人中引起了不小的轰动。费迪南德·皮耶希当时还是个小不点，无意中听到人们谈论V-2导弹的最高机密，V-2导弹就是德国后来向英国发射的弹道导弹。

在KdF汽车城，小费迪南德整天乘坐运送燃料和原材料的火车，穿梭在工厂大楼间。在火车司机的照看下，他帮忙铲煤，能看到一排排待修理的轰炸机。对一个还没到上学年龄的孩子来说，这样的游乐场着实有些奇怪。当时，德国国防军正加紧准备攻打斯大林格勒。次年，德国惨败，寥寥收场，战争由此进入新的转折点。英美的远程轰炸机已开始攻击德国城市。1944年，KdF汽车城才遭到轰炸，但它原本就是英美的轰炸目标。工厂使用了大量奴工，包括俄罗斯战俘、波兰等沦陷国家的妇女和集中营（包括奥斯威辛集中营）的犹太人。截至1944年，大众汽车厂三分之二的劳动力，约莫两万人，都是被迫进行劳动生产的。

保时捷家族可不是寻常人家，一家人的大部分时光都在阿尔卑斯山的滨湖采尔度过，享受着田园牧歌般的生活。孩子们五岁时就开始学习开车的基本知识，坐在自家的 KdF 汽车前排的副驾驶座位上，练习操纵汽车的变速杆。（不用说，尽管该款汽车产量极低，保时捷家族自己还是拥有一辆的。）在那个年代，即使对成年人而言，换挡也很有难度，更不用说孩子了。KdF 汽车没有同步变速器，这意味着换挡需要脚踩离合器踏板，将变速杆移入空挡位置，然后松开离合器踏板，再踩油门。这样做是为了使传动轴和变速箱齿轮以相同的速度旋转，令它们顺利啮合。然后，司机脚踩离合器，把变速杆移至相应挡位。在皮耶希家，大人们在操作离合器和油门踏板时，孩子们要及时操纵变速杆换挡。如果孩子们选错换挡时机，变速箱齿轮便会发出令人难以忍受的摩擦声。在这种情况下，孩子们将有一段时间被禁止参与换挡操作。

小费迪南德是个相貌俊美的小家伙，双眼炯炯有神，但或许他当时太过年幼，没有注意到工厂里的许多工人都是营养不良的囚犯和奴工。几十年后，小费迪南德也只是记录了他对工厂的痴迷和工厂里所发生的事情。那年夏天，他和母亲一起散步，两人走了很长一段距离。散步途中，母亲问他长大后想做些什么。"我说，"费迪南德·皮耶希后来写道，"我想有天能在这家工厂工作，但我不想和父亲与外祖父一样，在办公桌前和设计图纸打交道。我想去工人们工作的地方，他们修理飞机，乘坐火车，我也想要在那里用自己的双手做实实在在的工作。"这种信念就像是一颗种子，深深扎根于小费迪南德心中。几十年后，它指引着费迪南德·皮耶希不断前进，并对大众汽车的历史产生了深远影响。

后来，费迪南德·保时捷在纳粹战争中充当的角色并不光彩，但皮耶希后来为他的外祖父找借口，他说外祖父不懂政治中的尔虞我诈，这其中也包括，他的外祖父对强制劳工所遭受的苦难或纳粹政权的残酷暴行毫不知情。实际上，保时捷充分显示出自己精明的政治头脑，知道如何利用自己与希特勒的关系，满足自身利益需求。一个成年人竟能够忽略工人是在何等恶劣的环境中辛苦工作的，这几乎不可能。即使是工人中间待遇最好的，如波兰妇女，也是吃不饱穿不暖，就算生病了也得不到药物。待遇最差的当属集中营里的俘虏了，他们大多是犹太人。由于劳动力严重短缺，公司经理们想要维持工厂的高产量，便让他们进入工厂。他们经常遭到希特勒党卫军的殴打，吃的食物少得可怜。寒冷的冬季，他们身上的集中营囚服单薄如纸，却还得继续工作。死亡早已是司空见惯的事情。工厂里的大多数犹太人都来自奥斯威辛集中营，的确，这里的条件要比奥斯威辛好一点儿，但他们的生活仍然十分凄惨。

或许，对新生儿的暴行展露出战时大众汽车厂最残忍的一面。萨拉·弗伦克尔是波兰籍犹太妇女，假冒身份在大众汽车工厂担任护士。据她描述，当时，工人的孩子出生后不久便被带离母亲身边，工厂北部的吕亨村有一个"儿童之家"，孩子们被寄养在那儿。"蹒跚学步的孩子们躺在一片污秽之中，身上散发着尿液和粪便的味道。食物糟糕透顶，水也严重缺乏。"弗伦克尔后来回忆道，"孩子们生得如此漂亮，可他们最终都夭折了。"据历史学家统计，在吕亨村"儿童之家"，因疾病和疏于照料而死亡的孩子多达 365 人。汉斯·科贝尔是党卫军医生，负责监督儿童设施，后被英国军事法庭判处战争罪，于 1947 年被处以死刑。

德国历史学家汉斯·蒙森对二战时期的大众汽车进行了详尽的研究，他总结道，保时捷对大众工厂所发生的罪行"睁一只眼闭一只眼"。他如此专注于技术和生产目标，故意对人力成本视而不见。

大众汽车并非德国企业中唯一一家剥削强制劳工的公司。许多德国大企业，包括戴姆勒、宝马和西门子，都曾犯下类似的罪行。但是大众雇用的奴工数量之多令人发指，它开创了剥削奴工的先河。二战爆发时，工厂急缺熟练工人，大众便试图用外国人来弥补劳动力缺口，而这些外国人大多都受到胁迫。战争高峰时期，大众工厂 80% 的工人都是外国人，而在整个德国工业中，外国劳动力平均比例为30%。后来，大众向幸存的奴工支付了赔偿金，但坚称责任应归咎纳粹政权，与大众无关。对于蒙森笔下所描绘的费迪南德·保时捷的形象，保时捷家族和皮耶希家族成员怨声载道，他们指责蒙森试图用祖父的行为来抹黑他们家族。

1944年4月8日，二战盟军首次对大众汽车厂发起攻击。美军第八空军轰炸机投掷了146吨炸弹和燃烧弹，造成13人死亡，其中包括4名强制劳工。大部分破坏集中在办公区域。6月，诺曼底登陆日后不久，盟军又发动了两次突袭，这两次突袭都是十字弓行动的一部分，英美试图联合摧毁德国生产V-1导弹的据点，不让德国有威胁英国的资本。部分强制劳工被德国卫兵开枪打死，理由是"偷盗罪"——但这些强制劳工不过是想利用战争的混乱局面来偷点食物果腹罢了。8月5日，盟军发动第四次重大袭击。85架美国B-24轰炸机齐上阵，大多数工厂建筑遭到破坏。

尽管炸弹将工厂砖墙炸得千疮百孔，令屋顶塌陷，但对生产的影响也只是暂时性的。1943年伊始，大部分机械和产品都已经转移到安全地区，或转移到工厂地下室等地。例如，在法国东北部蒂耶尔瑟莱有一座铁矿，被改造成一家生产空对地导弹的工厂，而此前，大众汽车厂主要负责生产制造这些炸弹。直到1945年4月10日，美军到达该镇郊区的几天前，大众还在生产水桶吉普车。

让·包德特是一名来自法国的工人，他在日记中这样写道，当天，途经大众汽车厂的道路上挤满了衣衫褴褛、手无寸铁的德国士兵，其中很多人身负重伤。他能听到远处大炮和机枪的轰鸣声。美国战斗机从树梢急速飞过，但战斗从未波及工厂本身。工厂的武装警卫队伍消失得无影无踪，当第一辆美国坦克到来时，无人出来抵抗。4月12日，包德特从工厂的窗户向外望去，他看见了一辆坦克，上面有一颗白色的星星标志。"美国人!"有人哭了出来。包德特写道,就连德国民众似乎都松了一口气。

费迪南德·保时捷那时早已离开大众汽车厂。1月份,他辞去职务,意志消沉,正式退休回到滨湖采尔的家中。他的女婿安东·皮耶希在美国人到来前几天,选择辞去当地人民冲锋队指挥官的职务。人民冲锋队由民兵组成,缺乏训练,配有手持反坦克武器铁拳,原本,他们应当成为德国的最后一道防线。

即使在美国人抵达德国后,皮耶希和保时捷仍试图在奥地利远程管理这家工厂。他们把自己看作大众汽车厂的绝对所有者,或者至少是监护人。在盟军进攻之前,皮耶希从公司的金库拿走了约1 000万帝国马克(100万美元)的巨款,随后逃往滨湖采尔。德国投降的几个月里,皮耶希向大众汽车厂的英国管理员寄去了账单,账单内容主要是大众汽车和其他项目的研发费用,其中包括一辆电动汽车的研发费用。费迪南德和费利·保时捷其实早已完成研发工作,但表面上仍继续进行着这些工作。皮耶希和保时捷夫妇甚至拆除了沃尔夫斯堡的一个营房,将木材运到滨湖采尔,并在那儿按原样重新组装了一个新的营房。战后,当大众汽车的新管理者试图让保时捷支付这些材料的费用,保时捷一口回绝,说搬运木材是为了搬迁大众总部,而搬迁总部是战时计划中的一部分。保时捷说,公司重新建造这个营房花费的钱远远超出材料本身。当费迪南德·保时捷、费利·保时捷和安东·皮耶希被捕时,他们这些想要保留大众汽车管理权的奇怪尝试就告一段落了。英国人没有为保时捷父子提交的账单买单。但是,保时捷家族成员的行为表明了自己对保留大众汽车所有权的决心,至少在他们看来,费迪南德·保时捷一手打造了大众汽车。

仅在德军投降的一个月后,该工厂便恢复运作,为美军进行车辆维修。几周内,该公司利用现有的零部件库存,重新生产水桶吉普车,不过这一次是为盟军所用。6月底，大众汽车厂已生产133辆汽车。那时，英国军队接管了工厂，因为工厂位于他们的占领区内。

英国人很快意识到大众汽车厂能帮助他们解决两个难题：为该地区的德国人提供生计的需要，以及满足英国军队自身的交通需求。英国极力阻止这些机器作为战争赔偿物被运往战胜国。欧宝汽车公司就遭遇了这样的命运，公司的机器设备被卡车运到苏联。红砖厂房的建筑物匆忙间便得以修复。只要遭到炸弹损坏的材料结构仍然完好，就会被再次利用。直到今天，工厂内部的钢制横梁上依旧可见弹片留下的痕迹。

英国人为这座年轻的城市取了一个新名字，叫做沃尔夫斯堡，名字源于附近的一座城堡，更名是为了斩断它和过去的联系。1945年12月，工厂得以恢复生产，大众汽车是主打产品。1946年3月，占领军已经生产和部署了一千辆汽车。随着与苏联的紧张关系加剧，英国人开始把大众汽车当作提供高薪工作、抵制共产主义诱惑和促进民主德国的一种方式。苏区和未来的东德边界距离工厂东边不足十英里。部分英国管理者有汽车行业的相关经验，他们确保了珍贵原材料的供应和信贷的提供。历史学家马库斯·卢帕写道："负责的官员们很快意识到，他们不仅可以在工厂制造汽车，还可以建造民主制度。"很快，工厂就建立了服务和经销商网络，到1947年8月，工厂已经开始向欧洲其他国家出口汽车。大众汽车开启了自己的全球扩张之路。

和德国其他工业家一样，费迪南德·保时捷在战后被拘留。1945年8月，他被关押在法兰克福北部巴德瑙海姆的一个营地长达两个月，这个营地就是人们所熟知的"垃圾箱"。保时捷的狱友包括建筑师阿尔伯特·斯皮尔，他还是希特勒的战时生产主管。此外还有韦恩赫·冯·布劳恩，他主要负责监管希特勒的火箭计划，在之后的美国太空计划中发挥了关键作用。1945年9月13日，在接受完盟军关于大众汽车厂的审讯后，保时捷获释，重返奥地利。但自由的时光如此短暂。两个月后，费迪南德·保时捷、费利·保时捷和安东·皮耶希接受法国政府邀请，前往德国西南部的温泉小镇巴登-巴登，共同商讨接管一家法国汽车工厂的事宜。欢迎晚宴结束后，三人却意外被捕，理由是他们曾在战争期间将法国工人驱逐到大众汽车厂。1946 年 3 月，费利获释，而费迪南德和皮耶希则被带往巴黎，住在路易·雷诺一间别墅的仆人房里，开始设计一辆新的雷诺牌乘用车。对于是要利用保时捷的才学为己所用，还是要指控他犯有战争罪，法国人内部意见难以统一。1947 年 2 月，支持起诉的法国官员占据上风，保时捷和皮耶希被关进巴黎南部的一所监狱，后又被关押在法国东部城市第戎。多亏了法国标致汽车公司经理，他们为保时捷作证，说他阻止了标致公司员工被放逐到德国，保护法国汽车制造商免遭纳粹染指。1947 年 8 月，经历了 20 个月的监禁后，保时捷和皮耶希得以被释放。他们从未因战争罪而受到审判。

战后，费迪南德·保时捷对大众汽车的影响逐渐消减，但他已经为大众汽车的未来发展做了两项决定性的贡献。其一，他设计的汽车将是战后大众汽车成功的基石。其次，他把自己对工程的热情和使命感传递给了外孙费迪南德·皮耶希。

第三章 复 兴

在美国坦克踏足工厂腹地的几年里，大众汽车公司能够生存下来绝非偶然。大众面临严重的材料短缺，几乎缺少生产汽车所需要的一切东西。钢铁和其他原材料实行配给制。战时，大众依赖强制劳工进行生产。劳工们获得解放后，对工厂进行大肆掠夺和破坏后四散而去，这意味着公司相当缺乏熟练的工人。至于那些能够工作的德国工人，根本就没有足够的地方给他们居住。许多人睡在强制劳工曾经住过的营房。食物如此匮乏，一些工人因营养不良晕倒在装配流水线上。成批德语国家的难民从苏联控制的东欧逃亡或被驱逐，蜂拥到沃尔夫斯堡寻找工作。他们往往不会在工厂待太久，宁愿去条件更好的地方。

尽管困难重重，大众汽车仍有很多竞争优势。大众工厂遭受的损失比欧宝和戴姆勒等竞争对手要小。工厂拥有自己的燃煤发电厂，避免了欧洲其他地区汽车制造商经常遭遇的停电情况。大众汽车的机器库存基本上没有遭到轰炸或是被没收，因此可以生产出从供应商那里无法购买到的零部件。大众冲压车间是欧洲最大的之一，这种大型钢模压印机用来将轧制板材制成车身部件和其他部件。

大众汽车也很幸运，英国人指派了一位足智多谋、精力充沛的少校伊凡·赫斯特（Ivan Hirst）来监督工厂。赫斯特的家族在英国掌管着一家制表公司，即赫斯特兄弟公司，经历了销售市场崩溃后，该公司于1927年被迫出售。销售市场崩溃的部分原因是德国竞争对手的低成本攻势。纳粹夺取政权之前，赫斯特曾在柏林做过一段时间的交换生。他钦佩德国人的职业道德，会说一点德语。在战争的大部分时间里，他隶属于二十二基地工作坊，这是英国陆军皇家电气工程师部队的一个单位，负责在前线后方修理损坏的坦克和其他机动车辆。在那儿，赫斯特掌握了危机管理技能和技术知识，这些对大众汽车而言大有裨益。

赫斯特书卷气十足，留着浓密的黑色胡须，戴黑色镜框的圆形眼镜。1945 年 8 月，他来到沃尔夫斯堡，成为了大众汽车战后的第一任首席执行官。赫斯特对这份工作充满热情，部分出于对英国利益的考量，希望通过重振大众汽车和其他德国公司以减少占领成本。但赫斯特彼时不过二十九岁，似乎也打心眼里认同这家工厂及其工人。他善于搜寻零部件和原材料，多亏了他的这项天赋，1946 年 10 月，大众战后的汽车产量达到一万辆，远远超过纳粹管理时期民用汽车的产量。在赫斯特的倡议下，大众成立了一个服务与销售组织，完成了自己的第一次海外出口。1947 年 10 月，大众向荷兰的经销商出口了五台汽车。他努力提高车辆质量，教导工人主动出击，而不是被动等待，就像在纳粹统治下时那样被动等待订单。赫斯特还成立了由十二名成员组成的工人委员会，在德国被占领区域推行民主体制，与同盟国的广泛目标保持一致。大众汽车要摆脱纳粹威望工程的形象束缚，成长为国际化、客户至上的汽车制造商，这些举措至关重要。这一决策开创先例，赋予工人发言权，影响深远。

赫斯特还聘请了海因里希·诺德霍夫（Heinrich Nordhoff），海因里希因而成为大众在战后的第一位德国首席执行官，在战时他曾管理过欧宝汽车公司的一家主要工厂。诺德霍夫温文尔雅，身穿双排扣西装，胸前的口袋里嵌着一条白手帕，他精明干练、能力超群，深谙工厂运作之道。他领导大众汽车长达二十载，见证了大众的非凡成长。沃尔夫斯堡的一条主要大道就是以他的名字命名的。但诺德霍夫后来并没有多么感激赫斯特，尽管要是没有赫斯特，大众很可能早已不复存在。诺德霍夫坚称，1947年11月，他到达大众之前，大众只不过是一片废墟，一切都得从头开始。或许于他而言是这样。然而，诺德霍夫正式就职是在1948年1月1日，恰逢西德经济腾飞之时。当年晚些时候，德国马克（deutsche mark）取代了贬值的帝国马克，成为德国人心目中可信赖的货币。西德占领区创业氛围浓郁，经济状况得到显著改善。货币改革后不久，大众汽车产量翻了一番多，达到每月2500辆。

1948年，赫斯特离开大众汽车，但仍在德国担任英国政府的其他职务。1955年，当英国宣布对德占领结束并削减在德军事力量时，赫斯特丢了工作。他回到沃尔夫斯堡，希望能在那儿有一席之地。诺德霍夫却对他不屑一顾。几十年后，历史学家才认识到，大众能度过德国投降后的艰难岁月，赫斯特功不可没。2000年，赫斯特去世，在他去世前几年，大众在沃尔夫斯堡举办的活动中，他是常驻嘉宾。

1949年10月，英国将大众汽车的管理权移交给德国政府时，大众员工数量达到10 000人。他们每月可生产4 000辆汽车，占全国汽车产量的一半。大众成为英国占领军的主要德国汽车供应商，并为德国邮政和德国铁路公司（*Deutsche Reichsbahn*）提供准垄断服务。1949年，沃尔夫斯堡生产的汽车有15%销往国外。

在许多方面，大众汽车成就了"德国经济奇迹"（*Wirtschaftswunder*），即货币改革后的德国经济复兴。当德国试图恢复其在世界文明国家中的地位时，大众汽车充当了亲善机械大使。大众没有选择武力征服的暴力方式，而是用魅力征服世界。对欧洲新兴的中产阶级而言，大众汽车实用性强，可靠度高，价格适中。至于希特勒在创造这辆汽车的过程中所起的作用，不过是个小插曲罢了，况且也没多少人还记得这事了。大众汽车摇身一变，成为了新民主德国的象征。"德国制造"因纳粹组织而声名狼藉，德国公司试图重建品牌形象时，大众汽车成了先锋力量。东德边境是分隔欧洲的"铁幕"，而大众工厂距离东德边境的车程很短，在自由市场资本主义和苏联共产主义的冷战中，这增强了大众汽车的象征价值。

事实上，两种经济制度间的差别并不像看上去的那样大。直至1960年，大众汽车仍是一家国有企业。诺德霍夫也并非一个非常坚定的民主主义者。在1951年的一次高层管理人员会议上，诺德霍夫提议，大众应支持当地政府候选人，以"确保市议会中有人愿意合作，防止生出是非"。在另一次会议上，他建议公司应坚持要求报道大众公司或其汽车的报纸和杂志事先向公司提交文章，以便公司检查，确保"不友好的文章不会被发表"。

KdF汽车，也就是人们如今所熟知的大众汽车，其产量远远超过福特的T型汽车，甚至超过了其战前规划者荒唐的预期产量。人民汽车的概念虽然由一个专注于军事征服的极权主义政府构思并提出，但只有在和平年代，只有当民主德国与西方盟友携手并进时，人民汽车才有可能得以实现，公司才得以进军全球市场。1951年，费迪南德·保时捷逝世，享年七十五岁，生前亲眼见证了大众汽车成为德国公路上的寻常事物。

保时捷家族和大众汽车之间的联系得以延续到战后。尽管遭到指控，费迪南德和家族成员还是设法将大众汽车设计许可证牢牢攥在手中。根据战前合同的内容，从道德层面上来讲，他们的法律主张说不通。大众汽车厂由希特勒下令建造，资金来源于从工人那儿没收来的钱，最初的工厂工人大多是强制劳工。保时捷家族却将其视为对创始人一生心血的守护，使大众免遭被盟军没收的命运。在费利·保时捷的领导下，保时捷工程局也继续为大众进行研发工作。从商业角度来看，保时捷家族从战争中脱颖而出，发家致富，一跃成为欧洲最富有的家族之一。

诺德霍夫首开先例。1948 年，他与保时捷设计局谈判达成一项合同，即大众汽车销售额的头 50 万马克里，保时捷设计局可获得 1% 的专利费，之后每辆车获得 1 马克。英国占领军的管理人员表示反对，质疑费迪南德·保时捷拥有大众汽车专利的真实性。他们还指出，保时捷在战前的一位犹太人股东提出了赔偿要求。这里的犹太人股东指的是商人兼赛车手阿道夫·罗森博格，1931 年，他曾为费迪南德·保时捷工程办公室提供启动资金。但当专利所有权问题提交至斯图加特法院进行审理时，大众管理层却为保时捷家族辩护。战争临近尾声时，安东·皮耶希带去滨湖采尔的数百万美元，都归到了保时捷设计局提交的账单中。1949 年，大众公司高管赫尔曼·克诺特致信费利·保时捷，在信中表达了德国管理层对费迪南德·保时捷的歉疚感："我们工作的整个领域，以及我们正在做的工作，归根到底是他精神的产物。"

1949 年，英国放弃了对德国财产的控制权，大众汽车开始向保时捷和皮耶希家族支付费用。大众与保时捷设计局签署合同，每月支付固定费用，雇佣其继续为大众进行研发工作，而大众那时还没有自己的研发部门。此外，保时捷家族还拥有在奥地利销售大众汽车的独家权利。在当时，特许经营权似乎没那么重要。露易丝·皮耶希是费迪南德·保时捷之女，亦是费迪南德·皮耶希的母亲。她坚定果断、足智多谋，在丈夫安东·皮耶希逝世后接管了汽车销售的管理工作，一手打造了大众在欧洲最大的经销商网络。

一方面，保时捷家族成员为自己享有费迪南德·保时捷的发明的所有权而辩护，一方面又强硬拒绝保时捷的赞助人罗森博格的索赔要求，阻止他收回在纳粹胁迫下放弃的财产份额。1949 年，罗森博格回到德国，索要他在保时捷设计局所占股份的赔偿金，以及 1935 年他逃离德国时保时捷依旧欠他的款项。费利·保时捷予以拒绝。罗森博格只得诉诸法庭，但由于西方盟国放松了对德国的控制，他打赢官司收回欠款的可能性微乎其微。他索赔 5 万马克，时值约 1.2 万美元，以及一辆免费的汽车。但德国法庭无情地拒绝了他的要求，加之身体每况愈下，罗森博格便搬到美国，后改名为艾伦·亚瑟·罗伯特，并于 1950 年定居美国。1967 年，他在洛杉矶与世长辞。

在保时捷和大众汽车的关系中，私人关系与合同协议同等重要。老费迪南德和安东·皮耶希被盟军拘留后，费利·保时捷便帮忙打理家族生意，为了与大众的战后管理层保持良好关系，他煞费苦心。1953 年10 月，费利在沃尔夫斯堡参加了诺德霍夫府的晚宴。晚宴结束后，得知诺德霍夫在没有建筑师帮助的情况下独自设计了家庭住宅，费利赞不绝口。他在致谢函中写道，这凸显出诺德霍夫品味高雅、审美出众。利用这些恭维话，费利话题一转，劝说诺德霍夫鉴赏一辆保时捷设计局制造的原型样车。费利写道，诺德霍夫应当到斯图加特来，除了亲自试开这辆样车，还要亲身感受下车辆的金属板，因为金属板的组合堪称完美。1959 年，大众汽车与保时捷家族亲上加亲。诺德霍夫爱女伊丽莎白，芳龄二十二，与恩斯特·皮耶希喜结连理。恩斯特·皮耶希是费迪南德·保时捷之孙，也是费迪南德·皮耶希的兄长。

过去，纳粹没收了工会资金，并用这笔钱创立了大众汽车厂，鉴于工会所遭受到的不公正待遇，工人们如今对大众的管理享有很大的话语权。1949 年，英国放弃了对大众的管理控制，将其所有权移交给德国联邦政府，后者又将大众控制权赋予下萨克森州。1960 年，政府推崇自由市场，决定在股票市场出售大众 40％的股份。工人们担心投资者眼中只有利润，为避免自身受影响，便试图阻止股份出售。最终，出于政治妥协，德国政府作出让步，大众员工赢得了一项特权，德国议会后来为其制定了一条法律，被称为《大众法》。根据《大众法》，只有监事会三分之二的成员表决通过，才能开设新工厂或将工作转移到其他地点。工人在监事会中占据一半席位，拥有法律赋予的表决权。此外，法律规定，无论投资者持有多少股份，任何一名股东的表决权不得超过20%。法律还保证，下萨克森州和联邦政府在二十人监事会上各拥有两个席位，只要他们持有一股大众汽车股份即可。

所有规定都是为了限制外部股东的权力，同时确保联邦政府和地方政府对大众的影响力，只要他们愿意的话。联邦政府后来放弃了这一权利，下萨克森州政府依旧坚守自己在监事会的席位，由州总理和州经济部长担任监事会代表。该州的政治领导人通常来自中左翼政党社会民主党，总是与工人保持统一阵线。几英里之外的东德是所谓的"工人天堂"，但从20世纪50年代到80年代，相较于东德的同胞们，大众工人在公司政策决策方面拥有更多实权。大众的外部股东基本上没什么话语权。

与此同时，大众汽车的技术为费利·保时捷的跑车公司奠定了基础。费利战后建立的这家跑车公司，成为保时捷家族财富最重要的来源。保时捷356是第一辆被广泛销售的保时捷跑车，拥有双人座驾，在改良甲壳虫底盘的基础上制造成型，由甲壳虫的四缸风冷发动机提供动力，该发动机经过升级后可产生两倍的马力。保时捷356及其最著名的继承者保时捷911，历经更迭但仍在生产，受到跑车爱好者和名流的追捧。保时捷之所以在美国广受欢迎，部分源于一场悲剧。1955年，年轻叛逆的演员詹姆斯·迪恩驾车行驶在加利福尼亚州乔莱姆境内，却与突然闯入他车道的福特轿车相撞，迪恩当场命丧车轮之下。当时迪恩的座驾是保时捷550 Spyder，即保时捷356的赛车版。福特车主或许并未注意到车身较低的保时捷。事实证明，迪恩的死对销售保时捷汽车来说是一桩好事，尽管这样听上去有些古怪。按照跑车的标准来看，保时捷实用性强，不像英国名爵或凯旋那样过分讲究，保时捷采用大众汽车的机械装置，保养起来相对更简单。多谢詹姆斯·迪恩，令保时捷成为炫酷的标志。詹尼斯·乔普林是 20 世纪 60 年代的摇滚歌手，他拥有一辆保时捷 356 敞篷车，车身颜色梦幻迷离。在后来的半个世纪里，美国仍然是保时捷最重要的市场。

　　保时捷后代在沃尔夫斯堡重新掌权，已经是四十年后的事情了。但每时每刻，保时捷和沃尔夫斯堡的命运都紧紧交织在一起。

第四章　子孙后代

战争结束时，费迪南德·皮耶希还是个孩子，梦想有一天能在工厂工作。1952 年，他只有十五岁，父亲安东·皮耶希因心脏病离世，享年五十八岁。费迪南德认为父亲的早逝要部分归咎于监禁，特别是突然从监狱里的惨淡伙食一下过渡到家庭餐桌上的美味佳肴，一时难以适应。此外，在他的自传中，对管理过大众汽车公司的父亲描述甚少，远不如说他那鼎鼎大名的外祖父多。小费迪南德是一个叛逆少年，被母亲送到阿尔卑斯山一所严格的寄宿学校。根据他自己的说法，他有阅读障碍，学习外语时尤为吃力。但是他还是顺利毕业了，得到一辆保时捷356 作为奖励。不久后，他在阿尔卑斯山口超速行驶，导致车辆毁损。和他的外祖父一样，皮耶希热爱飙车，追求极限速度。

1959 年，皮耶希被苏黎世联邦理工学院（ETH）录取。这所学校至今仍是世界上最强的理工大学之一。ETH 的教授们除了向小费迪南德提供一流的工程学教育外，还令他不得不正视纳粹的罪行。奥地利的教师们则回避了这一问题。皮耶希后来提到，在 ETH 的历史必修课上，他第一次听到"奥斯威辛"这个词。

皮耶希似乎从未因家人与希特勒之间的关系感到困扰，也从未谴责过父亲和外祖父。即便他有自己的政治信仰，也不曾公开表达出来过，但他至少愿意承认纳粹的罪行。

在 ETH 的几年里，皮耶希已经忙于传宗接代，这是他人生中的一件标志性的事件。他刚上大学不久，女友科琳娜怀孕了，两人便步入了婚姻殿堂。1962年12月，二十五岁的皮耶希获得工程学位时，已经是三个女儿的父亲了。她们是皮耶希的许多孩子中最早出生的几个。

从ETH毕业后，皮耶希希望能从事与飞机相关的工作。当时，英美公司主导着飞机行业，他未能如愿被其中任何一家公司录取。他将这归咎于他的奥地利公民身份，但像沃纳·冯·布劳恩那样个人背景十分可疑的人，只要拥有盟军需要的技术知识，都能得到原谅，因此他的这种想法着实有些不靠谱。尽管皮耶希未能成为一名飞机设计师，但对航空工程学的研究激发了他对轻量化结构的兴趣，这个兴趣后来成为他毕生的追求，他经常将轻量化结构应用到汽车设计中。

皮耶希很早便在汽车机械方面展现出天赋。在大学毕业设计中，他挑选了奥斯特罗·戴姆勒公司在战前设计的两款汽车，各取前端和后端融入自身设计。奥斯特罗·戴姆勒是他外祖父曾管理过的一家汽车制造商，如今已经倒闭。他将两辆车合二为一，制造出一辆适合行驶的汽车。当一位教授说他得到了保时捷工程师的帮助时，他感到莫大的屈辱。他回应道，比起帮助创始人的外甥拿到毕业证书，他们有更重要的事情要做。

一开始，皮耶希并没有要马上工作的意思。尽管已有家室，但毕业后的头三个月，他在滑雪坡上潇洒度日。他有位雄心勃勃的母亲，继承了外祖父的干劲。1963年春天，滑雪季节临近尾声，他加入了舅舅费利·保时捷的跑车公司。这家跑车公司位于斯图加特祖文豪森，正处于飞速发展阶段。于是，他在汽车行业的职业生涯由此开启。

皮耶希负责保时捷的赛车项目。当时，大众为保时捷赛车提供三分之二的预算，通过资助汽车参加勒芒[①]等赛道的大赛或欧洲乡村小道上

---

① 勒芒：法国西部城市。该地举办的"勒芒24小时耐力赛"有近百年历史，是赛车界的盛事。——译注

的拉力赛，两家公司的品牌形象都得到提升。唯一的条件是所有的保时捷赛车都必须配备风冷发动机。这一要求与技术无关，重点在于市场营销。到1965年，大众售出了一百多万辆甲壳虫。虽然大众甲壳虫不断改进，但它本质上还是KdF汽车，即费迪南德·保时捷三十年前向希特勒展示的那辆汽车。最初，这一设计显得不合时宜，部分原因就在于风冷发动机。除其他问题外，大众甲壳虫还因冬季霜冻问题而饱受诟病，因为它们缺少水冷发动机的循环流体，无法将热量从发动机传递到汽车内部。但是，如果配备风冷发动机的保时捷赛车能够驰骋赛道，横扫其他赛车，大众便仍能宣称，风冷发动机技术优于水冷发动机。在那时，除大众外，几乎所有汽车制造商采用的都是水冷发动机。

保时捷的胜利，部分源于皮耶希甘愿承担巨大风险、花费巨额资金的决心。他一直将轻量车身结构作为设计策略重点。山路危险丛生，而赛道大半由山路构成，轻量车身结构具有显著优势。尤其在上坡路段，车身越轻，速度便越快。为减轻几磅重量，一些保时捷赛车手使用铝制油箱，油箱在撞车时易裂开，将汽车吞没在火焰中。根据费迪南德·皮耶希的说法，四名保时捷赛车手在他担任赛车项目负责人期间死亡，但没有人因为他的设计丧命。三人因其他汽车制造商生产的汽车丢掉性命，剩下一人的死亡原因则是由于山路标记不清。他说，在那些日子里，赛车手的高死亡率不可避免。不过，为了赢得比赛，皮耶希愿意付出努力。

然而，在制造最先进的汽车时，费迪南德·皮耶希无视预算限额，保时捷家族和皮耶希家族内部对此怨声载道。最终，怨恨逐步积攒，引发了危机。家族内部纷争会令公司动荡不安，这是一个发生在早年的典型事例。

1970年，费迪南德·保时捷共有八个孙辈，其中四个孙子在保时捷公司担任要职。当时保时捷公司是双座跑车市场的领头羊。保时捷跑车不但速度快、操作灵活，而且质量过硬、驾驶舒适，适合日常驾驶。1966 年，公司决定停止生产保时捷 356，当时该型号的累计销售数量达到近 7.8 万辆。保时捷 911 取而代之，但它还是保留了 356 的一些特性，如车后部的风冷发动机和两个突出的前照灯之间倾斜的发动机罩。911 性能更为强大，安全系数更高，塔迦敞篷车系列就配备了翻车保护杆。部分跑车甚至装有自动变速器，这在以前是跑车纯粹主义者的禁忌。未来几十年，911 都是保时捷公司的核心型号。费利·保时捷担任公司首席执行官，费迪南德·皮耶希担任研发部总监，费迪南德的表兄费迪南德·亚历山大·保时捷是设计部总监，表弟彼得·保时捷是生产部总监，哥哥恩斯特·皮耶希是销售机构保时捷奥地利的共同经理人。尽管产品享誉世界，但在 1964 年，保时捷仍然是一家规模相对较小的公司，大约有 2 400 名员工，汽车产量达到 1 万多辆。

按照费迪南德·皮耶希的说法，这场家庭纠纷始于他和彼得·保时捷在发动机技术问题上的分歧，并升级成一场对家族成员在跑车公司内部应承担什么角色的辩论。1970 年秋，为化解这场危机，在团体动力学顾问的指导下，费利·保时捷召集家族全体成员相聚滨湖采尔的庄园。但此次聚会非但没有实现团结，家族争斗反而愈演愈烈。最终家族成员达成协议，所有人都离开公司，将工作移交给职业经理人。费利仍担任监事会的主席，发挥监督作用。费迪南德·皮耶希在公司工作了九年后，于次年离开公司。

当时，濒临险境的不过是保时捷公司这家相较而言不算大的跑车制造商罢了。接下年的几十年里，保时捷家族的财富和影响力成倍增加。但家族成员之间矛盾丛生。费迪南德·皮耶希就算不是家族争斗的煽动者，那至少也是矛盾漩涡的中心。的确，他也没做什么有利于家族和谐的事情。1972 年，他出轨表弟格尔德·保时捷的妻子马琳·保时捷。皮耶希和马琳共同生活了十二年，期间，他又与另一位女子生了两个孩子。在家宴上，两人席位卡上的称谓分别是"P夫人"① 和"皮耶希先生"。这些事并非是哪个调查记者发现的，而是皮耶希在自传中透露的。他在自传中传达出的这种超脱感实在令人费解。有时，他对自己的行为直言不讳，但不曾为此表示过歉意。

这就是三十五岁的皮耶希，大众汽车未来的首席执行官。作为一名工程师，皮耶希已经证明了自己的才华和胆量，只不过他的胆量或许有些过头了。他不回避权力斗争。在私人关系中，也不受社会规范的约束。

如今，皮耶希被家族企业拒之门外，急需一份新工作。不久，他正式入职奥迪。奥迪是大众的分支机构。大众汽车收购了位于英戈尔施塔特的汽车联盟和位于内卡苏尔姆的 NSU 汽车公司，于 1969 年将这两家公司合并，正式组建奥迪。奥迪当时正努力建立自身的品牌形象。皮耶希担任奥迪部门主管，他将这个职位看作可耻的降职，因为他离开保时捷公司时，担任的是研发部门主管。他写道，他意识到自己必须向外界证明，在保时捷的成功并不仅仅因为家族关系。奥迪总部设立在英戈尔施塔特市，该市位于纽伦堡和慕尼黑之间的多瑙河上，距离沃尔夫斯堡以南约 325 英里。奥迪和大众汽车的心脏相隔甚远。在母公司大众汽车的眼中，奥迪不过是一家生产工厂罢了。很有可能，在奥迪，没有人意识到这位新员工的重大意义。如今，皮耶希正式成为他们的一员。身为费迪南德·保时捷之孙，皮耶希不仅继承了外祖父的天赋和个性，或许还继承了他的一些缺点。

几年后，有人企图利用外祖父来对他进行精神分析，费迪南德·皮耶希对此十分鄙夷。于他而言，外祖父是非常遥远的人物，外祖父很少亲自参加自己负责的众多项目。但两人的确有许多共同点，包括无所畏

① 皮耶希和保时捷的首字母都是 P。——译注

惧的决心、对技术的痴迷和工程天赋。在技术创新方面，两人都取得了成功。他们乐于享受生活，却从未表露出对金钱的浓厚兴趣。财富是令人愉快的副产品，不是终极目标。两人都受到指责，没有注意到自身行为对他人的影响。归根结底，就对德国汽车行业和大众公司的影响而言，费迪南德·皮耶希绝对能与外祖父匹敌，甚至可能超越外祖父。

第五章　首席执行官

过去，费迪南德·皮耶希专注于保时捷赛车项目，为自己在汽车行业赢得一席之地，那时大众汽车正向成为全球最杰出的汽车制造商之一稳步迈进，同时它是德国涅槃重生的象征。

20世纪50年代，大众汽车开始走出欧洲，出口汽车到巴西、澳大利亚和南非等国。同时，公司建立了用以支持国外市场需求的经销商和服务网络。1950年，美国收到第一批汽车，共330辆。六年后，大众在美国销售了4.3万辆甲壳虫和6 700辆大众厢式货车，大众厢式货车是于1950年在德国正式推出的。随着大众汽车在美国的销售稳步攀升，大众考虑在新泽西州的一家工厂生产甲壳虫，这家工厂原是斯蒂庞克汽车的工厂。但最终的结论是，工厂盈利无望。当时，与德国的廉价劳动力相比，美国的工资太过高昂。

对大众汽车和其他许多德国公司而言，出口是生存的关键。美国汽车制造商不需要出口，他们的本土市场本身就很庞大。而德国公司很快就遭遇国内市场购买力有限的问题。在汽车行业，市场规模会带来巨大的成本优势，为了能与美国竞争对手相匹敌，德国汽车制造商不得不开拓海外市场，否则等待他们的只有死路一条。今天，德国制造商的国际影响力仍是该国经济的基础。大众汽车帮他们指明了方向。

德国是一丝不苟的工匠与工程师之国——打造这一德国神话的过程中少不了大众汽车的参与。纽约的多伊尔·戴恩·伯恩巴克广告公司

（Doyle Dane Bernbach）在早年的广告中提到沃尔夫斯堡的质检员库尔特·科隆纳，他拒绝让一辆 1961 年产的甲壳虫出厂，原因是汽车仪表板上的贮物箱的镀铬饰条有瑕疵。广告台词是："注重细节意味着，与其他汽车相比，大众的使用寿命更长，需要的维护更少。"潜台词就是，不管你对德国人的看法如何，在造车方面你绝对可以信赖他们。接下来的几十年里，大众经理将这种过分关注细节的形象发展成了一种狂热的信仰。他们以后会发现这也可能成为一种阻碍。

大众汽车最初由纳粹下令建立，而甲壳虫汽车却成了反主流文化的象征，着实不可思议。很大程度上，这得归功于多伊尔·戴恩·伯恩巴克广告公司，1959 年，大众雇用了该公司。此前，大众从未在美国进行过广告宣传。听到经销商抱怨大众市场营销工作的不足，负责美国市场的大众高管卡尔·哈恩便开始物色代理广告公司。哈恩参观了麦迪逊大道，大型机构的客户经理和广告文案团队对其大肆吹捧。他到达多伊尔·戴恩·伯恩巴克广告公司，公司合伙人比尔·伯恩巴克单独会见了他，两人会面的房间甚至连窗户都没有。回忆起这次会面，哈恩提到，伯恩巴克向他展示了该公司设计的几个活动，其中包括为以色列航空公司所做的方案。此外，伯恩巴克就如何把大众汽车的定位塑造为追求简约性和可靠性的标志，粗略勾勒出宣传方向的蓝图。伯恩巴克毫不装腔作势，哈恩看中了他这一点，决定雇用他。

在别克和奥兹莫比尔牌等大型汽车的地盘，只有四缸的大众汽车不得不另辟蹊径，吸引消费者。购买汽车从来就不是一个纯理性的决定。多伊尔·戴恩·伯恩巴克广告公司发起了"想想还是小的好"（Think Small）运动，大众把紧凑当作优点，大肆宣扬。这些广告的自嘲口吻，与麦迪逊大道广告商们的威胁语气大相径庭，由此引领了广告业的变革。"圆形挡泥板实际上是最大的尾鳍，"鲍勃·加菲尔德在《广告时代》中写道，"大众汽车魅力十足，一片赤诚，为这样的车消费既能展现自己的低调沉稳，又能彰显品位，没有什么能与之媲美的了。拥有一辆甲壳虫，你无须炫耀，就已经成为瞩目焦点。"

广告大获成功。1964 年，大众对美国的汽车出口量达到 33 万辆，几十年后，这样的销售额几乎难以复制。大众在德国北部的埃姆登港开设了一家工厂，甲壳虫一从装配线上下来，便立即被装上开往美国的货船。大众甚至专门建造了一艘货船约翰·舒尔特号，可以运载 1 750 辆汽车到海外市场。20 世纪 60 年代，大众成为美国最畅销的海外汽车。当反对越南战争的抗议活动愈演愈烈，大众汽车公司开始加入强烈抵制消费主义和军工联合体的阵营中，底特律汽车制造商也明确表示抵制态度。（越南战争期间，罗伯特·麦克纳马拉在担任国防部长之前曾任福特公司的总裁。）1969 年，大众甲壳虫和厢式货车在前往伍德斯托克音乐节的路上随处可见，它们大多被涂上了和平标志和迷幻色彩。与其他汽车不同，甲壳虫有自己的个性。1969 年，在沃尔特·迪斯尼的喜剧电影《万能金龟车》(*The Love Bug*) 中，甲壳虫担纲电影主演，还拥有自己的思想，很难想象其他汽车能够像甲壳虫一样被赋予人格。从纳粹的宣传项目到反主流文化现象的成功转型，大众成为营销史上品牌形象重塑最成功的案例之一。

德国人倒没有那么感性（在德语中，甲壳虫被称作"*Käfer*"）。在美国，甲壳虫有自己的特定市场。甲壳虫是德国中产阶级的主要交通工具，1964 年占新登记乘用车的三分之一。影响深远的电子乐乐队发电站乐队成员在 1974 年的专辑《高速公路》封面上，绘制了一辆甲壳虫汽车（还有一辆奔驰①汽车）。歌曲声音低沉单调，歌词重复——"我们在高速路上开，开，开……"听起来更像是对工业化同一性和消费主

---

① 奔驰，全称"梅赛德斯-奔驰"，是戴姆勒-奔驰公司旗下的豪华汽车品牌。欧美地区多将其简称为"梅赛德斯"。本书按中国人的习惯，将其简称译作"奔驰"。——编注

义无灵魂本质的评论。几十年后，大众试图用新款甲壳虫唤起人们对旧版甲壳虫的怀念。新款甲壳虫保留了费迪南德·保时捷最初的轮廓设计，但是更符合现代力学。这款车在美国大受欢迎，在德国则反响平平。

1972 年 2 月 17 日，费迪南德·皮耶希正式入驻奥迪的几个月前，大众实现了里程碑式的突破。甲壳虫的产量达到 15 007 034 辆，超过福特 T 型轿车，成为有史以来产量最高的汽车。费迪南德·保时捷的最初愿景成为了现实。但愿景也有尽头。1972 年，大众汽车销售数量同比下降了 14%，只有 150 万辆。其中 120 万辆是甲壳虫汽车，这说明了大众对单一车型的依赖程度。

1970 年，大众汽车在美国的销量达到巅峰，共 57 万辆，约占总产量的三分之一。1972 年，销量跌至 48.6 万辆。甲壳虫显露出死亡迹象，不过目前为止，还没有任何东西能替代它。那时，距离纳粹组织宣传能让德国人分期付款购买"力量来自欢乐"汽车，已经过去了 34 年的时间。（1961 年，西德政府为付款购买 KdF 汽车但从未收到汽车的人提供了两种补偿方案，一是为仍想购买甲壳虫的人提供 600 德国马克的补贴，二是向放弃购车的人补偿 100 德国马克现金。）尽管甲壳虫不断改进，拥有更大的发动机和自动变速箱等装置，基本设计仍然不变。多伊尔·戴恩·伯恩巴克广告公司尽力将甲壳虫的怪异宣传成优点。1970 年，一个平面广告展示了登上月球的宇宙飞船，标题是"它很丑，但它能带你到想去的地方"。除了大众的标志外，广告上便没有其他东西了。其他广告称，大众的车身设计一成不变，公司把钱都花在了机械改进上。

事实上，大众已经变得自满。截至 1967 年，诺德霍夫一直担任大众的首席执行官。1968 年，诺德霍夫离世。起初，诺德霍夫对甲壳虫并不在意，后来慢慢推出新产品，追随甲壳虫的脚步。1950 年，大众推出厢式货车，20 世纪 60 年代反主流文化盛行期间，厢式货车为自己赢得了一席之地。1962 年，大众开始销售 1500 系列，这个系列的轿车看上去更加复古。直至此时，全新的车型才开始出现。411 是一款中型轿车，有掀背车版和旅行车版，于 1968 年开始销售。1500 和 411 在后轮上安装的风冷发动机，已经日益过时，尽管大众想用保时捷赛车项目作为这种过时技术的宣传噱头，但两款新车都未能取得巨大成功。因此，当甲壳虫的人气不可避免地开始下滑，大众汽车变得脆弱不堪。

大部分有希望成为甲壳虫替代品的设计工作是由保时捷完成的。除了生产跑车，保时捷工程部实际上还是大众汽车的研发部门。保时捷家族和皮耶希家族成员虽没有持有大量的大众股票或担任高管职务，但该公司仍是他们财富扩张的源泉，也是他们重要的身份象征。同样，尽管费迪南德·保时捷与希特勒关系密切，几代大众汽车的管理人员还是承认其后代对公司提出的道德上的诉求。

从法律层面来讲，位于斯图加特祖文豪森的这家跑车公司仍被称作工程荣博费·保时捷股份公司（Dr. Ing. h. c. F. Porsche AG）。公司的全称代表着工程博士、荣誉学位、费迪南德·保时捷股票公司。（家族成员渴望保留大家长费迪南德·保时捷的学术成就，尽管只是荣誉学位。费迪南德的正规教育仅限于管道工培训。）该跑车公司拥有费迪南德·保时捷在战前经营的工程和设计局所在的建筑和相同的公司实体。工程和设计局也是保时捷设计甲壳虫的地方。露易丝·皮耶希和费利·保时捷是跑车公司的主要股东。保时捷试图在 20 世纪 60 年代和 70 年代设计出甲壳虫的后续产品，但收效甚微。（具有讽刺意味的是，当大众汽车最终在 1974 年推出高尔夫时，它的车身不是由保时捷设计的，而是由意大利人乔盖托·乔治亚罗设计的。）但保时捷公司和大众汽车还是有其他成功的合作项目。其中一个便是保时捷 914，造型奇特的双座跑车，目标受众是 1970 年首次购买跑车的消费者。继甲壳虫之后，

914是第一辆由保时捷设计的上市的大众汽车。其他的乘用车设计都没有得到采纳。

914在德国作为大众保时捷出售，在美国仅作为保时捷出售。汽车的发动机安装在乘客舱的后面，大约在车前轴和后轴之间。中置发动机配置改善了重量分配和操作。914速度和乐趣兼备，为便于夏季驾驶，车辆顶部还配备了可拆卸的塑料"全景玻璃车窗"，而且这款车性价比高。914基本款仅需1.2万马克，按照当时的汇率还不到4 000美金。1975年，914被924取代。924的前罩下安装了水冷发动机，后排又是掀背式，以跑车的标准来说，多少为行李存放提供了空间。由于保时捷斯图加特工厂的生产能力有限，924是奥迪在内卡苏尔姆的工厂制造的，该工厂距德国北部不足40英里。事实上，这款车可算作是奥迪而非保时捷旗下的产品。但即使消费者意识到这种区别，也不见得会在意。924大获成功。到1988年停产时，924的产量达到了15万辆。

大众汽车和保时捷成功合作，让两家公司都学到了一堂重要的营销课。他们之间的伙伴关系表明，车辆可以共享众多零部件，同时又保留自身独特的品牌特性。一辆带有保时捷标志的汽车可能是由奥迪工厂生产的，这也成为了一个公开的行业秘密。对消费者来说，重要的是这辆车的外形和性能与保时捷别无二致。这个原则将成为大众财富增长的重要因素，也将成为保时捷盈利的商业模式。

在奥迪，费迪南德·皮耶希忙着证明，自己不仅是费迪南德·保时捷的外孙，还是一位出类拔萃的工程师和经理。20世纪70年代早期，奥迪的高端形象还没有展现，仍旧在大众公司内部努力确立自己的身份。沃尔夫斯堡的母公司大众和英戈尔施塔特的子公司奥迪之间的关系十分紧张。皮耶希对大众总部不屑一顾，在他的自传中，他没有提及与母公司的联系，对大众依赖甲壳虫的问题漠不关心。皮耶希视母公司为独裁主义者，等级分明，扼杀创新，后来这些成为了对他本人的指控。

皮耶希在奥迪的首次任务之一便是解决车辆在美国遇到的问题。该公司的顶级轿车奥迪 100 无法通过美国的排放测试，意味着新车型不能在美国地区销售。皮耶希在自传中透露，这辆车是因为技术问题达不到美国的标准。这是早期大众在平衡美国和欧洲排放法规时遇到的问题之一。1970 年，美国通过《清洁空气法》，要求汽车制造商在 1975 车型年①以前，将车辆的一氧化碳和碳氢化合物（如致癌物苯）的排放量减少 90%，氮氧化物的排放量须在 1976 车型年减少 90%。欧盟，当时的欧洲经济共同体（EEC）直到 1980 年才制定统一的空气质量标准。整体而言，欧洲的污染限制没有美国那样严格，欧共体的支离破碎性意味着执法的艰巨性。

皮耶希前往美国，与政府监管机构谈判达成协议，解决了排放问题。他们为奥迪 100 开放临时通道，前提是奥迪必须承诺在 6 个月内为发动机配备燃油喷射器。喷射器将燃料直接喷入汽缸，而不是与化油器内的空气混合，从而提高了喷射器的工作效率，减少不必要的排放。

皮耶希成功解决了在美国的排放问题。作为奖励，他在 1973 年年初晋升为奥迪的测试主管。如果研发部门主管空缺，皮耶希有望成为候选人。出乎意料的是，皮耶希的上司路德维希·克劳斯在当年晚些时候提出辞职，不过，他辞职并非出于他向大众技术主管恩斯特·菲阿拉提交的报告中所说的理由。

令皮耶希懊恼的是，他没有立即得到这份工作。他输给了竞争对手弗朗茨·贝勒斯。皮耶希也曾考虑过辞职，但最终还是和大众高管达成协议。皮耶希答应留下来，条件是如果一年后贝勒斯表现不佳，皮耶希将成为研发主管。假设成了为现实。贝勒斯因其部门未能研发出实用的

---

① 车型年是制造商为了描述已有车型的新款而创造的概念。车型年与实际发售年份有时并不重合。如 1974 年生产的新款可能会被命名为"1975 年款"，即车型年为 1975 年。美国和加拿大汽车业常使用这一概念，其他国家多使用"一代""二代"来命名新款。——编注

三角转子发动机而遭到诟病。三角转子发动机，具有旋转燃烧室，比传统的活塞驱动发动机更简单、更紧凑，具有出色的加速性能，但是燃油利用率不佳。皮耶希知道，贝勒斯面临的是不可能完成的任务。至今为止，还没有人能研发出经济实用、能够在大众化市场上赢得巨大份额的转子发动机。可是，在大众汽车，失败的代价就是被解雇或降级。贝勒斯被打入冷宫。皮耶希提出了一种更高效的五缸发动机作为替代方案，一跃成为奥迪研发主管。

这就是皮耶希对公司政治态度傲慢的早期案例。皮耶希经济独立，生活富裕，与靠抵押贷款为生的人相比，自然能承担后者所不敢冒的职业风险。他对自己在工程学上的能力充满信心，与竞争对手抗衡时毫不畏惧。在其自传中，皮耶希鲜少提及盟友或导师。他总是提到竞争对手或阻碍他的人。他给人的印象是通过运用自己的工程学能力和内斗技巧爬上顶峰，而不是靠交朋友和建立人际网络。

身为奥迪研发主管，皮耶希因将四轮驱动技术应用于乘用车而为人们所铭记。20世纪70年代，奥迪正探索着建立自身品牌形象，与母公司大众汽车的产品区分开来，和宝马以及梅赛德斯-奔驰抢夺富裕客户的资源。那时，四轮驱动是越野车普遍采用的技术。多余的齿轮和传动轴需要为第二对车轮提供动力，但同时也增加了重量，这意味着发动机必须要更强劲，才能拥有与两轮驱动汽车相同的性能。汽车只在道路上行驶，采用四轮驱动似乎没有任何意义。

皮耶希说，四轮驱动可以改善乘用车的操作性和牵引力，这个想法来自奥迪的底盘测试主管约尔格·本辛格。本辛格注意到，在结冰和积雪道路上，一种为联邦德国国防军（Bundeswehr，西德军队）研发的四轮驱动汽车样车性能更加优越。皮耶希暗中完成了第一辆四轮驱动奥迪的设计和研发工作，以免大众总部横加干涉。在奥地利特拉赫山村举行的大众高级经理会议上，皮耶希展示了原型样车。皮耶希和他的团队驾驶着奥迪 80 驶过一段积雪覆盖的小径，与会嘉宾们聚集到一起，惊讶极了。对于这辆车采用了四轮驱动技术，他们事先并不知情。

皮耶希将这项技术命名为"四轮驱动"（quattro，首字母为小写 q）。1980 年，奥迪 80 正式进入市场。四轮驱动技术和其他技术创新，如使用铝制车身零件来减轻重量，或在底座涂上一层锌以防止生锈，都有助于奥迪确立技术先锋的形象。并且，随着时间推移，技术创新使奥迪在欧洲的销量超过了宝马和梅赛德斯-奔驰。以前，奥迪给人的印象是中产阶级专属的汽车制造商，古板僵化、不懂变通。如今，奥迪一改往日形象，成为创新型豪华汽车制造商的代表，于母公司大众汽车的未来而言至关重要。大众品牌汽车所占据的大众化市场已经拥挤不堪，想要在高端市场分一杯羹基本不太可能。奥迪的利润逐渐远远超过大众总部，保护大众免受菲亚特、通用汽车、欧宝和福特等竞争对手的影响。当然，皮耶希是最大功臣。

皮耶希时至不惑之年。他虽已谢顶、有点招风耳，但面色红润，相貌俊朗。他家底殷实，大权在握。到 1984 年，他共有九个孩子：与第一任妻子科琳娜育有五个孩子；与马琳·保时捷生了两个孩子，与另外一名女子育有两个孩子。在他的自传中，他拒绝透露该女子的姓名。在马琳为孩子们雇用了一位二十五岁的女家庭教师后，两人正式结束了关系。皮耶希首先考察了应聘者的驾驶技术，让她在陡峭道路上驾驭四轮驱动汽车，这条道路通往家族的山间小屋。乌苏拉·普拉瑟通过了测试。这位新来的女家庭教师曾是一名幼师。工作后不久，她和皮耶希开始暧昧不清。1984 年，他们结为夫妻。两人又孕育了三个孩子，如今皮耶希共有十二个孩子。对她那沉闷的丈夫而言，乌苏拉活泼阳光，在他玩钟爱的娱乐项目时相伴左右，比如一起在地中海航行或去滑雪。不过，皮耶希嗜爱日本产的摩托车，乌苏拉则对此无感。乌苏拉·皮耶希，昵称乌苏琪，迅速融入了丈夫的汽车王国。不久之后，不管是在丈夫的生活中，还是在大众汽车，她都会扮演重要角色。

　　与此同时，在奥迪，皮耶希正在致力于一项技术创新，这将对大众汽车产生深远影响。这项创新就是为乘用车设计的柴油发动机，后来成为皮耶希最自豪的事之一。19世纪末，德国人鲁道夫·迪塞尔发明的柴油发动机，因其燃油利用率更高，发动机寿命更长，在卡车和船舶上长期得到广泛使用。但是在更小的车辆中使用柴油发动机就困难得多了。

　　几乎所有的汽车发动机都存在这个问题，由于燃料未能完全燃烧，许多潜在的能量被浪费了。柴油是一种从石油中蒸馏出的燃料，与汽油的蒸馏过程不同。在柴油发动机中，氧气在汽缸内进行压缩，直到在压力下变热，点燃柴油。在汽油发动机中，火花塞会使燃油点燃。相比汽油发动机，柴油发动机燃油利用率更高，因为这种燃料更浓稠，经过高度压缩的燃料与空气混合物燃烧，比汽油燃烧得更为彻底。这样，在燃油量相等的情况下，柴油车比汽油车行驶的距离更远。柴油发动机的缺点在于，它们比汽油发动机噪音更大，味道更重，并且震动大，因而汽车驾驶舒适度欠佳。直到20世纪70年代，大众和其他汽车制造商才着手改善这些问题。此外，柴油机燃烧过程产生更多的扭矩，并对发动机内部的运动部件造成更多压力。柴油发动机的部件必须足够强韧，经受住压力，这也意味着它们更重。只有这些问题得到解决，柴油发动机在乘用车上的应用才能具有实用价值。

　　1973年，石油危机爆发，对开发乘用车用柴油发动机的需求日益高涨。为了报复美国支持以色列，阿拉伯石油生产国实施了石油禁运政策。石油价格翻了两番，汽油平均价格上涨40%，由于实行自愿配给制，加油站前排起长龙。汽车制造商不得不更关注燃油经济性。如果技术成熟，柴油可能不失为提高燃油效率但又不影响汽车性能的一种途径。1976年，大众汽车推出柴油版高尔夫。高尔夫是大众两年前推出的水冷掀背式车，用以努力取代甲壳虫。尽管柴油高尔夫收获了大票粉丝，但对大多数消费者来说，车辆噪音过大，车身摇晃。显然，这项不够完善的技术无法吸引奥迪富有的目标客户群。

皮耶希背着大众汽车的上司偷偷为奥迪研发柴油发动机，这很符合他一贯的处事风格。如果他们知道这件事，一定会横加干涉。不过，一位大众高管在参观位于英戈尔施塔特的奥迪总部时，还是发现了皮耶希的柴油车项目。正如皮耶希曾担忧的，大众总部逼迫他交出项目控制权。但他没被吓住，独立为奥迪继续开发柴油车。从成本的角度来看，同一家公司的两组工程师为同一个目标奋斗，没有太大意义。皮耶希承认，他搬去沃尔夫斯堡后，便叫停了这种重复劳动。然而，当时他还在英戈尔施塔特，柴油机对他来说太重要了，绝不能轻易放手。

那时，法规还没有那么严格，但皮耶希已经开始担心柴油车排放问题。这是柴油发动机的另一个缺点。柴油车会排放出有害污染物，特别是氮氧化物。这些污染物会导致雾霾，引发或加剧健康问题。柴油车还会产生细小的烟尘颗粒，这些颗粒能深入人体肺部诱发癌症。尽管这些问题无法根除，但可以通过一系列技术创新的结合得到缓解。其中，最主要的技术创新就是先进的喷射系统，可以更精确地控制将燃料输送到汽缸的时间和数量。同时，涡轮增压器改善了到汽缸的空气输送。结合电子电机控制系统，该系统利用计算机技术的进步成果，涡轮增压器和燃料喷射器可以根据发动机的要求，配备空气和燃料的可燃混合物。无论汽车在空转、爬山，还是在高速公路上超速行驶，燃料空气混合物都能以最佳效果混合并燃烧。改进后的发动机还是会发出一点咆哮声，但不像旧版柴油机那样，尾气如黑色烟云一般缭绕。

大众汽车将研发成果称为 TDI，即涡轮增压直接喷射技术。这些技术花了整整十一年时间才臻于完美。1989 年 9 月，柏林墙倒塌前几周，奥迪在法兰克福车展上推出了第一款 TDI 车型，奥迪 100。车辆创新地使用了车载计算机来管理发动机，皮耶希对此感到无比自豪。他吹嘘道，奥迪 100 采用了五缸发动机，每行驶 100 公里所使用的燃油比竞争对手少 2 升。同时，汽车加速时间更短，更加环保。根据皮耶希的说法，排放物含量减少了 30%（不过，他没有说明是哪些排放物）。在他看来，TDI 彻底改变了柴油在世界上的形象，奥迪将其推向市场，占据了巨大先机。作为 TDI 技术的推动者，皮耶希饱受赞誉。于他而言，这是一个职业里程碑，柴油车技术让他名利双收。在余下的职业生涯中，皮耶希将继续成为柴油车的有力拥护者。

大众汽车不是唯一生产涡轮增压柴油发动机的乘用车制造商。奔驰、宝马、菲亚特和标致都引用了类似的概念，甚至领先大众和奥迪很多年。从 20 世纪 70 年代末开始，梅赛德斯-奔驰公司就已开始销售涡轮增压柴油汽车。但从技术角度来看，TDI 完美地将燃油喷射、涡轮增压和电子设备结合在一起，生产出物美价廉的中档汽车。智能属性和燃油经济性赢得了车迷的青睐。美国甚至有一个由大众柴油车爱好者组成的 TDI 俱乐部。或许，将柴油车技术打造成广受认可的品牌形象，大众比其他汽车制造商都要成功。大众柴油车将金属 TDI 标志印在了车身后部。

当然，皮耶希依靠 TDI 技术在大众打响名声，顺利成为奥迪首席执行官。1988 年 1 月 1 日，他正式出任首席执行官，再次展示了自己的权术手腕和采取边缘政策的意愿。沃尔夫冈·哈贝尔是前任首席执行官，由于他的合同期限计划延长，皮耶希勃然大怒，威胁要辞职。他自认为自己是这份工作的最佳人选，已经等不及了。根据皮耶希的说法，他与部门经理以及卡尔·哈恩的关系紧张。1982 年，哈恩担任了大众首席执行官。皮耶希心里知道，大众不会让他这样的技术人才跳槽，令竞争对手坐收渔翁之利，事实证明他是对的。奥迪监事会撤销了哈贝尔的合同延期决定，让皮耶希担任首席执行官。

为获得最终胜利，皮耶希赢得了工人代表的支持。后来的事实证明，工人代表将是他未来几年的重要权力来源。根据德国共同策定制度（*Mitbestimmung*），工人代表在奥迪监事会占有一半席位。（监事会主席代表股东，拥有决定性表决权。）由于历史原因，奥迪作为一家独立公司，拥有自己的监事会形式上由奥迪的监事会挑选出管理委员会的成员，但实际上大众总部在其中发挥了重要作用。皮耶希不仅威胁哈恩要辞职，还向奥迪工人委员会主席弗里茨·博姆发出辞职威胁。委员会虽独立于工会，但却与其联系密切，代表着奥迪的员工利益。博姆自1950年起一直在奥迪工作，影响力不容小觑。他是社会主义者，希特勒掌权之前，曾在街头与纳粹分子斗争。战争期间，博姆作为士兵被派往东部前线，结果被苏联红军俘虏，被迫在苏联的一家汽车厂工作。博姆性格坚韧。他领导着工人委员会，同时也是奥迪监事会的成员，对管理决策拥有实际否决权。皮耶希有良好的权力关系意识，很早就笼络了工人阵营。（2014年，博姆庆祝自己九十岁生日时，皮耶希是他的纪念仪式上的发言人之一。）在博姆的支持下，皮耶希接管了奥迪。

　　当时，哈恩的合同将于五年后到期，皮耶希此次升职，使得他有望成为大众首席执行官的首要候选人。同事们对提拔皮耶希态度矛盾。哈恩评论道，皮耶希升任大众高层职位将不会受到任何阻碍，对他雄心勃勃的下属而言，并不是一个好消息。皮耶希自己并不害怕冲突，对于解雇或降职在他看来表现不佳的人，他并没有丝毫内疚。1985年，在地中海科西嘉岛的一场汽车拉力赛中，奥迪的刹车盘失灵，皮耶希立即将车队经理撤职。皮耶希冷淡地写道，经理在公司里找到了另一份工作。（在德国，碍于劳动法规，解雇员工非常困难。更简单的处理方法就是把员工打发到边缘部门去。）

　　皮耶希接任奥迪首席执行官时，第一步举措便是让首席财务官退休，亲自掌握财政大权。皮耶希认为这位财务官对大众总部过于阿谀。

皮耶希的目标是超越母公司大众汽车。尽管有了四轮驱动系统、TDI 技术和其他创新成果，仍有许多工作等待完成。那时，奥迪还没有成为一棵摇钱树。其利润率仅仅只有 2%，工人体制过于冗余，在制造效率方面落后于日本汽车制造商。皮耶希立即召开高层会议，告诉高管们，业绩不佳是不能容忍的。他成功通过裁员决策，尽管这困难重重，但也并非没有可能，只是代价过于残忍。竞争对手丰田制定了生产效率标准。为了生存，奥迪需要向竞争对手的生产成本看齐。四千名员工失业了。解雇不负责任的经理，皮耶希毫不心慈手软。但他后来说，自己永远不会忘记，奥迪工人家属聚集在他家门外哭泣的场景。皮耶希罕见地表现出感性的一面，是否出自真心仍值得商榷。不过，在皮耶希剩余的职业生涯中，他的确避免了大规模裁员。对于那些在他手下工作的经理，他从不宽容，他认为自己这样做是正当的。他宁可解雇无能的主管，也不愿让无辜的流水线工人丢了饭碗。

奥迪存在的所有问题同样困扰着大众总部，而且大众面临的问题远不止此。问题愈演愈烈，激化速度之快超出预期。20 世纪 90 年代初，大众很早便转换策略，在汽车前部安装水冷发动机，就像几乎其他所有大型汽车制造商一样。甲壳虫销量逐渐走下坡路，大众一直努力制造出一款新颖或受大众喜爱的汽车。1973 年，大众推出帕萨特，这是第一辆在市场上取得长久成功的水冷大众汽车。不久后，大众推出运动型尚酷和紧凑型高尔夫，旨在满足甲壳虫市场对经济实用型汽车的需求。1974 年 1 月 1 日，沃尔夫斯堡工厂生产了最后一辆甲壳虫。（费迪南德·保时捷设计的最初版的风冷甲壳虫，在世界其他地方又继续生产了几十年之久。2003 年 7 月 30 日，墨西哥普埃布拉州，第 21 529 464 辆，也是最后一辆甲壳虫汽车问世。）新的大众车型在欧洲创造了销售佳绩，高尔夫的最终销量超过了甲壳虫。但大众汽车在美国的地位持续下滑，丰田、日产、本田和其他亚洲汽车品牌燃油效率高、可靠性强、经济适用，在市场上领先于大众汽车。即使在欧洲，增长也进入了停滞期。1969 年，大众汽车销量首次突破 200 万辆大关。但直到 1990 年，汽车销量才达到 300 万辆。

1992 年，大众汽车产量猛增至 350 万辆，但这种增长只是种假象。德国统一后，到处一片欢腾景象，大众汽车产量远超过它的销量。现实逐渐浮出水面，很明显，东德和东欧国家需要花费几十年时间才能赶上西欧国家。而此时，大众有大量汽车库存尚未处理。哈恩善于推销，他在中国创立了大众汽车分部，并利用东欧的开放机会收购了捷克汽车制造商斯柯达。这两步举措都将带来巨大收益。但在哈恩的领导下，大众还是没有跟上日本人的生产力步伐。由于劳动力成本高昂、工厂效率低下，公司基本没从出售汽车上赚到钱。对大众汽车来说，美国是一场灾难。在全球经济衰退的背景下，大众在美国的销量急剧下降，只有 10 万辆出头，为几十年来的最低水平。皮耶希将众多大众的缺陷归咎于哈恩，从之后的事件来看，其中有一项影响重大。那就是大众汽车缺乏早期预警系统，以致无法确保管理层在为时已晚之前意识到问题的严重性。这个缺陷同样存在于之后由皮耶希领导的大众汽车。（哈恩认为，他成为了大众与其他汽车制造商之间效率差距的替罪羊，他将此归咎于工人委员会和金属行业工会以及他们阻止裁员的权力。）

1992 年，大众公司总利润堪堪超过盈亏平衡点，内部人士清楚，大众下一年将遭受巨大亏损。甚至有传言说大众汽车会破产。

皮耶希的时刻到来了。在奥迪时，他就展现出了自己的强硬态度，表明了削减成本的意图。此外，他是一位工程师，痴迷于汽车和汽车制造，还是个小男孩的时候，就坐着火车穿行在一排排的纳粹空军待整修的轰炸机之中，大众已经成为他生命的一部分。大众车型平淡无奇，急需皮耶希曾带给奥迪的卓越技术。就连工人们都承认，尽管皮耶希曾在奥迪大举裁员，但他是领导大众汽车的不二人选。

由于大众不同寻常的股东结构，没有工人的支持，任何人都不可能成为首席执行官。自 1960 年以来，大众一直都在证券交易所上市。但沃尔夫斯堡所在的下萨克森州保留了大量股份以及监事会的两个席位。政客们几乎总是站在工人阵营一边，部分原因是该州通常由中左翼的社会民主党控制，同时也因为对任何一位政治家来说，投票反对该州最大的私营雇主的工人利益，绝非一件易事。按照德国劳动法，工人们已经在监事会中占据了一半的席位。加上下萨克森州政府代表，他们很容易获得多数席位。

　　监事会的其他成员试图从大众外部招募人才，替代皮耶希的位置。但是最后，他们必须在皮耶希和法国人丹尼尔·戈德弗特之间做出抉择，丹尼尔时任大众销售主管。工人代表和下萨克森州代表在卡塞尔市会面，距离沃尔夫斯堡西南方向约一百英里。德国金属行业工会是一个力量强大的钢铁和汽车行业工会，代表了大众汽车的工人。按照皮耶希的说法，德国金属行业工会（*IG Metall*）主席弗朗兹·斯塔库勒晚上九点在卡塞尔的酒店房间打电话给他，告诉他机会渺茫。毕竟，皮耶希曾在奥迪裁员问题上与工人有过纠纷。皮耶希一如往常的冷静，接受了这个坏消息，决定到其他地方工作，随后便去睡觉了。凌晨两点，皮耶希被斯塔库勒吵醒。工人们一致选择了皮耶希，就和美国汽车工人联合会在选举通用汽车总裁时的情况一样。几周后，监事会宣布了决定，皮耶希成为最终赢家，但这不过是走个形式罢了。

　　1993 年 1 月 1 日，皮耶希正式出任大众首席执行官。他很清楚公司许多人对他抱有敌意，即便没有敌意，至少也是对他掌权感到忧心忡忡。"只有当一家公司遇到困难，才会向我这样的人敞开大门，"他后来写道，"公司运转正常，风平浪静的时候，我根本没有机会。"

第六章　不择手段

毫无疑问，1993 年 1 月 1 日，皮耶希人驻沃尔夫斯堡时，大众汽车迫切需要变革。他的办公室位于高层建筑顶层，这栋砖墙建筑共十三层，俯瞰着巨大的工厂建筑群，顶端悬挂着大众汽车的标志，看起来像是一个巨大的引擎盖。前任首席执行官卡尔·哈恩过于乐观，放任员工数量激增到 27.4 万人，德国员工数量达到 12 万。由于员工数量过多，预计的经济增长也从未出现，大众几乎无法盈利。

在美国，日本人用更经济可靠的汽车将大众挤出市场。美国作为世界上最大的汽车市场，是任何汽车制造商都无法忽视的存在。皮耶希上任之时，大众在众多进口汽车品牌中的排名已滑落至第 15 位，这对大众来说是奇耻大辱。此外，大众汽车为零部件支付的价格比竞争对手要高得多，因为合同签订往往基于传统关系而非竞争性招标。从供应商向装配线运送零部件的系统已经失灵。

丰田和其他日本汽车制造商率先推出零库存供应链，在需要使用前才将零部件运到工厂，减少了仓库空间需求。它减少了零部件支付和车辆销售的时间差。因此，生产过程中占用的资金减少了。相比之下，大众汽车工厂附近的停车场挤满了半成品汽车，等待着关键零部件到位，浪费了土地和资金。

1993 年，皮耶希上任的第一年，各种问题开始凸显。在全球经济低迷的背景下，销售额暴跌 10%，降至 766 亿德国马克（468 亿美元），亏损金额达到 19 亿德国马克（12 亿美元）。有传闻称公司将会破产。这的确是一场危机，但对皮耶希这样雄心勃勃的管理者来说，也无疑是一个机会。任何一位足智多谋的高管想要声名鹊起，都宁愿接管一家陷入困境的企业，也不愿意接管一家运转正常的企业。只要公司的状况不是毫无希望，那么，在一家急需扭转盈亏的公司里，实现非凡荣耀的可能性就更大，而大众并非毫无希望。如果事情已经进展顺利，那么改进的空间就很小了，但业务出现问题时，遭受指责的可能性却更大。

前任首席执行官哈恩以销售为导向，要解决大众效率不足的问题，身为工程师的皮耶希则更加权威。长期以来，皮耶希十分钦佩日本人，并开始模仿他们的制造方法，就像 20 世纪 30 年代在计划建造大众汽车厂时，他的外祖父模仿福特的装配线一样。

新工厂位于东德的莫泽尔和西班牙马托雷尔市，后者距离巴塞罗那不远。新工厂就像是一张白纸，皮耶希可以在那里试验日本的生产方法。在皮耶希的带领下，大众复制了丰田式持续改善法装配线系统，鼓励团队所有员工寻找提高质量或节省时间、金钱的方法。例如，装潢设计部的女员工抱怨很难将车罩完全覆盖头枕。员工和主管开会讨论此问题，有人发现了一台没用过的机器，可以压缩头枕泡沫垫，这样的话就能更快拉上车罩，也更省力气。即使这些改进微不足道，但随着时间推移，效率显著提升。大众推出的新车型和新一代现有车型逐步采用了新生产技术，这是一个循序渐进的过程，因为新车型设计通常需要四到七年时间，而后才会投入生产。公司在工厂举办研讨会，工人们身着相同的浅灰色制服，学习新的生产理念。

在斯图加特，保时捷的主要工厂正经历着类似的转变。正如其他跑车制造商经常遭遇的情况，保时捷制造出理想的、昂贵的跑车，却并非总是盈利。跑车是奢侈品而非必需品，经济衰退或股市崩盘期间，当潜在的购买者决定取消或推迟购买计划时，销量可能会急剧下降。1989

年柏林墙倒塌前，此类情况尤为常见。直到20世纪90年代，东欧、俄罗斯和中国市场才陆续开放，保时捷此前一直依赖着欧洲和美国市场。90年代初，欧洲和美国遭遇经济衰退，保时捷销量急剧下滑，连续三年亏损，濒临破产。

和大众一样，保时捷也意识到日本汽车制造商的高效率，为了生存，自己必须复制他们的方法。1992年，保时捷家族和皮耶希家族聘请了生产专家温德林·魏德金（Wendelin Wiedeking）担任首席执行官，此人生性傲慢。在他的领导下，保时捷公司引进了丰田的前任经理和工程师，在斯图加特工厂传授持续改善的生产诀窍。此外，保时捷还扩大了其产品线，推出博克斯特等新车型。博克斯特是一款中置引擎双座敞篷车，因其可靠的操作性饱受赞誉，帮助公司减少了对911的依赖。博克斯特起步价低于5万美元，比911基本款便宜3万美元，更多牙医、会计师和其他专业人士都有能力购买，扩大了保时捷的客户群体。保时捷提高了生产效率，推出新车型博克斯特，裁减了1850个工作岗位，约占劳动力的20%。1996年，保时捷扭亏为盈。

皮耶希提高效率的另一个方法就是加强不同车型间的资源共享。"平台战略"成了管理层的口头禅。从发动机到座椅调节的各种零部件，被尽可能地应用到不同车型中。通常情况下，客户看不到这些资源共享。例如，从高尔夫到顶级配置的奥迪，所有这些车型调整汽车侧视镜的电动机是一模一样的。但很少有顾客知道或关心这些事情。

零部件共享创造了巨大的节省空间。大众不再需要设计并从供应商处订购十几种不同的镜面调整电动机，节省了完成协商价格、起草合同等一系列程序，如今只需设计和订购一种电动机即可。（实际上，大众会从几家供应商处购买零部件，鼓励他们之间竞争。）平台战略使得所谓的规模经济最大化。一般来说，总量增加，每单位的成本会随之降低。与十万台镜面调整电动机相比，一百万台电动机的单价更加低廉。

这就好比，与其买一瓶苏打水，买一箱更划算。从供应商到装配线的零部件管理也更容易，成本更低，因为需要跟踪记录的零部件种类较少。

平台战略优势明显，但也暗藏巨大风险。如果一个零部件有问题，便会像病毒一样传遍整个公司。使用了有缺陷零部件的车辆都会遭殃。打个比方，1 100 万辆车安装了同样类型的发动机，如果该发动机存在严重缺陷，很可能给大众的声誉和资金带来巨额损失。

皮耶希不是平台战略的发明者，但他在大众强制推行这一战略。20世纪 90 年代末，大众为高尔夫、紧凑型奥迪 A3、捷克生产的斯柯达奥克塔维亚以及奥迪 TT 跑车提供单一平台。这显然和费利·保时捷采取的政策相同。战后，他采用实用型 KdF 汽车的底盘和发动机作为性感跑车保时捷 356 的基础。1997 年，这种方法形成了一个完整的循环，在与高尔夫同样的平台上，大众生产出甲壳虫。甲壳虫虽然走传统路线，水冷发动机安装在汽车前端，但还是参考了原版 KdF 汽车的车型，试图激发出人们对甲壳虫的怀旧之情。

皮耶希也试图让大众稳定而单一的产品阵容更有生命力。这是所有任务中最重要的一项，也是非常适合皮耶希的一项任务。在汽车行业，任何成本削减、巧妙营销或金融欺诈都无法弥补产品无趣这个缺陷，这一点不言而喻。皮耶希开始向面向大众化市场的大众汽车注入动力，就像他在奥迪所做的那样。此举旨在让大众汽车在欧洲市场上脱颖而出，因为以欧洲中产阶级为目标受众的汽车品牌不胜枚举，包括菲亚特、雷诺、标致、雪铁龙和欧洲福特，以及大众在德国的主要竞争对手，通用旗下的欧宝汽车。

很快，厢型高尔夫换上了线条流畅的车身，这部分归功于运用激光技术焊接车顶。在皮耶希严苛的监管下，工厂的水平得到了提升。皮耶希对测量汽车金属构造的间隙，例如车门和车身之间的间隙，有种"近乎病态的痴迷"（这是他自己说的）。皮耶希对车身间隙的痴迷其实有逻辑可循。狭小的缝隙使车辆外观更加整洁，彰显出工艺之精湛。将车身间隙缩小几毫米，需要更关注整个车身的质量。为了使汽车前罩紧贴覆盖挡泥板的金属板，其他的一切都必须完美配合，包括连接引擎盖和车身的铰链、出风格栅、散热器和车辆的其他装置等，不允许有丝毫犯错的余地。为了力求精确，组织中的每个人，从汽车设计者到供应商，再到装配线上的主管，都必须有效配合。一方面，皮耶希对车身间隙的关注有一丝疯狂，这正是皮耶希的典型作风；另一方面，这不失为一个规范生产过程的良方。

在皮耶希的领导下，人民汽车的概念被赋予了新的含义。如今，它代表着拥有豪华汽车特性和性能但普通大众能消费得起的汽车。例如，高尔夫 GTI 版本售价约 1.9 万美元，配备运动性能和操控性能，汽车杂志称之为穷人的宝马。

皮耶希实实在在地推动了技术领域的发展。考虑到石油危机曾经对汽车行业造成的重创，大众推出了一款新的小型车路波，于 1998 年正式上市销售。（它没有出口到美国。）柴油版 TDI 行驶 100 公里仅需 3 升燃油，即每加仑 78 英里，在大批量生产汽车中，它是第一辆达此标准的汽车。（在欧洲，燃油经济性的衡量标准是行驶 100 公里所需的燃料量。）

没过多久，生产效率运动成效初显。1997 年，皮耶希在任的第五年，生产一台帕萨特汽车所需的时间从 31 小时降至 22 小时。利润有所回升。1994 年，大众扭亏为盈。1997 年，大众利润再次超过 10 亿德国马克（6.5 亿美元）。在美国，销售额也出现回弹。1998 年，销售额上涨 55%，这在很大程度上要归功于新型甲壳虫。包括奥迪在内，大众汽车在加拿大、美国和墨西哥的销量达到 38.2 万辆，取得自 1974 年以来最佳成绩。

改造装配线和产品充分发挥了皮耶希的长处。不过，他也必须得和大众员工打交道，这需要一定的政治智慧和技巧，明显不是他的强项。卡尔·哈恩更像一位外交家和调解者，但就算是哈恩，也很难控制有组织的劳工，劳工们将大众视作一个充分就业的体系，在推动缩短工作时长的同时要求更高的薪酬。20世纪80年代末，大众工人每周工作36小时，月基本工资约4 100马克（2 630美元）。公司预估，即使启动招聘冻结计划，推动工人提前退休，公司仍有三万超出实际需要的工人。在大众，裁员尤为困难。皮耶希虽是世界上最具影响力的汽车高管之一，仍需按照大众监事会的意愿行事，监事会在劳工代表和下萨克森州代表的联合控制之下。他们批准巴伐利亚州奥迪大规模裁员提案的可能性微乎其微。

皮耶希解决困境的方法具有创新性，且十分人道。他聘请了钢铁行业高管彼得·哈茨担任人事主管。哈茨的父亲是一位铁匠。在早期的职业生涯中，哈茨是德国金属行业工会汽车和钢铁工人联盟的成员，同时，他也是社会民主党成员。他有着方形下巴，神色严肃，花白的头发修剪得十分整齐，戴着无框椭圆形眼镜。他和公司的德国员工达成协议，每周工作四天。每周工作时长从36小时减少到28.8小时。相应地，薪水降至每月3 280马克（2 025美元）。员工代表和工会同意以更灵活的方式处理不同的轮班或工作，这对皮耶希按照日本模式重振制造业的计划至关重要。这一计划削减了成本，同时也让工人有安身之所。

这一创新为哈茨赢得良好声誉，他的好名声甚至传播到大众公司以外的地方。20世纪90年代，德国极度缺乏安全感，相比几年前就已获得自由的国家，德国担忧自己能否在世界上保持竞争力。柏林墙轰然倒塌，打开了德国与东欧和苏联的贸易窗口，为德国出口商带来机遇。但中国凭借低廉的劳动力成本不断崛起，引发了人们对德国和其他富裕国家能否与中国匹敌的质疑。哈茨向人们展示了，存在减轻全球化人力成本影响的办法。

皮耶希采用一周四个工作日的做法，可能与他在奥迪见到下岗工人家属哭泣的悲伤场景不无联系，这份记忆挥之不去，激发了他的同情心。但这也反映出一定的政治现实。

在大众汽车，做出重大决策时，工人能够坐在会议桌上，没有什么比这更神圣的事情了。管理层和工人间的伙伴关系不是一种阻碍，而是大众崛起的一个重要因素，也是全世界的一个榜样。在历史进程中，官方对工人委员会（Betriebsrat）高层变动的重视程度不亚于对新任首席执行官的抉择。经理和工人代表可能就行动方案进行争论，但一旦他们达成共识，每个人都会朝着同一个目标奋进——至少普遍的说法是这样的。试问还有哪家公司能够夸耀自己有如此高的经理与员工间的凝聚力呢？

根据法律和传统，在任何一间公司，德国工人比美国工人的影响力更大。工人和管理层之间的合作关系是莱茵兰资本主义的核心原则。莱茵兰资本主义是战后的一种经济模式，旨在对东德式社会主义进行人道主义反击。1976 年，德国通过一项法律，保障了大公司的所有员工在工作条件方面有话语权。该制度被称作共同决策制度。该法律赋予员工选举工人委员会的权利，工厂在实行任何决策前，例如在工厂实行周末轮班和裁员前，必须先征求工人委员会的意见。在任何一家股份有限公司（Aktiengesellschaft），工人在监事会中都占据一半席位，监事会负责监督最高管理层。监事会主席代表股东，在投票陷入僵局的情况下，拥有打破平局的关键性一票，因此股东实际上享有一票优势，但大众不存在这种情况。

大众员工权利更大，因为下萨克森州及其在监事会的两名代表（通常由州总理和经济部长担任）投票时总是支持劳工阵营。他们确保工人而非股东拥有决策权，例如决定由谁担任首席执行官。没有工人的同意，就不可能裁员。

很少有人敢于质疑这项制度，但卡尔·哈恩是少数人中的一个。他指责共同决策制度削弱了德国的竞争力，德国企业曾经在制药和电子等行业中占据主导地位，但如今地位不断下滑。"相比以往任何时候，共同决策都更容易扰乱工作，而工会总部声称的保护和促进工作很少取得进展。"哈恩在回忆录中写道。事实表明，他是预见到该制度腐败可能的少数人之一。

费迪南德·皮耶希没有批判工人权力，而是将其转化成自身优势。在某种程度上，皮耶希和工人是天然盟友。工人最关心的莫过于保住自己的工作和报酬，为自己创造就业机会。皮耶希的目标是突破汽车工程的局限，将大众打造成全球汽车霸主。实现这个宏伟目标需要众多工人的助力。

所有现代制造公司都面临着技术进步和就业之间的两难问题。自动化和其他效率改进减少了人力需求，企业避免裁员的唯一方法就是保持增长。在大众汽车，维持增长的需求十分迫切，因为在工人生产力方面，它已经远远落后于丰田等竞争对手。为保住工作，大众工人渴求一位帝国缔造者，这个人就是皮耶希。

或许，皮耶希甚至感觉到与工人间的亲密联系。和他一样，许多工人的父辈和祖父辈也曾为大众工作过。在任何情况下，联合工人能让皮耶希随心所欲经营公司。不同于股东，工人委员会对公司战略细节并没太多兴趣。只要不裁员，他们乐于让皮耶希做决断。"在公司决策问题上，双方都没有将共同决策制度视作一种合作过程，"大众工人委员会前任高管维尔纳·维杜克写道，"共同决策主要是再分配政策。"

大众监事会股东代表对皮耶希态度矛盾。在工人的支持下，皮耶希成功掌权，他不能指望在没有工人继续支持的情况下管理大众。在皮耶希余下的职业生涯中，工人将是他权力的重要源泉。他对基金经理和其他外部股东不屑一顾，蔑视财经媒体，且与保时捷家族成员时有争吵。

但他避免疏远工人。皮耶希的工人绥靖政策的长期风险在于，他将和前任首席执行官一样，落入同样的陷阱，使得大众人员冗余问题愈演愈烈。

皮耶希对大规模裁员的反感并没有惠及沃尔夫斯堡的高管们。哈恩一直避免四处树敌，但皮耶希不同，解雇他眼中不称职的经理时，他从不心慈手软。1994 年年底，皮耶希就职后不到两年，就将整个董事会九位高管大换血。他想要用自己人取代哈恩的团队，这不足为奇。但继哈恩之后，他这样突如其来的举动着实令人震惊。1982 年，哈恩就任大众首席执行官，首要任务之一便是改变诺德霍夫在战后建立的军国主义管理风格。过去，委员会成员习惯于私下达成重大决策协议，因而会议基本上只是一种形式，哈恩上台后推动管理委员会进行更公开的辩论。如今，在皮耶希的领导下，大众开始朝着反方向前进。

被解雇的经理包括费朗兹·约瑟夫·科图姆，他是皮耶希亲自挑选的奥迪继任者，上任仅 13 个月后便被开除。科图姆因奥迪蒙受巨大损失而被指责，但这说法有些牵强。汽车行业的发展周期缓慢，一时难以看出科图姆怎么能够在短时间内毁掉皮耶希过去的心血。无论如何，皮耶希从英戈尔施塔特搬到沃尔夫斯堡后，对奥迪依旧严加管控，理所当然应为所有失误承担责任。德国新闻界察觉到异样。"奥迪管理层充斥着恐惧和不信任的气氛，"《明镜周刊》写道，"但没有一位经理敢批评皮耶希的决定。"

通用汽车欧洲分部欧宝的美国首席执行官戴维·赫尔曼也注意到这种气氛变化。按照每月的惯例，德国汽车制造商的首席执行官们都会聚到一起，讨论事关共同利益的问题。制造商们虽然互相竞争，但会议氛围十分和谐。其他与会者包括宝马首席执行官贝恩德·毕睿德，此人为人风趣幽默，钟爱哈瓦那雪茄，以及性格外向的梅赛德斯-奔驰首席执行官赫尔穆特·沃纳。赫尔曼后来回忆道，皮耶希个性十足、态度冷淡，与乐天的哈恩形成鲜明对比。在会上，他从铝制公文箱中拿出一本大笔记本，钢笔里装有蓝色墨水，用三倍大的字体记笔记。（这些大号字母显示了皮耶希的阅读障碍症。）

皮耶希冷酷的举止是个预兆。当时，大众和欧宝是主要竞争对手，两者的目标群体都是德国中产阶级消费者，这是欧洲最大的汽车市场，也是控制欧洲大陆的关键。宝马和梅赛德斯－奔驰的定位是更高端的市场，而欧宝和大众除了争夺德国客户，还在争夺整个欧洲的客户资源。大众最终会超越通用汽车，但在 1992 年，通用的规模是大众的两倍多，年产量超过 770 万辆，而大众的年产量是 350 万辆。当时，在德国，大众是市场领头羊，1992 年销量达 37.2 万辆，而欧宝的销量为 28.9 万辆。不久后，皮耶希就发出信号，他想要的不仅仅是市场领导权，而是完全的主导权。无论结果如何，他都会部署新战术以实现这一目标。

1992 年年底，皮耶希出任大众首席执行官之前，就开始秘密向通用汽车明星采购经理何塞·伊格纳西奥·洛佩斯（José Ignacio López de Arriortúa）抛出橄榄枝。洛佩斯来自西班牙巴斯克地区，善于议价，降低供应商价格，对复杂的供应商网络了如指掌，在行业内大名鼎鼎。他是最早认识到供应商有助于推进汽车技术的人之一，他还奖励那些有创新精神的人。大众迫切希望降低零部件成本，而在 20 世纪 90 年代，洛佩斯成功帮助通用汽车度过金融灾难。他的管理技巧有时很奇特，愈加凸显出他的天才气质。洛佩斯和助手们将手表戴在右腕上，发誓在通用汽车再次盈利之前，不把手表戴在左腕上。他坚称，助手们吃由水果和粗粮组成的"勇士餐"，只吃少量肉类，除了偶尔喝上一杯红酒，基本不碰酒精。洛佩斯激发手下耐力极限的管理能力，连皮耶希这样以严苛出名的上司，都心生敬畏。1992 年 11 月，皮耶希和洛佩斯在法兰克福机场附近的喜来登酒店秘密会面。得知洛佩斯学过工程学，皮耶希高兴极了。他们相处得非常融洽。

皮耶希和洛佩斯一连数月交往甚密，皮耶希甚至承诺，会考虑在洛佩斯的故乡巴斯克建造一座大众工厂，这是通用汽车所不愿做的事情。（据说，皮耶希明确承诺要建造工厂。但皮耶希本人对自己向洛佩斯作出的承诺却含糊不清。）当媒体开始谣传洛佩斯正考虑投奔大众时，洛佩斯矢口否认。事实上，他正与大众私下确认合同细节。1993 年 3 月 16 日，洛佩斯宣布自己跳槽到大众，通用火冒三丈。

　　挖走竞争对手最出色的高管并不是什么新鲜事。洛佩斯连同通用团队的七名成员一同跳槽，很快发酵出丑闻。通用汽车指控洛佩斯在离开时运走了二十箱机密文件。根据通用汽车随后在密歇根州联邦法院对大众、皮耶希、洛佩斯和其他高管提起的诉讼，这些文件包含重要的商业机密，比如通用汽车与全球零部件供应商的协议清单、价目表、合同条款和交货时间表。通用汽车声称，这些文件还包括一份先进工厂计划和通用汽车未来十年的车型战略。此外，大众汽车能够通过这些文件了解到通用汽车的零部件费用，从而向供应商要求同等或更优惠的价格。诉状声称，洛佩斯及其团队花了一个月时间将这些文件拷贝到大众汽车的电脑中，然后将其粉碎，通用汽车指控说这些文件是蓄意密谋的证据。该诉讼进一步声称皮耶希唆使洛佩斯窃取文件，并指控大众公司骚扰证人，理由是应通用要求，毕马威会计师事务所皮特·马威克撰写了一份事件报告，大众却强行压下了报告中的部分指控。皮耶希否认了通用汽车的说法，称他从未要求洛佩斯带走文件。皮耶希说，不管怎样，箱子里不过是一些书籍、杂志、小册子、研讨会资料和他钟爱的小玩意儿。

　　通用甚至宣称，根据《反诈骗腐败组织集团犯罪法》（简称 RICO），大众是一个犯罪集团。大众律师反驳道，所谓的指控荒谬不已，并试图驳回诉讼。联邦法官拒绝了此申请，允许案件继续进行。商业间谍活动证据确凿，德国检察官和美国司法部开始展开刑事调查。

　　谈及与通用汽车的"战争"时，皮耶希并没有采取任何行动来化解这种局面，只是说大众将"尽一切手段"为自己辩护。令欧宝首席执行官赫尔曼感到奇怪的是，皮耶希没有使用限定词。他没有说"尽一切道德手段"或"尽一切法律手段"，只是说"尽一切手段"。在1993年7月28日的新闻发布会上，皮耶希面对着一堆麦克风，脸上露出淡淡的笑容，暗示自己已做好战斗准备。"每次战争结束时，留到最后的人都会减少。"他冷冰冰地说，一边看着记者，一边缓缓地来回转头。"有胜利者就有失败者。大众在世界各地都有合作伙伴……"他顿了一下，"我打算成为胜利者。"

皮耶希后来坚称《纽约时报》记者最先使用了"战争"一词，他不过借用罢了。但至少在德国以外的人看来，他在新闻发布会上的表现助长了人们对德国人的刻板形象。他们认为，德国人冷血无情，一旦下定决心，不管要付出何种代价，都会千方百计获得胜利。

赫尔曼在德国电视台上收看了此次记者招待会。这场招待会证实了他的想法，自战争结束以来，欧宝一直占上风，但在皮耶希的领导下，大众将不再满足于与欧宝相对友好的竞争。他觉得皮耶希想要将欧宝挤出市场。"大众开始着手摧毁欧宝。"赫尔曼说。

通用和大众间的官司来来回回拖了很多年。有些时候甚至荒谬至极。皮耶希不愿意前往美国，导致通用向皮耶希递交法律文件时遇到麻烦。据赫尔曼说，公司得知皮耶希将下榻不列颠哥伦比亚省①的一座山间旅馆。通用汽车派遣一名男子，伪装成背包客，设法进了旅馆电梯，将文件递到皮耶希手中。《纽约时报》报道称，通用曾向大众汽车索赔40亿美元。但民意调查显示，因为这场诉讼，欧宝在德国人心目中的形象大打折扣，很多德国人同情大众汽车的遭遇，通用逐渐失去打官司的兴趣。1997年1月，两家公司达成和解协议。大众汽车需向通用支

---

① 此为加拿大西部的一个省，与美国接壤。——译注

付 1 亿美元赔偿金，并同意从通用旗下子公司德尔福购买价值 10 亿美元的零部件。（大众已经是德尔福的客户。）大众汽车不承认自己的不当行为，但承认从通用汽车叛逃的部分员工存在"非法活动的可能性"。洛佩斯同意辞去大众的职务。这是有史以来最大的商业间谍案之一。尽管如此，两家公司都被没完没了的法律诉讼折磨得精疲力竭，此次协议多半是为了挽回双方的颜面。

在德国，临近欧宝总部吕塞尔斯海姆的达姆施塔特市，检察官对洛佩斯提出刑事指控。美国当局也是如此。两项调查均未做出严重处罚。1998 年，德国检察官与洛佩斯达成和解。他需要向慈善机构捐赠 40 万马克（约合 19 万美元），指控即可撤销。据汽车行业刊物《欧洲汽车新闻》称，德国检方得出结论，该案"过于繁琐和复杂，继续追究不符合公众利益"。

2000 年 5 月，美国底特律市的大陪审团对洛佩斯提出六项指控，指控他犯有电信欺诈和跨国运输盗窃财物等罪行。但彼时洛佩斯已经回到西班牙，西班牙拒绝了美国政府的引渡。2001 年 6 月，西班牙高级法院裁定，部分指控的最高刑期为十年监禁，但不足以严重到要引渡。法院赞同洛佩斯的说法，即他的精神状况不再适合接受审判。1998 年，洛佩斯在西班牙港口毕尔巴鄂附近遭遇车祸，他几乎丧命，足足昏迷了三个月之久。2001 年，《纽约时报》记者艾玛·戴利出席了在西班牙首都马德里举办的听证会，据她透露，花甲之年的洛佩斯相比上次公开露面，体重足足增加了 130 磅。庭审期间，洛佩斯还和法官开玩笑，但医生作证说，他丧失了记忆力，性格大变，已将经济大权移交给妻子。美国司法部聘请的一位心理学家说，洛佩斯可以出庭，但西班牙法院选择让洛佩斯留在西班牙。

洛佩斯事件到此告一段落。洛佩斯再也没有在一家大型汽车公司担任高管职务，他继续担任顾问，希望能在巴斯克地区开设一家汽车厂，但这个梦想从未实现过。数年后，商学院仍将这一事件作为商业伦理的教学案例。于大众汽车而言，这个案件警醒他们，采取过于激进的商业方法需要付出巨大代价。这或许也是一个机会，让公司审视内部的控制权，免受管理层不当行为之害。同时，它也可以让大众高层有机会颁布明确的准则，规定员工在实现公司的壮志雄心时应遵守哪些道德规范。

不过，尽管大众迫切需要建立企业标准，但它无所作为。20 世纪 90 年代，政府对汽车工业进行安全和排放管制。1990 年，美国《清洁空气法》全面修订，法律监管力度大大增强。1992 年，欧共体推出了所谓的"欧洲一号汽车标准"。相比过去，氮氧化物和其他尾气排放的限制规定更加系统。官方审查力度的加强向行业释放出信号，要求汽车制造商加强行业内部合规体制。但是，大众高管后来承认，公司在建立此类检查和控制标准方面，远远落后于其他同行。

在自传中，皮耶希对自己在洛佩斯事件中的行为毫无悔意。他写道，他不知道大众和洛佩斯错在何处。由于大众与通用达成和解，洛佩斯被迫离开大众，而他的副手之一弗朗西斯科·哈维尔·加西亚·桑兹（Francisco Javier Garcia Sanz）却青云直上。1993 年 3 月，加西亚·桑兹追随洛佩斯离开通用，来到沃尔夫斯堡，并于 2001 年加入大众汽车管理委员会，担任采购主管。

皮耶希从洛佩斯丑闻中全身而退，权力丝毫未受影响。只要皮耶希能推动大众经济增长，下萨克森州的政治家、工人代表和监事会股东作为大众最关键的人物，都愿意接受他的不足之处。如果整场论战中有输家的话，那就非欧宝莫属了。欧宝与大众曾经势均力敌，在德国有更为悠久的历史，但如今资金亏损，其在欧洲市场的份额正逐渐减少。据欧洲汽车制造商协会称，1992 年，大众汽车，包括奥迪、斯柯达和西雅特（1986 年被大众汽车收购的西班牙汽车制造商），占据了西欧汽车市场 17.5% 的份额。通用汽车，包括欧宝和萨博在内，所占份额为

12.5%。2000 年，大众汽车所占份额为 18.7%，而通用汽车为 10.8%。2013 年，大众品牌在欧洲的份额达到 24.6%，通用汽车仅占 7.1%。

　　洛佩斯事件与欧宝销量下降是否有关联还值得商榷。在欧洲，通用汽车的确错误百出。欧宝经理的人员流动率过高，来自底特律的通用主管经常缺乏工程学的专门知识，难以与实力强劲的德国人相竞争。通用汽车很少关注欧洲车主的特殊需求，尤其是要求严苛的德国客户。欧宝与工人代表长期不和。欧宝最大的失误之一是，它未能响应乘用车柴油发动机的增长需求。在大众和其他德国制造商的游说下，柴油在德国和其他欧洲国家得到了有效补贴，这也是部分原因所在。针对柴油征收的销售税较低，因而在加油站，它总是比汽油更便宜，这是一个强有力的销售由头。由于柴油机需求激增，欧宝未事先做好准备，只得向五十铃汽车公司（Isuzu）购买发动机。欧宝的对手是有史以来最出色的汽车工程师之一，亦是将柴油发动机应用到乘用车上的先驱：费迪南德·皮耶希。赫尔曼说："他精通工程学，特立独行，缔造了最伟大的汽车帝国，仅仅说他是这个世纪的风云人物，未免太过轻描淡写了。"

　　赫尔曼也认为，皮耶希的行为确立了一种新的、更加残酷的竞争方式。在洛佩斯事件中，他通过自身行为发出的信号，是他手下的经理、销售和工程师无法忽略的。"如果你想追溯企业伦理的起源，"赫尔曼多年后说道，"我认为你需要追溯到那个时期。"市场占有率是唯一目标，必须不择手段。

第七章　执法者

20 世纪 90 年代，在费迪南德·皮耶希的领导下，大众汽车以节能柴油征服了欧洲。与此同时，美国和欧洲的一些工程师正全神贯注地研究一个问题，与柴油相关但研究方向完全相反：如何确保越来越多行驶在公路上的柴油车实现清洁排放。1990 年，美国国会参众两院以多数票通过《清洁空气法》全面修订版，并得到共和党和民主党的支持。这项立法旨在从根本上改善美国的空气质量，尤其在汽车和卡车是主要污染源的城市地区。国会称，汽车应产生更少的排放物。这话说起来容易，但要确定汽车制造商是否遵守这一规定并不容易。

汽车排气管所产生的排放物可能千差万别，这要取决于许多因素：车辆速度、室外气温、发动机冷热状态、空调开关状态、司机是谨慎驾驶还是爱开快车等。监管部门面临的挑战是，如何以统一的标准衡量排放物，并以公平的方式对比市场上几十种品牌和车型。

标准方法是在实验室里的滚轴上测试汽车。在很多方面，这种做法都是有道理的。捕捉发动机废气并测量其化学成分需要大量设备。很明显，把汽车带入实验室要比在汽车内部设置实验室要容易得多。实验室能使所有车辆在相同的精确条件下接受检查。滚轴上的汽车可以由训练有素的驾驶员驾驶，采取相同的驾驶模式，不用受地形或天气的影响。这些精确可调参数的风险在于，实验室测试可能会受人为因素干扰。它能够很好地显示在控制条件下汽车的污染程度，但对车辆在道路上的具体情况知之甚少。另一个风险在于，测试程序是可预测的。测试汽车速度、实验室温度，甚至是湿度等，这些都是众所周知的内容。汽车制造商都已经知道了测试答案。

有人对这种测试方法提出质疑，美国环境保护局（EPA）执法部门的年轻工程师里奥·布雷登（Leo Breton）便是其中之一。"几年里我看了很多测试，"布雷登说道，"我疑惑不解，汽车又不会永远待在实验室里面。我想要知道这和现实世界中的汽车排放有什么关系。"

取得马里兰大学机械工程学硕士学位后，1991 年，布雷登开始在华盛顿环境保护局办公室工作。他的工作是监督进行大部分测试的私人承包商。华盛顿不是环保局汽车执法部门的总部。大多数昂贵的测试设备都在密歇根州安阿伯市，靠近底特律和美国汽车制造商的总部。在布雷登看来，安阿伯市的监管人员对于他们应当监管的汽车公司过于热情。他觉得，他们不愿破坏他们赖以生存的行业。但很明显，汽车公司需要监督。遵守清洁空气规定的成本十分高昂。汽车制造商有明显的作弊动机，而且作弊已经不是一天两天了。

布雷登参与揭发了一个早年的案件。1993 年，环境保护局的测试人员发现，通用旗下的凯迪拉克汽车，在使用空调或供暖系统时排放的一氧化碳几乎是气候控制装置关闭时的三倍。调查发现，客户抱怨凯迪拉克 91 总是熄火，通用公司便在汽车上安装了一个电脑芯片，启动气候控制系统时，提高汽缸内汽油与空气的比例。芯片修复了熄火问题，但只有通过压制排放控制系统才能起作用。结果表明，一氧化碳的排放量更高了。

用法律术语来说，这种计算机芯片被视作一种减效装置，设计该机制的目的是在官方测试人员监督不到的情况下，降低排放系统的效果。通用汽车知道，美国环保局在排放测试期间会关闭气候控制系统。只有当汽车暖气或空调开启时，才能通过编程启动排放超驰。通用确信，这种针对熄火问题的解决方案虽然会产生更多一氧化碳排放物，但这种情况永远不会出现在环保局实验室中。

至少通用是这样想的。事实上，环保局一直在质疑在不启动空调的情况下测试汽车的做法。1993 年，该机构决定进行一项研究，研究改变程序对测试结果的影响。官员们刚巧挑选了一辆凯迪拉克进行实验，很快就发现不对劲的地方。随着气候控制系统的启动，汽车每英里排放的一氧化碳可达 10 克，而法定限值为每英里 3.4 克。后来，司法部得出调查结论，1991 年至 1995 年期间，47 万辆凯迪拉克，包括塞维尔和德维尔两种车型，都安装了减效装置。根据司法部的计算，这些汽车向大气中释放的超量一氧化碳达 10 万吨。一氧化碳是剧毒气体。它会引发心脏和血液循环问题，导致头痛和视力受损，影响人们的工作或学习能力。高浓度的一氧化碳可致人死亡。1995 年 11 月，美国司法部长珍妮特·雷诺表示："这些所谓的减效装置不仅仅是违反了书面上的规定，还会导致现实中的排放物增加，影响到现实中的人们。"通用汽车同意支付 4 500 万美元，用于支付罚款、召回和修理汽车的费用，以及采取抵消排放的措施，例如购买污染小于旧车型的校车。那时，针对违反《清洁空气法》的汽车制造商，这是最重的处罚了。

凯迪拉克案凸显了仅在实验室测试汽车的弊端。它还说明了发动机控制的计算机化如何为汽车制造商提供了作弊途径。考虑到利用高科技作弊的可能性，布雷登想，如果能在车内设置一个实验室的话，就可以知道车辆在道路上行驶时究竟会产生哪些污染物了。毕竟，这对环境和吸入排放物的人类来说至关重要。这样的测试难以预测，也很难作弊。

然而，环境保护局没有这样的项目授权。当时，业界普遍认为，实验室的测试结果是准确的，即使结果不准确，他们提供了一个公平的竞争环境，以比较不同车辆，衡量汽车制造商遵守日益严格的清洁空气规定的具体情况。环保局已经在安阿伯设立了一个造价不菲的检测中心，没有兴趣支持可能削弱其投资可信度的研究。布雷登说："现实是残酷的。"根据布雷登的说法，他想开发一种在路上测试汽车的方法，环保局并不反对，但也没有给他预算。他被告知，并没有资金来支持科学项目。

布雷登承认，在环保局内部，别人觉得他我行我素，尽管他自己并不觉得。"我不觉得自己是那种喜欢大声嚷嚷博关注、博同情的人。表面上，我很懒散，喜欢做自己的事情，不会有太多要求。除非有人故意给我使绊子，那我就不会客气了。"

无论如何，布雷登着手制造设备了。在弗吉尼亚州亚历山大市的环保局实验室，他利用现有设备，或从其他途径获取自己需要的东西。在威斯康星州，有一家名为实耐宝的公司，其产品主要包括汽车诊断设备。公司借给布雷登一台五气体分析仪，这是他需要的最昂贵的设备之一。虽然，环保局的一些高层质疑布雷登的工作，但亚历山大实验室的人对此表示支持。"实验室工作人员乐于帮助我，完成一些打破传统的事情，因为这是令人兴奋的时刻，我们正在开拓新的领域。"布雷登说道。他一般在晚上和周末从事该项目的研究，没人付他加班费。

布雷登需要的部分零部件并不存在，因此他必须自己发明。例如，他设计出一种方法，来纠正排气管排放物数量的正常波动，避免污染水平出现一致读数。他编写了处理传感器数据软件，并提供汽车排放的连续读数。他还想出了一种方法，将整个系统连接到汽车自身的诊断系统。

设备看上去像是即兴创作的成果，但功能齐全。排气口连接有一根管子，管子里的传感器负责收集数据。一条用黑色保护泡沫包裹的电缆从传感器穿过汽车的后车窗，进入五气体分析仪，这是一个大型工具箱大小的红色金属罐，侧面有一个监视器屏幕。后座上有一台分析器，连接到笔记本电脑，处理数据并显示读数。屏幕右下方的绿色矩形框显示了氮氧化物的含量，这是与柴油相关的主要污染物之一。

通用尝试修复违规的凯迪拉克时，布雷登使用这套系统反复进行检测，从而证明了这套系统的价值。通用建议在实验室进行修复工作，但在道路性能方面只做了一点小改进。"他们必须想出更好的解决办法，在真实道路环境中也能行得通。"布雷登说。

布雷登继续完善该系统，他为系统取名"漫游者"（ROVER），即"实时道路车辆尾气排放报告仪"的英文首字母缩写。他增加了一个GPS设备，在测试期间记录车辆所在的位置，计算出地形对数据的影响。1997年，在该技术的帮助下，曝光了福特伊克莱柴油车中的一个装置在高速行车时会关闭排放设备。减效装置提升了燃料里程，但导致氮氧化物排放量增高。福特为违规行为支付了780万美元，并召回伊克莱。

同年，安阿伯的一名技术人员在实验室测试一辆重型卡车的发动机时，发现了奇怪的读数。一段时间后，柴油发动机的氮氧化物排放量突然翻了一番。布雷登碰巧听到一位同事和安阿伯的某个工作人员的电话聊天，两人正谈论发动机的古怪行为。"他挂断电话后我们开始讨论，"布雷登回忆道，"我好像说，'我们找一辆重型卡车，用漫游者测试一下吧。'"弗吉尼亚测试实验室租了一辆卡车，并雇用了一名司机（布雷登没有重型卡车驾驶执照），分别在实验室里和用漫游者在公路上测试车辆性能。果不其然，漫游者的数据显示，当驾驶员将手动变速器从第六挡换到第七挡时，氮氧化物排放量增加了一倍，但以公路行驶速度驾驶时，排放量又恢复到正常水平。布雷登猜测，一旦司机换到第七挡，发动机就会调整点火的时间。

有了发动机软件的协助，可以精确校准喷射时间，而调整喷射时间本身就是一门科学。最终目的是在适当的时机喷出燃料，获取尽可能多的能量，同时尽量减少排放物。燃油经济性是卡车行业的一个关键卖点，但同时优化燃油经济性和减少排放物往往不太可能。在柴油发动机内部，氮氧化物会在高温状态下激增。柴油发动机运转时，汽缸温度升高，大气中的氮和氧结合形成氮氧化物分子，产生可怕的副作用。（重复说明：哮喘、慢性支气管炎、癌症、心脏病，以及诸如雾霾、酸雨和气候变化加速等环境影响。）调整燃料喷射时间，使发动机以最大效率工作，产生的副作用就是提高了汽缸内的燃烧温度，导致氮氧化物排放增加。

然而，要证明布雷登的理论绝非易事，因为连接发动机的计算机没有提供点火时间的数据。布雷登有一个"相当复杂的电动自行车训练器"项目，他重新设计了为这个个人项目研发的一套电路，解决了这个问题。这套设备竟起了作用，令他有些惊讶。据其显示，当汽车处于更高挡位时，汽缸内燃料的燃烧时间会提前一秒钟。

布雷登的一位同事通过机构监管部门，致函所有主要的卡车和发动机制造商，询问他们是否使用了导致高速公路排放增加的发动机控制策略。一开始，弗吉尼亚测试实验室的成员没有告知环保局高层他们正做些什么，担心环保局内部的亲工业力量会出面干预。美国法律允许汽车制造商在特定条件下，例如为保护发动机免受损坏的情况下，减少排放控制。但制造商必须将所有辅助发动机控制设备报告给环保局，并获得使用许可。如果他们违反这一规则，辅助设备就算是减效装置。

主要卡车发动机制造商在回信中承认，他们确实使用了类似的排放"策略"。据布雷登称，此前，卡车制造商从未成为重大执法行动的目标，他们可能没有意识到自己犯下的罪行多么严重。正如布雷登所料，在尚未告知政府的情况下他们擅自操控了燃烧时间。例如，康明斯发动机公司根据车辆是在高速公路上行驶还是正接受联邦测试程序，改变燃油喷射到汽缸的时间。

康明斯公司否认有违法行为，但在1998年，该公司及其他制造商最终同意和解，与这次和解相比，该行业过去的和解条件都相形见绌。总的来说，和解使得这些公司损失了 10 亿美元。其中包括 8 340 万美元的罚款，这是当时违反《清洁空气法》的最高处罚。康明斯公司和卡特彼勒公司各自支付了 2 500 万美元的罚款。被处以较小数额罚款的公司有底特律柴油机公司、麦克卡车公司及其合作伙伴雷诺汽车有限公司、航星国际运输公司和沃尔沃卡车公司。此外，这些公司还同意赞助 1.1 亿美元，用于研发减少氮氧化物排放的技术。他们承诺将更清洁的发动机投入市场，将旧发动机改造得更清洁，并召回一些违规车辆。环境保护局估计，除罚款外，采取这些措施的总成本为 8.5 亿美元。

卡车案和解代价之大，给了整个汽车行业一个警告。从那时起，汽车制造商若被发现使用减效装置，将面临严重的资金损失。

这三个案例也证明了在公路上测试汽车排放的价值。没有人认为应该废除实验室测试。针对规定标准测量汽车排放情况时，控制条件仍是必需的手段。道路测试有助于检查汽车的实际情况。布雷登赢得了环保局的无数奖项，也因执法工作而饱受赞誉。环保局后来授权日本测量设备制造商堀场使用布雷登的部分专利。堀场利用这一技术发明了所谓的便携式排放测量系统（PEMS），使得该技术可用于商业用途。使用 PEMS 设备对柴油卡车进行抽查，已经成为美国和欧洲监管实践的标准部分。布雷登的专利为环保局赚取了版税，根据政府对公务员的相关规定，专利发明者布雷登也分得一杯羹。

但是，布雷登表示，由于越过正常程序联系卡车制造商，他也因此受到处罚。1995 年以后，他的职业生涯停滞不前，没有获得任何升职机会。尽管他为纳税人赢得了专利版税，更不用说排放检测工作让政府收取了数千万美元的罚款。

布雷登认为，相比真正实施法律，环保局对制定规则更感兴趣。他并非是唯一一个这么想的人。美国众议院贸易委员会的工作人员在一项调查中对环保局提出指控，指责环保局对汽车行业的态度过于友好，无视专家的警告。20 世纪 90 年代，专家便提出警告，现代发动机技术帮助汽车制造商轻易避开清洁空气规定。这份报告将环保局描述成"一个思想僵化、态度傲慢的官僚机构，无法理解排放控制技术正在发生的深刻变化"。弗吉尼亚州共和党国会议员汤姆·布莱利指责该机构"中看不中用"。值得一提的是，卡车制造商的违法行为发生在比尔·克林顿担任总统期间。他的副总统阿尔·戈尔后来成为了环保斗士，从而焕发事业第二春。

尽管公路卡车测试最终成为行业标准，政府机构依旧对公路乘用车测试毫无兴趣。从监管者的角度来看，他们似乎没有理由给自己找麻烦。在美国销售的汽车几乎都使用汽油。在汽油发动机中，燃料在低于柴油发动机的温度下燃烧，产生较少的氮氧化物。90 年代末，催化转化器已经发展到能够有效中和一氧化碳、碳氢化合物和其他污染物的程度。对大部分监管者来说，汽油排放问题基本上得到解决。在美国，柴油乘用车实在太罕见，任何人都不会注意到这些。此外，很多工程师仍然坚定不移，认为实验室测试是更好的手段。2001 年，环保局决定在安阿伯加强排放测试。里奥·布雷登在亚历山大市的测试实验室已经关闭，他曾在那儿设计并制造了漫游者。

在欧洲，有更多理由对柴油汽车进行审查。柴油车正迅速普及，这在很大程度上是由于大众汽车成功将计算机技术和燃油喷射技术相结合，生产出的发动机不再隆隆作响并喷出滚滚浓烟。到 2002 年，西欧新登记在册的柴油车比例达到 40%，是十年前的两倍。在欧洲，汽油的成本接近美国的四倍，柴油的燃油经济性是人们选择它的有力理由。一箱柴油可以让汽车行驶的距离增加 15%。更重要的是，汽车和卡车制造商已经成功说服许多欧洲政府，使得他们相信柴油更加环保，从而要求更优惠的税收待遇。首先，柴油车的二氧化碳排放量减少了，二氧化碳是全球变暖的主要原因。整个汽车行业有意将氮氧化物的有害影响轻描淡写。

欧洲环保组织已经对柴油的所谓好处和清洁柴油持怀疑态度。美国卡车制造商的和解协议提醒活动人士，计算机技术如今已经成为汽车发动机的标配，在监管机构的实验室，该技术可用来识别汽车状态，例如，检测是否车轮在移动，而方向盘没有移动。1998年，美国卡车制造商被曝光后不久，欧洲运输和环境联合会发表了一篇题为《击溃循环和欧盟汽车测试循环周期》的论文。作者佩尔·卡杰森在论文中提到，欧盟排放测试一点都不严苛，也不现实。在模拟驾驶循环中，汽车在半分钟内速度从零升至每小时50公里（约合每小时30英里）。这样的加速速度实在太慢了，即使是性子最慢的司机，耐心也会受到考验。（1971年的大众甲壳虫算不上是赛车，但可以在10秒内从零加速到每小时50公里。）更重要的是，卡杰森指出，官方测试过于死板，其可预测性等于公开鼓励汽车制造商作弊。"汽车制造商可用现代电子设备调整发动机的测试循环，"卡杰森写道，"他们甚至可以教会汽车电脑识别是否在测试循环中被驱动，根据具体情况相应地调整燃油燃烧情况。"卡杰森认为，部分用于测试的驾驶模式至少应该是随机的，这样汽车电脑就更难识别和阻挠测试。但还要等上20年时间，才真正有人听取这一建议。

1998年，卡车制造商和环保局之间的和解还引发了另一个结果，当时似乎无足轻重，但在以后意义重大。根据协议条款，卡车制造商必须证明市场上销售的新发动机，无论是在公路上还是在实验室里，都符合最新规定。制造商们寻找能执行此测试的承包商。

候选人寥寥无几。在汽车行业，排放研究并不是热门领域。从事汽车工程的人往往热爱速度和马力。排放研究无法带来这种满足感。相反，排放设备往往会降低车辆性能，增加车身重量，迫使制造商作出妥协，调整发动机。排放检测设备就像是一位恼人的邻居，他会出现在你的聚会上，告诉你把音乐的声音调轻点。

很少有学校将这种不受人待见的科学设置成专业，然而西弗吉尼亚大学就是极少数之一。西弗吉尼亚大学位于美国摩根敦的一个小城，靠近宾夕法尼亚，在学术领域虽受人尊敬但并不是特别有声望。西弗吉尼亚州丘陵和岩石众多，不适宜发展农业和制造业，由于地形限制，该州因而成为美国最贫穷的州之一。摩根敦的大学城算得上时髦，但看上去它的鼎盛时期大约是一个世纪前。置身这座城市，游客可在售卖当地啤酒的餐馆里享用美食，不过，在回住处的途中，会遇到睡在市中心废弃电影院遮檐下的流浪汉。摩根敦知名度最高的名人当属喜剧演员唐·克诺茨，他是土生土长的摩根敦人，曾在 20 世纪 60 年代的情景喜剧《安迪·格里菲斯秀》中扮演巴尼·法夫。

西弗吉尼亚大学在该州是顶尖公共机构，却无法依靠州政府税收获得赞助，只能四处筹集资金。西弗吉尼亚大学工程矿产资源学院的替代燃料、引擎和排放中心（CAFEE）面临着同样的情况。该中心位于摩根敦中心以北的高地上，俯瞰着莫农加赫拉河的绿色水域。

该中心始于 1989 年，当时美国能源部正鼓励卡车、公共汽车和其他重型汽车使用天然气。能源部想知晓替代燃料产生的排放物种类，以及该替代燃料是否更清洁。西弗吉尼亚大学已经拥有研究发动机燃烧的设施，它签订了一份合同，内容是开发一个可移动的排放测试实验室，可以在不同的地方测试汽车。因为，市政府将公共汽车或垃圾车运送到政府实验室的做法根本行不通，所以就需要让实验室去到它们身边。

西弗吉尼亚大学调整了现有的测试设备，并为它安装轮子，这样设备就可以被运往全国各地，分析使用天然气燃料的垃圾车和市政巴士的排放物。西弗吉尼亚大学的教授和学生们亲自打造的测试设备，实际上还不够简洁。它包括一个带滚轮的平台，称为测功器，在测试排放时，该设备足以承担重型车辆的重量。测功器被放置在四十英尺长的平板拖车上，由一辆卡车拖行，在全国范围内环游。第二辆卡车拖曳着移动实验室，而第三辆则拖曳着装有工具和辅助设备的拖车。本科生丹·卡尔德为赚取学费，参与了这个项目，他把此项目比作一个巡回马戏团。"我们唯一缺少的就是帐篷和大象。"他说道。西弗吉尼亚大学的工作人员把移动实验室带到了阿拉斯加海岸，以及最南端的墨西哥城。

移动测试项目提高了西弗吉尼亚大学的声誉，成为业界同行强有力的竞争者。此时，排放作弊被发现后，卡车制造商正寻求另一种方式履行和解条款。发动机制造商曾向环保局承诺，他们将制造出更清洁的发动机；他们需要自行确认自己是否遵守了承诺。西弗吉尼亚大学工程专业的部分毕业生就职于卡车制造商康明斯公司，他们了解母校成员的能力水平。CAFEE为监管机构和制造商工作过，以客观公正著称。1999年，CAFEE赢得一份价值100万美元的合同，用于进行合规测试。在价值10亿美元的卡车制造商和解协议中，这只是九牛一毛，但就大学里研究排放的工程师们而言，这是一笔意外之财。

这笔钱也带来了技术挑战。卡车制造商的案例表明，需要通过道路测试来填补实验室排放测试的不足。但是，在进行道路测试时，没有针对重型卡车的既定程序。丹·卡尔德已从西弗吉尼亚大学毕业，成为CAFEE的全职员工。他了解到里奥·布雷登所做的工作，视其为公路排放测试的"始祖"。但是布雷登的这项技术必须经过改造，才能提供环保局要求卡车制造商上报的数据。

西弗吉尼亚大学的工程师们对道路测试持怀疑态度，因为所有的变量，如天气和地形，都会改变数据。副教授格雷格·汤普森（Greg Thompson）与CAFEE间有着密切的工作联系，他认为"这也就比竖大拇指所表达的含义要准确些吧"。但卡车制造商已与政府达成协议，在公路上测试卡车，因此格雷格、卡尔德和大学其他成员开始利用现有技术，打造最优系统。

在发明新事物和临时策划解决方案方面，他们经验丰富。他们的实验室位于校园的一座由煤渣砖块建成的建筑中，最初是大学农业项目的科学实验室。此处并非排放实验室的理想之地，需要耗费巨大创造力才能改造成功。发动机测试地点位于一个房间上方类似阁楼的地方，卡尔德自学焊接技巧，亲自动手焊接了大量管道，用于收集和分析废气。为了进行卡车发动机定置测试，他们必须知道如何将发动机从车辆中移除，并重新安置在试验台上。卡尔德平易近人，带点西弗吉尼亚人的小俏皮，做这份工作得心应手。帕克斯堡市是俄亥俄河上的一座小城市，位于摩根敦以西 110 英里处。他自小在那儿长大，钟爱修修补补的工作。当他还是个孩子的时候，得到一辆自行车作为生日礼物，在生日派对结束之前，卡尔德就把它拆掉了。十六岁时，他将美国肌肉车水星美洲豹恢复原样。而且它不仅仅是普通的美洲豹，而是一款带有 428 超级眼镜蛇喷气式发动机的汽车，专为飙车而设计。

汤普森更像位学者。他的个子很高，卡尔德更矮些。他直言不讳、实事求是，还有点冷幽默。汤普森打趣道，自己 80% 的时间花在教学上，还有 50% 的时间花在监督实验室上。他要确保卡尔德和研究生所做的工作能够转化为可出版的论文，增加这项工作的可信度。他是西弗吉尼亚大学机械工程博士，论文发表时，学术刊物会优先考虑他。汤普森教授应用热力学或机器设计等相关课程，而卡尔德是实际操作的人。汤普森总是无奈地开玩笑说，让卡尔德离开实验室，有足够的时间完成论文，获得博士学位，简直是比登天还难。

卡尔德和汤普森合作开发出一个道路测试系统，利用有限的设备收集和分析排放情况。卡尔德称之为"面包盒法"，他们置换出美国国家仪器公司和日本堀场公司的传感器和其他零部件，在蜿蜒的西弗吉尼亚附近的道路上驾驶，测试装置的耐久性。他们使用现成的夹子和软管临时制作了一些管道，用于收集废气。经过一年的实验，他们推出了移动排放测量系统（MEMS）。

接下来的七年里，在环保局的监督下，西弗吉尼亚大学测试了 170 台重型柴油发动机。卡尔德和汤普森不仅测试了拖拉机拖车，还测试了校车、城市公共汽车、货车、自卸卡车和水泥搅拌机。他们或在 90 华氏度的高温中驾驶汽车，或在气温为 20 华氏度的暴风雪中测试卡车。他们比较了新发动机和旧发动机的性能。2006 年，研究成功收尾，结果表明，卡车制造商已经大幅削减氮氧化物排放量，使其保持在法律规定范围内。卡尔德和汤普森并不认为自己是环保卫士。"我们只是想要推动科技进步，"汤普森说道，"我们不为任何人战斗。"但他们的工作的确有利于空气洁净。卡尔德、汤普森和其他员工以及不同面孔的研究生们，也推动了公路排放测试科学的进步。

西弗吉尼亚大学坐落在西弗吉尼亚州的丘陵中，校内砖房建筑林立，草坪修剪得整整齐齐。对于卡尔德和汤普森在这所大学所做的研究工作，《空气和废弃物管理协会》杂志和《商用汽车》杂志等出版物有记录，但行业之外，几乎没有人了解他们的工作，就连汽车行业内许多人都没听说过。这些业内人士没有意识到，在一定程度上，在日常驾驶条件下测量车辆的排放情况已成为可能。后来证明，这群无知的人中包括沃尔夫斯堡的工程师们。

第八章　没有什么不可能

　　身为汽车制造商，费迪南德·皮耶希的野心远非为普通人打造消费得起的汽车。劳斯莱斯汽车有限公司（Rolls-Royce Motor Cars）位于英国，主要产品有劳斯莱斯和宾利。1997年，该公司宣布出售，大众汽车加入竞标者行列，这本不算出乎意料的事情，但汽车行业内还是有很多人感到十分惊讶。某种程度上，这个想法十分荒谬。大众公司制造的汽车对普通大众来说触手可及，劳斯莱斯则遥不可及，两家汽车制造商却打算联手。当时，大众、劳斯莱斯和宾利汽车之间的联合可能只对皮耶希来说有意义。宝马也对这两个英国奢侈汽车品牌饶有兴趣，于是，大众在与宝马的斡旋中，双方达成妥协，大众收购宾利，宝马则将劳斯莱斯收入囊中。

　　尽管汽车行业其他人仍对交易背后的逻辑感到困惑，皮耶希早已经将他们甩在了身后。1998年7月，大众收购了布加迪，布加迪与其说是一家汽车制造商，不如说是一个神话。在两次世界大战之间，布加迪生产了一些传奇赛车和豪华轿车。但是在第二次世界大战后，它的汽车产量极为稀少。大众汽车收购它时，该公司已经破产。1998年9月，皮耶希又一次令人万分惊讶。大众收购意大利超级跑车兰博基尼，这辆跑车可是所有男性的终极梦想。就算不是都属于大众，宾利、布加迪和兰博基尼也有很多共同之处。三家公司外表光鲜，长期无利可图，由一心想要测试汽车豪华和性能极限的幻想家创立，赢利与否是次要考虑因素。费迪南德·皮耶希对此非常赞同。

第一次世界大战期间，沃尔特·欧文·本特利（Walter Owen Bentley）曾为英国军队设计飞机发动机，因而成名。1919年，本特利将劳斯莱斯的奢华和赛车的男性气概相结合，创立宾利汽车公司。1931年，劳斯莱斯破产前，宾利唯一盈利的年份就是1929年。布加迪创始人埃托里·布加迪（Ettore Bugatti）曾经学习艺术，后自学了汽车工程原理，他制造的汽车优雅大方，速度卓越，并且极其华而不实。1926年，皇家布加迪41型首次公开销售，当时汽车最高时速竟达到165公里（约100英里）。它的发动机是根据飞机设计改装的，汽缸排量接近13升，是现代帕萨特轿车的六倍多。当时，环保局的里程数评级还未问世，但是，阿尔萨斯出产的皇家汽车，1加仑油跑不了几英里。布加迪曾在艺术学校接受过正规训练，他的艺术感也反映在它的车身设计中。皇家汽车外观华美，两侧的一体化挡泥板宛如雕塑一般，自前轮上方开始，在车身中部收窄，扫过车门下方，到汽车车尾行李厢开始加宽，罩住后车轮。皇家汽车售价为16万马克（1926年为3.8万美元），是当时最昂贵的汽车。大萧条前夕，该汽车上市销售，显然时机并不理想。公司只生产了六辆皇家汽车，仅三辆成功出售。埃托里·布加迪于1947年离世，和汽车先驱费迪南德·保时捷是同辈人。随后的几十年里，偶尔会有人尝试重振布加迪汽车品牌，但只生产出几百辆汽车。布加迪主要依赖于将品牌标签授权给一系列奢侈品，从雨伞、皮革制品到摩托艇。

在三位汽车梦想家中，唯独费鲁吉欧·兰博基尼（Ferruccio Lamborghini）有赚钱天赋，但并非依靠跑车获利。1963年，在拖拉机行业大赚一笔后，兰博基尼决定打造一款完美超级跑车，实现自己一直以来的愿望。兰博基尼离目标近在咫尺。兰博基尼的标志是一头狂野公牛，无懈可击的男子气概展露无遗，它们本质上是已被驯化的赛车，可在公路上行驶。兰博基尼穆拉始产于 1966 年，仅一米高，以最大程度减少风力阻力。它的最高时速为 278 公里（约 170 英里）。工厂在意大利北部圣亚加塔·波隆尼，生产的跑车从不缺买家。但 1966 年到 1969 年期间，工厂只生产了 150 辆跑车。兰博基尼虽饱受赞誉，但亏损严重，费鲁吉欧·兰博基尼便将公司出售给一位瑞士商人。后来，这位商人成为接手兰博基尼的众多倒霉蛋之一，其中甚至包括美国汽车制造商克莱斯勒。

从理论上讲，通过所谓的光环效应，这三个品牌有利于提升大众汽车以无产阶级为主的品牌形象，更易提高价格。这一策略的益处难以量化。在底特律和日内瓦的车展上，这些异域品牌无疑有助于吸引游客参观大众集团的展览。宾利、布加迪和兰博基尼分别在不同的展厅销售，但在没有参加车展的人中，究竟有多少购车者知道大众拥有这三个汽车品牌尚未可知。部分大众高管认为，这些品牌为试验昂贵的新技术提供平台，如用轻质碳纤维代替钢铁来制造车身部件，最终可运用于那些不那么昂贵的车辆。此外，有机会研究外国汽车，可能会帮助大众吸引顶尖的工程师和设计师。无论商业逻辑如何，显然，皮耶希对这三家汽车制造商的个人感情在收购中发挥了重要作用。他将它们收入囊中，因为他有这个本事。

皮耶希没有丝毫歉意。他甚至承认，之所以会对布加迪感兴趣，多多少少是因为小儿子格雷戈尔。皮耶希在西班牙马略卡岛度假时，他带着小儿子来到当地一家专为游客开放的商店，参观了劳斯莱斯模型。新闻刚报道了劳斯莱斯和宾利这两个品牌正在出售。但是格雷戈尔指着另一个他更喜欢的模型：古董布加迪的模型。皮耶希为他买下了这个模型。人们很容易将这则轶事与皮耶希收购布加迪、宾利和兰博基尼联系在一起。三个汽车品牌都在出售中，他对它们青睐有加，并且有经济能力，便将其买下。在其他公司，监事会内部或大股东可能对那些代价高昂、收益存疑的收购持不同意见。但没有人阻止皮耶希。这次收购证明了他在大众的绝对控制权。

于宾利、布加迪和兰博基尼而言，加入大众的好处更为明显。大众为他们提供了开发新车型所需的源源不断的资金，设计新车时，它们可借助大公司的力量，调用一大批工程师和采购人员。三个奢侈品牌都独一无二，不过，它们还是在顾客看不到的地方，谨慎使用大众汽车的零部件。

大众很快证明，这三个品牌绝非摆设，复兴三个品牌时，大众也不是说着玩玩而已。公司投资11亿马克（约合5.3亿美元），以提升宾利在英格兰克鲁郡的生产业务水平，开发新的产品。克鲁郡是位于曼彻斯特和伯明翰之间的一个城市。新版宾利雅致，是大众拥有的第一款宾利新车，于2002年首次亮相。新款雅致配备了456马力的V8发动机，可在5.5秒内从零加速到每小时100公里（每小时60英里）。对于一辆重达5 000磅的全尺寸豪华轿车，这样的速度简直是太快了。2003年，双门跑车宾利欧陆GT问世。欧陆GT的目标受众是年轻消费者，它配备了十二缸发动机，最高时速为320公里（约190英里）。该车售价为11万英镑（17.5万美元），是奢侈品中的一股清流。年轻富有的社会名流成为欧陆GT的忠实拥护者。名媛帕里斯·希尔顿就拥有一辆。在大众接手之前，宾利每年的销量不到1 000辆。2007年，宾利销量达到10 000多辆，盈利1.55亿欧元（2.25亿美元）。

兰博基尼作为奥迪旗下的一个部门，为奢侈品牌如何利用母公司资源提供范例。兰博基尼盖拉多的底盘由德国内卡苏尔姆的一家奥迪工厂生产，然后在圣亚加塔·波隆尼的兰博基尼车间完成组装。在美国，盖拉多起步价约为18万美元，就超级跑车来讲是非常优惠的价格。到2007年，兰博基尼销量从每年几百辆飙升至每年2 400辆，利润达到4 700万欧元（3 200万美元）。

大众收购布加迪时，布加迪汽车已经停产，除受布加迪爱好者的追捧外，该品牌在汽车市场上的价值甚微。无论如何，这并非皮耶希收购的动机。他对布加迪的目标定位是最高端汽车，正如埃托里·布加迪在两次世界大战之间的定位一样。大众甚至购买了莫尔塞姆的庄园。它位于法国东部阿尔萨斯地区，埃托里在那儿有工作坊，居住在豪华别墅中（这是他生活方式的一部分，有助于解释其公司的财务状况为何长期处于危险中）。莫尔塞姆的工作坊得以恢复，布加迪汽车将在那儿进行手工组装，此外，该地还将作为客户服务中心和品牌展示间。皮耶希为了表示对布加迪的重视程度，曾让自己最中意的工程师卡尔-海因茨·诺伊曼担任布加迪项目负责人。诺伊曼昵称"瑜伽熊"，来源于同名卡通人物。这个昵称代表着诺伊曼的管理风格，以及他为完成项目而克服一切障碍的方式。尽管如此，布加迪项目仍旧问题重重。直到 2005 年，布加迪才生产出第一辆大众拥有的汽车，即威龙。威龙传承了埃托里·布加迪的遗风，极其昂贵，马力惊人。威龙的十六缸发动机足有1001 马力，大众夸耀说，这是有史以来最强大的乘用车发动机。威龙在 2.5 秒内能达到每小时 60 英里的速度，最高时速约为 250 英里。米其林轮胎公司专门为其生产了一种轮胎，因为没有任何商用轮胎能够在不磨损的情况下驾驭此速度。这辆车的售价远远超过 100 万美元。布加迪威龙比皇家布加迪 41 型更畅销，2007 年销量达到 81 辆。不过，布加迪毕竟传承了埃托里的遗风，还是亏损了。

奢侈品牌至少还是实现了大众公司的一个目的。大众化市场过度拥挤、利润微薄，这些奢侈品牌可以帮助大众公司向汽车行业其他同仁宣称，大众正努力走出大众化市场，寻求新的身份定位。在汽车历史上，大众曾生产出最具实用价值的甲壳虫，此外，公司拥有工程技术和打造最高端汽车的雄心壮志，借此称霸公路王者之位，收购宾利、兰博基尼和布加迪就是最好的证明。大众公司未来可期。

皮耶希认为，当消费者变得更加富裕，高端品牌能够帮助大众汽车留住客户。在他看来，大众需要保护自己，免受宝马和奔驰的攻击，这两个汽车品牌正逐渐进军低端市场，侵占大众公司的地盘。例如，宝马通过收购英国汽车制造商罗孚（这次收购结局并不美好）拥有了迷你系列，并于 2001 年推出迷你系列最新款汽车。宝马迷你和高尔夫一样价格实惠，但外观更时尚有趣，生动活泼，宝马将迷你的驾驶体验比喻成驾驶着一辆卡丁车一般。迷你开创了时尚、高档小型车的先河。这对大众来说既是一个打击，又是一个威胁。

皮耶希决定展开报复，打造出一辆汽车，侵占宝马和梅赛德斯-奔驰的市场份额，但该汽车仍属于大众品牌。如果一位帕萨特车主想将坐驾升级为豪华汽车，他不必放弃大众品牌。至少理论上是这样。辉腾由此诞生，像宾利、兰博基尼和布加迪一样是高端奢华的代名词，但它又不像其他的异国品牌，它仍然是大众品牌的汽车。根据皮耶希的设想，辉腾将成为宝马和奔驰的高端车型，即 S 级和 7 系列的竞争对手。辉腾的性能甚至更为优越，具有压缩空气减震系统，几乎无振动的十二缸发动机以及无气流的气候控制系统，可在不对着乘客吹冷空气的情况下降低车厢内部温度。（后来，辉腾也可配备十缸柴油发动机。）

更重要的是，辉腾并非出自某个单调乏味的工业区。辉腾在德累斯顿有自己的展示工厂，坐落于市中心的一座现代化建筑中，有玻璃墙、拼花地板和美食餐厅，餐厅共 65 个座位。大众将其命名为"透明工厂"（*Gläserne Manufaktur*）。顾客可亲眼见证自己的汽车被穿着白色工作服的工人组装成形，而后顾客就能亲自开着新的辉腾回家。汽车生产成了一种表演艺术。大众认为："辉腾的组装过程是一个公开奇观。"

皮耶希将辉腾的研发工作委托给他最亲近的助手之一，马丁·温特科恩（Martin Winterkorn）。马丁曾是奥迪的质量控制主管，以注重细节著称，不高兴的时候喜欢大喊大叫。经过五年的研发，辉腾于 2001 年开始投入生产。评论家们对辉腾印象深刻。一位为《名车志》写作的作者发现，辉腾的十二缸发动机极其安静，他甚至不确定车钥匙是否起了作用。他写道："我看到测速针指向 640 转时，我才意识到发动机在工作。"但是，尽管媒体积极报道，很快就可以看出，消费者若有能力购买价值 10 万美元的汽车，他们更倾向于购买奔驰、宝马或奥迪，而不太可能选择一辆大众，不管这辆大众多么精致。非要说的话，那就是辉腾拉拢了奥迪 A8 的顾客，而辉腾与 A8 共享很多零部件。

销量从一开始就不尽如人意，连年度目标两万销量的一半都未达到，远不足以证明斥巨资研发辉腾的必要性。仅透明工厂就耗费了 1 亿 8 700 万欧元（按 2001 年汇率换算约为 1 亿 6 800 万美元）。对车主而言，辉腾价格太过昂贵。十二缸发动机被紧紧地塞在发动机舱内，机械师必须将其完全拆下才能进行相对简单的维修。据《明镜在线》报道，仅更换启动发动机的电机就得花费 5 000 欧元。高昂的维修费用是辉腾在二手车市场上迅速贬值的原因之一，汽车里程达到 10 万公里（约合 6 万英里）之前，它的售价就跌破了两万欧元。数年后，一位与皮耶希工作关系紧密的资深高管（此人坚持匿名）直言不讳，将辉腾描述成一个"疯狂的"项目。有时，天才和自大狂之间有一条微妙的界线，在许多人看来，天才皮耶希在辉腾项目上已经逾越了这条线。

皮耶希的收购证明了大众有能力生产推动汽车工程发展的汽车。大众化市场汽车的工程性能显著提高。1990 年年底，毫无疑问，皮耶希已经扭转了大众汽车的颓势。到 1999 年，销售额几乎翻了一番，达到 750 亿欧元，约 750 亿美元。（1999 年年底，欧元兑美元汇率约为 1 比 1）。大众的利润仍然不高，部分是因为皮耶希投入大量资金用于研发工作和新建工厂。1999 年，大众汽车公布的净利润为 8.44 亿欧元，销售回报率仅略高于 1%。然而，自 1993 年皮耶希继任首席执行官以来，大众从没遭遇过任何亏损情况。

但是，和皮耶希的个人经历一样，故事也有阴暗面。他还因将工程师逼到极限而名声在外。皮耶希接手大众后不久，邀请记者到沃尔夫斯堡参观新车原型样车，资深汽车记者保罗·艾森斯坦就是其中一位。皮耶希告诉记者，新车型将超越所有竞争对手，并列出了他计划实现的新功能和技术突破。有人问道，如果工程团队实现不了这些目标会怎么样？据艾森斯坦说，皮耶希的回答是："我会告诉他们，他们都被解雇了，我会引进一支新的技术团队。如果他们告诉我他们做不到，我就把他们也解雇了。"

其他人也提到过类似的轶事。克莱斯勒前总裁兼首席运营官鲍勃·卢茨回忆起 20 世纪 90 年代与皮耶希的一次谈话。卢茨在德国汽车制造商协会（德语首字母缩写为 VDA）赞助的晚宴上遇到了皮耶希。卢茨用德语对皮耶希说，他非常欣赏最新版高尔夫狭窄的车身间隙，皮耶希痴迷于减少车门、引擎盖和挡泥板等车身外部之间的间隙，促成了最终的改良。"我说道，'这样的车身间隙简直太棒了，皮耶希先生，我希望我们能在克莱斯勒做到这一点。'"据卢茨的说法，皮耶希随后透露了他的生产秘诀。他会打电话给负责汽车车身工程和冲压金属板的高级经理，命其到自己的办公室。他告诉他们，他厌倦了糟糕透顶的车身间隙，给他们六个星期的时间改善。据卢茨讲述，皮耶希随后告诉经理们，他知道他们所有人的名字，如果没有实现完美的车身间隙，他们就会被解雇。接着他向他们表示感谢，让他们回去工作。卢茨也一直在努力改善克莱斯勒的车身间隙，当他对相同招数能否在美国同样有用表示怀疑时，皮耶希告诉卢茨，那是他还不够强硬。

卢茨称皮耶希"可能是汽车行业历史上最伟大的汽车天才"。但他又补充道："我不愿意为他工作。"

皮耶希不喜欢大喊大叫。一位前高管（因害怕报复而要求匿名）回忆起，皮耶希曾为大众汽车构想了一款极为复杂的发动机和传动装置。

其中一名工程师抗议说，使传动配置正常工作几乎是不可能的。皮耶希冷冷答道："如果你不想，可以不用做。"言外之意非常清楚：这位工程师可随时走人。未能实现皮耶希认为在可实现范围之内的技术任务，对工程师们来说，是不存在的选项。大众公司有句名言："*Geht nicht, gibt's nicht*."大意是，"没有什么不可能"。

用冷言冷语贬低下属，皮耶希绝对是大师级的人物。另一位前高管回忆，自己曾参加一次会议，当时一位同事正在做报告。皮耶希觉得无聊极了，从面前桌上的果盘里拿出一个苹果，开始用刀削果皮。当他削完果皮，抬起头来说道："为什么这个人还在喋喋不休？为什么就没人让这家伙走人呢？"（被问及这些轶事时，皮耶希的律师马提亚·普林茨拒绝置评，只是说这些故事与他所认识的皮耶希不符。）据几位前高管称，其他时候，皮耶希出席会议时会一言不发。人们无法从他的表情中窥探其想法。会议结束时，每个人都期待着他有所反应，皮耶希站起身来，一言不发便离开了。他喜欢让人们不知所措。

皮耶希曾是工程师，对产品细节兴趣浓厚，并坚持认为他的高管也应如此。几乎没有什么能逃过他的眼睛，他的话就是法律。保时捷前雇员费迪南德·杜登霍弗后来成为了大学教授和汽车行业著名评论家。根据他的回忆，在奥地利萨尔斯堡的某一天，皮耶希注意到家族经销店展出的大众汽车被雪覆盖。皮耶希很恼火。自那以后，在萨尔斯堡，不允许有一片雪花停留在高尔夫或帕萨特汽车上。

皮耶希还会亲自检查并批准将在车展上展出的汽车。1999年11月，皮耶希亲赴沃尔夫斯堡，视察为底特律国际汽车展准备的车辆模型，该展览将于次年1月举行。他的随行人员包括管理委员会的成员、级别不高的主管，以及主要来自研发和生产部门的工程师和技术人员。在汽车制造商眼中，车展是重要营销场所。然而，调动如此多高薪管理人才为车展筹备忙前忙后，亦体现了皮耶希对细节的痴迷和对产品的密切关注。

将汽车从沃尔夫斯堡运往底特律之前，负责汽车准备工作的是资深高管沃尔特·格罗斯。运动版高尔夫 GTI 也在即将展出的汽车之列，它在美国销售表现力不俗。格罗斯为展览预订了一款红色车身、黑色内饰的高尔夫 GTI。格罗斯知道，这一举动很冒险。原因在于，皮耶希不喜欢有黑色内饰的红色汽车，他说这样的车看起来像煤箱。皮耶希偏爱灰色内饰。但美国人并不赞同，他们中意配有黑色内饰的红色 GTI，才不在乎皮耶希的看法。

格罗斯回忆，当皮耶希看到红黑配 GTI 时，责问道："谁订的车？"所有人都指向格罗斯。"是我。"格罗斯答道。

"红色 GTI 决不能用全黑内饰，你难道不知道我的规矩吗？"皮耶希问道。

"灰色内饰没有市场，"格罗斯答道，"我预订全黑内饰的汽车，因为这在美国市场吃得开。"

"下次按我的规矩来，明白了吗？"皮耶希说道。他转向其他人，补充道："如果他再这样，你们就不必再生产这辆车了！"

当时，皮耶希说话时仍面带微笑，而不是面色阴沉。格罗斯没被解雇。"皮耶希没有生气，"格罗斯回忆道，"他没有流露出任何情感，看上去总是很镇定，说话声音很平静。他从不大喊大叫。我认为，即使在皮耶希博士面前，你还是可以站出来表明立场。不过，你必须真正知道你在说些什么，必须了解汽车和工程学。"

在格罗斯看来，皮耶希的力量不仅源于他威胁他人的能力，还取决于人们是否愿意受到威胁。格罗斯说："谈到领导力，我不同意皮耶希博士在许多场合的表现。的确，很多人都怕他……非常怕。不过嘛，跳一曲探戈总是需要两个人，一个巴掌拍不响。"

显然，大多数高管都没有准备好与皮耶希抗衡。相反，他的管理风格会影响下属，鼓励他们以相同的方式对待自己的下属。管理大型组织内部行为的不成文规定，或者说是企业文化，就是这样形成的。高层的领导做出榜样，下面的员工有样学样。其中最孜孜不倦的人当数温特科恩，他和皮耶希一样要求严苛，是皮耶希最青睐的下属之一。他体格健壮，更有气势，胸膛宽阔，声音洪亮，仿佛佩戴了扩音器一般。温特科恩狂躁易怒，喜欢大喊大叫。20 世纪 90 年代末，大众的管培生阿恩特·埃林霍斯特曾目睹这一幕，当时，辉腾处于研发阶段，大众汽车技术人员正向温特科恩展示辉腾的信息娱乐系统。

温特科恩误以为按钮控制台是触摸屏，当它没有反应时，温特科恩勃然大怒。技术人员试图向他解释原因，他又指责他们把他当傻瓜。埃林霍斯特说自己决定离开大众，是因为难以忍受它的专制文化，员工必须服从上级命令。后来，埃林霍斯特成为艾弗考尔国际战略投资集团的汽车行业分析师，该公司是一家投资咨询公司。"大众就像朝鲜，只不过大众没有劳改营，"埃林霍斯特沿用了《明镜周刊》对大众的描述，"你必须服从每个人。"

一些外部人士对皮耶希的独裁管理风格提出了质疑。"皮耶希的危险之处在于，他的个人野心会使他的权力过度扩张，"1998 年，《商业周刊》写道，"而且，他的铁腕政策意味着没人能左右他的决定。"但只要大众不断发展并创造就业机会，皮耶希的主导地位就不会受到严重威胁。

2002 年，皮耶希辞去大众首席执行官一职，那年他六十五岁。毫无疑问，在皮耶希领导的十年里，大众已经成为一家规模更大、实力更强的公司。销售额翻了一番，达到 870 亿欧元。汽车生产数量从 350 万辆增加到 500 万辆。员工数量从 27.4 万人增长至 32.5 万人。2002 年，将近一半员工在海外工作，而十年前这一比例仅为 40%。公司客户群扩大，不仅吸引了更富裕的客户，还有第一次购车的年轻人。1992 年，大众过于依赖高尔夫，与价格更高的帕萨特相比，它的销量几乎是后者的三倍。到 2002 年，帕萨特的销量几乎与高尔夫持平，大众入门级汽车 Polo 紧随其后。更为均衡的产品组合有助于保护大众汽车免受需求变化影响。

2002 年利润为 26 亿欧元（27 亿美元），与 1992 年相比有所提高。1992 年，公司处在衰退期，几乎没有实现盈亏平衡（次年面临巨额亏损）。2002 年，利润仅占销售额的 3%，回报率依然很低。然而，这一年公司的利润居历史第二。皮耶希任职期间，生产率有所提高，但未能实现大幅提高。皮耶希刚入驻沃尔夫斯堡砖砌写字楼的时候，大众每名工人平均生产 12.8 辆汽车。2002 年，这一数据增长至每人 15.4 辆汽车，生产效率上涨了 20%。但从利润和效率衡量标准来看，大众仍不如丰田。2003 年 3 月截止的会计年度中，丰田的年销售回报率达到 5%，丰田的 23.5 万名员工共生产出 610 万辆汽车。每名工人平均生产 26 辆汽车，比大众多出 40%。皮耶希曾着手缩小与丰田的生产率和盈利能力的差距，但还是远远落后于丰田。可以说，要是按照他对没有完成目标的下属的标准，他应该被炒鱿鱼了。

另一方面，保时捷经历了一场浩浩荡荡的变革，很大程度上要归功于与大众的交易。皮耶希的罕见失误在于，大众未能及时开发运动多用途车（SUV），这股 SUV 热潮始于美国，随后向欧洲和全球其他地区蔓延。与此同时，保时捷首席执行官温德林·魏德金看到了保时捷在 SUV 市场上的机会。一辆拥有保时捷驾驶性能和配套设施的豪华四轮驱动汽车，能为公司的富裕客户群体提供新的选择。保时捷 911 的车主可拥有一辆供全家人出行的汽车，但它仍是保时捷旗下的产品。SUV 还能帮助保时捷进驻中国等新兴市场，在那里，很多新晋富裕消费者买得起保时捷，但路况往往不适合底盘较低的保时捷 911。

2000 年，保时捷和大众共同开发 SUV 汽车。大众的版本被称为途锐，而保时捷叫卡宴。两者的车身外形差异显著。卡宴的车前灯突出，前罩向下倾斜，是保时捷一贯的独家设计。两款车都由斯洛伐克伯拉第斯拉瓦郊外的一家大型工厂生产。捷克社会主义政府垮台后，大众收购了这家工厂，并扩大了其规模。该工厂以架空索道闻名，工厂用其将成品车从装配线运输到位于高速公路另一侧的试车道。为工厂制造架空索道的公司还生产滑雪缆车。完成部分组装的卡宴涂好车漆，被运往莱比锡一尘不染的工厂和服务中心。在那里，身穿红色工作服和白色 T 恤的工人会根据买家的定制要求，完成汽车的组装工作。镀金变速箱旋钮不再是新鲜玩意儿。买家可在莱比锡工厂取车，并在附近的跑道上试车，该赛道参照著名的一级方程式赛道而建。

对保时捷来说，合作开发 SUV 不失为一笔好买卖。若保时捷只依靠自己的力量，开发汽车和建立装配线的前期投资还只是成本的一小部分。而现在，保时捷面临的风险极低，但利润巨大。2002 年 8 月，德国总理格哈德·施罗德亲临莱比锡工厂，为第一辆卡宴旋紧最后一枚螺丝。两年不到，卡宴的产量占据保时捷年总产量 8 万辆的一半。2004 年 7 月 31 日截止的会计年度中，利润为 6.12 亿欧元（8.32 亿美元），与三年前相比足足翻了一番。保时捷利润率达到 10%，超越了丰田，成为世界上最赚钱的汽车制造商。根据合同规定，魏德金获得了其中 1% 的利润，一跃成为德国薪酬最高，同时也最受尊敬的首席执行官之一。

魏德金个性十足、脾气暴躁，不过他笑声爽朗，喜爱奢侈品，还有一些怪癖。他身材富态，戴着大大的眼镜，对机械设备有一种近乎孩子气的迷恋。他喜欢收集火车模型和古董拖拉机。保时捷每年都会在日内瓦车展上为汽车行业记者举办晚宴。晚宴期间，魏德金在一家餐厅事先订好的大圆桌上接见记者们，为自己讲的笑话哈哈大笑。他会熬夜到凌晨，和记者们一起喝白兰地和抽雪茄，只要他们有精力陪他一起熬夜。

魏德金帮助很多人发家致富，其中不仅包括保时捷家族和皮耶希家族。虽然两大家族保留了跑车公司的所有表决权股，但一半的股权是优先股，没有表决权，但有权让所有者分享利润。优先股在德国证券交易所上市，吸引了广泛的投资者。在魏德金的领导下，优先股和表决权股价值飙升了1000%以上。

于大众公司而言，途锐和卡宴的合作开发并不一定是笔好买卖。保时捷获得了巨额利润，大众却承担了大部分风险。费迪南德·皮耶希担任大众首席执行官，他的家族掌握着保时捷的所有权，两者之间显然有着利益冲突。2005年至2006年的会计年度，保时捷向大众支付了7.8亿欧元（10亿美元），用于购买卡宴底盘、车身和发动机。每辆车成本价约2.2万欧元（3万美元），不及卡宴5万欧元（6.8万美元）起售价的一半。这样一来，保时捷的利润空间巨大，考虑到定制服务，卡宴价格很容易达到10万欧元（13.6万美元）。只要两家公司都有钱可赚也就听不到什么怨言。事情很快露出端倪，保时捷害怕大众落入他人之手，尤其是对两家历史渊源不屑一顾的人。

皮耶希的任期即将结束，其继任者将由大众监事会决定。皮耶希毫不费力地让自己的心仪人选成功当选大众新任领导者，此人便是宝马前首席执行官贝恩德·毕睿德（Bernd Pischetsrieder）。毕睿德留着整齐的黑色山羊胡，喜欢古巴雪茄。宝马总部位于德国慕尼黑。1999年，宝马收购罗孚，带来巨大损失，毕睿德从宝马辞职。不久之后，两人因竞买劳斯莱斯结识，皮耶希聘请毕睿德担任大众质量控制主管，同时负责西班牙西雅特汽车部门。毕睿德没有辜负皮耶希的期望，成功击败温特科恩等首席执行官的候选人，成为奥迪部门的领导者。

然而，毕睿德成为皮耶希的继任者，并不意味着皮耶希对大众公司的统治到此为止，甚至可以说是恰恰相反。皮耶希当选为大众监事会主席，表面上虽不是全职工作，但能让他持续关注自己的继任者。根据德国公司法，监事会监督首席执行官（正式名称为管理委员会主席），并有罢免权。首席执行官退休后担任监事会主席，公司管理专家对此并不赞成。主席很有可能为了保护自己的成果，阻止公司做出改变，这样风险太高了。皮耶希很可能做出这样的事情，他不太可能被动等待。毕睿德想要保住工作，就必须要顺着皮耶希。

皮耶希选择以一场技术巡回展来结束自己的任期。大众汽车是第一家批量生产 3 升燃油就可以行驶 100 公里的汽车的公司，他命令研发人员开发出行驶 100 公里只需 1 升燃料的汽车。经过三年的研发，只需 1 升燃料的双人座大众"一升车"（*Einliterauto*）成功问世。这款车采用流线型轻质车身，镁合金框架周围包裹着碳纤维，还有树脂玻璃顶篷，看起来像是一架没有机翼的战斗机。一升车用照相机替代后视镜以减小阻力，轮胎用的是轻型钛。单缸发动机用的自然是直喷式柴油机。这辆车展现了大众的环保交通先锋的形象。大众一升车证明了大众不仅有技术实力提升汽车速度和马力，还提高了效率。

2002 年 4 月 15 日，皮耶希驾驶着原型样车从沃尔夫斯堡前往汉堡，参加大众汽车年会，第一次向全世界展示了一升车的实力。为了减轻重量，皮耶希甚至穿着法拉利出品的特制轻型驾驶鞋。那天下着雨，不是实现燃油经济性最大化的理想天气。到达汉堡时，车辆行驶了 237 公里，平均每 100 公里消耗 0.89 升燃油，正好低于目标水平。驾驶途中，为节省燃料，皮耶希没有打开加热器，结果浑身冰冷。维尔四季酒店是汉堡最好的酒店之一。来到酒店，他一头扎进浴缸，舒舒服服地泡了个热水澡。

第二天，皮耶希和毕睿德驾驶着一升车前往汉堡的会议中心，出席一年一度的会议，换届仪式将在那儿举行。毕睿德挤进乘客座位，座位位于驾驶座后方，和战斗机的座位格局相差无几。皮耶希打好方向盘，将车停在会议中心门前，侍者已经在门外等候。会议中心里面大约有3 500 名股东，大部分是老年人，打扮得像是去参加教堂集会一般，在自助餐桌边排队拿取免费的香肠和汤，这是德国年会的典型特征，人称德国香肠红利。据德国业界报纸《欧洲汽车周报》透露，有些人对皮耶希收购奢侈品牌以及这样做的意义提出质疑和不满。毕睿德不看好来年的汽车前景，指出到目前为止，当年汽车销量在德国下降了，会议中心的股东们长吁短叹。大众汽车的股价也让人一筹莫展。大众优先股的价格约为 40 欧元，自皮耶希上任以来，股价翻了两番，成为交易最广泛的股票。但在 1998 年，股票价格从 70 多欧元的高点开始下跌。有传言称，由于股价低迷，大众将成为收购对象。

总之，1992 年，皮耶希成功帮大众渡过难关，股东们表示赞赏，并为他起立鼓掌。似乎，所有人都不关心皮耶希的独裁管理风格，也不在乎他上任时对大众专制主义者大加抱怨，却在卸任时成为了历任管理者中最专制的一个。结果最重要。皮耶希写道，这些荣誉，持续不断的掌声以及即将离任的监事会主席克劳斯·利森的褒奖之词，都让他觉得不寒而栗。他说道，还是驾驶一升车更有意思。这句话表明，在他心里，机器比人更重要。

皮耶希声称，他不会干涉大众汽车的日常管理。他描绘了一幅宁静的退休生活画卷，与家人共同度过更多时光，乘坐定制铝合金游艇在公海上航行，这艘船要配备许多科技设备，让他和乌苏拉能独自出海。皮耶希的自传中有一张 2002 年拍摄的照片，照片中的皮耶希穿着皱巴巴的法兰绒衬衫和裤子，手中拿着一把小刀和一根木棍，坐在奥地利萨尔斯堡的长凳上，透过双光眼镜观察世界，完全是一位老者正享受着生命黄昏的画面。了解皮耶希的人都不相信他会把以后的时光花在削木棍上，彻底过上退休生活。

第九章　劳资关系

毕睿德马不停蹄，着手改变大众汽车的文化。他的大部分职业生涯都在宝马度过，并没有被灌输大众的行事风格。宝马根植于充满欢乐的巴伐利亚，与大众相比，宝马没有那么专制集权，在下属眼中，高管不过是普通人，而非神灵般的存在，下属完全有可以挑战上司的观点。毕睿德试图减少大众自上而下的行事风格，让员工承担更多责任，掌握更多主动权。真要做起来并不是件容易事儿。一位前部门主管回忆说，毕睿德接管公司后不久，便下访他们部门，询问员工们对本部门有哪些目标。过去，从没有人征求过员工的意见，他们震惊不已，鸦雀无声。

不过，毕睿德没有放手改革管理委员会的权利。皮耶希是监事会主席，毕睿德很难赶走他的心腹，组建自己的团队。管理委员会的部分成员有着自己的权力根基，其中包括负责人力资源的彼得·哈茨。让员工满意是一项技术活，在20世纪90年代，哈茨成功协商了一周四天工作制，被认为是业内员工关系管理的最佳人选之一。

哈茨的行业地位非常高，2002年，就连德国总理格哈德·施罗德都指定他领导特别委员会，负责研究如何改革德国劳动法。这是一项危险的政治任务。和欧洲许多国家一样，在德国，即使员工工作表现不佳或公司不景气，解雇员工也是一件很难的事情。工作保护规定意味着，企业在一开始雇用员工时就必须非常谨慎，因为如果以后员工出现问题，公司很难解雇他们。此外，失业救济金十分丰厚，有些人宁愿依靠政府救济也不愿工作。经济学家将德国的高失业率（2002 年失业率为11%）部分归咎于这些劳动法，因为这些法律条规不鼓励公司招聘，也没有给失业者带来足够的就业或学习新技能的压力。施罗德意识到改变的必要性。但是，他遭到党内左翼分子和德国民众的强烈抵制，后者担心，如果放宽就业保护政策，他们会丢掉工作。成为德国总理之前，施罗德曾任下萨克森州总理和大众监事会成员。他认识哈茨。施罗德是一位聪明的政治家，他意识到哈茨的工人阶级根基深厚，与大众工人打交道的经验丰富，使他成为寻求妥协的理想人选。

事实证明，施罗德对哈茨的信任确是空穴来风。众所周知，哈茨委员会制定了方案，它放宽了对雇用和解雇的一些限制，公司更容易雇用临时工或兼职人员，他们大多不受法律保护。该方案还规定了失业救济金的期限。最长在失业两年后，对年轻人则是在失业半年后，每人获得的生活津贴会被减少到每月不足 400 欧元（540 美元）。失业人员无法再领到基于失业前最后一份工资而定的无限期失业救济金，而是只有相对较少的福利津贴，从而激励失业者接受低薪工作。尽管左翼议员强烈反对，该方案还是获得了联邦议院的批准，总体而言非常成功。在接下来的几年里，德国的失业率直线下降。公司解雇和雇用员工变得更简单。2016 年，德国的失业率低于 5%，比美国还要低。皮耶希将大众运营管理权移交毕睿德后，哈茨保住了自己的工作，但不会因让 200 多万人重返工作，而被当作英雄人物载入史册。

哈茨最终一败涂地，最初的源头可能是布拉格的 K5 休闲俱乐部。俱乐部自称是"娱乐和放松的理想天地"，"每个人都能找到自己的内心归属"。俱乐部门外低调的标志与艳俗但奢华的内部装潢格格不入，表面上看，这里不过是布拉格市中心一座不起眼的战前四层小楼。俱乐部管理人坚称，这里不是一家妓院。经理们说，男顾客和酒吧女服务员之间的事情，与俱乐部毫无瓜葛。俱乐部只负责提供房间而已。许多私人房间都有主题，就像一个色情游乐园。那里有有太空室，顾客可能会"觉得自己是宇航员，和太空英雄巴巴丽娜一同畅游在无边无际的太空中"。还有冰屋，在一张被假的雪砖包围的床边，一只巨大的毛绒北极熊赫然耸现。俱乐部对此的宣传语是："鱼水之欢，身心不寒。"顾客还可以享受巴西妇女的服务，她躺在桌子上，一丝不挂，身上铺满水果，这就是所谓的人体自助餐。她在仅限男宾参加的派对上很受欢迎。

赫尔穆斯·舒斯特是俱乐部的常客，他是捷克汽车制造商斯柯达的人事主管。哈恩在任期间，大众汽车在捷克共产党政权倒台后收购了这家公司。斯柯达将自己的车身设计与大众的发动机和底盘相结合，以东欧人负担得起的价格出售这些汽车。舒斯特也是哈茨的密友。2005 年 6 月，德国报纸上出现了舒斯特被斯柯达直接解雇的报道。解雇原因很快浮出水面。公司审计员发现，舒斯特，这个五十多岁的胖子在印度收受了 10 万欧元的贿赂，对一家新工厂的选址决策施加了影响。据德国报纸报道，他用这笔当时相当于 12 万美元的钱款，买了一辆兰博基尼。另一项指控更为严重，引发了人们对整个共同决策系统以及对大众汽车工人与经理合作佳话的质疑。根据针对舒斯特的刑事指控，他带着工会官员和工会代表一起去了 K5 休闲俱乐部和其他性俱乐部，挪用大众资金进行公款消费。所谓的"欲望之旅"（Lustreisen）是制度内的一部分内容，旨在服务大众公司的劳工领袖，让他们安心配合工作。

不久，新证据开始指向哈茨和大众工人委员会主席克劳斯·沃尔克特。沃尔克特是德国最有权势的劳工领袖之一。1990 年，他成为工人委员会的主席后，被视为大众管理层的成员之一。他在沃尔夫斯堡停车场拥有专属停车位，这是大众高管才能享受的待遇，此外，他出行坐的都是头等舱。2005 年 6 月，沃尔克特突然辞职，工人委员会最初的说法是，他计划让位给自己的副手贝恩德·奥斯特洛。但很快，就有指控称沃尔克特从大众获得了百万欧元的"特殊奖金"。沃尔克特的情妇，一位巴西籍女子，定期前往德国与他约会，所有的约会费用都由大众承担。哈茨批准了部分费用的报销。

丑闻持续发酵，哈茨的副手克劳斯-约阿希姆·格鲍尔深陷漩涡中心。格鲍尔负责联络工人委员会。根据后来的法庭证词，格鲍尔有一个代号为1860的行贿基金，用于支付嫖娼费用，并在出差期间为工会官员提供性服务。如果女人没有及时现身，沃尔克特就会不耐烦地问格鲍尔："女人在哪里？"这也是德国新闻媒体提及这桩丑闻时引用最多的一句话。格鲍尔也有一个情人，她的名字竟然出现在斯柯达的工资名单上，她在短短20个月内赚了5万欧元，却没有为公司做任何事情。德国媒体大肆报道这桩丑闻，在海外也掀起巨大风波，但这起桃色事件对汽车销售影响甚微。谁会在乎大众高管私下里做些什么呢，只要他们能生产出好车不就行了？

2005年7月，哈茨正式辞职。在声明中，他否认了所有罪责，只是说会对已经发生的事情负责。"这件事并非只关乎我这个人，"他说道，"它关系到大众汽车的声誉，我感到自己得担起这份特殊的责任。"哈茨还试图提醒人们他所做的一切好事。他说："我把所有的精力都投入在创造和保留有竞争力的工作岗位上。"

或许是太过天真，或许是故意给皮耶希下马威，毕睿德下令进行彻底调查。他聘请毕马威会计师事务所进行内部调查，并正式请求德国检察官展开调查。11月，丑闻曝光半年后，大众披露了毕马威的初步调查结果。审计人员掌握的证据表明，流入舒斯特和格鲍尔私人账户的资金，与印度工厂有关。审计人员还发现，两人秘密拥有向大众提供服务的公司，其中包括安哥拉的一家公司，该公司本应为大众和斯柯达建立销售网络。过去五年里，格鲍尔在公司账上为自己划了93.9万欧元

（110 万美元），用于"旅行、珠宝和酒吧消费"。审计人员还证实，"沃尔克特的女性朋友"，即这位劳工领袖的巴西情人，收到 63.5 万欧元（76 万美元）。声明称，她提交的部分发票获得"哈茨的报销批准"。大众的经济损失总额达到 500 万欧元（600 万美元）。

显而易见的问题是：皮耶希知道这些事吗？早在数年前，腐败就在他的眼皮底下开始滋生，和皮耶希一起担任管理委员会成员的哈茨明显已经深陷其中。腐败涉及的金额巨大。但没有任何文件或其他直接证据表明皮耶希与其中任何一笔款项有关。哈茨坚称，皮耶希对他的所作所为并不知情。

2006 年 3 月 29 日，皮耶希提交了事件声明，当时他接受了来自布伦瑞克的两名州检察官和下萨克森州国家刑事警察机构的两名侦探的询问。皮耶希坚持说，他对格鲍尔绕过正常的审批程序，报销大笔旅费和娱乐费用的事情毫不知情。"任何做过这种事情的人都应该被扫地出门。"皮耶希在一份签署的声明中说道，这份声明以前从未公开过。皮耶希承认，他听说沃尔克特有一个巴西女友，关于她从大众领取薪水，用公款购买布伦瑞克公寓的事情，自己从未参与到任何相关讨论中。

不过，皮耶希承认，他有意与财务往来保持距离。"我从没有管过钱，"皮耶希对调查人员说道，"我更乐意避开这些麻烦事，委托给其他人。"这一声明可以解释为，皮耶希承认对这些事情视而不见，把肮脏的工作留给别人。

2008 年 1 月，在沃尔克特和格鲍尔的审讯中，皮耶希被传唤作证。那时他已是古稀之年，乘坐着乌苏拉驾驶的黑色途观 SUV 来到布伦瑞克的法院。皮耶希承认，他告诉这位劳工领袖，作为管理委员会成员，他责任重大，理应拿到更高报酬，但对于给沃尔克特另付酬劳或是出入妓院等消息则毫不知情。皮耶希表态，如果他知晓腐败事件，一定会强烈反对。毗邻沃尔夫斯堡的布伦瑞克市的检察官没有进一步指控。

时至今日，人们仍在猜测，是否有人幕后操纵这一切，保全皮耶希。如果没有犯罪文件和其他与腐败相关的确凿证据，很难将皮耶希定罪。哈茨坚称，皮耶希不知道自己的不当行为。这很有可能引起人们怀疑，觉得哈茨的说辞不过是为了确保刑事审判作出无罪判决。但是即使真如哈茨所说，皮耶希毫不知情，这也在一定程度上凸显出大众汽车在财务和道德问题上的监管漏洞。根据大众公司的估算，一小群高层管理人员挪用了 500 万欧元，竟然没有人知情。自十年前洛佩斯事件后，这起桃色丑闻警示着大众企业文化出现了严重问题，而问题就存在于高层管理人员认为非常适用的规范之中。皮耶希仍是监事会主席（他的退休航行计划从来就不重要），在这两起丑闻中都是公司的主要人物。如果让他为丑闻负责，承担道德责任，也不失公平。

据与毕睿德共事的人士透露，他意识到，丑闻与管理文化失调有一定关联，必须要推动企业改革。公司宣布，为了防止以后有不当行为，公司将聘请监察员，员工可以向他们举报腐败行为。"我们得出的结论意义深远，"皮耶希在相关声明中说道，"不管是在内部还是外部，大众将更加透明化。"

皮耶希逃过法律惩罚，不过其他人就没那么幸运了。哈茨在法庭上承认，从 1995 年到 2004 年，他曾将资金转移给沃尔克特。2007 年，他被判处两年监禁，缓期执行，并被处 57.6 万欧元（78 万美元）的罚款。沃尔克特的处罚最重，被判处两年零九个月的监禁。他在汉诺威附近的监狱服刑一年零九个月，那里的囚犯白天可以离开监狱。曾与检察官有过合作的格鲍尔被判处一年监禁，缓期执行。前斯柯达人事主管舒斯特接受了 15 个月的缓刑期，缴纳 1.5 万欧元（2 万美元）的罚款。以美国白领犯罪的处罚标准来看，这些惩罚太过温和。

哈茨的耻辱并没有随着认罪而结束。他曾插手劳动法改革，因而成为公众的泄愤对象。尽管改革在帮助德国减少失业率方面卓有成效，但许多德国人认为自己丧失了某种特权。失业者在定期失业救济金到期时会获得生活津贴，哈茨的名字已经成为此类生活津贴的代名词。领取福利的德国人会被称为"靠哈茨救济的人"。

这桩丑闻在大众汽车历史的关键节点爆发，当时大众之外鲜少有人意识到这个问题。沃尔夫斯堡的一群工程师正着手研发 EA189 发动机。EA 是"*Entwicklungs Auftrag*"的首字母缩写，意即研发任务。从这个常规名称里一点儿看不出项目的重要性。这款新发动机将成为大众数百万辆中小型汽车的标准柴油动力装置。EA189 标志着最新柴油技术的到来，这项技术被称为高压共轨。新技术使用单个加压燃料储存器——类似管道的"共轨"——为所有汽缸供应能量。新发动机保留原有的系统，每个汽缸都有单独的燃料供应装置。高压共轨确保向钢瓶输送的燃油更为均衡，价格更加低廉。

大众汽车想要让柴油车进军美国市场，发动机研发至关重要。高尔夫、捷达、新版甲壳虫、帕萨特和奥迪 A3 都安装了两升四缸发动机，目的是在美国大肆推广柴油车。大众掌握了柴油技术，藉此在欧洲市场占据主导地位，边缘化通用欧宝等竞争对手，而对手们迟迟未意识到未来柴油车在欧洲的重要性。欧宝前董事长戴维·赫尔曼回忆道："多年来，市场份额发生巨大变化，主要是靠柴油车驱动的。"如今，大众试图采用同样的策略，与丰田争夺美国市场。在美国，几乎没有一辆乘用车是柴油汽车。大众汽车将装有 EA189 发动机的汽车定位为普锐斯的替代品，普锐斯是丰田旗下具有开拓性的混合动力汽车。大众柴油发动机在燃油经济性上与普锐斯旗鼓相当，但加速度比普锐斯更快。在大众的美国市场战略中，EA189 发动机必不可少，因此公司开发了一款名为"美国马达"的变异版发动机。

主厂房西侧，设计 EA189 发动机的工程师在绵延的办公室和实验室建筑群里工作。自工厂只知道大量生产甲壳虫的那段日子之后，大众汽车公司有了巨大发展。沃尔夫斯堡的开端带有纳粹色彩，被称作"力量来自欢乐汽车城"，拗口极了。如今沃尔夫斯堡也已改变。工厂东边，在连接运河的人造潟湖对面，皮耶希建造了汽车城（*Autostadt*），汽车城涵盖综合博物馆、经销商门店和汽车科技馆，于 2000 年正式开业。从沃尔夫斯堡出发，经过一座横跨运河的人行桥，即可到达汽车城。城里有餐饮中心，数家餐厅林立其中，还有几层展览区，主要介绍大众公司和汽车行业的发展历史。汽车城外，穿着同款棕色工作服的工人们将草坪修剪得整整齐齐，伫立在草坪上的展馆里展出了大众所有的品牌汽车，从兰博基尼到斯柯达，一应俱全。草坪中间零星分布着小池塘，部分池塘成了海狸的乐园，它们完全不怕人类，有时还懒洋洋地躺在草坪上休憩。这样一幅和谐画面，呼应着大众公司的宣言，即大众是一家汽车公司，更是大自然的朋友。

汽车城亦扮演着经销商的角色，大众的客户可在汽车城交付车辆。汽车城里有两座二十层高的圆柱形塔楼，塔楼的外部是透明的，成品车早已在塔楼内备好。机械臂从机架上取出车辆，小心翼翼地将它们降至地面，就像巨大的自动售货机一样。汽车城甚至拥有自己的酒店，这家丽思卡尔顿酒店，是世界上为数不多可以俯瞰汽车厂的五星级酒店之一。酒店配备了米其林三星餐厅，客人可在无边泳池中畅游，泳池位于大众发电厂高大烟囱下方的潟湖边。再往东是一个新体育场，即大众竞技场，是沃尔夫斯堡足球俱乐部的大本营。沃尔夫斯堡足球俱乐部有一支职业足球队，归大众所有。

沃尔夫斯堡从一个小村庄发展到一个拥有 12 万居民的城市，文化和娱乐设施却发展滞后，如今，这些便利设施为沃尔夫斯堡解了燃眉之急。同时，在与宝马和戴姆勒争夺顶级工程师时，大众更有筹码和吸引力，同时，沃尔夫斯堡也可与慕尼黑和斯图加特（宝马和戴姆勒总部所在城市）争辉。大众将大部分研发工作外包给保时捷的日子早已一去不复返了。要完成 EA189 等项目，大众必须吸引最优秀的人才。

截至 2005 年，超过一万人在庞大的研发中心工作，设计新车型和发动机。研发中心位于桑德坎普地区，在高速公路上有自己的出口，还有自己的椭圆形测试跑道。各色建筑如雨后春笋拔地而起，风格不一，唯一相似之处在于，建筑都使用了与主工厂相同的深色砖块。研发中心的规模反映出汽车制造程序日益复杂。节省燃料的需求凸显了空气动力学的重要性，而安全法规要求安全气囊和汽车前部在受到撞击时保证有足够的挤压空间，以最大程度减少对驾驶员或行人的伤害。欧洲和美国对排放控制的要求越来越严格，这意味着尾气必须通过催化转换器和颗粒过滤器尽可能得到净化。对于汽车制造商来说，在燃油经济性、顾客对性能和造型的期待以及监管机构的清洁排放和安全要求之间取得平衡，是一场持久的战役。

与银行和其他高度管制的行业一样，汽车制造商需要强有力的合规部门，敦促工程师遵守监管要求，避免因欺骗而不得不承担法律和经济后果。据共事人士透露，毕睿德意识到大众在内部管理方面落后于宝马和戴姆勒。他试图利用桃色丑闻作为推行改革的契机。改革完成之前，他失去了皮耶希的支持。毕睿德越来越独立，试图改变大众的专制文化，皮耶希似乎感受到威胁。

股东们对毕睿德青睐有加，因为他提升了大众的盈利能力，并开始解决与丰田的效率差距问题。在毕睿德的领导下，大众股价将近翻了一番。然而，想要降低成本，就必须打破现任监事会主席皮耶希建立的帝国。辉腾项目是皮耶希的心头好，可辉腾在美国销售表现不佳，毕睿德决定结束此项目。野心勃勃的前戴姆勒首席执行官沃尔夫冈·伯恩哈德刚过而立之年，毕睿德和他一样，两人都威胁到工党领袖的地位。毕睿德试图通过提前退休计划和出售子公司，削减两万德国员工。伯恩哈德甚至试图关闭一家效益低下的大众工厂，对工人而言，这是赤裸裸的侮辱，尽管工厂远在布鲁塞尔。关闭工厂不会直接影响到德国的就业，但可能会开一个不好的先例。

毕睿德的五年合约将于 2007 年到期，工人代表的反对声音开始出现。对于这位自己精心挑选的继任者，皮耶希几乎没有为其做任何辩护。2006 年 3 月，皮耶希在接受《华尔街日报》采访时表示，毕睿德的合约续期还"悬而未决"，因为工人反对他的政策。这样冷漠的评价，根本不是在给予毕睿德支持，而是预示着他的黯淡收场。年底合约到期，毕睿德就离开了公司，伯恩哈德不久也辞职了。

监事会任命的新首席执行官是马丁·温特科恩，他曾负责监管辉腾的研发工作，也是奥迪的领导者。与毕睿德不同，温特科恩对皮耶希忠心耿耿。皮耶希可以指望他实现自己的愿望。

桃色丑闻爆发后不久，改革者毕睿德离开大众。皮耶希蓄势待发，甚至比以往任何时候都更强大。在工人的支持下，他让自己的忠诚信徒取而代之，驱逐了挑战自己权威的首席执行官。

随着毕睿德的离开，大众失去了一位本可以强化内部监管制度的首席执行官，他也许能够设定更高的道德行为标准，打造员工自由表达意见的工作氛围。如果毕睿德继续留在大众，公司的历史轨迹可能会有所不同。

大众贯彻了毕睿德的监察员制度，员工可以向他们报告问题。然而，后来的事实证明，内部监管过于松懈，无法阻止不当行为，其中甚至包括可能摧毁公司的不当行为。最重要的还是领导者树立的榜样。

第十章　作弊风波

桃色丑闻虽然不光彩，但并没有对大众汽车的野心有明显的影响。2007 年 11 月，法庭还在就这起丑闻争执不休时，《明镜周刊》发表了一篇短文章，内容涉及大众即将召开的监事会会议和会议上令人震惊的言论。马丁·温特科恩担任首席执行官不到一年时间，便向董事会提交计划，准备在十年内将大众汽车和卡车的销量提升至 1 000 万辆以上。当时，大众汽车的年销量约为 600 万辆。了解汽车行业，会算这笔账的人都知道大众的言外之意。要实现温特科恩的销售目标，大众就必须打败第二大汽车制造商通用，然后打败第一大制造商丰田，成为世界上最大的汽车制造商。这是官方的意思。大众的野心是统治世界。

柴油车是计划的核心。大众汽车已经开始大力销售柴油发动机驱动的小型车。几个月前，在法兰克福的国际汽车展上，大众推出了六款新的柴油车型，包括捷达和三款新版本的高尔夫。按大众的说法，这些车清洁高效，经济实用，二氧化碳排放量大大减少。

美国是世界上最大的汽车市场，也是该计划的重要组成部分。要想年销售量达到 1 000 万辆，超越通用和丰田，大众就不可能忽略美国市场。除了商业需求外，大众一直对美国市场耿耿于怀。大众在欧洲占据主导地位，在中国和拉丁美洲是强势品牌，但在美国，大众不过是一个小众品牌，与富士斯巴鲁汽车的地位不相上下。

这背后存在着一些问题。大众这些年一直在努力设计和生产 EA189

发动机，它将自己的野心寄托在这款新的柴油发动机上。毕睿德离职前，曾计划向戴姆勒借用排放技术，让大众的柴油车配备这项技术。戴姆勒是梅赛德斯-奔驰品牌的制造商，奔驰总部位于斯图加特。戴姆勒前首席执行官沃尔夫冈·伯恩哈德是大众品牌汽车生产部门的负责人，也是排放技术的倡议者。这项技术被称作蓝色技术（BlueTec），它使用含有化学尿素的溶液将废气中的氮氧化物分解成无害形式的氮和氧。

　　蓝色技术效果显著，但也有一些缺点。汽车必须配备一个溶液贮放箱，以容纳尿素溶液，车主或他们的修理工需要定期加注溶液。一个额外的尿素溶液箱看起来无关紧要，但在大众看来，对汽车销售和公司追求的目标都有重大影响。尿素溶液箱会占用储物空间，这可能会影响在汽车杂志上的评级，因为杂志的评论者都对汽车的储物能力十分热衷。此外，车主需要为加注尿素溶液箱承担额外费用，在潜在客户看来是个负担。顾客需要为蓝色技术另付 350 美元（有些估价较低一些），在竞争激烈的中型轿车市场难有竞争优势。这些问题尤为突出，因为大众计划将柴油车作为进军美国市场的主力。任何让柴油车减分的东西，大众都承受不起。

　　骄傲也是一个重要因素。对于沃尔夫斯堡和英戈尔施塔特的奥迪工程师来说，向戴姆勒公司（当时还是戴姆勒-克莱斯勒公司[①]）借用技术是件痛苦的事情。他们视自己为柴油车的先锋。毕竟，1989 年，是奥迪将第一台涡轮增压直接燃油喷射柴油发动机推向大众化市场的。

　　沃尔夫斯堡研发中心的部分工程师坚信，戴姆勒技术还没有完全成熟，不足以满足大众化市场的需求。这项技术存在明显缺陷。例如，尿

[①] 戴姆勒-奔驰公司与克莱斯勒公司于 1998 年合并，改名为戴姆勒-克莱斯勒公司。2007 年，合作结束，戴姆勒-克莱斯勒完成分拆，变回了两家公司，即戴姆勒公司和克莱斯勒公司。——编注

素排放净化系统直至发动机升温才开始生效。适合戴姆勒的并不一定就适合大众。奔驰是豪华汽车，于它而言，这项技术的额外成本微不足道。奔驰体型更大，有更多空间存放尿素溶液箱。

费迪南德·皮耶希依旧是监事会主席，他一直都在怀疑戴姆勒与大众合作背后的真正动机。多年来，坊间一直流传戴姆勒有意收购大众汽车，或掌握足够多的大众股份，增强自身影响力。下萨克森州总理克里斯蒂安·乌尔夫与皮耶希关系紧张，曾公开鼓励戴姆勒购买大众的股票。皮耶希很容易得出结论，让大众向戴姆勒敞开大门，背后必有阴谋，公司想要削弱他的权力，而蓝色技术就是阴谋的一部分。

除蓝色技术外，唯一实用的替代方法是稀燃氮氧化物捕集器（Lean NOx Trap），简称 LNT。这是一种催化转化器，它将氮氧化物收集在一个装置中，并将分子分离成氧气和氮气，这种无害形式的氮大量存在于地球大气层中。由于装置很快就会装满氮氧化物，因此需通过增加汽缸内（这里是点火发生的场所）燃料和空气混合的比率，使装置周期性将氮氧化物转化为氮气，实现装置的循环再生。剩余未燃烧的燃料从发动机进入氮氧化物捕集器，充当一种清洗剂，冲出被捕获的氮。

稀燃氮氧化物捕集器技术比戴姆勒的化学溶液更便宜，而且它不需要尿素溶液箱，不存在加注问题，所以无须车主费心维护。但是，排放技术中常见的情况便是，解决了一个问题，还会有其他问题。由于稀燃氮氧化物捕集器无法完全中和氮氧化物的排放，大众还采用了另一种污染控制技术，即废气再循环，又称 EGR。顾名思义，该系统会回收废气，将其泵送回汽缸。废气含氧量低于大气中的空气，降低了汽缸内的燃烧温度，从而减少了氮氧化物的产量。（高温状态下，发动机会产生更多的氮氧化物。这就是为何柴油发动机比汽油发动机的氮氧化物排放量高，因为后者的工作温度更低。）

废气再循环的不足之处在于，发动机会产生更多的致癌微粒。反过来，排放控制系统中的过滤器负担更重了，这部分装置负责捕获烟尘颗粒，阻止它们离开排气管。大众汽车内部的排放测试显示，多余的烟尘会导致过滤器过早磨损。对监管机构和客户来说，这都是一个问题。根据法律规定，在汽车的使用寿命内排放系统应保持有效运作，美国规定的汽车里程为 12 万英里。如果汽车行驶 5 万英里后就得更换过滤器，既与规定不符，又会给车主带来额外的费用负担和不便，可能会影响汽车销售。在美国销售汽车，这些问题更难得到解决，因为美国的氮氧化物排放标准比欧洲更加严格，并且对违法行为的处罚要严厉得多。

2007 年，大众在美国处境尴尬，是因为自身多年的失误，一直以来，沃尔夫斯堡管理层拒绝迎合美国人的口味。几十年前，甲壳虫的成功在很大程度上是个意外。费迪南德·保时捷最初设计大众汽车时，完全没有考虑到美国市场。阿道夫·希特勒是唯一重要的客户。半个多世纪后，沃尔夫斯堡的经理和高管仍然不了解美国市场，实在是令人意外。他们将重心放在欧洲市场，拒绝听取海外员工的建议，这一点可是出了名的。

20 世纪 90 年代，沃尔特·格罗斯曾在美国为大众工作，他讲了这样一个故事。为了说服沃尔夫斯堡的研发者向美国车主提供便利，在车内安装放外带饮料的大号杯托，沃尔特可谓是费了九牛二虎之力。在德国，坐在桌子旁享用咖啡，被视作是一种文明风尚。21 世纪，星巴克问世之前，在德国人眼里，外带咖啡的想法太不入流。尽管美国经销商迫切要求，大众高管还是不相信美国人会在开车时吃完整顿饭，而汽车制造商需要为其设计相应的内饰。格罗斯回忆道："在沃尔夫斯堡，我们没法解释为什么我们原来的杯托毫无用处。"

沃尔夫斯堡代表团访问洛杉矶期间，一天早晨，格罗斯为代表团组织了一支车队。他带着客人们来到一家麦当劳的免下车窗口前，让他们点咖啡和早餐，然后坚持要求他们边驾车边吃完鸡蛋松饼。对代表团来说，教训十分深刻。最终，大众汽车为美国快餐制造了加大版的杯架。

大众汽车需要在美国市场脱颖而出，与丰田有所区别。在大众看来，柴油车是最佳选择。大众 TDI 的燃油经济性与丰田普锐斯不相上下，而在美国市场，唯独大众掌握了这项技术。柴油车曾是大众在欧洲占据主导地位的跳板，如今也可以发挥同样的作用。新版 EA189 发动机的研发，很大程度上始于大众在美国的野心。美国对氮氧化物排放的监管限制变得更加严格，现有的发动机不可能达到此标准。

然而，由于一场激烈的论战，新发动机的生产被推迟，论战核心是新发动机应该采用何种燃油喷射系统。大众内部许多人不愿放弃现有的技术，即整体式喷油器，在德语中被称作"*Pumpe Düse*"。在当时，该系统具有开创意义，能让燃料以 2 000 帕的气压（相当于地球大气压力的 2 000 倍）泵入汽缸。该系统产生的压力是以前技术的两倍，使得燃料的燃烧效率更高，产生的排放物更少。在整体式喷油器的研发过程中，费迪南德·皮耶希发挥了相当重要的作用。

由于效率优越，共轨正成为行业标准。使用整体式喷油器时，每次喷出燃料后，喷油器喷嘴必须关闭，燃料压力才能再生。有了共轨，发动机可持续获得增压燃料，从而使喷射时间更精确。最终，汽车燃油经济性更高，废气排放更少。共轨的成本也更低。汽车行业的其余公司也纷纷转而使用共轨。共轨系统市场需求增加，价格相应降低。例如罗伯特·博世公司（Robert Bosch）等共轨系统供应商，生产出的产品越多，客户群体越多，开发和加工成本相应减少。

尽管有这些说法，放弃专有技术于大众而言还是很痛苦的事情。当时在沃尔夫斯堡工作的一位不愿意透露姓名的工程师将这场内部论战描述成"一场圣战"。众所周知，皮耶希不喜欢模仿对手，他的手下也是整体式喷油器的忠实拥护者。整体式喷油器在大众内部备受推崇，支持共轨的大众研发人员担心，最高管理层知晓后出面干涉，于是在研发中心的地下室偷偷进行共轨的研发。一项内部研究显示，共轨技术每年将为大众节省超过 10 亿欧元（约 13 亿美元）的采购成本，这一论战终于也告一段落。

那时，新的发动机项目已经落后两年。即使推迟了新品发布时间，离计划的新马达生产时间也只有不到两年了。在如此短的时间内，公司要设计出全新马达，建立生产线，同时还要解决排放问题。装配了新版美国马达的汽车自 2008 年年底起通过美国经销商开始销售。美国马达就是 EA189 发动机的变异版。

2007 年，温特科恩升任大众首席执行官，大众管理改革时期也随之终结。毕睿德试图改变大众僵化的、自上而下的管理风格，这种风格源自皮耶希。温特科恩为感谢皮耶希的提携，恢复了这种管理风格。

温特科恩和他的导师皮耶希之间还是有很多不同之处的。皮耶希出身富贵，而温特科恩家境普通。他父母是德国人，定居匈牙利，二战结束后逃往德国。1947 年，温特科恩在德国出生。温特科恩在斯图加特大学学习冶金和物理学，后来在著名的马克斯普朗克研究所获得金属物理学博士学位。最初他在博世公司工作，1981 年加入大众，成为奥迪的质量控制主管。他和皮耶希共事 30 年，他曾将这种共事关系描述成一种合作关系，皮耶希负责构思新想法，而温特科恩负责执行这些想法。尽管共事几十年，两人之间还是保持着距离。他们用德语中"你"的正式用语"Sie"称呼对方，而不是非正式的称呼"Du"。

他们有一点共同之处，那就是用恐惧支配他人。皮耶希身材相对瘦削，用几句犀利的话或冰冷的眼神就可以震慑住令他不悦的人。温特科恩表现得更粗放些。他曾是足球守门员，身材魁梧，走路时昂首挺胸，外表就很有威慑力。他穿着宽大翻领的双排扣西装，凸显自己的强壮身材。当温特科恩对一些事情感到不悦时（他经常不悦），会用声音和肢体表达自己的情绪。在决定美国版帕萨特零部件的会议上，当时在场的一位高管说，温特科恩认为其中一个零部件是二流货色，于是怒目圆睁，将零部件摔到桌上，直到零部件碎裂才罢休。与他共事的工作人员也提到了类似的场景。然而，温特科恩似乎也渴望得到尊重。他喜欢人家称呼他温特科恩"教授"，尽管他的教授职位只是荣誉头衔而已。

可以肯定的是，部分意志更坚定的高管并没有被温特科恩吓到。许多人都包容他的怒火，将其解释成对质量的追求。他们说，温特科恩大喊大叫的样子，要比攻击他人的时候更可怕，当然他也可以表现得和蔼可亲，对信任的人敞开心扉。但其他人担心温特科恩会生气，不愿冒险告诉他，他想要的东西是无法实现的。每个人都知道温特科恩和皮耶希的密切关系，皮耶希当时仍是监事会主席。

这就是 2006 年年末的大致环境，当时工程师、高管和软件专家在参与到美国版柴油发动机的研发工作中，努力解决排放问题。毕睿德将离开大众汽车，伯恩哈德很快也追随毕睿德的脚步，选择离开，最终回归戴姆勒公司。温特科恩则在皮耶希的支持下，顺利掌权。大众准备将宝押在美国市场，它计划成为世界上最大的汽车制造商，而美国市场是计划的核心。蓝色技术就算还没被官方宣告死亡，也已经失去了大众的青睐。

2006 年年中，发动机研发人员意识到一个严重的问题。大众实验室测试显示，新发动机的废气再循环系统会给颗粒过滤器带来无法承受的负担，导致它过早磨损。然而，没有废气再循环系统的帮助，稀燃氮氧化物捕集器无法控制氮氧化物的排放。这样的话，汽车不可能通过排放测试，尤其是在美国，它的氮氧化物排放限制更为严格。环境保护局不会批准这些汽车，汽车自然也无法直接销售。大众汽车称霸全球的雄心与物理学定律背道而驰。正如大众汽车后来在法庭文件中承认的那样，研发人员无法在"有限的时间和预算范围内"协调燃油经济性和排放这两个相互矛盾的目标。一位参与新马达研发的工程师直截了当地说道:"这是个糟糕的计划。"

大众并非没有选择。举例来说,它可以为颗粒过滤器提供特殊保修,让消费者在滤清器失效时享受免费更换服务。这将使污染控制设备在能力范围内发挥作用。或者,大众可以为汽车配备更好的排放技术。宝马也面对类似的困境,它选择为在美销售的柴油 SUV 配备性能更强大的设备,从而达到美国规定的污染标准。部分宝马汽车拥有三种排放技术:废气再循环、稀燃氮氧化物捕集器和尿素选择性催化还原系统(urea-based SCR systems)。但是大众的目标受众是收入不高的消费者,额外设备将使汽车成本增加数百美元,还得占据汽车的宝贵空间,却并不能增加汽车的吸引力。经销商出售汽车时,他们并不会谈论排放技术。

大众汽车选择了另一条解决问题的途径。2006 年年中,沃尔夫斯堡的工程师们正在努力改造奥迪柴油发动机中的软件,并将其应用于大众发动机。奥迪发动机配备了共轨系统,可以理解大众为什么借用软件而不是从头开始研发。这款软件包含数千种功能,来控制发动机参数,工程师研究这款软件时注意到,有个用英语标记为"噪音功能"的东西,也被称为"声学功能"。它能够让汽车识别出实验室滚轴测试的场景。如果引擎罩下的计算机感应到汽车正在被检测,它就可以调整发动机的表现,以提供最佳的测试结果。工程师们意识到,这个软件就是减效装置。

到底是谁提议利用这一点来解决新柴油发动机的排放问题,不得而知。提议者当时可能只是随口一说,但人们却当真了。2006 年 11 月,大众汽车的买家们提交了一份集体诉讼书,其内容基于公司内部文件。根据这份诉讼书,负责软件研发的工程师根据上级要求,将奥迪的声学功能应用于在美销售的大众柴油汽车。工程师对这项任务深感不安。但他还是照做了。

作弊装置1

一台控制发动机运行的电脑，包括污染控制系统。作弊装置被装在ECU软件里。

将碳氢化合物和一氧化碳转化为二氧化碳和水。

捕捉氮氧化物，但必须通过增加燃油和空气比率频繁冲洗，而这会降低燃油经济性。为节省燃油、减少损耗，作弊装置会降低氮氧捕集器的冲洗频率。

发动机控制单元(ECU)

去除致癌的烟尘微粒。

消声并排气

第一代2升柴油发动机(自2009车型年)　废气流　氧化催化剂 → 柴油机颗粒过滤器(DPF) → 稀燃氮氧化物捕集器

一些废气会被循环利用，送回发动机内，用以降低燃烧温度，减少氮氧化物的产生，但烟尘颗粒会增加。作弊装置会减少再循环废气，以避免颗粒过滤器超负荷运作。

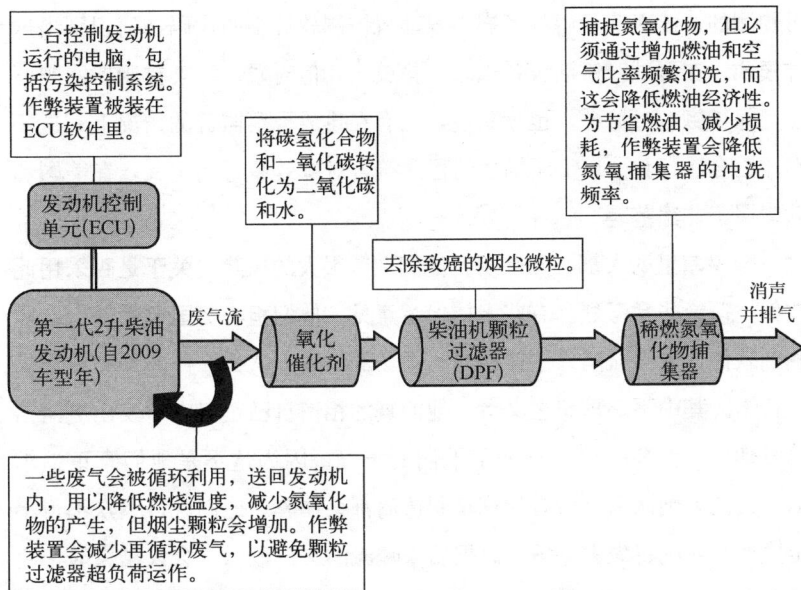

　　同月，约十五位负责柴油发动机及其电子产品研发的人员齐聚会议室，该会议室位于沃尔夫斯堡工厂研发中心的顶层。这座七层楼高的建筑整体呈矩形，表面嵌着红白相间的砖块。数百人在研发中心工作，中心有自己的自助餐厅，餐厅的德国特色美食咖喱香肠远近闻名，香肠片与番茄酱和咖喱粉混搭，形成独特的美味。

　　会议室靠近研发高层的办公室，室内设备齐全，房间铺有毛绒地毯，配有精美的木制桌子。研发人员各自落座。根据调查人员收集到的信息，出席会议的最高级别高管是汽车研发主管鲁道夫·克雷布斯。软件工程师将不情不愿准备好的PPT演示文稿投影到屏幕上。报告只有三张幻灯片。（冗长无聊的PPT演示是研发大忌。）其中一张幻灯片用图形描绘了环境保护局用于测试汽车排放污染量的程序。实验室里，在滚轴上测试汽车时，监管者试图复制汽车在道路上可能会遇到的情况，包括模拟城市驾驶和高速公路驾驶。所谓的测试循环的模式都是公开的、可预测的。此次演示解释了嵌在发动机控制软件中的代码如何识别出这种模式，在测试时激活设备以减少排放。其他时候，污染控制器回归原位，保护颗粒过滤器。也就是说，只有在排放警察监督的情况下，这辆车才会合法行驶。PPT 所描述的程序符合对减效装置的定义，在美国和欧盟属于非法范畴。

会议室里的人都心知肚明，他们在冒很大的风险。关于是否采用此软件，争论非常激烈。有些人持保留意见。他们担心美国监管部门会监测到软件，使大众陷入法律纠纷。在场的一些人认为，作弊是完全错误的行为。其中不乏理想主义者，他们真的相信自己正努力研发出更清洁的发动机。作弊的想法打击了他们的士气，因为这不是他们真正追求的。其他人则认为，所有的汽车制造商都会作弊。他们说，大众不得不走捷径，否则将失去竞争力。据后来曝光的文件显示，会议结束时，克雷布斯宣布研发减效装置。会议期间，他告诫工程师不要被任何人发现。

2007 年，他开始担任其他职务，后来他否认自己在这次会议或其他任何时候，蓄意地批准大众汽车安装操纵排放读数的软件。他坚称，负责柴油发动机研发的经理向他保证，他们可以研发出符合美国排放标准的发动机许多年后，在 2015 年 9 月，他才第一次听说减效装置的存在。后来，接触到公司内部文件的律师声称，克雷布斯对利用软件通过排放测试持怀疑态度，因为可能招致法律问题。

此次会议不超过一小时，所引发的结果却持续了数年。

或许，与会者都没有预见到后果多么严重。在欧洲，风险并不高。违反排放法规的汽车制造商几乎无需接受任何惩罚。在美国，罚金通常是数千万或数亿美元，欧洲完全无法相提并论。然而，在沃尔夫斯堡，工程师们觉得被发现的几率很小。就他们所知，目前还没有技术可以测量汽车公路行驶时的排放量，暴露出汽车在实验室和正常驾驶条件下的污染排放差距。

参与讨论 PPT 演示文稿的人可能觉得，使用该软件只是权宜之计，只是在找到更好的解决方案之前，让发动机程序保持正常运行。就目前情况看来，没有人因解决排放问题获得任何额外奖励。他们的奖励就是可以保住自己的工作。

开发商也不认为自己的行为严重违背大众汽车的标准。利用权宜之计应对监管问题早有先例。大众曾与美国环保局官员发生过几次争执，但没有被处以任何巨额罚款。通常，罚款被视作生意成本，违法行为便一笔勾销。早在 1973 年，大众就被指控安装了减效装置。当时，该公司支付了 12 万美元，与环境保护局达成和解。2005 年，大众汽车支付了 110 万美元的罚金，因为它没有将墨西哥制造的汽车的排放问题告知环保局。

作为大众重要的创新摇篮，多年来，奥迪一直在使用软件规避排放规则。1999 年，奥迪的工程师们发明了一种名为"先导喷射"的技术，它消除了柴油机启动时发出的令人讨厌的噪音。然而，降噪技术导致污染物排放超过法定限制。因此，奥迪研发出一款软件，用于识别欧洲官方排放测试模拟驾驶循环的软件。汽车接受测试时，降噪技术会被停用。其他时候，降噪技术都会正常运作，解放客户的耳膜。奥迪委婉地称该软件为"声学功能"。2004 年至 2008 年期间，奥迪在欧洲销售的 3 升 V-6 柴油车中安装了此软件，以规避日益严格的污染限制。那正是温特科恩在任期间。2002 年至 2006 年，他担任奥迪首席执行官。（考虑到温特科恩对细节的关注，很难相信他对声学功能软件不知情。不过没有文件证明他对此事知情。）

大众高管和工程师只是简单为新柴油发动机调整了声学功能。代码储存在所谓的发动机控制单元（ECU），它位于引擎罩下，操纵发动机内部零部件之间的相互作用。总部位于斯图加特的博世公司，刚刚开发了一款全新的 ECU，名为 EDC17。"EDC"是"electronic diesel control"的首字母缩写，意即"柴油机电子控制装置"。博世宣称，这款新电脑"可以灵活应用于世界市场上的任何汽车"。EDC17"提供了许多选择，如控制颗粒过滤器或减少氮氧化物的系统"。通过调整喷油定时和其他参数，EDC17"在车辆使用寿命期间提升了喷油准确度。因此，该系统对遵守未来的废气排放限制做出了重要贡献"，博世说。

会议结束后，级别较低的工程师为减效装置准备了技术参数说明书，大众汽车将其交给了博世。当时，大众没有编写自己的软件，而是将编码任务转包出去。博世新款 EDC17 在很大程度上考虑到了大众的需求，为其提供便利。

博世与大众合作密切，专门为 EA189 发动机定制柴油电子控制装置，同时将代码控制权牢牢掌握在自己手中。没有博世的许可，大众很难修改该软件。博世内心不安，察觉到法律风险。2008 年 6 月，博世高管致函大众，警告称美国法律禁止使用减效装置，并要求大众承担所有法律后果。博世在信中说，大众要求的软件修改将意味着"'减效装置'数据输入的另一条可能的路径"。信中引用了禁止使用减效装置的美国和欧洲法律。博世在信中说："我方要求贵公司在所附赔偿条款上签字。"大众予以拒绝。相反，负责发动机研发的大众高管指责博世让律师参与其中。博世后来争辩，说这封信所指的是其他发动机，而不是装有减效装置的柴油发动机。

于大众工程师而言，那些成文或不成文的规则根本没什么约束力，或者干脆是形同摆设。大众后来承认，对违反规则的行为过于宽容，缺乏检查和制衡机制。编写发动机软件和批准使用发动机软件的是同一批人；相比之下，其他汽车公司则将软件开发和软件许可分离。大众汽车的法律部门缺乏具备专业技术知识的人，无法真正理解工程师的工作。

显然，大众汽车法律和合规人员没有意识到，如果作弊被发现，公司将在美国面临多么严重的处罚。在欧洲，处罚相对较轻，因此工程师自然难以将危险后果铭记于心。到目前为止，大众缺乏完善的系统，内部员工不敢举报违规行为，他们害怕举报可能面临的后果。部分人士对非法软件持保留态度，但他们求助无门，无处申诉。高管们也没有树立良好的道德榜样。当时，桃色丑闻仍稳稳占据新闻头条。

大众内部有人发出了危险警报。大众工程师和高管已经和环保局及加州空气资源委员会（CARB）开始讨论新款柴油发动机。后者是非常有影响力的机构，负责执行加州严格的空气污染法规。美国官员提醒大众汽车，如果排放控制设备存在部分或整体缺陷，大众汽车有责任公开这些问题。

2006年11月，大众美国区高管斯图尔特·约翰逊（Stuart Johnson）负责排放合规工作，他在备忘录中呼吁公司，要关注20世纪90年代末的卡车作弊案。康明斯、卡特彼勒及其他卡车发动机制造商都被发现使用了减效装置。约翰逊回忆，联邦测试程序结束一小段时间后，发动机会启用新编程，产生更多污染。卡车公司的所作所为"明显违反了遵守排放规则和认证测试程序的精神"，约翰逊写道。几天后，另一位在美国负责排放控制的大众管理人员伦纳德·卡塔在一封电子邮件中对约翰逊的观点予以支持。卡塔认为，任何导致汽车在正常情况下和测试过程中表现不同的行为都属于违法行为。

2007年3月21日，与大众代表团会面时，美国加州空气资源委员会官员再次重申了此点。该代表团包括了来自德国的大众和奥迪高层管理人员。根据大众内部会议记录，委员会官员阮德告诉代表团成员，"希望排放控制系统在非测试状态下也能正常工作"。大众在会议中也补充道："大众同意。"

许多发动机开发商对空气质量法规感到不满，在他们看来，达到规定标准是遥不可及的事情。汽车公司面临着降低二氧化碳排放以减缓全球变暖的压力。德国工程师认为，节能柴油有望帮助人们对抗气候变化。然而，规定也要求汽车制造商减少柴油车的氮氧化物排放量，氮氧化物是柴油机最棘手的副产物。减少二氧化碳和氮氧化物排放这两个目标不仅互相矛盾，而且很难与市场需求相协调。顾客在乎的是驾驶乐趣，很少人关心汽车的排放系统。

沃尔夫冈·哈茨是大众汽车发动机研发主管，也是温特科恩的密友。2007年，他在旧金山的技术演示会上表达了自己的不满。哈茨严厉批评了加州及其严格的空气质量标准。

"加州空气资源委员会一点都不考虑实际情况，太过咄咄逼人。"哈茨在一家汽车网站的视频中说道。哈茨抱怨，委员会要求的大幅减排，"对我们来说几乎不可能实现"。视频中，哈茨穿着粉色正装衬衫，敞着领口，可以看出衬衫里面穿了件白背心，他脸上有些许胡茬。"我们得现实点儿，"哈茨说，"大众和整个汽车行业将尽己所能，完成可能实现的任务。我们能做的事情很多，我们也会一步步达成，但我们无法完成不可能的任务。"哈茨描绘了一个汽车人的反乌托邦愿景：未来，美国人将别无选择，只能驾驶迷你经济型汽车。"或许，这个国家只容得下日本和韩国小车。"他说道，语气里带点威胁的味道。

2007年8月，奥迪和大众正式终止了与戴姆勒-克莱斯勒在排放技术方面的联盟。这一决定意味着，第一代配备新 EA189 发动机的大众柴油车不得不在失去选择性催化还原系统支持的情况下通过排放测试。"TDI 品牌在美国已经足够强大，"奥迪发言人在接受业界杂志《汽车周刊》采访时如此表示，"我们不需要蓝色技术。"当然，是什么技术突破让发言人如此自信，奥迪没有作任何解释。

与大众品牌的汽车不同，部分较大型奥迪汽车仍使用选择性催化还原系统。奥迪的要求使部门工程师陷入两难境地，该系统的能力也因此被削弱了。2006 年，奥迪工程师意识到奥迪 Q7 SUV 汽车需要体积更大的尿素溶液箱，才能达到美国的氮氧化物排放标准。或者，奥迪也可以要求车主每行驶五千英里就去经销商处加注尿素。两种备选方案都被无情抛弃。奥迪最终采用的方案是给 Q7 也配备了一款编程软件，用于识别官方测试程序的特征模式。测试进行时，奥迪汽车将喷洒更多尿素到污染控制系统中，使氮氧化物排放量保持在法定范围内。检测不到测试模式时，发动机软件会定量配给尿素液，让汽车至少行驶 1 万英里才需重新加注。当然，排放量相应增加，超过限定上限的九倍之多。

2006 年，温特科恩得知 Q7 的尿素溶液箱容积过小，他当时仍是奥迪主管。一位 H. 穆勒也知道此事，"H."可能是德语中"先生（*Herr*）"的缩写。马蒂亚斯·穆勒将会成为大众历史上极其重要的人物，但那时候，他还是奥迪产品部门主管（尽管他否认自己在 2015 年 9 月之前知晓非法软件一事）。

没有证据表明温特科恩下令在 Q7 中使用减效装置，或明确知晓减效装置一事。文件显示，最高层领导决定，在美国，Q7 汽车不配备更大的尿素溶液箱，也不要求车主频繁加注尿素液。这一决定使工程师别无选择。他们根本无法实现不可能的事情。他们无法使 Q7 达到美国的排放标准，除非汽车在更换机油前就已将尿素溶液箱中的尿素液耗尽。他们可以向上级坦承失败，或者选择作弊。第一种选择可能会让他们丢掉工作，于是，他们选择了后者。

2008 年年底，Q7 柴油车在美国正式开始销售。保时捷卡宴和大众途锐拥有同款 3 升发动机和排放技术，随后都采用了同样的减效装置。未来的几年里，这仨俩成功地愚弄了美国监管机构。

即使有减效装置作为保障，沃尔夫斯堡的大众工程师还是在为按时完成 EA189 发动机项目拼命努力，配备新发动机的捷达汽车将在 2008 年年底开始销售。不过在 2008 年 4 月，研发已有长足的进展，大众在维也纳汽车研讨会上展示了这款汽车。维也纳汽车研讨会是一年一度的新技术展示会，吸引了众多欧洲顶尖的汽车行业的管理者。大会在维也纳霍夫堡宫举行，宫殿是巴罗克风格，曾是哈布斯堡帝国王室的居所。大众为自己在新款 EA189 发动机上所取得的成就感到自豪，或者，准确来说，是为表面上所取得的成就自豪。展示会上，大众的主题是"大众新款 2.0 升 TDI 发动机符合最严格的排放标准"。研讨会接近尾声，温特科恩发表演讲，进一步吹嘘此款发动机。"急剧的车辆增长对环境和基础设施构成巨大的挑战，"温特科恩站在讲台后方，身着剪裁考究的深色西装，耳上夹着无线麦克风，"大众集团不会推卸责任。"他接着说道，公司正"在全球范围内寻找创新解决方案，通过更高效的内燃机和变速箱，利用替代燃料和动力系统概念，降低排放水平"。他承诺大众将"为高燃油经济性和无害驾驶环境设定新的基准"。温特科恩总结道，大众"正在追求一个全球目标：协调全球的可持续性和流动性"。

这篇演讲描绘了大众希望被世界看到的形象。这是一个伟大的新愿景，提出这愿景的男人因他对工程细节的痴迷为人所熟知，而非征服世界的欲望。大众汽车不仅是全球最大的汽车公司，也是最环保的汽车公司。

第十一章　保时捷家族和皮耶希家族

　　大众汽车负责生产保时捷跑车和 SUV 系列，使得保时捷家族和皮耶希家族跻身欧洲最富有家族的行列。然而，两大家族定居在滨湖采尔的乡村山庄舒特古德，长期处于不和状态。20 世纪 90 年代末，露易丝·皮耶希和费利·保时捷与世长辞，姐弟俩工作上相处融洽，但他们的后代却争吵不休。皮耶希的后代在露易丝的严格管教下长大，以冷漠无情著称。他们在严格的瑞士寄宿学校求学。费迪南德·皮耶希是皮耶希家族最显赫的后裔。露易丝的弟弟费利·保时捷更加自由不羁，慈祥和蔼。他的孩子们在华德福学校求学，该校由神秘的奥地利哲学家鲁道夫·斯塔纳创立，努力为儿童提供一个平等的教育环境。当时，欧洲德语国家的等级教育体制在儿童尚年幼时，就将他们分开培养，一部分为上大学而学习，另一部分则为蓝领工作而接受教育，华德福学校的出现则打破了这一教育体制。

　　皮耶希家族顽固不化，而保时捷家族心思细腻，这是世人对这两个家族的刻板印象，未免有些夸大其词。毕竟，第二次世界大战期间，费利辅佐他父亲，为希特勒设计坦克。很多事件表明，保时捷家族同样诡计多端，不择手段。保时捷和皮耶希的后代认为，他们截然不同，已是两家人，但在外界看来，两个家族是一个整体。记者们被家族公关人员训斥，此时的家族不仅指保时捷家族，而是指保时捷和皮耶希家族。费利的儿子沃尔夫冈·保时捷是保时捷家族的领袖和发言人，而费迪南德·皮耶希则是皮耶希家族的主要代表人物。在费迪南德·皮耶希和沃尔夫冈·保时捷的斡旋中，凭借高超的内斗技巧和出色的汽车知识，皮耶希总是占据上风。双方的共同之处在于，极度保护个人隐私，他们几乎从未接受过采访，时刻注意自己的公开行为，避免为八卦专栏提供素材。家庭代表会面解决商业问题时，往往是在二流酒店或餐馆里，没有人想到他们会在那里。同时，禁止带手机进入会议室。

尽管时有摩擦，必要时，家族成员还是能够团结一致。21世纪头十年的中期，大众汽车对桃色丑闻深感不安，而与此同时，公司准备重整旗鼓，再次进军美国市场。

皮耶希担任首席执行官的最后几年里，大众股价一直萎靡不振。尽管大众是欧洲领先的汽车制造商，但它利润率微薄，很难激发投资者的投资欲望。与赚钱相比，皮耶希对汽车更感兴趣。他喜欢把赚来的钱投资在汽车研发上，而不是用于股东分红。他还拒绝向金融分析师和商业媒体服软。如今，他对股市的鄙夷让大众变得脆弱不堪。2004年，大众汽车优先股（大众汽车既拥有无表决权优先股又拥有表决权普通股）跌破22欧元，自1998年以来下跌了50%。与2003年年底相比，该股2004年收盘时下跌了15%，尽管该年汽车股总体有所上涨。在大众汽车年度报告中，大众将股价下滑归咎于汽车制造商所处的不利环境。但公司承认："投资者也对大众的盈利表现感到失望。"

2004年年底，大众公司的市值，即优先股和普通股的市值，仅为133亿欧元（180亿美元）。换言之，大众汽车随时有可能被恶意收购。大众汽车唯一的保护伞是特殊法，即1960年通过的《大众法》（*Volkswagen Gesetz*）。《大众法》是政治妥协的一部分，它允许联邦政府在股票市场上出售大众股票。法律规定，无论投资者持有多少股份，任何股东的表决权最高限制为20%。此外，20%足以在股东年会上否决提案了。大众法律杜绝了恶意收购的可能，因为下萨克森州拥有20%

的股份，它不太可能放弃对该州最大用人单位的控制权。欧盟管理的分支机构欧洲委员会认为，《大众法》违背了资本自由流动的规则。该法律让股东享受特权，歧视其他投资者。2005 年，委员会提起诉讼，要求废除该法律。

于保时捷而言，《大众法》的潜在消亡既是一种挑战，也是一种机遇。挑战是大众的新主人可能不愿意继续合作生产 SUV，至少不会再提供如此慷慨的条件。如果没有大众工厂的独家资源，保时捷可能成为另一家苦苦挣扎的跑车制造商。保时捷还面临着越来越严格的二氧化碳排放规则和燃油经济性标准。欧盟和美国都要求汽车制造商以汽车行业平均水平——即指定公司生产的所有汽车的平均汽油或柴油消耗量——为基准，实现燃油经济性新突破。保时捷拥有马力强劲的跑车和 SUV，很难跟上愈加严格的燃油标准。如果保时捷能够在法律上依附于大众汽车，问题就会迎刃而解。只要大众的小型节能车能为保时捷分担平均油耗，保时捷就可以继续生产跑车和 SUV 汽车。

大众股价低迷时期，保时捷的机遇在于，由于合作生产 SUV 的利润不均衡，保时捷能够获得不俗的资金实力。如果大众被收购，保时捷为何不能成为其收购者呢？尽管如此，2005 年 9 月，保时捷透露，它收购了大众 20%的表决权股，成为大众的最大股东，还是引起广泛热议。"保时捷的战略目标，"该公司解释道，"是确保未来计划的长期安全，大众是保时捷的研发合作伙伴，同时，保时捷必须防止金融投资者恶意收购大众集团。"数年后，魏德金站在法庭上为公司行为辩护时，他开始支支吾吾，试图逃避问题。"保时捷针对的是小众市场，"他说道，"这事关公司的生死存亡。"

站在商业角度来看，保时捷扮猪吃老虎，收购大众的大块股份，并不是一件稀奇事。2005 年 8 月，保时捷市值为 114 亿欧元（139 亿美元），其市值与大众的市值几乎相当。投资者并不关心保时捷每年仅生产 10 万辆汽车，而大众的年产量则超过 500 万辆。重要的是，在 2005 年至 2006 年会计年度，保时捷盈利 14 亿欧元（17 亿美元），而大众仅为 11 亿欧元（13 亿美元）。具有讽刺意味的是，保时捷之所以能够收购大众的大块股份，主要依赖于保时捷与大众合作生产的 SUV 汽车。

困扰德国司法体制的问题是，魏德金和他的股东——保时捷家族和皮耶希家族——是否在 2005 年故意隐瞒投资者，达成收购大众的秘密计划。魏德金和两大家族坚决反对这一指控。事情很快明朗起来，保时捷并不打算止步于 20% 的股份。

2005 年 11 月，保时捷购买了更多大众股票，其持股比例提高至 27%。次年 3 月，保时捷在大众的持股比例提高至 30% 以上。根据德国证券法，保时捷有义务对大众已发行的股票提出收购要求。保时捷以每股 100.92 欧元和 65.54 欧元的价格分别收购表决权股和优先股，远低于当时的市场价。毫无意外，很少有股东接受这一出价。

收购股票的同时，保时捷还购买了期权，避免受到未来大众股价波动的影响。无论大众股价在市场上的波动如何，保时捷都可以在特定时间内以特定价格收购大众股票。枫叶银行（Maple Bank）是加拿大一家小型投资银行，在其法兰克福分行的帮助下，保时捷执行了股票期权。至少短期内，选择期权是明智之举。随着大众股价攀升，保时捷能够从期权锁定的价格（随时间变化）与市场价格差额中获利。

期权的利润急剧增长，开始超越汽车制造的利润。2006 年至 2007 年会计年度期间（8 月至次年 7 月），保时捷公布的期权收益达到 36 亿欧元（49 亿美元）。它还分得大众的部分利润，价值 11.1 亿欧元（15 亿美元），其中保时捷在大众的控股价值为 5.21 亿欧元（7.03 亿美元）。扣税后，本会计年度的净利润同比增长了两倍多，达到 42 亿欧元（57

亿美元），销售额为 74 亿欧元（100 亿美元，利润率接近 60%）。魏德金获取其中 1% 的利润，跻身巨富行列。然而，依靠资本运作赚取的巨额收益也导致这样的问题：保时捷是否已成为事实上的对冲基金？它的汽车制造则不过是副业而已？金融市场一派繁荣景象，没有人过多疑虑唾手可得的钱财背后隐藏的风险。

保时捷对大众的影响力与日俱增，费迪南德·皮耶希的立场似乎是个谜，即便对他的亲人而言亦是如此。最初，作为家族股东，他默许保时捷收购大众股份。但他谨防保时捷收购大众，甚至可以说是公开反对，因为这对他的权力构成了威胁。保时捷所持的股份规模让它在大众监事会拥有两个席位，这两位代表保时捷的成员是魏德金和保时捷首席财务官霍格·赫尔特（Holger Härter）。监事会主要由工人代表和当地政界人士组成，唯皮耶希马首是瞻。魏德金的出现改变了这一切。这或许是第一次，监事会出现这样的成员，他对汽车业的了解不亚于皮耶希。魏德金也喜欢直言不讳。他既有权威，又有胆量与皮耶希对抗。

权力斗争蓄势待发，不久后，两人开始在管理会议上激烈争吵。魏德金对皮耶希收购的奢侈品牌不屑一顾，称布加迪是一种"奢侈的爱好"。皮耶希宣称，他对魏德金经营保时捷的方式越来越不抱幻想。德国《时代周刊》影响力非凡，它援引皮耶希的话，即他不会让自己的毕生心血——意指大众公司——毁在这样"一位普通的经理"手中。这是对魏德金的莫大羞辱，毕竟，是他一手扭转了保时捷的局面，让保时捷家族跻身亿万富翁之列。紧张局势愈演愈烈，保时捷收购大众股份开始产生反效果。它非但没有巩固保时捷与大众的关系，反而让它们的关系变得更僵。

2007 年 10 月 13 日，欧洲法院撤销《大众法》，裁定下萨克森州享有的特别否决权对其他投资者而言是一种威慑，对资金自由流动造成非法限制。这项决定只会使皮耶希和魏德金之间的恶劣关系进一步恶化，但保时捷对此喜出望外，因为它开辟了一条主宰大众的道路。两天后，双方和保时捷股东委员会成员前往慕尼黑，齐聚沃尔夫冈·保时捷的家，试图澄清这一问题，结果却加深了彼此的敌意。魏德金后来形容说，当时的气氛"令人厌恶"。据魏德金自己透露，他大发雷霆，指责皮耶希出于自身目的，故意破坏大众和保时捷之间的合作。会议不欢而散，没有解决任何争端。

次年2月，皮耶希似乎改变了对大众收购案的看法，令人捉摸不透。魏德金后来坚称，他说服保时捷和皮耶希家族，保时捷难以用不到50%的表决权股巩固其对大众的影响力。2008年2月11日，家族股东同意收购大众另外20%股份的计划，从而成为最大股东。根据魏德金的说法，投票一致通过。7月，皮耶希通过家族会议表态，在一定条件下允许保时捷将持股比例提高到75%。

然而在幕后，皮耶希还是让人捉摸不透，不知道他到底支持哪一方。2008年，大众监事会员工代表担心保时捷的收购会削弱他们的影响力，于是提议成立小组委员会，批准大众和保时捷之间所有的合同协议。该小组委员会的提议显然是为了利用保时捷对大众工厂的依赖，短时间限制保时捷的行动。根据德国法律，皮耶希有权阻止这一提议。如果像预期的那样，十名工人代表和十名股东代表分别投了赞成票和反对票，皮耶希作为监事会主席，可以投出关键性的一票，打破平局。2008年9月9日，监事会召开会议，就该法案进行表决时，皮耶希竟然没有露面。他以书面形式公布投票结果：弃权。小组委员会的提议最终以10票对9票的微弱优势通过，工人代表一致投赞成票，股东除了皮耶希，全都投了反对票。监事会会议在沃尔夫斯堡工厂召开，会议室外，成千上万的大众员工呼吁工会采取行动，反对保时捷收购大众。有些人甚至将攻击魏德金的标语挂在身上。

双方你来我往之际，保时捷继续积累巨额利润。2007 年至 2008 年会计年度，保时捷净利润达到 64 亿欧元（86 亿美元），销售额达到 75 亿欧元（100 亿美元）。税前利润为 86 亿欧元（116 亿美元），超过实际销售额，这是闻所未闻的。原因非常简单：保时捷通过大众股票期权赚的钱比出售汽车获得的利润要更多。

但是很显然，金融市场越来越不景气了。2008 年 3 月，投资银行贝尔斯登破产，预警次级抵押贷款市场潜伏的风险。次级抵押贷款是投资银行开拓的一种资产形式。保时捷继续推进收购大众多数股的计划，但购买更多股份愈发困难，需要耗费时间。直到 2008 年 9 月 16 日，保时捷又收购了大众 5% 的表决权股，总持股比例达到 35%。这次收购恰好发生在雷曼兄弟投资银行申请破产的第二天，雷曼兄弟的破产引发了全球金融市场瘫痪。

尽管金融市场动荡加剧，9 月 22 日，美林证券公司的一位银行家向保时捷高管提出一项计划，要求美林、英国巴克莱银行和苏格兰皇家银行筹集 200 亿欧元（280 亿美元）的信贷，为购买更多大众股份提供资金。该项目代号"巴代利亚"。10 月 20 日，处理保时捷家族持有的保时捷跑车公司股份的控股公司，保时捷汽车控股股份公司（Porsche Automobil Holding SE）将其在大众的持股比例提高至 43% 左右。

风险与收益成反比，是投资界的一条公理。一项能带来巨大利润的投资，也伴随着带来巨大损失的风险。金融危机日益加剧，全球股市上的大众股票暴跌，保时捷需承担的风险开始显现。

保时捷除了直接购买大众公司的股票外，还继续利用衍生金融产品将大众的控制权牢牢掌握在手中。保时捷与枫叶银行投资衍生金融产品，就连法兰克福的众多银行家也对这些产品闻所未闻。保时捷如此依赖枫叶银行的原因令人迷惑不解。当然，保密可能是一种解释。根据德国法律，保时捷不需要公开披露持有的期权。在小公司保守秘密要比在大公司简单得多。保时捷目前是枫叶银行法兰克福分行最大的客户，该分行位于法兰克福西区一个不起眼的六层砖造玻璃办公楼，周围是安静的富人区，倍受小型金融机构青睐。

保时捷与枫叶银行之间达成的协议，如今已成为一种法律责任。保时捷从枫叶银行购买期权，称作看涨期权，使得保时捷能在特定日期以特定价格购买大众股票，这个价格被称为执行价。同时，保时捷将所谓的看跌期权出售给枫叶银行，银行能够在某一日期前以特定价格从保时捷手中购买大众股票。也就是说，保时捷不仅有购买股票的选择权，还有出售股票的义务。对于每一种看涨期权，一段时间内都曾是有着相同执行价和期限的看跌期权。实际上，看涨期权和看跌期权总是相互转换角色。对保时捷而言，这种结构的优势在于，它让公司有效控制大众股票，而不必真正拥有这些股票或支付全部价格。用银行术语来说，保时捷拥有大众的"合成股票"。

大众股票上涨时，这一策略发挥了出色作用。保时捷通过出售看跌期权获益。然而，雷曼兄弟破产后，这一战略的负面影响逐渐凸显。保时捷和枫叶银行达成协议，如果大众股价跌破某些基准，保时捷必须向银行提供现金担保。大众股价跌得越厉害，保时捷需支付的费用就越高。

最初，雷曼兄弟申请破产后的几周内，大众股票持续上涨，至2008年10月16日几乎翻了一番，达到每股400多欧元。但随后，大众股票开始跟随其他德国股票一同下跌。对冲基金纷纷涌入，押注大众股价将进一步下跌。这些对冲基金大多来自美国，采取一种高风险的卖空策略，它们出售借来的股票，打算以后以较低的价格回购这些股票，并将这些股票套现，从中赚取差价。一些售出的股票并非它们真正借入的股票，即所谓的"无货"沽空，令风险更加复杂，在以后更难承受押注风险。

大众股票暴跌，保时捷需向枫叶银行承担的债务每时每刻都在累积。例如，10月21日上午8时41分，枫叶银行在给保时捷财务部高管的电子邮件中确认，它已收到价值3亿欧元（4.2亿美元）的证券。中午过后几分钟，一位银行职员又给保时捷高管发了一封电子邮件，告知他们再转账2.43亿欧元（3.4亿美元）。40分钟后，保时捷不得不这样做。下午2点10分，枫叶银行又要求保时捷转账4.17亿欧元（5.84亿美元）。事情就这样没完没了。

2008年10月24日，危机达到顶峰。那天是星期五，保时捷和枫叶银行的看涨和看跌股票到期，将展期一周。1 700万股期权的执行价为每股362欧元，反映了大众前一周的股票上涨趋势。但当天的实际股价更接近210欧元。保时捷必须弥补股价高起和低股价间的差额。看涨和看跌股结算后，公司的亏损为25亿欧元（35亿美元）。根据法庭公布的数据显示，截至10月24日，该公司的亏损额已经达到43亿欧元（60亿美元），最终一笔为3.26亿欧元（4.56亿美元）。如果数据是正确的，那么尽管保时捷后来坚持否认，但该公司的确濒临破产。保时捷家族和皮耶希家族增持大众股份的尝试不仅落空，还要承受财富流失和保时捷控制权落入他人之手的损失。如果大众股票上涨，那么情况就会逆转，保时捷可以把钱赚回来，压力也会减轻。

10月26日星期日，保时捷汽车控股公司发表声明。该公司透露，它拥有大众42.6%的表决权股，期权相当于另外31.5%的股份。保时捷已经锁定了大众74.1%的表决权股，并将目标收购股份定在75%，根据德国法律规定，这是控制大众公司所需的股份数额。保时捷坚称，鉴于对冲基金对大众的押注，它选择披露这些信息。"保时捷发现在市场上的空头头寸①高出预期，决定宣布这一消息，"新闻报道如此说道，

---

① 空头头寸：证券或外汇交易中，预料货价将跌，由卖出空头而产生的投资款项。——译注

"这一披露应该给所谓的卖空者，即已经押注或仍将押注大众股价下跌的金融机构，在不面临重大风险的情况下，安心解决相关头寸问题的机会。"

如果保时捷当时是突然发现了对冲基金的软肋，那么它的这个反应可以说是非常有趣。投资者知道，保时捷的目标是大众的多数股权，并且已收购了相当一部分股票和期权。期权头寸的规模令押注大众股票下跌的投资者感到震惊。对冲基金交易员很快就算清这笔账。如果保时捷锁定了大众74%的表决权股，下萨克森拥有另外20%的股份，那么市场上所剩的股份不到6%。

如今，对冲基金面临重大问题。突然之间，他们要结清卖空赌注，这意味着他们必须持有大众股票。保时捷的声明让他们觉得，自己买不到足够的股票。这是一次经典的"空头挤压"，当属金融市场历史上规模最大的空头挤压之一。周二，保时捷发表声明两天后，大众股价涨停，达到每股1 000欧元（1 400美元），卖空者恐慌不已，争相买入，不问价格。几个小时内，大众超越埃克森美孚成为世界上最有价值的公司。

但大众股票真的千金难求吗？德国检察官后来透露，市场恐慌毫无根据，魏德金和赫尔特故意误导市场，抬高保时捷的股价，避免财务损失。检方称，保时捷即将耗尽维持期权交易所需的现金，很快就会被迫抛售数百万支股票。10月26日，保时捷没有在声明中透露与枫叶银行的协议细节，也没有透露看跌期权的相关信息，卖空者可通过这些信息了解到保时捷的窘迫。

据估计，投机者在对大众的押注中损失超过50亿欧元（70亿美元）。遭受损失的投资者包括Parkcentral Global Hub Holding，该公司由得克萨斯州佩罗家族掌管，后因其他原因倒闭，与大众没有直接关系。绿光资本也因押注遭遇损失，其总裁是著名的纽约投资者大卫·艾因霍恩。

　　另一位卖空者是德国亿万富翁阿道夫·默克，靠仿制药发家，在《福布斯》杂志全球 400 位富豪排行榜上排名第 94 位。2009 年 1 月，空头挤压已经持续长达两个月的时间。在巴登-威伦堡的一个村庄里，人们在铁轨旁血迹斑斑的雪地里发现了默克的尸体。尽管家财万贯，默克和妻子儿女还是住在村子里的一幢独栋住宅中，邮箱上写着他的名字。默克最终站到了一列迎面而来的火车前面。

　　保时捷对媒体的广泛报道勃然大怒，它被宣传成对默克的自杀负有一定责任。当然，默克有其他感到绝望的缘由。金融危机呼啸而来，他用借来的资金收购德国水泥制造商海德堡公司的希望破灭了。雷曼兄弟破产后，海德堡水泥公司股票大跌，银行纷纷迫使默克出售药品制造商通益公司，这是他旗下的核心业务。默克押注大众股价下跌，这似乎是筹集资金、应付债权人、拯救他毕生事业的最后一搏。他赌输了，损失高达 4 亿欧元（5.6 亿美元），默克自杀了。

　　即使默克的死不应归咎于保时捷，这场悲剧还是给保时捷的财务运作蒙上了一层阴影。保时捷不可能毫发无损。2008 年至 2009 年会计年度，保时捷亏损金额达到 36 亿欧元（50 亿美元），一方面受大众期权的影响，另一方面汽车销售量下降了 24%。银行拒绝继续提供融资，收购大众 75% 股份的计划暂时搁置。保时捷的合作银行得应对金融危机，早已分身乏术。保时捷仍设法在 2009 年 1 月初收购大众的多数股份。下萨克森州持有少数股份，因此保时捷所持的股份不足以让它对大众发号施令，但它赋予保时捷比其他股东更大的权力。2009 年 7 月，魏德金和赫尔特被迫离职。他们任期的最后一年，保时捷虽面临巨额亏损，但他们离职时还是获得了丰厚的补偿。魏德金得到了 5 500 万欧元（7 700 万美元）的遣散费和每月超过 10 万欧元（14 万美元）的津贴。赫尔特得到 1 600 多万欧元（2 200 万美元）的遣散费和每月 1.7 万欧元

（2.4万美元）的津贴。

保时捷财务状况日渐虚弱，保时捷家族和皮耶希家族与大众达成协议。保时捷收购不了大众，相反，大众将收购保时捷的汽车制造业务。保时捷汽车控股公司将成为两个家族在大众的股份载体。大众还将收购家族经销商网络。保时捷和皮耶希的主要财富来源将被大众帝国收入麾下。

乍一看，这份协议宣告保时捷的失败。记者们为保时捷撰写了许多悲情故事，纷纷猜测保时捷成为大众旗下一员后，是否会有损它的声望。据德国报纸报道，2010年5月的一个雨天，保时捷公司将正式成为大众一员，见到泣不成声的保时捷工人，沃尔夫冈·保时捷的声音哽咽了，看得出他动了真情。"保时捷的神话永生不朽。"他说。那时，许多人都忽略了一点，一切尘埃落定时，保时捷家族和皮耶希家族通过协议，获得大众50%以上的表决权股。从最初意图和最终目的来看，保时捷成功接管了大众。在没有人真正注意到的情况下，保时捷家族和皮耶希家族在适当的时机，利用小众需求、间歇性盈利的跑车制造商来控制全球第二大汽车制造商。

很大程度上，保时捷家族和皮耶希家族是用大众的钱完成此次收购的。保时捷的主要财富来源于卡宴SUV，而卡宴SUV由保时捷和大众合作生产。一开始，在费迪南德·皮耶希的领导下，大众股价下跌，变得一蹶不振。皮耶希对股票市场漠不关心，让大众身处尴尬境地。最初，希特勒下令创建大众汽车厂，70多年后，它成为创始人后代的囊中之物。这是史上最宏大的金融策略之一。

不用说，并非每个人都满意这个结果。三十多家受到空头挤压的对冲基金向美国法院提起诉讼。但是联邦上诉法庭裁定，美国法院对此没有司法权，部分原因在于保时捷和大众没有在美国证券交易所上市。（部分对冲基金在德国提起诉讼。截至2016年年末，这些案件仍未结案。）当然，人们也很难对对冲基金抱有极大的同情。他们的经营环境本身就十分混乱。明尼苏达大学法学院教授理查德·佩因特研究此类案件，指出卖空是一种高风险策略，在很多地方不受欢迎，甚至有些地方明令禁止。因此，对冲基金为在德国交易的股票，寻求美国证券法律的保护，这种做法有些厚脸皮。这就相当于坐在斯图加特赌马，然后向纽约博彩业委员会抱怨赛马骑师有腐败行为。

然而，不仅只有投资者不满保时捷的金融策略。挪威银行投资管理公司（NBIM）是大众最大的外部股东，代表挪威公民管理挪威的石油财富。某种程度上，作为挪威央行下属机构，挪威银行投资管理公司是世界上最大的主权财富基金。2009 年 10 月，该基金给费迪南德·皮耶希和大众监事会写了一封信，措辞直截了当，表达了对大众收购保时捷条款的不满。这笔交易"是为了满足保时捷控股家族的需要，牺牲了大众和非控股所有者的利益"，挪威基金公司管理全球主管安妮·克瓦姆和资深分析师奥拉·彼得·克罗恩·格辛如此写道。

挪威基金对好几项决策有异议。克瓦姆和格辛质问道，大众为何要收购保时捷家族和皮耶希家族位于萨尔斯堡的经销商网络。唯一的理由似乎就是，它能帮助保时捷家族和皮耶希家族筹集资金，购买更多的大众股份，轻松将股份提至 50% 以上。克瓦姆和格辛还批判大众收购保时捷的价格。（由于交易错综复杂，该项交易价值难以确定。据估计，大众的收购价约为 124 亿欧元，即 174 亿美元。）"市场的预估是，大众目前将为收购保时捷支付高昂费用。"他们写道，并指出大众将承担保时捷的债务。"值得注意的是，保时捷汽车控股公司似乎比大众更需要这笔交易。"

克瓦姆和格辛还批判监事会，因为它决定通过发行部分新的优先股，为此次收购提供资金。当一家公司出售新股筹集资金时，现有股票的价值会大打折扣。如果通过发行股票获利，提升公司的整体价值，股东们可能会守得云开见月明，大赚一笔。让他们恼火的是，大众汽车没有计划发行任何新的表决权股，即皮耶希家族和保时捷家族持有的股票类型。也就是说，这笔交易的目的是让优先股的股东承担绝大部分财务负担和风险，而他们没有权力阻止交易，因为他们没有表决权。克瓦姆和格辛抱怨道，整个保时捷公司受到某种"神秘力量"的影响。他们觉得"无法接受"这个现实。

实力如此雄厚的投资基金公开表达不满情绪，实在是非同寻常，但这对大众的计划影响甚微。由于交易涉及甚广，直到 2012 年 8 月 1 日，大众才正式接管保时捷的跑车制造业务。大众高管马蒂亚斯·穆勒资历深厚，个性沉着冷静，被任命为保时捷首席执行官。穆勒穿着得体，梳着整齐的银发，痴迷汽车，保时捷对他青睐有加。

并非只有克瓦姆和格辛质疑这笔交易。德国执法部门也开始调查保时捷公司的财务动向。斯图加特的检察官需要数年时间才能立案，对保时捷来说，立案的时机将会非常尴尬。

第十二章　清洁柴油

一个男人站在厨房里，将橘子皮胡乱扔进垃圾筒里。突然他后退几步，明显吃了一惊。一束耀眼的白光射进房间。直升机旋翼的砰砰声震得窗格嘎嘎作响。扩音器里传出声音。"把橘子皮放下，先生！您违反了堆肥规则！"他试图逃跑，穿制服的人堵住他的去路。环保警察又逮捕了一名生态破坏者。

这个虚构警察突袭的创意源于奥迪 2010 年的一个广告。"环保警察"逮捕那些安装白炽灯泡、把游泳池水温加热得太高或使用塑料瓶的人。这是超级碗期间播出的第六十二个视频，将警察剧中的陈词滥调运用得出神入化。要知道，超级碗是世界上最受瞩目的电视时段之一。数百名演员和临演在广告中出镜。奥迪和旧金山的维纳布尔斯贝尔广告公司甚至邀请到 20 世纪 70 年代的廉价把戏乐队（Cheap Trick），重录1979 年的经典歌曲《梦境警察》。新的歌曲名为《环保警察》。

环保警察广告不仅讽刺了环保人士的教条主义，它还承载着另一重含义，即驾驶柴油车的都是精英一族，在道德上高人一等。广告最后一幕是，汽车退到路障边，环保警察正在那儿进行"生态检查"。身穿绿色短裤的警察注意到一位驾驶奥迪 A3 紧凑型旅行车的司机。"这里有一辆 TDI，清洁柴油汽车。"一位警察说道。"你可以走了，先生。"另一位警察说道，为奥迪 A3 放行。奥迪转弯绕过交通障碍，扬长而去。而其他"不环保的"汽车唯有等待。

大众为广告所花的心思和金钱表明，它是多么坚定地要让美国人相信，柴油不只是另一种燃料而已，还有利于环保。在欧洲，燃油价格居高不下，大众将柴油的燃油经济性作为噱头，将其推向市场。在美国，汽油比柴油便宜，远低于欧洲燃油价格，大众必须另辟蹊径。

从各个角度来看，将大众汽车定位成环保汽车，不失为一招妙棋。大众终于找到对付丰田的办法了。丰田混合动力普锐斯汽车是市场上的明星产品。它的大卖表明，人们乐于购买能给他们加持环保光环的汽车。大众的混合动力车无法与丰田匹敌，因为大众的汽车研发速度太慢。但大众已经是柴油车行业的领头羊。沃尔夫斯堡的工程师们觉得，柴油车是更先进的技术。大众帕萨特、捷达和甲壳虫更运动、更时尚，平平无奇的普锐斯相形见绌。他们认为，如果大众汽车同样环保，全球消费者更有可能选择大众，而不是购买丰田或其他进口车辆。

当然，部分消费者选择车辆时确实是出于对环境的真诚关心。但是汽车也是表达自我的一种方式。20世纪60年代，甲壳虫在美国大受欢迎，不仅因为它物美价廉，还因它是反物质主义的标志，亦是对底特律高油耗汽车的抗议。清洁柴油汽车有异曲同工之妙，只不过更胜一筹。

2008年年底，美国经销商开始销售配备EA189柴油发动机的大众和奥迪汽车后不久，绿色营销吹响了号角。杂志广告采用的字体和极简风布局，让人不禁联想到多伊尔·戴恩·伯恩巴克公司过去为甲壳虫打造的广告。"这不是老一辈的柴油了。"一个人说道。"柴油已经洗心革面啦。"另一个人说道。在洛杉矶多伊奇广告公司为大众电视设计的广告中，一位老妇人手拿白色围巾，站在一辆柴油帕萨特的排气管前。"看到它多干净了么？"她对朋友们说道。脏兮兮的柴油？不过是无稽之谈罢了，广告这样说道。

广告宣传效果极佳，足以说服见多识广、目光如炬的环保主义者或专业人士。大众车主辛西娅·麦基在美国马里兰州银泉公司工作，是一位致力于全球林业问题的生态学家。"我买了高尔夫 2011 版 TDI 汽车，我能将自己对碳排放和整体污染的影响降到最低水平，"麦基回忆道，"作为一名从事自然资源管理和气候变化工作的生态学家，我不会故意说些假话。我曾做过大量研究，证明普锐斯在制造过程中会产生更多污染。大众使我相信，我做了一个明智的选择。"

大众消费者大多受教育程度很高。一张清单显示，大众柴油车主包括一位处理破产案的法官，一对夫妇，夫妇俩都是斯坦福大学教授，还有毕业于美国海军学院的建筑师，以及加州妇女癌症资源中心的主任。他们都有自己的主见，不愿任人摆弄。

美国经销商利用环保噱头推动销售。他们会这样说："选清洁柴油车绝对没错，它的排放物更少，每加仑柴油可行驶更远距离。"或者他们声称 TDI 废气干净到"就像泳池里的水，可以安心饮用，安全吸入"。消费者若购买低二氧化碳排放汽车，可获得 1 300 美元的联邦税减免，消费者因而尝到了额外的甜头。

呼吁环保只是大众和奥迪的营销手段之一，他们还有其他策略，后来保时捷推广柴油版卡宴 SUV 汽车时也借用了相同的手段。在马丁·温特科恩的威逼辱骂下，大众工程师已经尽了最大努力，还是未能达到普锐斯的燃油经济性，配备了 EA189 2 升发动机的汽车出口到美国的日子却近在咫尺。大众宣传称，美国环境保护局的官方评级低估了汽车在公路行驶的实际里程数。例如，2010 年，大众宣传册吹嘘，安装了自动变速器的最新款捷达汽车"速度快、排放低、燃油效率高，每加仑柴油在城市道路和高速公路可分别行驶 38 英里和 44 英里，高效惊人，是欧洲的希望之光。"大众声称，相比之下，美国环保局的评级标准是，每加仑燃油在城市道路行驶 30 英里，在高速公路行驶 42 英里。大众车主可能连蛋糕都是用可持续种植的原料制作的，并且吃得很开心。

托尼·杰尔曼是得克萨斯州奥斯汀的卫生保健官员，燃油经济性和低排放的结合成功吸引了他的注意。他购置了一辆柴油奥迪A3，与高尔夫、捷达和新甲壳虫有着相同的发动机。"燃油经济性和低排放于我而言都很重要。"德雷德说道。他用车多，而且"奥斯汀是非常注重环保的社区"。燃油经济性的真实性不容置否。德雷德说自己从得克萨斯州驱车前往俄亥俄州只加了两次油。但他不知道大众和奥迪柴油车优于环保局评级的原因。中和氮氧化物的稀燃氮氧化物捕集器必须用额外的燃料周期性地喷刷。通过偷偷减小排放控制，汽车喷出的燃料减少，并且能够行驶更远距离。

重新占领美国市场的另一关键要素是在美国本地生产的新款中型轿车。这款车将根据美国人的口味和驾驶习惯量身定制，与丰田凯美瑞和本田雅阁竞争经济型中型汽车市场，此类汽车在美国市场是香饽饽。大众上次在美国生产汽车还是在1988年，那一年大众关闭了匹兹堡东南部威斯特摩兰县新斯坦顿的一家工厂，该工厂主要生产高尔夫汽车。虽然宾夕法尼亚工厂以失败告终，但大众必须再次在美国制造汽车，以消除与亚洲竞争对手的效率差距。汇率是重要因素。2006年，欧元兑美元汇率接近1比1.60，创历史新高，从而提高了在欧洲为美国消费者生产的大众汽车价格。但如果在美国生产和销售汽车，汇率就不成问题了。劳动弹性化也是重要因素。法律赋予德国工人巨大权力，导致工厂劳动力长期冗余，大大削弱了德国工厂效率，而在美国没有这种法律约束。

大众计划投资十亿美元建立新工厂，雇佣两千工人。2007年，大众汽车开始选址，美国各地市政当局竞相争夺工厂项目，因为这既能带动就业，又能创造不菲的税收财富。田纳西州查塔努加市亦是竞争者之一，它为大众提供1 350英亩空地，这里曾是一家炸药工厂所在地。2008年，大众代表走访当地后抱怨道，这块空地废弃已久，长满了灌木丛和树木，无法判断此地适不适合建工厂。于是，查塔努加市调动了两百辆推土机和碎木机，在三周内将垃圾和杂树清除一空。查塔努加市对大众工厂项目势在必得，它最终也如愿以偿，令当地政客欣喜不已。"汽车工厂就是经济发展的聚宝盆。"查塔努加市市长罗恩·利特菲尔德说道。

大众最终决定将美国生产的汽车命名为帕萨特，它与欧洲制造的同名汽车有众多相似之处。它安装了其他大众柴油车使用的 EA189 发动机。在其他方面，这款美国帕萨特稍逊欧洲帕萨特一筹。例如，它的减震装置精巧度稍有欠缺。德国帕萨特专为没有速度限制的高速公路而打造。美国人没有这种需求，为了降低价格，有必要将其简化。

尽管如此，温特科恩仍热衷于打造一款展现德国精湛工程技术的车。2011 年，查塔努加市工厂开始投入生产，温特科恩在宣誓声明中提及，他曾七次到访美国。温特科恩关注挑选供应商等细节问题，还会亲自检查零部件。他向美国工厂发出强烈信号，表明他们使命的重要性。但是，很多美国工人更倾向于温和的管理风格，对他的大喊大叫和乱发脾气实在吃不消。

至少在一开始，美国工厂这一举措奏效了。2007 年，大众品牌的汽车在美销量达到 23 万辆左右，与 1968 年巅峰时期的 57 万辆相距甚远。2011 年，美国版帕萨特在查塔努加工厂正式投入生产。2012 年，包括汽油车在内，汽车总销量几乎翻了一番，达到 40 多万辆，这是大众自 20 世纪 70 年代以来第一次实现如此出色的销售表现。

大众汽车销量增长绝大部分要归功于柴油车。大众柴油车销量从 2009 年的 4.4 万辆增至 2013 年的 11.1 万辆。2007 年，所有汽车制造商销售的柴油乘用车加起来还不到 1.7 万辆。大众凭一己之力，使柴油乘用车在美销量增长了五倍。柴油车约占大众在美销售汽车的五分之一，但对于较大车型的汽车而言，这一比例要高得多。四分之三的旅行版捷达车和超过半数途观 SUV 汽车是柴油车，或许消费者想用柴油发动机来牵引他们的挂车。于大众而言，柴油车更有利可图。捷达等柴油车价格高出同类型汽油车 6 300 美元。

尽管大众汽车销量在美国实现大幅增长，温特科恩的野心远不止如此。2011 年 5 月，在查塔努加工厂的落成典礼上，他告诉包括美国交通部长雷·拉胡德和几位美国参议员在内出席典礼的各界名流，到 2018 年，大众和奥迪在美国的销量将达到 100 万辆。大众和奥迪将占据 6% 的美国汽车市场，与丰田一较高下。

这些目标是 2018 战略不可或缺的部分，2007 年，温特科恩宣布大众将成为世界上最大的汽车制造商，2018 战略勾勒了温特科恩心中的美好蓝图。在此期间，2018 战略稍有改动，这无疑是与皮耶希商议的结果，当时皮耶希仍是大众监事会主席。战略核心目标是，到 2018 年，大众汽车一年的全球销量达到 1 000 万辆，成为公司 2009 年年度报告中所宣称的"世界上最成功和最有魅力的汽车制造商"。此外，大众承诺改善长期低利润率的局面，在 2018 年年底之前实现 8% 的税前销售回报率。（前几年，利润率低于 2%，涨幅高达 7%。）大众还承诺"在汽车、动力系统和轻量车身结构方面建立新的环保标准"。

某种程度上，温特科恩正运用一种熟悉的管理技巧，可以说皮耶希也是如此。他们正在制定严苛的，甚至令人无法容忍的目标，从而让员工关注组织，抑制自满情绪。这种做法本身没有问题。但是，为员工追求公司目标设置上限时，高层经理必须慎之又慎。大众汽车有一套行为守则，要求员工遵守当地和国际的法律、法规和条约。该守则承认有责任"为了共同利益而促进人员流动，同时在个人需求、生态问题以及全球企业的经济需求方面做到公平公正"。但是，如果高层经理不为下属提供必需的资源，帮助下属合法实现目标，那么这些守则不过是纸上谈兵而已。如果高层经理不认可这些守则，守则便毫无意义。

"延伸目标非常有用。"耶鲁大学管理学院教师大卫·巴赫说道。"正因为这些目标会带来巨大压力，所以你必须确保目标有清晰的界限。'我们会发展，但我们会以符合品牌的方式发展。'确保这些价值观的树立比实现目标更为重要。你不应该成为目标的奴仆。这正是大众所缺失的东西。"

这就是当时查塔努加工厂生产新版帕萨特的背景。虽然美国版柴油帕萨特的减震装置比德国版简单，但它的排放系统要优于三年前进口到美国的第一代大众柴油车。事实上，2012版帕萨特配备的正是大众几年前拒绝采用的技术，那时候，大众退出了与戴姆勒公司的蓝色技术项目合作。自那以后，大众研发出类似技术，称为蓝驱技术（BlueMotion）。与蓝色技术一样，蓝驱技术使用了所谓的选择性催化还原法，即SCR，用稀释尿素喷雾来中和废气中的氮氧化物排放。

新的解决方案使得大众有机会逐步淘汰作弊软件，安装作弊软件主要是为了通过美国排放测试。如果大众采取这一方案，很可能没人能发现第一代柴油车上安装的作弊软件。大众却选择了另一条路。

多数美国人仍不了解柴油车。大众高管担忧，他们会因为需要偶尔加注车用尿素溶液（AdBlue）而有所顾虑，推迟购车计划。大众希望尿素溶液能维持足够长的时间，让经销商能在定期机油更换过程中为汽车加注溶液，这样就可为车主省去麻烦。帕萨特不可能放弃任何竞争优势，当前流行的丰田凯美瑞和本田雅阁使用的燃料都是汽油，也没有尿素溶液箱。此外，美国规定亦不鼓励汽车制造商允许车主自行加注尿素溶液。

大众工程师又一次选择步奥迪后尘，自2008年以来，奥迪一直使用减效装置解决车用尿素溶液箱容量有限的问题。设计2012版美国帕萨特汽车时，工程师遇到了同样的问题，此时，游走于法律禁区已经成为一种习惯。

作弊装置2

后来的大众和奥迪汽车都使用选择性催化还原器取代稀燃氮氧化物捕集器。选择性催化还原法利用尿素溶液将氮氧化物转化为氮气和水。

选择性催化还原法的不足是，尿素溶液箱必须定期加注，否则发动机无法启动。作弊装置减少了尿素溶液的消耗，避免给车主带来不便，也省去了体积更大的尿素箱占用车内空间的麻烦。

发动机控制单元(ECU)

3升柴油发动机（自2009年）和第二代2升发动机（自2012年）

废气流

废气再循环

氧化催化剂

柴油机颗粒过滤器(DPF)

车用尿素溶液箱

选择性催化还原器(SCR)

消声并排气

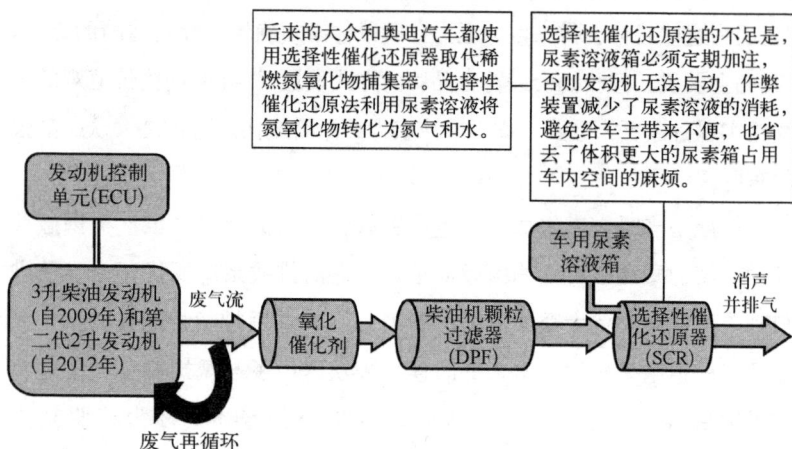

知晓作弊行为的大众员工被告知要保持沉默。2012 年 7 月，工程师们试图找出部分柴油发动机出现故障的原因。他们发现了能让发动机在实验室测试中改变运行方式的软件代码，也就是所谓的测试模式。工程师们偶然发现了减效装置。

工程师通过进一步研究得出结论，汽车在测试模式下驾驶过长时间，就会出现机械故障。当污染控制完全发挥作用时，会对汽车零部件造成压力。工程师将发现写进报告中，呈交给海因茨-雅各布·诺伊斯，诺伊斯自 2011 年以来便担任大众发动机研发主管。根据后来的指控，诺伊斯让工程师撕毁报告，继续改进软件，让测试模式在不需要愚弄监管者的时候就不会启动。最终结果就是汽车污染更严重了。

尽管大众的清洁柴油技术背后隐藏骗局，但公司高管和工程师还是吹嘘它是多么环保。大众和奥迪工程师在行业活动上发表演讲，发表学术论文，接受热心刊物和网站的采访。

在发动机研发领域，大众将排放技术作为一项新突破。2013 年，大众采用了 EA189 发动机的升级版本，即人们熟知的 EA288 发动机，工程师发表的相关文章登上英语版《发放机技术杂志》的封面。《发动机技术杂志》是汽车行业的著名刊物。文章描述了如何在符合最新排放标准的情况下，对基本柴油发动机进行调整，适应不同汽车的需要。文章作者是大众顶级发动机和软件研发人员，除了诺伊斯外，还包括柴油发动机研发主管耶恩·卡尔斯泰德和理查德·多伦坎普，理查德是最低排放柴油发动机研发和废气处理部门主管，以及驱动电子主管汉诺·杰登。

"由于先进的工程技术，我们已经开发出模块化柴油机系统，以迎接未来日益严格的排放法规和客户需求所带来的挑战，"他们写道，"同时，新设计的模块化结构为进一步减少燃料和提升汽车性能创造可能。"

行业内其他竞争者对此持怀疑态度。他们不明白大众如何在中型汽车成本预算有限的情况下，实现如此清洁的排放。鲍勃·卢茨当时已经离开克莱斯勒，担任通用汽车的副总裁。他希望能够设计出能与大众匹敌的清洁汽车，并竭力敦促工程师研发出能与大众清洁柴油相媲美的技术。尽管通用从大众的供应商博世和欧陆公司处购买了零部件，但他们还是以失败告终。"大众在美国生产汽车，"卢茨在一次会议上对通用工程师说道，"你们现在告诉我，通用汽车动用所有的资源，也做不到吗？"

"我一直在痛骂他们，"卢茨说，"没人知道他们是如何遵守法规的，他们的发动机技术和其他人的没太大区别。"但卢茨从没将自己的怀疑告诉监管者。"有个不成文的规定，那就是你不能出卖另一家公司。"

大众一边宣传自己为环境保护所做的努力，另一边又部署安装减效装置，这似乎是企业认知失调的一个极端案例。然而，据几位前高管称，大众的高管都真心认为自己是可持续交通的领路人。的确，大众柴油车产生的二氧化碳比汽油车要少，对全球变暖的影响也更小。2012年，绿色和平组织成员在汉堡的一个礼堂的天花板上高举横幅，温特科恩在那儿向股东们发表了演讲。横幅上的标语是："就是现在，保护气候，不要做假！"横幅挡住了温特科恩的巨幅视频投影。在监事会会议上，温特科恩和皮耶希似乎真的被指责之声伤透了心，有人指责大众只是象征性地将车辆对环境的影响降到最低。"他们说，'但是我们是清白的！'"约尔格·博德回忆道，他是下萨克森州的政界人士，也是大众监事会成员。"如果他们是在演戏的话，"他说，"那他们的演技真不错。"

在欧洲，使用某种软件掩盖汽车排放量不算重罪，不会受到特别严重的惩罚。欧盟和美国在禁止减效装置的条款上采用了几乎相同的话术。但是欧盟法律没有对处罚作出规定。最糟糕的情况可能是，大众将被迫召回车辆，使之符合环境标准。欧洲的监管力度也不强。排放测试是由汽车制造商雇用的外部承包商负责的。承包商看似是独立的个体，但他们没有勇气对他们的金主采取强硬态度。排放规则的执行由国家当局负责。在德国，监管机构是联邦机动车运输管理局（*Kraftfahrt Bundesamt*），受交通部监督。交通部偏心汽车行业是众所周知的事情。

欧洲法规存在漏洞，给汽车制造商可乘之机，他们不需要作弊，就能轻易通过排放测试。如果发动机存在损坏风险，制造商可以重新调整污染控制。当汽车制造商利用这一漏洞时，他们无须公开信息。相比之下，在美国，汽车制造商需要得到环境保护局的许可，才能在特定情况下停用排放设备。大众知道，其他欧洲制造商几乎都广泛利用此漏洞。例如，几乎所有汽车制造商都为他们的柴油车设计程序，以减少室外气温较低时发动机回收利用的废气数量。该方法降低了系统堵塞的风险，但也导致了更多的氮氧化物排放。汽车制造商可能会辩称，他们是在保护发动机。他们还知道，欧洲监管机构会在 20 摄氏度（68 华氏度）的温度下进行汽车测试，因此监管机构永远不会知道发动机在较冷气温下的情况。在欧洲，违反排放标准实在是轻而易举，事实上，完全没有必要采用减效装置。在美国就没有这样的空子可钻了。监管部门也会在较低气温下进行汽车测试，且罚金数目相当骇人。

大众汽车内部员工拒绝上级要求的可能性变得越来越低，因为他们没有选择的余地。2013年，大众汽车售出970万辆汽车，提前接近最终销售目标。大众汽车即将超越丰田，成为世界上最大的汽车制造商，离这一天越近，温特科恩和皮耶希就越强大。到2013年，温特科恩是欧洲薪酬最高的经理人之一，年薪为1 500万美元（1 900万美元）。有一支商务飞机队供他差遣，包括一架可容纳160名乘客的空客A319。飞行过程中，高管们尽可能挤到飞机前面，以图靠近温特科恩，一位见过这一幕的高管这样描述道。坐得离老板越近，经理的地位就越高。

温特科恩游览大众帝国的分支机构时，所受的待遇堪比摄政王。巴西一家工厂的管理人员曾经重新粉刷工厂墙壁，仅仅是因为温特科恩会路过。其他汽车高管无法与他相提并论。宝马首席执行官诺伯特·雷瑟夫或是独自出行，或是带一两位助手。这完全不是温特科恩的风格。2011年，不知名人士的摄像机拍到他现身法兰克福车展，参观竞争对手的展位，那时他的皇家做派就非常明显。在随行人员的陪同下，温特科恩停在一辆现代i30紧凑型车前面，这辆车当时正打算进军欧洲市场。温特科恩从他的双排扣西装口袋里取出一个东西，和笔差不多大小，用它来检查现代汽车掀背尾门金属板间的间隙。他无视金发碧眼的车展模特，表情严肃，绕着汽车来回踱步，然后弯下自己的敦实身躯，坐到驾驶座上。其他大众高管连忙坐到其他座位上，另一位高管则蹲在敞开的驾驶员侧门旁边。温特科恩用手指划过汽车内部的塑料，然后摆弄着可调节的方向盘。"它不会吱呀作响。"温特科恩对汽车设计团队的一名成员粗暴地说道，用的是斯瓦比亚人的本土方言，对德国其他地区的人来说，这种语言充满了乡土气息。"宝马做不到。我们做不到。但他们做到了。"

"我们有解决办法，就是成本太高了。"设计师紧张地回答道。

温特科恩还是一脸严肃。"那他们怎么做到的?"他问道。

在大众，无论职位高低，都有可能受到温特科恩的责难。每周二，大众高层经理和部门负责人会聚集到总部大厦最高层，大厦顶部悬挂着大众汽车标志，从顶层可俯瞰沃尔夫斯堡的工厂建筑群。这些经理可能是奥迪或斯柯达等大众旗下品牌的负责人，这些品牌本身就有自己的汽车帝国，坐拥数万名员工。但是无论他们身份地位如何，还是无法在星期二的会议中幸免。参会的部分人士说，任何未能实现目标的人（全都是男性），都得在同仁面前接受温特科恩的无情批评。经理可能在这一周赢得温特科恩的青睐，下一周却被骂得狗血淋头。有时候，他们并非从温特科恩或同事那里听说，而是从《经理人杂志》等德国商业刊物得知自己被降职或被解雇的消息，但没人知道是如何走漏风声的。

皮耶希七十多岁时，仍然是大众的核心人物，亦是工程师担忧失败结果的另一个原因。2012 年，皮耶希安排妻子乌苏拉成为监事会成员，表明了他对监事会的绝对控制权。乌苏拉是大众监事会二十名成员中的第三位女性。乌苏拉·皮耶希几乎没有受过任何正规的商业培训。但她才五十岁左右，以后将继承她丈夫的财富，所以她需要一个在皮耶希去世后也能保护其遗产的职位。人们无视了德国媒体对显而易见的裙带关系的尖刻评论。商业日报《德国商报》一语道破乌苏拉能胜任这项工作的原因:"这位聪明的女性取得的成就无人可与之匹敌:她获得了脾气暴躁、疑心重的费迪南德·皮耶希的信任。"费迪南德·皮耶希继续密切关注大众的产品研发。他出席汽车展，参加南非等地的公司活动，在这些地方，高管们对最新款汽车进行测评。

由于大众的"清洁柴油"营销大获成功，到 2003 年，EA189 发动机已经无处不在。发动机分为 1.2 升、1.6 升和 2 升版本（仅有 2 升版柴油发动机出口到美国）。德国萨尔茨基特、波兰波尔科维斯和匈牙利杰尔工厂生产了数百万发动机。其中萨尔茨基特工厂距离沃尔夫斯堡不远。除了大众和奥迪汽车，大众集团旗下还有两个品牌的客车也采用了同款发动机，即西班牙的西雅特和捷克的斯柯达。西雅特和斯柯达的车身风格与大众截然不同，但与大众共享零部件，它们没有被出口到美国。但在其他国家，这两个品牌随处可见。EA189 发动机用途广泛，高尔夫和捷达等紧凑型汽车，以及轻型卡车和途观等较小的 SUV 汽车都纷纷选择了它。配备此款发动机的汽车大多在欧洲销售，拉丁美洲和韩国等亚洲国家也能见到它们的身影。

皮耶希的策略就是实现众多汽车共享零部件，EA189 柴油发动机是其最好的实例。但这款发动机也证明了平台战略存在的风险。所有发动机共用一个非法的发动机控制装置，以通过排放测试。2013 年，根据美国调查人员提交的证据，大众汽车不仅在 EA189 发动机中安装了减效装置，奥迪和保时捷的 3 升发动机中同样也安装了减效装置。此外，该公司还对车载诊断系统进行编程，提供虚假数据，防止检查人员或机械师发现减效装置。公路上的每一辆车都是违规的证据，大众生产的发动机越多，暴露的可能性就越大。

第十三章　执法者　二

　　一个由欧洲和美国的专家与活动人士组成的小圈子对"清洁柴油"的说法颇有疑虑。柴油车占据了欧洲乘用车市场的半壁江山，在美国，柴油车也站稳了脚跟，因此没人在意对柴油车负面影响的警告。汽车行业的游说者兢兢业业，说服欧洲大多数政治领导人，使他们相信柴油车是环保的，事实却是真假参半。柴油车产生较少二氧化碳，有利于缓解气候变化。可它们排放的有毒氮氧化物，以及非常细小的、致癌的烟尘颗粒，要远远超过汽油车。

　　大量科学证据表明，氮氧化物极其损害人体健康，有时甚至会危及生命。氮氧化物（NOx）由氮原子和氧原子组成，有多种组合方式。地球大气中大约80%是氮气，它由两个氮原子组合而成。氮气是无害的，是生命必不可少的元素，但在柴油发动机内，它就会成为恶魔。柴油机汽缸内燃烧温度较高，氮气的双原子分离成单个氮原子，其中部分氮原子与氧气结合，形成一系列有害分子，尤其是二氧化氮。所有依赖化石燃料的发动机都会产生氮氧化物，但柴油发动机产生的二氧化氮量要远远超出其他发动机，因为相比汽油发动机，柴油发动机的燃烧温度更高。

　　排气管排出的废气成分中所含的大多是单个氮原子。这些氮原子与大气中的臭氧等物质迅速反应，形成二氧化氮。二氧化氮是对人类健康危害最大的气体。当人们吸入这种气体时，二氧化氮会与肺部排出的液体发生反应，引发炎症和过敏反应，从而导致哮喘，或者导致哮喘患者病情加剧。特别是儿童，会处于危险之中。研究发现，二氧化氮浓度高的地区与儿童哮喘发病率之间存在联系。

证据还表明，二氧化氮污染会导致心血管问题、糖尿病、慢性支气管炎以及癌症。美国环保局的报告《氮氧化物与健康标准综合科学评估》非常详尽，报告中引用的研究表明，城市空气中的二氧化氮水平峰值与心脏病患者的急诊次数之间存在相关性。在二氧化氮浓度较高的地区，总体死亡率和婴儿死亡率更高，不过很难确定其他污染物的影响。一些研究表明，二氧化氮会阻碍胎儿的生长。同样，研究还表明二氧化氮与肺癌之间存在联系。

二氧化氮不仅是有毒物质，还是导致大城市雾霾的罪魁祸首。二氧化氮暴露在阳光下，与大气中的其他物质发生反应，形成地面臭氧，又称雾霾。雾霾同样会导致哮喘和其他呼吸道问题，加剧全球气候变暖，影响部分植物的生存。柴油发动机的排放中的氮和氧结合形成其他物质，对人类和环境产生不良影响。其中包括一氧化氮，导致酸雨产生的原因之一。另一种物质是一氧化二氮，也被称为笑气，在牙医的办公室里，它是一种很有用的气体，但当其在大气中释放，便是一种强大的温室气体。一氧化二氮进入高空大气，可能需要一个世纪才能分解。在此之前，它会储藏热量，加剧全球变暖。根据美国环保局的说法，一氧化二氮对气候的影响是等量二氧化碳的 300 倍。

在人口稠密地区，机动车辆是氮氧化物最主要的来源。美国环保局发现，在美国城市地区，排气管排放的污染物占氮氧化物污染总量的 40% 到 67%。不足为奇的是，高速公路附近就是氮氧化物浓度最高的地方。约五分之一的美国人生活在距离公路主干道一百码以内的地方，在洛杉矶，这一比例达到了 40%。儿童接触到最多的氮氧化物，因为他们比成人待在户外的时间更长。证据还表明，贫困儿童最易受到氮氧化物的影响，因为低收入社区的学校常位于交通繁忙地区。

欧洲的氮氧化物问题要严重得多，相比之下，美国的污染问题显得微不足道。柴油车约占欧洲汽车销售量的一半，且欧洲的人口密度和城市化程度都高于美国。欧盟的数据表明，2010年，空气污染导致了40.3万人过早死亡，这一数据令人震惊。约3 000万欧洲人所接触到的二氧化氮含量超过了官方标准。

尽管这些数据令人咋舌，柴油车还是很受欧洲车主欢迎，因为它价格更低廉。汽车行业说服了许多国家的立法者，对柴油征收更低的燃油税，因此每升柴油的燃油税通常比汽油低20欧分。对于关注燃油经济性和二氧化碳排放量的车主，混合动力技术是柴油发动机的主要竞争技术，但欧洲的混合动力技术却发展缓慢。丰田是混合动力技术的先驱，在美国大获成功，可在欧洲却表现平平。在欧洲汽车市场，丰田的市场份额仅占个位数，只在小众市场有一席之地。欧洲制造商，包括大众汽车在内，会生产混合动力车，但缺乏热情，宣传力度较弱。柴油车占据市场主导地位，虽然有人就其对健康的影响发出警告，却被认为是故意捣乱。

阿克塞尔·弗里德里希便是反对者之一，他是一名退休公务员，曾在德国联邦环境部（Umweltbundesamt）工作。与美国环境保护局不同，德国联邦环境部不直接负责车辆排放规则的执行，因为这属于德国机动车运输管理局（Kraftfahrt-Bundesamt）的管辖范围。除了其他职能外，德国机动车运输管理局还负责跟踪德国车主交通违规的扣分情况。机动车运输管理局隶属于德国交通部，后者以保护德国汽车工业而闻名。联邦环境部属于内政部，对汽车制造商并不买账，他们对整体空气质量负责，就汽车尾气排放问题有一份简要声明。

弗里德里希是联邦环境部交通和噪声部前任主管，他是整个汽车行业心头的一根刺。弗里德里希对改善空气质量充满热情。在其职业生涯早期，他曾与他人合著了一本书，名为《你想知道的关于空气污染控制的一切》。包括弗里德里希在内的很多人注意到，虽然排放规则变得更加严格，但城市污染情况仍不容乐观。在满腹疑问的人中，弗里德里希站在第一线。他所在的机构发现，有一部分原因很简单：汽车制造商在作弊。2003 年，弗里德里希领导的部门发布的研究显示，欧洲卡车制造商在柴油机内部安装电脑软件，以逃避排放法规。在奥地利、瑞士和荷兰同期进行的测试中，研究人员发现，一旦技术人员调整监管部门设定的模拟驾驶模式，在实验室测试中，卡车会排放出更多的氮氧化物。研究并没有使用"减效装置"一词，但明确指出，当发动机软件检测到正在进行标准化的监管测试时，卡车会按照编程程序作出反应。其他时候，则好像什么也没发生过。尽管卡车排放标准越来越严格，城市中的氮氧化物水平却在不断恶化，这些发现有助于解释其背后所隐藏的真相。

实际上，弗里德里希和团队发现了卡车发动机制造商的不当行为，与在美国的排放作弊规模不相上下，1998 年的作弊丑闻总共花了十亿美元才得以平息。但在欧洲，卡车行业几乎没有受到任何影响，尽管它的行为触犯法律。美国环保局可对美国卡车发动机制造商实施处罚，欧洲法律并未出台相关规定。不过，联邦环境部的报告至少促使欧洲监管机构采取行动，要求卡车接受公路和实验室测试，加大了作弊难度。

弗里德里希的工作并没有使他受到汽车制造商的欢迎，同样，汽车制造商也没有对他的执着另眼相看。德国杂志《明星周刊》称他是"一位讨人厌但见多识广的汽车行业评论家"。弗里德里希头发花白，精力充沛，他认为自己是一个实用主义者，清楚政治能实现什么，以及不能实现什么。他驾驶着一辆菲亚特 500，这辆车年岁久远，但节省燃油，可被看作是他固执行为的一种体现。他承认："我是个输不起的人。一旦我开始做一件事，我就会有始有终。"

在德国，要想与汽车业抗衡，固执必不可少。汽车是德国出口份额最大的产品，整个行业约有 80 万工人。制造商善于利用这种经济影响力，与政界人士保持密切联系，并聘用前政客担任游说者。例如德国汽车工业协会主席马蒂亚斯·威斯曼，此人曾任联邦交通部长。威斯曼既是律师，又是八面玲珑的政治人物，在总理赫尔穆勒·科尔的内阁担任职务。当时，安格拉·默克尔也是内阁成员，后来成为了德国总理。威斯曼直接称呼默克尔的名字，在德国通常只有亲密的朋友才会这样做。

大众汽车的政治影响力非同一般。下萨克森州位于沃尔夫斯堡，是德国政治家的重要阵地。这些政治家包括前总理格哈德·施罗德和2010 年至 2012 年期间担任联邦总统的克里斯蒂安·伍尔夫。两人都曾担任下萨克森州州总理，都曾是大众监事会成员。汽车制造商照顾失业政客的历史由来已久。2003 年，下萨克森州前州总理西格马尔·加布里埃尔被投票下台后，大众与一家咨询公司签订合同，加布里埃尔在该公司持有股份。后来，加布里埃尔的政治生涯得以延续，他成为德国社会民主党主席。2013 年，他成为默克尔领导的基督教民主党联合政府的经济部长。因此，大众在政界人脉很广。

尽管德国环保运动浪潮涌动，2011 年福岛核灾难后，总理默克尔大力推动禁止核能，但汽车行业享有经济特权，是优先考虑对象。2013年，欧洲议会即将批准对二氧化碳实行新的严格限制时，威斯曼代表汽车行业给默克尔写了一封信，抱怨限制标准"欠考虑"。威斯曼警告道，新的二氧化碳排放限制对高性能豪华汽车制造商来说尤为困难（豪华汽车指的是奥迪、奔驰和宝马），它们占据德国汽车行业 60% 的份额。这封书信的开头写道"尊敬的总理女士"，称呼非常正式，但威斯曼在信的空白处亲笔写上了"亲爱的安格拉"几个字。紧接着，由于德国的反对，布鲁塞尔通过的针对二氧化碳的提议明显大打折扣。

2008 年，从联邦环境部退休后，弗里德里希仍对柴油车持怀疑态度。举例来说，他成为了国际清洁运输委员会（ICCT）的创始人之一，该委员会的最初设想是联系世界各地的环境官员，从而交换信息和协调活动。一些前美国环保局官员也加入了 ICCT，他们与 ICCT 的其他成员一样，因汽车行业对监管的影响过大，充满挫败感。弗里德里希和委员会其他创始人认为，如果汽车制造商在国际社会上协调他们的政治活动，那么监管者也应该这样做。

汽车制造商在欧洲联合抵制更严格的氮氧化物标准，这令弗里德里希尤为沮丧。他认为氮氧化物污染是在谋害生命。但汽车制造商坚持认为，更严格的排放限制，如美国的排放限制，代价过于高昂。然而，宝马和奔驰，特别是大众，在美国销售柴油车，总能设法达到更严格的美国排放标准。他们在美国能做到的事情，在欧洲就无法实现了吗？弗里德里希猜测，德国汽车制造商为在美销售的汽车配备了某种技术，为了省钱，他们不想为欧洲汽车配备这种技术。"我们想要证明它在美国行之有效，"他说，"这就是我们的想法。"

美国的污染法规更严格，允许的氮氧化物排放量不到欧洲的一半，执法也同样严格。在欧洲，从未听说汽车制造商因违反清洁空气规定而受到惩罚，因为欧洲法规缺乏相关规定。在美国，环保局向汽车制造商提供了大量文件，说明制造商允许和不被允许做的事情，并有充足的前车之鉴。相比之下，在欧洲，模糊的规定造成法律的巨大灰色地带，给了汽车制造商可乘之机。行驶在美国道路上的柴油车与清洁空气规定的精神更契合，至少 ICCT 的研究人员是这样认为的。"我们试图做好分析工作。"ICCT 的资深研究员约翰·杰尔曼说道。他也曾供职于克莱斯勒、本田和美国环保局。"我们意识到自己的数据有漏洞，那就是我们缺少美国的相关数据。"杰尔曼表示，ICCT 期望最后可以回到欧洲的立场上，在谈及汽车制造商时能够说："为什么他们在美国可以遵守规定，在欧洲就不行呢？"2012 年，ICCT 想去美国寻找一台能够证实自己主张的设备。

第十四章　在路上

丹·卡尔德和他在西弗吉尼亚大学的团队曾与 ICCT 有过合作。弗朗西斯科·波萨达是 ICCT 的高级研究员，负责监督此项目，他是西弗吉尼亚大学的毕业生。尽管如此，某种程度上，卡尔德还是忽视了 ICCT 的提议，他只是从堀场公司的工作人员那里听说了这件事。堀场公司是日本的便携式排放测试设备制造商。2011 年，是卡尔德就任西弗吉尼亚大学排放实验室主任的第二年。和往常一样，他一直在寻求补助和合作，以维持 CAFEE 的小规模运营。卡尔德让赫门特·卡普潘纳为 ICCT 的这份工作拟了一份投标书。卡普潘纳出生于印度的班加罗尔，当时正在美国攻读博士学位。

自 CAFEE 成立以来，格雷格·汤普森便是团队的关键人物。在这位副教授的大力支持下，卡普潘纳准备了申请书。号召 CAFEE 测试欧洲各种柴油车和排放技术，这个项目大约需要 20 万美金的资金。ICCT 将这项工作交给西弗吉尼亚大学，但要求卡尔德缩小测试范围，将测试成本减少至 7 万美元。这并不是笔大数目，在 CAFEE 拿到的合同中，7 万美元算少的。一辆宝马、奔驰或奥迪，稍加客制化，就会轻易花掉这笔钱。但虽少也是钱。卡尔德决定接受这份合同。

CAFEE 有丰富的卡车测试经验，但除了一些规模较小的学生项目，CAFEE 没有进行过太多乘用车的道路测试。人们普遍认为，汽车排放不是什么大问题，因而缺乏市场需求。ICCT 在合同中提出了一些技术和实际问题。第一步便是找到汽车作为测试对象。根据合同规定，卡尔德和团队成员可选择任何在美销售的欧洲品牌柴油车，其中包括奔驰、宝马、大众和奥迪。ICCT希望测试两种主要的氮氧化物排放处理技术，即稀燃氮氧化物捕集器和尿素选择性催化还原系统。大众和奥迪两种技术都采用了。第一代在美销售的柴油车都安装了 EA189 发动机，2009年起的车型配备了稀燃氮氧化物捕集器。捕集器价格更便宜，不需要定期补充尿素化学溶液。大众捷达、大众高尔夫和奥迪 A3 都使用了这项技术。2012 年，大众在美版帕萨特上采用了选择性催化还原系统，并在美国查塔努加新工厂进行汽车生产。选择性催化还原系统效果更佳，但正如之前所提到的，它有一个缺陷。尿素溶液箱中的尿素溶液需要定期补充。如果司机忽略了低溶液量警告，未及时加注溶液，汽车将无法启动。

卡尔德和汤普森对 ICCT 合同背后的政治意图一无所知。他们只需完成技术工作。"我们从没想过与任何人为敌，"卡尔德说道，"我们只是做好自己的本职工作而已。"

卡尔德本打算将测试地点选在西弗吉尼亚州附近，离家近，成本低。但找到测试车辆实在难于登天。当地租赁公司没有欧洲柴油车，西弗吉尼亚大学的团队也找不到愿意借车给他们的车主。研究生阿尔温德·蒂鲁文加丹来自印度金奈，在卡尔德的团队工作，他致电位于密歇根州奥本山市的大众分公司，询问该公司是否能够提供车辆。大众拒绝了这一请求。

卡尔德最终将地点定在加州，CAFEE 过去经常在那儿工作，加州的车也更多。在导致大众暴露减效装置的一系列事件中，这一决定至关重要。加州空气资源委员会以态度强硬著称，因为加州的空气污染问题非常棘手。该州拥有 2 500 万辆汽车，3 400 万人口。据美国肺脏协会透露，在美国，空气污染最严重的 10 个城市中有 6 个位于加利福尼亚，洛杉矶的空气污染问题最为严重。加州致力于解决污染问题，制定了比联邦政府更严格的空气污染规定。民主党和共和党达成共识，肯定严格的清洁空气规定，加州空气资源委员会有了坚强后盾。相比之下，环保局通常是美国政府官员的政治阶梯。在汽车行业内部，加州空气资源委员会名望颇高，有时，人们对它的专业性感到敬畏。

西弗吉尼亚大学和加州空气资源委员会关系匪浅。阿尔贝托·阿亚拉是加州空气资源委员会排放测试实验室的负责人，20世纪90年代末，他曾在西弗吉尼亚大学任教，至今仍是该校客座教授。阿亚拉拥有加州大学戴维斯分校的博士学位，在人们的印象中，他是一位措辞谨慎的科学家，得出的结论必须有数据的支撑。他留着小胡子，头发剃得更短。他平时一副生人勿近的样子，面带怒色。阿亚拉最初的专业领域是航空学，但美国削减国防预算后，他转向空气污染行业，因为加州航空工业的工作岗位有限。

阿亚拉一直密切关注柴油汽车动向。他对德国汽车制造商的柴油技术很感兴趣，因为它有助于减少二氧化碳排放。同时，阿亚拉与欧盟委员会和 ICCT 的专家保持着密切联系。他意识到，欧洲城市的氮氧化物水平高出标准水平。他和加州空气资源委员会的其他人开始质疑广告中所宣传的清洁柴油。

于加州而言，氮氧化物污染是一个顽疾。当卡车或汽车的排气管排放出氮氧化物，它会与阳光和大气中的气体迅速反应，形成雾霾。洛杉矶万里无云的天空和类似盆地的地形，是雾霾的理想温床。阿里·哈根斯米特是荷兰科学家、加利福尼亚理工学院的教授，他证明了汽车尾气与阳光相互作用会形成雾霾。加州艾尔蒙特市的加州空气资源委员会实验室就是以他的名字命名的。他的研究成果为空气质量监管奠定了科学基础。哈根斯米特于1977年去世，1968年，也就是环保局成立两年前，他成为加州空气资源委员会的第一任主席。

1938 年，费迪南德·保时捷（左侧伸手指的人）向希特勒及其下属展示"人民汽车"的模型。生产"人民汽车"主要是一场宣传运动，在战争爆发之前产量很低。（海因里希·霍夫曼，休尔顿档案馆，Getty Images）

1944 年，工厂内部的机械。尽管创建大众汽车公司的最初目的是生产甲壳虫汽车，但在战争期间，它几乎将产能完全转移到了军事装备上。（大众汽车股份公司）

盟军对大众汽车工厂的空袭导致屋顶塌落、墙壁倒塌，这张 1944 年的照片展现了当时的情景。但是大多数机器没有损坏，生产只是暂时中断了。（大众汽车股份公司）

伊凡·赫斯特（戴贝雷帽者）是一名足智多谋的英军少校，在德国投降后被指派负责监督大众汽车公司。1946 年的这张照片显示，赫斯特恢复了甲壳虫的生产，他实际上成为了该公司战后的第一任首席执行官。（大众汽车股份公司）

德国人海因里希·诺德霍夫于1948年被任命为首席执行官，他在位20年，是一名能干的经理人，但也是一名独裁者。（保时捷股份公司历史档案）

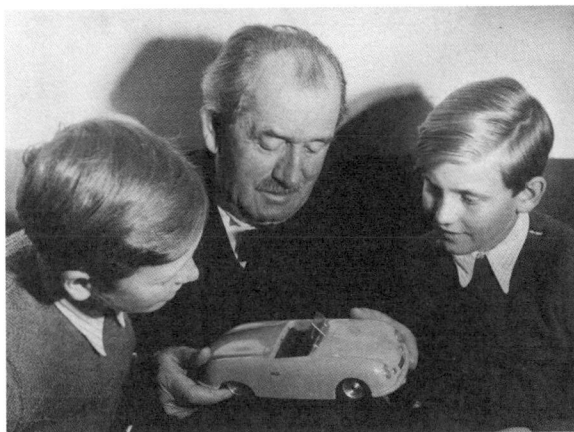

1949年，费迪南德·保时捷和他的孙子费迪南德·亚历山大·保时捷（左）、外孙费迪南德·皮耶希在一起。皮耶希对汽车工业的影响可能比他的外祖父更大。（保时捷股份公司历史档案）

看似不太可能，但甲壳虫汽车和它的表亲保时捷 356 成了 1960 年代反叛的象征。1969 年，歌手詹妮斯·乔普林展示了她定制的保时捷。（Sam Falk，《纽约时报》照片档案馆，1969）

新款甲壳虫于 1997 年投放市场，融合了原甲壳虫的怀旧风格，在美国大受欢迎。此处展示的是 2017 年的车型。（Andreas Rentz, Getty Images）

2007 年，米特兰运河沿岸的沃尔夫斯堡主要工厂的视图。前景是汽车城的入口，汽车城是汽车崇拜的博物馆和神殿。（Collection ullstein bild，Getty Images）

2010 年汉堡，费迪南德·皮耶希坐在大众汽车年度股东大会会场中的一辆奥迪的驾驶位上。与苹果公司的史蒂夫·乔布斯一样，他是少数几位将自己的个人烙印清晰地印刻在公司产品上的首席执行官之一。（David Hecker，DDP，Getty Images）

乌苏拉·皮耶希，昵称乌苏琪，前家庭女教师，她是少数几个费迪南德·皮耶希信任的人之一。他安排乌苏拉·皮耶希成为大众监事会成员。2011 年，他们参加了在柏林举行的汽车工业颁奖典礼。（Sean Gallup，Getty Images）

2015 年 3 月，大众首席执行官马丁·温特科恩参加日内瓦国际汽车展。他以对细节的执着和他的脾气而闻名。（Fabrice Coffrini，AFP，Getty Images）

保时捷前首席执行官温德林·魏德金（左）和保时捷前首席财务官霍格·赫尔特因操纵股票市场罪，于2015年在斯图加特法院受审。两人均被宣判无罪。（Thomas Kienzle，AFP，Getty Images）

监事会主席汉斯·迪特·珀奇（左）和首席执行官马蒂亚斯·穆勒长期以来都是公司内部人士，在排放丑闻过后，他们的任命引发了人们对大众是否会改变方向的质疑。2015年12月，他们现身新闻发布会。（Carsten Koall，Getty Images News）

沃尔夫冈·保时捷和他的女伴克劳迪娅·赫布纳参加2016年维也纳歌剧院舞会。2015年，他的表兄费迪南德·皮耶希在权力斗争中失败后，沃尔夫冈·保时捷成为大众汽车监事会中最有影响力的家族成员。（Gisela Schober，German Seclect，Getty Images）

西班牙人弗朗西斯科·哈维尔·加西亚·桑兹（左）是大众汽车的长期采购负责人，他负责在美国进行和解谈判。2016年，他与大众汽车首席执行官马蒂亚斯·穆勒以及为加强大众汽车内部合规体系而被聘请的前法官克里斯汀·霍曼·德恩一同出现。（John McDougall，AFP，Getty Images）

加州空气资源委员会主席玛丽·尼科尔斯所做的大量调查工作揭露了大众汽车的排放欺诈行为（2008 年照片）。（Irfan Khan，Getty Images）

丹·卡尔德负责西弗吉尼亚大学的一项研究，该研究首次对大众汽车的排放提出疑问。他与弗拉基米尔·普京、教皇弗朗西斯一世一起被《时代周刊》评选为 2016 年度最具影响力的 100 人之一。2016 年，他与妻子希拉蕊一起参加了纽约的《时代周刊》晚会。（Taylor Hill，FilmMagic，Getty Images）

客户可以在汽车城取车。截至 2016 年拍摄这张照片时，大众汽车正在失去欧洲的市场份额。（Sean Gallup，Getty Images News）

阿亚拉认为，西弗吉尼亚大学的研究可以扩充加州空气资源委员会的知识基础。他提议让卡尔德团队借用艾尔蒙特市的实验室，该实验室位于洛杉矶市中心东部，卡尔德将在那儿进行汽车测试。实验室位于一栋土褐色建筑中，该建筑仅一层高，由混凝土和煤渣块筑成，建于20世纪70年代，四周是铁栅栏，顶部装有带刺的铁丝网。该建筑内部共有四个试验间，和车库空间差不多大，试验间里混凝土地面上装有大型金属滚轴，确保汽车车轮在高速旋转的同时不会撞到墙上。为了尽可能地模拟高速公路的状况，团队在试验间前设置大鼓风机，在汽车前端吹风。阿亚拉允许西弗吉尼亚大学的研究生卡普潘纳和蒂鲁文加丹，以及来自瑞士的博士候选人马克·贝施，利用这些设施进行标准排放测试，为道路测试提供参照标准。

　　加州为卡尔德团队提供了大量汽车。他们很快就找到了自己需要的柴油车。他们从当地租车公司租了一辆2013款宝马SUV和一辆2012款大众捷达，并找到愿意出借2012款帕萨特的车主。他们本希望将奔驰柴油车作为第三辆测试汽车，但在最后一刻，车主突然狮子大开口，要求更多租金。于是他们又选了一辆大众车。测试开始之前，捷达汽车的行驶里程为4 700英里，帕萨特和宝马的行驶里程都是1.5万英里。这些汽车虽"年岁已高"，稍显破旧，但排放设备状态良好。三辆汽车都是旅行车，后备厢有足够空间安置排放设备。

　　西弗吉尼亚大学团队成员取车时，和帕萨特车主有过一次谈话，当时他们并没有在意，现在回想起来，那时就露出了端倪。帕萨特车主从未为汽车的选择性催化还原系统加注过尿素溶液。事实上，他根本就不知道汽车有独立的尿素溶液箱。车主对此毫不知情，说明尿素溶液的消耗量惊人地低。"那时候我们就应该洞察一切的。"卡尔德回忆道。

　　团队的另一个问题是在测试过程中找到方法，为排放分析设备持续供电。ICCT要求加长汽车接受测试的时间，团队同意在计划中这么做。

他们本打算使用日本堀场公司的排放测试设备，但该设备电池容量有限，续航能力不足一小时。（设备不能从测试汽车处获取动力，因为发动机的额外负荷会影响结果的准确性。）解决办法是，在硬件供应点购买便携式汽油发电机，并将它们固定在测试车的后部。发电机噪音很大，臭气冲天，燃料消耗异常之快。但它们还是提供了必要的电能。

三辆汽车都通过了加州空气资源委员会艾尔蒙特实验室的标准化测试。当三名学生开车驶上高速公路，他们很快意识到大众汽车有些不对劲。装有稀燃氮氧化物捕集器的捷达汽车喷出的氮氧化物严重超标。配备选择性催化还原系统的帕萨特情况稍微好些，但氮氧化物排放量还是超出规定限制。问题远远不止排放超标这么简单。整个系统的表现非常滑稽。例如，通常情况下，汽车温度升高后，排放量会大幅下降。但大众汽车却不是这样。另一方面，宝马在道路测试和实验室测试中并未出现如此大的偏差。很大程度上，宝马的排放控制是真正起作用的。

学生们在洛杉矶及其周围绕圈行驶，这条路线是环保局的模拟驾驶循环的原型之一。它包括城市公路、高速公路以及到圣安东尼奥山的一段旅程。圣安东尼奥山位于洛杉矶郊外，又称鲍尔迪山。虽然测试人员都是学生，但他们经验丰富。例如，卡普潘纳在印度获得了机械工程学士学位，他的朋友毕业于西弗吉尼亚大学，在朋友的推荐下，他得以在这所学校进修。（卡普潘纳开玩笑说，他对西弗吉尼亚唯一的了解源于班加罗尔的酒吧，他在酒吧里听过约翰·丹佛的《乡间小路带我回家》①。）卡普潘纳获得西弗吉尼亚大学硕士学位时参与了柴油卡车测试。毕业后，他在康明斯公司工作，2008 年，企业因成本削减选择裁员，他赋闲在家，便决定回到母校攻读博士学位。贝施曾在瑞士比尔市的技术大学学习汽车工程，他的教授是欧洲数一数二的排放专家。蒂鲁

---

① 约翰·丹佛是著名的美国乡村民谣歌手。这首歌是他的成名作，描绘了西弗吉尼亚的美丽风光，第一句歌词就是"西弗吉尼亚，宛如天堂"。——编注

文加丹在西弗吉尼亚大学攻读博士学位之前，在印度马德拉斯大学获得机械工程学士学位。他发表了多篇关于柴油机颗粒排放和重型卡车温室气体排放的研究论文。后来，他成为了西弗吉尼亚大学终身副教授。

三位博士候选人多次驾驶汽车在洛杉矶测试路线上绕圈行驶，并在圣地亚哥和旧金山都进行了汽车测试。他们调整汽车速度，穿梭于有分隔带的高速公路，在高峰期的车流间缓慢前进，行驶在洛杉矶周围的山麓间。蒂鲁文加丹和贝施驾驶帕萨特从洛杉矶到达西雅图，之后又折回洛杉矶，全程达4000英里。汽车后部的便携式发电机虽不颠簸，但经常故障，不得不及时更换。"发电机臭味熏天，噪音刺耳，让人倍感压抑。"卡普潘纳回忆道。测量设备也经常出问题。一会儿是电线松了，一会儿传感器又失灵了。有一次，贝施和蒂鲁文加丹为了修理设备，在俄勒冈州波特兰市的一家劳氏家装用品店的停车场里待到很晚。在加州北部，他们遭到警察盘问，因为警察对汽车后部突出来的奇怪装置心存疑惑。

学生们一直认为收集到所有数据后，大众的平均排放量会接近官方标准。汽车的污染排放量会因为天气情况或汽车爬坡状况而波动，这些都是正常现象。但大众的排放量很离谱，一直居高不下。

没有人怀疑大众是故意为之。他们脑海中闪过的第一个念头是自己的设备出了问题。但检查过后，发现一切正常。另一个可能就是，大众与监管机构达成协议，允许其在特定条件下超过标准。汽车制造商经常与监管机构谈判，争取例外情况，他们有时还向环保局支付费用，或以其他方式来抵消过量排放的影响，例如更换旧校车的发动机，减少污染。这些协议都是商业机密，不对外公开，所以这可能是背后的原因。卡尔德看到这些数据时，将高排放归咎于汽车设计或工程缺陷，而不是大众的故意行为。他预计，最坏的情况就是，大众不得不召回部分汽车。"我想，'大众得有一笔不小的开支了。'"卡尔德说道，"他们得召回车辆，重新进行修理。"他无法想象，1998 年减效装置事件中卡车制造商遭受巨大损失，在那之后"有人竟然还以身试险"。

2013 年年中，数据收集工作已经完成。卡尔德和团队成员花了一段时间汇总信息，但这并不是他们的首要任务。该小组的高级学者格雷格·汤普森十分满意研究数据，这些数据帮助贝施完成了他的博士论文，内容与柴油机颗粒排放相关。汤普森说，这是"我们从中获取的最大价值"。当时看来或许如此。

他们撰写了一篇长达 117 页的研究论文，题为"使用中的美国轻型柴油车辆的排放测试"。汤普森是主要研究者，卡尔德、贝施、蒂鲁文加丹还有卡普潘纳是合作研究员。他们在报告中没有透露测试汽车的型号，仅仅把它们称为 A、B、C 汽车。技术数据图表和段落表明，A 汽车捷达的氮氧化物排放量是法定限值的三十五倍。在驾驶状态下，这辆车的排放从未低于规定限值，在公路行驶的一半时间内，汽车排放至少超过了限值的二十倍。B 汽车帕萨特的氮氧化物排放量超出规定二十倍，在公路行驶状态下几乎没有遵守过污染法规。C 汽车宝马"大为不同"，它只在爬坡状态下才会超过污染限值，而且只超过十倍而已。宝马和帕萨特之间的差异之大实在令人费解。两款车采用相同的选择性催化还原排放技术，来控制氮氧化物的排放量。论文作者推测，帕萨特可能采取了"不同的柴油废气喷射策略"，也可能是为了减少尿素溶液的消耗和溶液加注的需要。论文还指出，"有意思的是"，捷达和帕萨特在艾尔蒙特加州空气资源委员会实验室的滚轴上的测试表现完美无瑕。

2014 年 3 月底，贝施在圣地亚哥举行的排放专家年会上展示了该文章的摘要。这其实不是环保狂热者的会议。这次年会被称为"现实排放研讨会"，赞助者是科研协作委员会。研究会的主要资金来源于石油产业和包括大众在内的主要汽车制造商。贝施记得，大约两百人参会，会场位于圣地亚哥的凯悦酒店，在那儿可以瞭望太平洋美景。环保局和加州空气资源委员会的官员、至少两名大众排放合规部门代表出席了此次研讨会。贝施仍然没有透露测试汽车的信息，但台下的汽车专家心知肚明。文件提供了详细的技术参数以及凸出测试设备的车辆尾部的照片。贝施谈话的休息间隙，有人联系卡尔德，告诉他，他们知道 A 汽车和 B 汽车一定是大众无疑。据卡尔德透露，有人评论说，大众将不得不召回车辆，但没有人谈到减效装置，更谈不上丑闻了。卡尔德回忆道："我不记得有人很当回事，没人说，'哇，这真的是个大新闻'。"

然而，至少有一个人已经在怀疑，造成大众柴油车异常测试结果的原因是故意作假。ICCT 的高级研究员杰尔曼是与西弗吉尼亚大学签订合同的代表之一，在测试期间一直与卡尔德及其团队保持联系，并不断收到最新的研究情况。凭借他在汽车行业和环保局的多年经验，杰尔曼意识到可能存在减效装置。如果是汽车故障导致排放超标，车载诊断软件会报告问题，仪表盘上的指示灯会亮起。但事实并非如此。杰尔曼对自己的怀疑只字未提，甚至连 ICCT 的同事都没有透露。在杰尔曼看来，指控汽车制造商使用减效装置在排放上作弊，就和指控牧师虐童的性质一样严重。"除非你百分百确定，否则你不能采取任何行动。"

汽车测试工作结束后，卡尔德、汤普森和三名学生回到西弗吉尼亚，开始投身于其他项目。但这篇论文引发的反响远远超出他们的想象。

美德两地大众汽车的高级职员在论文发表之前就知道了西弗吉尼亚大学的测试工作。阿亚拉密切关注丹·卡尔德及其团队收集的数据，因为他们经常出入加州空气资源委员会实验室。阿亚拉一直在向大众汽车传递情报，因为与加州空气资源委员会监管的汽车制造商保持畅通的沟通渠道，是他个人信奉的工作理念。"他们知道这些事情。"阿亚拉说道。阿亚拉在艾尔蒙特和萨克拉门托会见了大众汽车代表，萨克拉门托是加州首府，亦是阿亚拉的主要行动基地。"我们发现有些事不对劲。"

阿亚拉回忆道。尽管他对调查结果感到不安，但他并没有怀疑大众汽车有任何不当行为。他仍认为排放超标源于特别棘手的技术问题。保持与大众的亲密关系尤为重要。大众开始进行汽车测试，以回应西弗吉尼亚大学的研究结果。阿亚拉和公司专家比较了两者研究方法的技术记录。这种信息交流很常见。"我的前提条件是，'我们共同解决问题'。"阿亚拉说道。他仍对大众汽车深信不疑。

2013 年 12 月，阿亚拉对沃尔夫斯堡进行为期数天的例行访问时，甚至提到了西弗吉尼亚大学的项目。加州空气资源委员会官员定期探访汽车制造商，讨论空气质量政策的效果如何。当时，阿亚拉已荣升加州空气资源委员会的副执行官，他提到了该大学的汽车测试项目。"我们公开谈论此项目，以及我们需要进一步研究的事实。"阿亚拉这样说道，但他拒绝透露与他会面的大众高管的名字。据阿亚拉说，大众的人是这么回应的："当然，我们也在考虑这个问题。"

3 月份，西弗吉尼亚团队提交报告后，大众最高层遭到电子邮件的连番轰炸。大众美国区总裁迈克尔·霍恩（Michael Horn）和大众管理委员会成员、销售主管克里斯蒂安·克林勒等纷纷索要研究报告的副本。霍恩和克林勒都负责营销领域，与工程不沾边，他们竟然对一所不出名州立大学的高科技学术论文感兴趣，值得引起注意。

阿亚拉坚称，他当时仍不相信大众汽车有任何违法犯罪行为。但他对西弗吉尼亚大学的研究结果感到惶惶不安，因此启动了一个合规项目。这个调查比西弗吉尼亚大学的调查更正规，它将利用到加州空气资源委员会作为监管者的影响力。阿亚拉成立了一个专家小组，收集小批大众汽车进行测试。他们出钱租借大众车主的汽车，并为他们提供临时代替的车辆。不久后，一项重大调查正在悄然进行中。根据加州空气资源委员会的保密协议，西弗吉尼亚大学和 ICCT 对此毫不知情。阿亚拉甚至没有告知加州空气资源委员会的主席玛丽·尼科尔斯（Mary

Nichols)。她是政治任命人员①，阿亚拉不向她透露大众汽车案件，目的是为了避免政治影响。卡尔德及其团队对他们触发的力量一无所知。"这很有意思，"卡普潘纳提到测试数据时说，"但我们没有想过它会揭露出大众汽车的真面目。从来都没想过。"

---

① 政治任命人员：在美国，由总统、副总统或其他内阁部长直接任命的公职人员。——编注

第十五章　暴　露

大众产品安全负责人贝恩德·戈特维斯，在公司内部被称为质量控制界的"红色"埃德尔。

埃德尔来自得克萨斯州，因其扑灭油井大火的卓越能力而广为人知。戈特维斯是大众的老员工，直接向温特科恩报告工作，他也有扑灭火灾的天赋。当大众产品出现严重缺陷时，他总是能平息风波。西弗吉尼亚大学的研究人员报告研究结果后不久，戈特维斯是第一批拿到报告副本的人之一。2014年5月，在评估了形势后，戈特维斯撰写了一页报告，这份报告包含在马丁·温特科恩的助手们为他准备的周末信息包中。信息包在大众内部被称为"温科邮件"（"温科"是温特科恩的昵称之一）。它包含了一些令人不安的消息。

戈特维斯写道，西弗吉尼亚团队测试的一辆大众汽车在道路测试中的氮氧化物排放物超标了十五到三十五倍。配备了尿素选择性催化还原系统的帕萨特超出排放限值五到十八倍。戈特维斯指出，西弗吉尼亚团队还对宝马进行了测试，这是团队与国际清洁运输委员会所签订合同中的一部分内容。除在爬坡状态下或发动机处于高压状态下，宝马在正常道路和测试实验室的排放之间并无差异。原因是宝马对在美销售的汽车一视同仁，同样采用了防污染技术，尽管戈特维斯并没有明确说明。大众会在稀燃氮氧化物捕集器或选择性催化还原系统两者之间择其一，而宝马两者兼而有之。

戈特维斯写道，加州空气资源委员会宣布计划进行进一步的测试。加州监管机构还询问了大众有关污染控制设备的技术详情，包括发动机软件如何控制尿素溶液的剂量。

戈特维斯直言不讳地说，汽车测试给大众汽车带来麻烦。"大众无法向当局彻底解释氮氧化物排放量急剧增加的原因，"他写道，"可以猜测，当局随后将调查大众汽车系统，以确定大众是否在发动机控制单元软件中安装了测试检测系统（所谓的减效装置），以及在检测到'跑台测试'的情况下，执行的废气再生或尿素加注策略是否与实际驾驶条件中的模式有出入。"

"至于传动系统的研发，目前软件修正版正处于研发中，以减少实际驾驶过程中的排放量，"戈特维斯继续说道，"但是大众还是远未达到法定标准。我们会及时向您汇报进一步研发工作和与当局讨论的内容。"

戈特维斯的备忘录向大众最高管理层发出了明确警告，即大众汽车的减效装置露馅了，大众无法自圆其说，而调整汽车排放也绝非易事。尽管大众不否认温特科恩收到了戈特维斯的备忘录，但大众辩称没有证据证明温特科恩阅读过此文件，这份文件淹没在其他文件之中。就算温特科恩读过文件，他或许觉得下属正在处理这个问题。很难相信温特科恩的表现竟如此镇定。照理来说，公司的金牌麻烦终结者所提交的备忘录不容轻视。即使温特科恩没有阅读过备忘录，或是没有意识到问题的严重性，当月，类似的事件在沃尔夫斯堡举行的与博世公司代表的高层会议上再次上演。博世总部设在斯图加特，为大众供应控制大众汽车柴油发动机的电脑和软件。会议定在 5 月 28 日，目的是讨论大众和博世在美国的合作。根据一份多方证实的文件，在包括会议议程和会议记录的公开报告中，与会者不仅有温特科恩，还有博世首席执行官沃尔克马尔·邓纳尔。议事日程中有一项议程是"声学功能"，而这正是减效装置的代号。博世坚称，此次会议只是对柴油发动机的一般性讨论，与减效装置无关。

如果当时大众向环保局和加州空气资源委员会坦白真相，并承认为通过排放法规，在美销售的柴油车使用了作弊软件，那么大众的名誉和财务虽然会遭受重大损失，但后果不会像现在这般严重。类似案件表明，大众汽车可能会支付数亿美元的罚款，或者仅需支付数千万美元。它将与环保局达成协议，召回汽车，努力使其尽可能符合清洁空气规定，可能无需明确承认有任何违法行为。按照惯例，此事将暂时保密，直到解决方案和汽车召回尘埃落定。负面报道可能会占据新闻头条几天，然后媒体就会去追别的新闻了。

大众没有把握住坦白从宽的机会。认错不是大众的行事风格。他们好几次让大众柴油车合法化的机会从眼前溜走。他们多次收到警告，告诉他们事情出了差错。然而，为了实现温特科恩和皮耶希遥不可及的销售目标，他们在数百万辆汽车上安装了减效装置。在西弗吉尼亚大学研究之前的几年里，大众在产品战略会议上多次提出详细建议，想要优化污染控制设备，使正常驾驶条件下的排放与实验室排放水平保持一致。但这些建议都被否决了。温特科恩和其他高管抱怨成本太高。一开始，减效装置可能只是权宜之计，但如今已成为一种习惯，只要作弊未被发现，它就是一种成本优势。如今，2014 年，大众继续游走于法律边缘，孤注一掷，企图继续逃避后果。

高管们得知西弗吉尼亚的汽车测试后不久，大众便准备了内部报告，讨论了公司为消除监管机构疑虑可采取的各种策略。报告的措辞毫不偏颇，冷静评估了风险和成本。大众的一个选择就是拒绝承认问题，也就是回避问题，或再次撒谎。另一种选择是更新发动机软件。但报告称，软件更新不能使排放量降至法定水平，这和戈特维斯的结论一致。最糟糕的情况就是，大众或许会承认问题，召回在美销售的柴油汽车。当时，高管们并没有认真考虑最后一个选择。

尽管大众声称自己是可持续交通领域的先驱，但没有文件表明温特科恩或其他人要求对排放超标展开内部调查。没有人要求惩处负责人，也没有人感到震惊或愤慨。现有的文件，其中包括大众为自己辩护时提交的文件，给人留下这样的印象：排放事件是技术问题，也是监管难题，但并不需要深刻反思。大众内部人员似乎对汽车减效装置并不感到惊讶。就目前所知，没有人觉得公司应该借此机会自省，思考严重的企业失调是不是造成大众不当行为的原因。相反，大众高管镇定自若，权衡应向监管机构透露多少真相。大众汽车在美国的高级合规官员奥利弗·施密特（Oliver Schmidt）在给一位同事的信中写道："首先我们要决定，是否该说实话。"

　　2014 年 5 月，国际清洁运输委员会在官网上发布了西弗吉尼亚团队的报告，虽然没有大肆宣传，但还是让大众处在尴尬境地。大众正在申请 2015 车型年的新一代柴油机的监管认证。帕萨特、高尔夫、捷达等汽车配备了 EA189 发动机的升级版，即 EA288 发动机。新的氮氧化物排放标准更为严格，于 2015 年正式生效，新发动机应当能符合新的排放标准。所有在美销售的大众汽车如今都配备了用喷射尿素溶液来中和废气中的氮氧化物的系统。以前，只有配备了 3 升柴油发动机的帕萨特和较大型的奥迪及保时捷才安装了此设备。几年前，大众和戴姆勒的蓝色技术合作项目好景不长，当时，大众拒绝的正是如今所谓的选择性催化还原技术。

　　但大众仍坚信，一辆需要定期加注不明化学剂的汽车，美国人肯定毫无购买欲。因此，正常状态下，汽车会根据程序按比例分配柴油废液的剂量，除非控制发动机的计算机检测到官方测试的迹象。总之，最新款汽车还是采用了作弊软件。

　　监管机构开始敦促大众解释西弗吉尼亚大学的调查结果，大众意识到，必须要采取更多措施来减少正常行驶条件下的排放。6 月，大众悄悄修改了向环保局递交的申请书，称尿素溶液箱需要"大约"每10 000英里加注一次尿素溶液。加上"大约"一词至关重要。大众不再向车主承诺，他们将能够在不加注尿素溶液的情况下支撑到下一次更换机油的时候。公司默认现有排放系统中的尿素溶液有限，不可能持久生效。新款途观SUV和其他德国汽车在美国港口堆积如山，等待监管部门批准出售。大众计划更新2015年款汽车的软件，增加尿素溶液的剂量，从而更好地中和氮氧化物。

大众高管对这一决定感到焦虑。他们担心，让车主多做一件事，会让潜在买家多了一个"重要理由拒绝购买"。大众工程师估计，尿素溶液的消耗量将从每1 000英里0.8升增加到1.5升，几乎翻了一番。许多车主在汽车里程达到6 000英里时就必须加注尿素溶液了，具体情况取决于他们的驾驶方式和驾驶路线。但是，即使尿素消耗量增加，大众也意识到，就算对发动机计算机重新编程，也不足以将氮氧化物排放控制在法定限值之内。

大众不想让买家望而却步，它承担不起客户流失的代价。2009年，柴油车销量开始迅速攀升，2013年达到11.1万辆的峰值。2014年年底，安装了传统汽油发动机的汽车占大众在美业务量的四分之三以上，大众TDI汽车销量开始下滑。新甲壳虫不再是新奇玩意儿，人们对查塔努加生产的帕萨特的最初热情正在逐渐减弱。包括新一代高尔夫在内的2015年款新车型即将上市，为销量增长提供了机会。对大众来说，任何拖延都将是灾难性的。

与此同时，阿尔贝托·阿亚拉和他的加州空气资源委员会团队委婉地向大众施压，坚持要求大众解释排放异常问题。加州空气资源委员会利用便携式排放测量设备进行道路测试，同时在艾尔蒙特实验室进行固定测试。但是，尽管测试显示出问题，但他们并没有解释原因。加州空气资源委员会的官员表示，他们没有试图揭露大众的任何不当行为。他们只是想弄清楚问题出在哪里，这样才能解决问题。

这个过程相当缓慢。加州空气资源委员会将展示测试结果。大众公司在洛杉矶西部的奥克斯纳德设有技术工厂，他们将在那里自行测试。加州空气资源委员会和大众工程师将面对面讨论他们的调查结果。他们的会面地点位于艾尔蒙特实验室附近的加州空气资源委员会办公室，那是一间普通的会议室，房间里摆放着一张胶合板会议桌和几张棕色旋转椅，地板上铺有灰色的地毯。会议的专业性和技术性很强，要持续几个小时，有时候甚至要持续一整天。非专业人士可能连一个词都听不懂。阿亚拉说，"我们每得到一个答案，就生出更多疑问。"加州空气资源委员会带头组织了与大众的会议，但阿亚拉也向环保局通报了情况。

事情拖得太久，迟迟得不到解决，阿亚拉开始感到不耐烦。在监管机构看来，负责与他们打交道的大众主管给出的回答模棱两可、荒诞不经，甚至盛气凌人。大众抱怨道，加州空气资源委员会的测试结果有误。空气压力是造成结果失误的主要原因，同时，他们的驾驶路线也不一致。

为了查明大众汽车的问题所在，加州空气资源委员会技术人员不得不抛开其他重要工作，在艾尔蒙特的四个试验间中专注于汽车测试，耗费了大量时间。由于大众的汽车测试，其他汽车制造商的产品认证测试被迫推迟。阿亚拉还担心，大约七万辆大众柴油车行驶在加州的道路上，所排放的污染远远超出许可范围。如果找不到解决方法，加州空气资源委员会会因失职而备受指责。

2014 年 10 月 1 日，为打破僵局，双方官员和高管召开电话会议。大众代表包括施密特和斯图尔特·约翰逊。施密特是大众在密歇根州奥本山的环境和工程办公室负责人，约翰逊是办公室的第二把手。施密特是德国人，而约翰逊是美国人。（早在 2006 年，一些大众的美国员工就已经提醒大众高管，使用减效装置会有法律风险。约翰逊就是其中之一。）大众虽多次重申，但这些解释在官员们看来毫无说服力，同时，大众高管公布了他们的计划：召回 2009 车型年及之后的车辆，更新发动机软件。大众称，软件更新将"优化"公司迄今出售的所有"清洁柴油"车辆的排放设备性能。

召回计划似乎是大众作出的让步，但更可能只是一种拖延战术。大众仍没有对排放超标做任何实质性解释。相反，大众向监管机构保证，汽车召回将解决西弗吉尼亚大学团队研究发现的排放超标问题。这项保证后来被证明根本不可信。大众告知加州空气资源委员会官员："新软件结合最新的工程经验，以提高选择性催化还原系统的效率。"针对配备了稀燃氮氧化物捕集器却没有安装尿素溶液箱的旧汽车，所谓的软件升级将减少"后处理系统零件不必要的频繁更换"。大众对环保局如此说道。大众还表示，公司将调整汽车的发动机管理软件，以改善"极端驾驶条件下"烟尘颗粒过滤器的运行。充其量，这些回答只不过是搪塞之辞。

2015 年年初，大众宣布汽车召回计划。对于此次召回，大众仍用类似的说辞误导经销商和消费者。它声称，召回汽车安装新的软件，是为了防止车灯的故障性亮灯。召回计划亦是"大众承诺的环境保护的一部分"。大众没有告知车主需要更频繁地加注尿素溶液，同时汽车的燃油经济性也会受到影响。环保局和加州空气资源委员会官员仍觉得大众是在处理技术问题，而非有任何不当行为，于是批准了召回行动。他们接受汽车召回后排放超标问题将得到解决的说法，通过了 2015 年款柴油车的销售申请。

2015 年年初，大众推出"闪光行动"修复软件，最终更新了 28 万辆汽车的软件。汽车的污染排放减少，但软件升级还是保留了非法代码。大众厚颜无耻地利用召回行动来增强减效装置的有效性。当汽车车轮移动，方向盘保持不变时，表明汽车可能正在实验室滚轴上接受测试，"闪光行动"软件会让汽车进入良好行为模式。软件确保汽车识别出测试状态，使排放数据符合标准。

与此同时，奥迪需要就3升柴油发动机的问题面临加州空气资源委员会和环保局的拷问。保时捷卡宴和大众途锐SUV汽车同样安装了此发动机。监管机构很好奇，大众大型SUV中的3升发动机是否和2升发动机一样，存在相同的排放超标问题。事实上，2014年年底，奥迪进行了道路测试，发现部分汽车中的氮氧化物排放量超出法定标准十倍。然而，奥迪并未向监管机构透露测试的全部结果。奥迪仅仅告诉他们，豪华汽车奥迪A8的排放超出限值三倍。监管机构认为奥迪工程师对高排放作出的解释闪烁其词，有撒谎之嫌。奥迪代表一度将加州空气资源委员会发现的高排放问题归咎于洛杉矶独特的驾驶环境，坚称考虑到必须将其安装在车的底板下方，污染控制设备的表现已经不能更出色了。"对于我们发现的排放差异，我们听到各种各样的解释。"阿亚拉说道，"他们试图回避问题，总是在回答中加入一些花哨的术语。上面提到的只是其中一个例子。"

大众汽车召回完成后，加州空气资源委员会官员要求大众提供排放数据，说明软件更新是否将排放量控制在法定范围内。大众代表没有提供相关信息，这一行为本应该暴露出汽车召回未能解决排放超标问题。加州空气资源委员会官员问了一遍又一遍，但得到的解释不清不楚。它通知大众，另一轮测试即将进行。

这一次的测试更加艰难。加州空气资源委员会计划将汽车放置在实验室的滚轴上，模拟不同的驾驶模式，这个过程持续的时间比平时更长。减效装置识别不出这样的测试，它只有识别到标准的驾驶模式，才会启动设备。如果减效装置不起作用，加州空气资源委员会官员就会发现汽车的真实污染排放情况。技术人员还检查了汽车的计算机，即车载诊断系统（OBD）。如果车载诊断系统运行正常，它就会发出排放设备故障信号。然而，车载诊断系统显示，所有系统运行正常。仪表板警示灯应显示故障问题，但灯并没有亮。这一切实在说不通。

2015 年 5 月 18 日，一位大众工程师向斯图尔特·约翰逊和几位发动机研发部门的经理发送了一封电子邮件。工程师担心最新一轮的测试结果，并问道："我们需要讨论下一步的措施吗？"他还想知道，他该如何回答加州空气资源委员会关于过滤器性能的问题，怎么解释该如何去除废气中的烟尘。"请编个故事出来！"他写道。

几天后，另一位高管警告说，加州空气资源委员会正对大众展开地毯式审查。"加州空气资源委员会成员或管理层的行动不同寻常，"排放合规高级经理迈克尔·亨纳德写道，"我们担心将来可能会出现问题或风险。此外，加州空气资源委员会的高层管理人员正在审查和监测 TDI 软件问题。"根据各州政府的控告，大众汽车高管的反应是，一位高级经理不应在电子邮件中如此直白地提出警告。现在问题曝光不可避免。但掩盖真相的做法仍在继续进行中。

第十六章　皮耶希的没落

　　大众汽车和美国监管机构的暗中操作，并不为人所知。部分业内人士听到风声，说大众汽车在美国遇到问题。媒体和公众仍被蒙在鼓里。2015年年初，由于另一场闹剧，大众受到颇多关注。和大多时候一样，闹剧主角是费迪南德·皮耶希。

　　2015年4月，皮耶希通过《明镜周刊》发出信号，称大众的一位经理人已经失宠。但这一次不是其他人。皮耶希告诉《明镜周刊》："我正与温特科恩保持距离。"

　　这是皮耶希的典型做法，在公开场合以微妙但明确的方式贬低经理人的形象，从而动摇其地位。皮耶希曾向记者表示，他对魏德金不满意。汽车试驾期间，他告诉记者，保时捷首席执行官"曾是"这个职位的"最佳人选"。记者立即察觉到细微差别：皮耶希没有说魏德金"是最佳人选"，他说"曾是最佳人选"，谈及魏德金时用的是过去时。魏德金不久便离职了。但温特科恩不同。几十年来，他和皮耶希相互扶持。皮耶希是战略家；温特科恩则是战略的执行者。温特科恩称皮耶希为"Ziehvater"，这个词有两重意思，一重是"恩师"，另一重则是"代理父亲"。他们之间竟会产生嫌隙，站在权力斗争的对立面，这实在难以想象。

　　这一次，皮耶希似乎选错了挑衅的对象。七年的首席执行官生涯让温特科恩更加自信，他拒绝屈服于皮耶希公开打击他的企图。皮耶希没有征求监事会其他成员的意见，就想强行驱逐温特科恩，成员们对此大为光火。下萨克森州拥有 20% 的表决权股，他们选择支持温特科恩。至关重要的是，大众工人委员会及委员会主席贝恩德·奥斯特洛也支持温特科恩。奥斯特洛影响力强大，相当于监事会的影子主席。奥斯特洛声称温特科恩是"最成功的汽车经理"，并支持他的合同延期。州代表和工人代表在监事会中占多数席位。皮耶希以三分之二多数票解雇温特科恩的企图破灭了。皮耶希现年七十八岁，似乎已经玩不转权谋手段。

2015 年 5 月 25 日，皮耶希引发争议不到两周后，他和妻子乌苏拉向董事会递交了辞呈。皮耶希或许暗自期待监事会其他成员会挽留他。如果他真是这样想，那就大错特错了。皮耶希在大众叱咤风云二十多年后，从此淡出舞台，不再担任任何大众的正式职位。

讽刺的是，皮耶希辞职后仅数星期，大众实现目标，成为全球最大的汽车制造商。2015 年第二季度公布的数据显示，大众的全球汽车销量已经超越丰田。大众汽车销量将达到 1 000 万辆，比原计划提前两年实现销售目标。

奇怪的是，大众让这一历史性时刻悄然过去，甚至都没有在新闻稿中自我吹捧一番。庆祝的话可能为时过早。大众与丰田之间的差距很小，不过 20 万辆汽车而已。稍有一个季度销售表现不佳，大众就会重回第二的位置。大众还远未达到 2018 战略的其他目标。该公司上半年的利润率约为 6%，低于 8% 的目标，远远落后于丰田 10% 的利润率。大众汽车的效率仍与丰田有着很大差距。即使没有美国这场正在酝酿中的灾难，大众燃放焰火庆祝胜利还为时尚早。

促成皮耶希和温特科恩分道扬镳的原因至今成谜。一种说法是，皮耶希的表弟和竞争对手沃尔夫冈·保时捷成功拉拢了温特科恩。尽管皮耶希和保时捷家族在大众年会上作为一个集团投票，但私下里，家族内部依旧矛盾重重。一些关注大众的人察觉到蛛丝马迹，温特科恩和沃尔夫冈·保时捷之间的关系日益亲密，对皮耶希而言或许太过亲密了。温特科恩逐渐独立，对皮耶希的统治地位构成威胁，皮耶希在大众的主导权，以及对保时捷和皮耶希家族的控制都将受到影响。最终，皮耶希将备感压力，将监事会主席之位拱手让给温特科恩，而此时担任大众首席执行官的温特科恩也该退休了。

另一种说法是，皮耶希预见到排放问题将引发轩然大波，便利用此借口全身而退。皮耶希审时度势，故意策划了这场必输无疑的权利斗争。显而易见，皮耶希驱逐温特科恩的企图破灭，但皮耶希如此迅速地辞去监事会主席一职，着实令人惊讶。从其他方面来看，这一说法似乎很勉强。皮耶希是一位斗士，大众是他的终身事业。他不是那种一遇到冰山就乘着救生艇逃命的人。

最合理的解释或许是最简单的那个。皮耶希开始觉得，温特科恩的工作表现不佳。尽管大众投资了查塔努加工厂，推动清洁柴油的销售，但其在美国 100 万辆汽车的销售目标还远未实现。上半年的销售数据表明，奥迪和保时捷的销售量也包含在内的话，大众当年在美国的销售可能至多 60 万辆。大众汽车在美国的市场份额只有 2%，且在不断下降。如果皮耶希像德国媒体所报道的那样，在 2015 年 3 月之前意识到排放问题，那么这个问题或许会增加他对温特科恩领导能力的不满。

在全球范围内，大众极依赖奥迪和保时捷等奢侈品牌赚取利润，这不是好事。带有大众徽标的汽车占销售收入的一半，但由于生产成本太高，利润十分微薄。不可避免受到德国劳动力的拖累，大众乘用车部门的利润率低于 3%。投资者对公司的前途失去信心，公司股价不断下跌。一些德国新闻媒体猜测，保时捷的发展蒸蒸日上，首席执行官马蒂亚斯·穆勒是皮耶希的新宠，皮耶希期待他取代温特科恩的位置。

无论真相如何，皮耶希急流勇退，或许是个幸运的选择。虽然他不再是主席，但他在幕后仍具有影响力。他拥有保时捷汽车控股公司

14%的股份，保时捷家族和皮耶希家族持有大众的多数股份。他是保时捷监事会成员和皮耶希家族股东中最杰出的成员。他仍是保时捷股东委员会的成员，该股东委员会是秘密专家小组，在幕后对战略和决策施加了巨大影响。2015年9月，皮耶希回到沃尔夫斯堡，参加股东委员会。乌苏拉驾驶着红色宾利，亲自送皮耶希到达会议地点，他的现身引发热议，人们猜测他正策划卷土重来。皮耶希作为企业掌权者形象深入人心，除非他躺进坟墓，否则没人相信他真的离开了，或许，还得用木桩刺穿他的心脏，人们才会彻底相信他走了。

2015年4月，皮耶希辞去监事会主席职务，这意味着当年9月，世界瞩目的排放欺诈事件爆发时，皮耶希已经置身事外了。新闻报道和评论指责皮耶希助长了大众的欺骗文化。但在环保局曝光大众的排放事件后，皮耶希无须为危机管理负任何责任，也不必卷入他是否该承担后果的争论。他已经远离是非了。

德国金属行业工会的前主席博瑟欧德·胡伯暂时代理监事会主席，接替皮耶希的位置，直到选出继任者为止。此次事件再次显示了劳工组织对大众管理的非凡影响。监事会部分成员暗中大大松了口气，他们终于不必再忍受皮耶希的阴谋诡计了。"说他是德国商业史上最重要的人物之一，那也毫不夸张。"下萨克森州总理斯蒂芬·威尔说道。"不过，"这位中左翼的社会民主党人补充道，"现在急需停止猜疑他人，并要确保最高管理层内部干净清明。大众和它的数千员工必须要专注在生意上。"

然而，皮耶希离职，大众的领导层出现真空。自20世纪90年代起，在他的带领下，大众从濒临破产走向行业巅峰。如同史蒂夫·乔布斯之于苹果，皮耶希在自己经营的公司留下了清晰的个人烙印，做到这点的公司主管并不多。另外，皮耶希和乔布斯的共同之处在于，两人都痴迷于产品设计细节，创造才能卓越。在皮耶希的监管下，奥迪摆脱中产阶级汽车的沉闷形象，成长为足以与宝马和奔驰媲美的豪华汽车制造商。皮耶希接管大众时，甲壳虫时代成为过去，大众品牌仍在寻找自己的身份定位。皮耶希重塑了人民汽车的理念，赋予其德国工程为人民群体而生的深刻内涵。皮耶希痴迷生产细节，改进大众汽车的工艺，使其看上去更加高端大气。除了美国，这一策略在其他地方都取得了令人难以置信的成功。2015 年 4 月，大众及相关品牌在欧洲的市场份额达到26%，远远超过排名第二的竞争对手法国标致雪铁龙两倍多。

皮耶希同样留下了诸多问题。他似乎对外部股东漠不关心，更关注建设帝国，而非赚钱。他与工人双方约定不实施重大裁员，他在监事会的权力要归功于此协议。（奥斯特洛选择支持温特科恩，表明皮耶希失去了工人支持，他的权力顿时烟消云散。）大众汽车仍效率低下，与其最重要的竞争对手相比，它的利润微乎其微。他对耗资巨大的面子工程没有抵抗力，无论是时运不济的大众辉腾及德累斯顿的玻璃墙工厂，抑或是价值超过 100 万美元的布加迪跑车，全都是赔本买卖。

在大众内部，皮耶希创造了以自我为中心的文化，拥有自己的追随者。即使是他们中最忠诚的下属，如温特科恩，也可能随时被弃若敝屣。中央集权制度造成决策瓶颈。温特科恩成为这种制度的延续者。组织内的其他成员只是被动等待高层的决策。工程师占主导地位，这有助于创造出优秀的产品，但同时也意味着其他方面可能会被忽视，例如法规遵守方面。皮耶希任职期间，该公司彻底卷入犯罪风波，如洛佩斯事件和桃色丑闻。下属总因这类事件的后果而遭罪。任何改革都没有坚实的根基，随后的事件也证明，改革确实不够。历史究竟会记住皮耶希的哪一方面？是伟大的汽车，还是层出不穷的丑闻？这是个难以抉择的问题。

第十七章 招 认

2015 年 6 月，大众汽车在美国完成柴油车召回后，加州空气资源委员会测试了 2012 年款帕萨特，此款帕萨特配备了尿素排放系统。毫不奇怪，测试显示召回和软件更新并没有解决过度污染问题。委员会说，23 分钟的标准测试循环结束 1 分钟后，氮氧化物的产量增加了。委员会发现，在部分模拟驾驶循环中，尿素溶液根本没有发挥功效。委员会要求大众出示 2016 年款新车型中控制尿素溶液的软件代码，这些新车型已经出厂。委员会还希望看到旧车型的代码，从而能够进行对比，检查是否如大众声称的那样，新车的排放问题已经得到妥善解决。加州空气资源委员会想要仔细检查旧车型的想法在大众内部引发轩然大波。"我们必须阻止权威部门对第一代汽车进行测试！"一位员工在一封电子邮件中提到了第一代清洁柴油车。"如果第一代汽车在加州空气资源委员会的滚轴上进行测试，我们就笑不出来了！！！！！"加州空气资源委员会于是威胁大众。委员会表示，如果大众汽车未能遵循要求，它将拒绝批准 2016 年新车型在加州的销售权。

在监管领域，威胁要撤销批准无异于核弹爆炸，必定引发轩然大波。尽管人们对监管机构存在刻板印象，认为他们是过于热心的官僚主义者，是现实版的环保警察，就像 2010 年，奥迪在广告中刻画的那样，但其实他们大多态度谨慎，做事有条不紊。如果一家公司无法在加州获得汽车销售权，那么在美国其他地方销售汽车的可能性基本为零。纽约州、宾夕法尼亚州、马里兰州和新英格兰地区的大部分州都遵循加州的清洁空气规定，不会接受被加州空气资源委员会拒之门外的汽车。如果汽车在那么多州都无法销售，便不可能在美国取得成功。环保局同样不会接受被加州拒绝的汽车。最终，汽车生产不得不停止。工人失去工作。汽车制造商将付出巨大代价，更不用提对声誉的负面影响了。监管机构竭力避免此类局面，除非他们确信事实无误，且违规行为极其恶劣。

于大众而言，新车销售权迟迟未能获批，局势岌岌可危。7 月中旬，2016 年款大众汽车在港口堆积如山，除非排放问题得到澄清，否则汽车将一直滞留港口。大众汽车美国区总裁是德国人迈克尔·霍恩，这一职位的主要工作是负责销售。霍恩察觉到了危机。他通知德国高层，除非大众向加州空气资源委员会提供足够信息，否则无法获批2016 年款新车的销售权。克里斯蒂安·克林勒是大众监事会成员，负责汽车销售和市场推广。海因茨-雅各布·诺伊斯是大众汽车技术研发主管。一般认为这两人均在霍恩的通知名单之列，他们是大众最重要的核心人物，与温特科恩直接打交道。（大众律师辩称，没有证据表明霍恩知晓排放问题是减效装置造成的结果。）

2015 年 7 月 21 日，大众内部委员会在沃尔夫斯堡召开例会，主要讨论汽车安全和监管问题。加州空气资源委员会威胁拒绝批准 2016 年款新车的销售权，已经成为大众例会上的重要话题。委员会将结论整理到备忘录中，然后呈交质量控制主管弗兰克·图赫。备忘录还涉及其他问题，第 6.3 项的标题是"美国柴油发动机"。他指出，2016 年款汽车的认定工作停滞不前，因为早期汽车的排放超标问题尚未解决。委员会决定成立一个特别小组，由大众发动机研发主管弗里德里希·艾希勒领导。该小组的目标是"与官员沟通，快速有效地缓和紧张局面"。备忘录称，大众汽车应当"主动"与监管机构交涉。

2015 年 7 月 27 日，温特科恩参加了一个小组会议，听取了工程师关于柴油车问题的简要报告。小组成员包括前宝马高管赫伯特·戴斯，他于当月初开始担任大众品牌汽车的负责人。在法庭文件中，大众律师坚称，温特科恩当时未察觉问题的严重性。这个理由令人难以置信，因为温特科恩是细节控，而且他已经得到关于此问题的海量消息。会议记录表明，即使根据大众的事件描述，温特科恩和戴斯绝对可能知晓与"汽车测试期间利用软件影响排放性能"相关的潜在问题。大众却声称，温特科恩在会议上并未被告知该软件违反美国法律。股东和监事会仍被温特科恩蒙在鼓里。（温特科恩发誓说，直到 2015 年 9 月，他才听说"减效装置"一词。）

尽管已拖延许久，大众汽车终于开始面对排放问题可能带来的法律后果。大众内部律师科尼利厄斯·伦肯是产品安全负责人，最迟在 2015 年 5 月之前，他就从下属那里得知排放违规可能与发动机软件相关。柯克兰和埃利斯律师事务所是解决监管问题的专家。7 月底，大众咨询该律所驻华盛顿办事处违规处罚的相关问题。8 月初，大众发布分析报告，报告采用单倍行距，共五页，大众随后将报告寄给伦肯和大卫·盖纳科普洛斯。大卫是大众美国区公共事务和公共政策副总裁。报告分析了大众汽车减效装置曝光的后果。报告还指出，自 20 世纪 90 年代中期以来，环保局"一直坚持不懈，避免汽车在非测试状态下，因发动机或排放控制软件的设计和功能而造成排放控制系统失效或受到影响"。也就是说，监管机构如果发现减效装置，他们可能会采取强硬态度。柯克兰和埃利斯律所指出，大众"不太可能"避免向政府支付民事罚款。

但律所的意见再次让大众确认了财务可能会受到多大的影响。律所注意到几乎所有类似案件都不会闹上法庭，而是采取庭外和解的方式。

到目前为止，罚款的最高金额为1亿美元，发生在前一年的11月，被罚对象是现代起亚（Hyundi-Kia）。这家韩国汽车制造商承认自己夸大了燃油经济性，低估了在美销售的110万辆汽车和轻型卡车的温室气体排放量，违规现代汽车的数量是大众疑似排放超标车辆的两倍。当然，1亿美元是一笔不菲的开支，但对大众这类年销售额超过2 000亿欧元（2 400亿美元）的公司来说，算不上损失惨重。律所还指出，如果维修汽车排放系统会导致燃油经济性降低，大众可能会面临车主们的集体诉讼。

律所的意见给人这样一种印象：大众将面临的后果非常严重，但并非无法挽回。这就是大众高管得到的回复。他们仍相信可以与加州空气资源委员会和环保局达成和解。但大众却忽略了一点，即合作是谈判和解的重要因素。过去，排放违规铁证如山时，汽车制造商总是立即承认错误，配合环保局的工作。现代起亚的情况就是如此，合作是它与环保局和加州空气资源委员会达成和解的重要因素之一。

大众选择了一条截然不同的道路。截至2015年8月，公司向监管机构提供虚假、错误或不完整的信息，足足拖延了一年多。它只进行了一次召回活动，但所承诺的改进却没有实现，似乎只是为了拖延时间。尽管监管机构明确表示汽车存在严重问题，大众还是继续销售安装有非法软件的汽车，包括2015年款新车在内。尽管加州空气资源委员会一再要求，大众仍未提供发动机软件的详细信息。

企图掩盖真相的行为可以追溯到开发减效装置的最初阶段。2008年，大众曾宣誓遵守环保局的标准，其中包括承诺不销售"在运行过程中向周围空气排放污染物，会对公众健康或幸福造成危险的汽车或汽车发动机"。部分大众员工可能会辩称，他们对非法软件一无所知。但在清洁柴油发动机的生产过程中，参与了最初版本减效装置设计的人员中至少有一位曾与监管机构打过交道。詹姆斯·罗伯特·梁（James Robert

Liang）自 1983 年起便是大众的一分子，他是沃尔夫斯堡 EA189 发动机设计团队的成员。他承认，当发动机无法达到美国的排放标准时，他参与了作弊软件的设计。2008 年，梁的工作重心转移到美国，他在洛杉矶附近的大众测试中心工作，是负责汽车认证程序的管理人员之一。他和其他参与者再三向监管人员提供虚假信息。西弗吉尼亚大学的研究出炉后，梁所在的小组不顾一切地阻止加州空气资源委员会和环保局发现减效装置。如果监管部门发现了真相，大众汽车不该抱有期待，以为他们会对自己宽大处理。

尽管如此，大众继续混淆视听。奥利弗·施密特自 3 月起在沃尔夫斯堡从事发动机研发工作，斯图尔特·约翰逊取代他，成为大众环境和工程办公室负责人。8 月初，两人向加州空气资源委员会承认，当年早些时候的汽车召回未能解决汽车在道路上的排放问题。但他们继续隐瞒存在减效装置。8 月 5 日，施密特和约翰逊得知委员会官员阿亚拉将在密歇根州特拉弗斯市的行业会议上发言，便要求会见阿亚拉。该行业会议由非营利机构汽车研究中心组织。据阿亚拉称，会议地点在密歇根湖畔的度假胜地，大众在那儿预订了一间会议室。施密特和约翰逊带着厚厚的技术资料，在约定时间到达会议室。

他们与阿亚拉花了整整两小时核查资料。在阿亚拉看来，这些资料乍一看是可信的。尽管大众之前一再敷衍，他仍相信施密特和约翰逊。事实上，大众似乎终于解决了问题，阿亚拉感到很欣慰。他回到加州，将资料交给自己的下属。一星期后，合规工程师反馈了分析结果。大众提供的信息毫无意义。工程师们说，只剩下一种可能。"那是我第一次听到'减效装置'一词，"阿亚拉回忆道，"这样一切才能说得通。"阿亚拉没有告知大众任何人，加州空气资源委员会怀疑减效装置的存在，但他觉得自己的下属或许已经透露了此消息。

8 月 12 日，几乎同一时间，约翰逊向上级发出警报，其中包括应急工作小组组长艾希勒和有质量控制界"红色"埃德尔之称的戈特维斯，告知他们加州空气资源委员会仍不满意。加州监管机构"仍要求提供信息"，约翰逊写道，"这已经不是第一次这样要求了"。

2016年款新车仍滞留在港口，艾希勒成立了由大众高管组成的高级代表团，制订计划，以获得2016年款车的销售权。大众高管仍抱有一丝希望，期待能够安抚监管机构。他们承诺对旧车型进行第二次召回。他们向加州空气资源委员会保证，他们已从旧款车上吸取了经验教训，对于等待获批的2016年款新车型，他们一定会谨记教训，将其落到实处。大众高管提供了控制排放设备的基本信息，但未提供委员会所要求的详细参数。不用说，委员会依旧拒绝授予认证。雪上加霜的是，委员会得到一款2016款大众新车，并计划对其进行测试，这加剧了监管机构有进一步突破性发现的风险。

大众已经词穷，找不到任何借口了。8月18日，约翰逊在行业会议上遇到阿亚拉。会议地点位于加州帕西菲格罗夫市，该会议由加利福尼亚大学戴维斯分校交通研究学院主办。会议在阿西罗马度假胜地举行，阿西罗马靠近蒙特利半岛的宽阔沙滩，周围沙丘环绕，松林遍布。这是个很适合开会的地方，建筑风格质朴，由木材和石头搭建而成，屋顶覆盖着砖瓦。与会者包括来自政府和学术界的专家，以及汽车行业人士。博世是会议赞助方之一。那天，约翰逊向阿亚拉承认，大众汽车的确安装了减效装置。此外，约翰逊罔顾上级命令，还向环保局交通和空气质量办公室主任克里斯托弗·昆德勒坦白了事实真相。

阿亚拉怒不可遏，他没向约翰逊隐藏自己的怒火。他或许用了一些粗鄙之词。一年多来，尽管疑点重重，加州空气资源委员会一直选择相信大众，花了无数个小时来解决大众所谓的技术问题。阿亚拉意识到大众故意挥霍加州纳税人的钱。大众耗费了委员会大量的资源，这些资源原本可用来帮助其他汽车制造商通过新车认证。大众让污染车辆在加州高速公路行驶了更长时间。"他们浪费我们的宝贵时间，"阿亚拉说道，"所有测试都需要大量资源。如果我们把时间都花在大众身上，那就意味着无法兼顾其他事情。我们需要占用实验室资源。这对我们的影响十分重大。"

监管机构得知非法软件的消息在大众内部不胫而走，员工开始掩盖自己的行径。8月31日，大众终于面对现实，召开会议，讨论如何向监管机构正式承认减效装置的存在。其中一位与会者是大众内部律师。他建议在场的工程师检查自己的文件。部分工程师将其解读为他们应删除美国汽车排放问题的所有相关信息。例如，一位高管要求助手找出含有电子邮件的硬盘，并将其丢弃。在接下来的几周里，大众和奥迪的四十名员工销毁了数千份文件。（不过大部分文件随后得以恢复。）

9月3日，艾希勒、施密特和约翰逊等大众高管与加州空气资源委员会官员会面，正式承认大众汽车有两套系统标准，一套适用于测试，另一套则适用于正常驾驶状态，也就是说，大众承认自己使用了减效装置。在测试模式下，第二代汽车喷出更多尿素溶液，降低氮氧化物排放量。测试期间，回收至汽缸的废气数量增加，降低了燃烧温度，氮氧化物排放量减少。然而，在日常驾驶过程中，防污染措施未充分发挥作用，氮氧化物排放量呈指数增长。

大众依旧活在幻想中，期待迟来的坦白能够安抚监管机构，从而获批2016年款新车的销售权，这听上去着实令人震惊。高管们觉得他们能达成和解，修理汽车漏洞，同意缴纳数亿美元的罚款。但一切为时已晚。大众毁掉了所有和解的机会。一个月前，在密歇根州特拉弗斯市，约翰逊和施密特曾向阿亚拉展示汽车排放相关资料。当阿亚拉意识到资料信息都是捏造的，他的怒火燃得更旺了。"两个小时的时间里，他们谎话连篇。"阿亚拉说道，他们自称已经坦白了一切。"我直截了当地问他们：'在密歇根州，我们见面的时候，你们是否就已经知晓减效装置?'他们答道:'是的。'"(当被问及是否如此时,施密特和约翰逊未作出回应。)

为了辩白自己的行为,大众坚称,除少数人外,高管们直到 2015年 5 月才开始怀疑可能存在减效装置。在此之前,他们认为排放问题纯粹是技术问题,亦是世界各地汽车制造商经常面临的产品问题之一。大众辩称,在汽车行业,大家都知道汽车在正常驾驶状态下的排放量波动属于正常现象。大众说,只有小部分技术人员知道减效装置,一旦公司开始内部调查,他们便会保持沉默。

根据大众的说法,高管们并没有详细讨论美国的排放问题,这说法令人无法相信。2015 年 7 月 21 日,在产品会议上,高管们成立工作小组,试图让加州空气资源委员会批准大众 2016 年款新车型,而他们只花了 10 分钟讨论柴油发动机问题。大众坚称,直到 9 月 3 日,公司向监管机构坦白事实之前,并没有确凿证据证明减效装置的存在。根据大众的说法,温特科恩第二天才通过备忘录知晓此消息,在一长串的项目清单上,减效装置位列第三位。关于此问题的描述仅四句话。部分内容是:"在 2015 年 9 月 3 日的会议上,大众向加州空气资源委员会承认使用了减效装置(第一代和第二代)。委员会还询问了奥迪 V6 TDI 的问题。"(温特科恩拒绝评论或回答笔者提出的任何相关问题。)

戈特维斯一年多前就已向温特科恩发出过预警。如今,作弊风波这场油井大火已经失去控制,就连"红色"埃德尔也束手无策。

第十八章　大众帝国

　　球类室内体育馆（*Ballsporthalle*）位于法兰克福郊区的赫斯特工业园，工薪阶级聚居此地。那里是职业篮球队法兰克福客机队的故乡，但该球队一直表现平平。2015 年 9 月 14 日，自从 1938 年费迪南德·保时捷先生向德国人民推出第一辆人民汽车，此地就成为大众汽车的展示窗口。

　　两辆拖拉机在入口处放哨。两辆车分别是大众旗下的曼恩卡车和斯堪尼亚卡车，提醒着进入这里的人，大众早已成为了全球生产商，生产范围涵盖几乎所有带轮子、用发动机驱动的东西。司机驾驶着保时捷SUV 车队缓慢前进，乘客包括汽车媒体人、政界人士、行业分析师等重要人物。场馆内部，客人们挤在露天酒吧享受红酒、啤酒、热狗和迷你玉米饼，随后他们被赶到球场边的看台，看台很快被围得水泄不通。迟到的人只能坐在过道上。

　　这是在法兰克福国际汽车展前夕，按照传统，大众高管会在舞台上向媒体或特邀嘉宾展示最瞩目的新车型。如今，汽车高管不仅要成为生产、供应链、市场营销和设计领域的专家，还得兼具导演才能。当需要推出新车型时，他们必须打造最佳舞台效果。今夜，八位大众经理轮流上台发言。他们讲的是德语，通过视频屏幕阅读自己的台词，语速飞快，因为要展示的东西太多，而他们只有一个小时的时间。宾利首席执行官沃尔夫冈·迪希默尔最先登台。如果费迪南德·保时捷依旧在世，发现这个英国上流社会的象征现在为大众所有，肯定会大吃一惊，也许会感到好笑。但他肯定能理解其中的缘由。宾利证明了，大众既可以满足挑剔富人的要求，也能为普通人服务。迪希默尔展示的是一辆涂有金漆的添越汽车，他吹嘘添越是"世界上最独特、性能最强大、速度最快的 SUV"。究竟是谁会疯狂到将一辆价值 23 万美元的汽车开到在泥地里？迪希默尔没有作出解释，但并无大碍。重点在于，世界上最高端的 SUV 汽车出自大众公司。

接下来发言的是意大利超级跑车制造商兰博基尼的首席执行官斯蒂芬·温克尔曼。收购兰博基尼，想必也会令费迪南德·保时捷大为震惊。温克尔曼看起来体格健硕，略长的棕发梳理得无可挑剔，在用德语演讲之前，他用意大利语和观众打招呼。他说的是"晚上好"，口音纯正。站在聚光灯下，他显然要比其他德国高管更自在。他主要负责展示和讲解兰博基尼飓风 LP 610 - 4 Spyder，这辆敞篷怪物马力最高可达 610 马，拥有十缸发动机和碳素纤维车身。温克尔曼指出，这一款飓风系列跑车的二氧化碳排放量比上一代车款足足减少了 14%，并不像大多数人以为的那样，只是个豪华玩具。为兑现大众对环境的承诺，就连兰博基尼也为保护地球尽自己的一份力。

大众旗下产品琳琅满目，种类繁多，就算是费迪南德·保时捷先生，也会为之惊叹。它不仅是一家汽车公司，还是一个帝国。帝国涵盖了西班牙的西雅特、捷克共和国的斯柯达和杜卡迪摩托等，以及布加迪。布加迪价值逾百万美元，它证明大众不再只是中产阶级的汽车供应商。当然，还有大众自有的途观 SUV。大众品牌研发主管海因茨-雅各布·诺伊斯负责途观 SUV 的产品介绍。虽然每个品牌风格迥异，但外壳之下有很多共同之处。为了节省资金、削弱竞争对手，不同品牌的发动机、变速器和底盘等零部件资源共享。就连兰博基尼都和其他平民兄弟品牌共享零部件，但这些只有专业机械师才能分辨出来。

保时捷研发主管沃尔夫冈·哈茨负责介绍最新款保时捷911，对于这一点，费迪南德·保时捷肯定不会特别惊讶。911是卡雷拉S的变体，它与费迪南德之子费利·保时捷设计的356本质上有相似之处。如今，引擎盖的线条和倾斜弧度以及两个凸起的车前灯，已经成为保时捷的标志性特征。独特设计赋予保时捷汽车机敏灵动的特点。保时捷成为大众的囊中物，老费迪南德可能会为此困惑不已。两家公司虽在设计和生产领域合作良久，但某种程度上还是保持了一定的距离。如果他听到保时捷首席执行官马蒂亚斯·穆勒谈论一款完全靠电池供电的新型跑车，他肯定会更加困惑。

费迪南德·皮耶希是费迪南德·保时捷的外孙，他是促成大众所有这些品牌齐聚一堂的主要人物，当晚并不在会场内。自从数月前，在权力斗争中败给温特科恩后，他就尽量避开聚光灯。保时捷家族的代表是沃尔夫冈·保时捷，他是皮耶希的表弟，性格温和，长期以来都是皮耶希的对手。那一晚不属于皮耶希，而是温特科恩的，费迪南德·保时捷对他的影响尤为重要，即使最近他与老爷子最出色的外孙展开了激烈的权力争夺战。在大众的世界里，卓越的工程是最高级的艺术，值得人们做出许多牺牲。而如今，温特科恩是这个世界的主宰。

产品展示开始约一小时后，温特科恩做最后讲话。主持人介绍他时，所用的称谓是马丁·温特科恩博士、教授。言外之意就是，他既有权势，又有学识。

温特科恩压轴出场，不仅反映出他的地位之高，还凸显出他对大众产品的热爱。在德国，人们都说温特科恩知道大众集团每款汽车的每一个螺丝，而大众旗下足足有三百款汽车。在大众，高层管理者可以就挡风玻璃的合适角度进行长时间讨论。在温特科恩的一张被再三转载的照片里，他爬到汽车下面，检查底盘，丝毫不在意身上的昂贵西装。

对经常参加大众集团之夜的员工而言，2015年在法兰克福举办的盛宴有些平淡无奇，不像往常那般铺张华丽。例如，和几年前的集团之夜一样，今年依旧毫无悬念，流行歌手平克再次出现。激情澎湃的音乐、重重的敲鼓声和音响合成器的声音，以及镭射灯光秀一样不少。激光投影仪映射出街道和建筑物的影像，一辆真车驶过舞台，营造出大众高尔夫轿车穿梭于都市美景间的景象。

温特科恩最终登上舞台，他沐浴在激光投影仪的蓝光之中，这是大众汽车的标志性颜色。他开始演讲，但很明显有些特别之处。温特科恩谈到，大众未来将转向插电式混合动力车和电动汽车，不再将重心集中于柴油发动机。过去，大众在欧洲和美国所采取的市场策略就是将柴油发动机作为营销核心。长期以来，温特科恩一直依赖于化石燃料，而当晚，他提到"柴油"的次数仅一次而已。他承诺，大众将在2020年之前推出二十款新的混合动力车和电动汽车。温特科恩暗示，硅谷的公司开始对汽车行业产生兴趣。就拿谷歌来说，在无人驾驶汽车研发领域，它投入了大量资金。至于苹果公司，据说它组建了庞大的团队，设计新款电动汽车。大众也将研发无人驾驶汽车，温特科恩称，这"不只是为了上流人士，而是为了所有人"。更重要的是，大众的所有车辆很快会成为带轮子的智能手机。（一些消息灵通的听众不禁笑出声来。几天前，保时捷首席执行官穆勒向一家汽车杂志表示，他的汽车不会成为有轮子的智能手机。）

一直以来，大众都瞧不上混合动力车和电动汽车，这样的转变实属突然。大众是唯一一家拒绝加入加州插电式电动车协会的大型汽车制造商。加州插电式电动车协会主要依靠汽车制造商、公共事业、非营利组织和政府的共同努力，大力推广电动汽车。温特科恩表示，马力已经不再是汽车行业的决定性竞争因素。"更快、更高、更远已远远不够。"他说道。说得好听一些，大众的态度转变出乎意料。二十年来，温特科恩和费迪南德·皮耶希共同管理大众，将挑战汽车工程极限视作工作的全部意义。大众将成为最大的公司。它将制造出速度最快的量产车（布加迪威龙）。它将打造最美丽的工厂（德累斯顿的玻璃墙工厂，大众奢华汽车辉腾于此地生产）。它将生产出第一辆四门量产车，它可用不足 3 升燃料行驶 100 公里（昙花一现的铝制车身奥迪 A2）。并且，大众将制造出最清洁的柴油发动机。

在场的大多数观众对大众即将爆发的丑闻毫无头绪，他们不知道丑闻犹如汹涌波涛，即将吞没大众。熟悉温特科恩的人或许察觉到，他的行为举止有些不对劲。他少了份自信，不像往常那般专横，变得更加情绪化。在刚过去的 7 月，大众实现了其长期以来的目标，即全球范围内生产的汽车数量超越丰田，但温特科恩并未大肆宣扬，似乎有些奇怪。

通过超越丰田，大众展示了自己征服世界的战果。在中国，大众汽车销量远超任何竞争对手，占据乘用车市场 21% 的份额，通用汽车位列第二。大众在拉丁美洲同样表现不俗，在巴西拥有三家大型汽车厂，形成了自己的生产网络。在全球其他最大的汽车市场，大众都处于领先地位，而在美国，大众却苦苦挣扎。到目前为止，美国汽车市场蒸蒸日上，但大众的销售额下降了 2.5%。温特科恩并未提及这些。

但他明确表示，大众不准备放弃美国市场。大众计划在查塔努加工厂生产一款新的跨界 SUV，迎合美国人对四轮驱动汽车的喜爱。"大众正站在车主的角度考虑问题。"温特科恩说道。

2015 年 9 月 18 日，也就是四天后，美国环保局召开新闻发布会，公布违规通知，指控大众使用软件"规避部分空气污染物排放"。环保局的新闻稿声称，监管机构发现，部分大众汽车的氮氧化物排放量超出上限四十倍。新闻发布会召开前，环保局只提前了半小时通知大众公司。

毫无疑问，这份新闻稿说明了违规行为的严重性。美国近 50 万辆汽车受到影响，大众将面临最高 180 亿的罚款。即使大众有幸逃过最高处罚，与大众将要付出的代价相比，现代起亚最近支付的 1 亿罚金将会像一张交通罚单般不值一提。环保局说，大众的过失行为对人类健康造成极其恶劣的影响。氮氧化物污染"会严重影响到健康，包括哮喘和其他呼吸系统疾病发病率增加，病情严重者可能需要被送往医院"。

汽车污染会导致雾霾和烟尘，烟尘会"影响呼吸道或心血管，从而导致人类过早死亡"，环保局说，"儿童、老人和呼吸道疾病患者尤其容易受到污染物的危害"。

现年六十七岁的伊丽莎白·汉斯通是一位城市规划师，从智能手机的新闻通知中得知环保局对大众的指控。佛蒙特州夏洛特是一个宁静的村庄，位于尚普兰湖东岸，汉斯通大部分时间都住在那儿。她是佛蒙特州自然资源委员会的董事会主席，该委员会属于环保组织。她拥有一辆 2011 年款大众捷达 TDI 柴油座驾，她是众多为大众帝国的建立贡献力量的忠实客户之一。

整个职业生涯期间，汉斯通都潜心研究环境规划问题。她很自豪，在 20 世纪 50 年代，她的家人已经在进行垃圾回收工作。后来，她在哈佛大学获得城市规划硕士学位。之后，她担任佛蒙特州拓展论坛的执行董事，论坛试图为该州争取开放空间，不被高楼大厦所覆盖。

2010 年，汉斯通准备购置新车，她首先想到的是丰田混合动力车普锐斯，它引领了保护地球、降低污染的概念。普锐斯是环保主义者的默认选择。"我的所有工作都需要对环境负责，"汉斯通回忆道，"这对我来说非常重要。如果我要买车，环境友好型汽车是我的理想选择。"

汉斯通试驾了普锐斯。但她随后咨询朋友的意见，拜访了佛蒙特州南伯灵顿的汽车经销商，试驾了一辆大众柴油车。普锐斯将电动发动机和汽油发动机相结合，节省了燃料，降低了污染。但根据环保局的评级，捷达柴油车的里程数表现不俗，1 加仑燃油可在高速公路上行驶 42

英里，普锐斯的里程数则是 48 英里。许多大众车主表示，大众日常的行驶里程要比普锐斯更出色。

汉斯通的合作伙伴住在马萨诸塞州康科德，她家位于佛蒙特州，两地相距 220 英里，汉斯通经常开车往返两地，要在旅途中度过大量时间。她还需经常前往缅因州。因此，她需要一辆在高速公路上表现出良好经济性的汽车。她曾看过"清洁柴油"的广告，很满意捷达的性能。"普锐斯油耗低，但反应没那么灵敏，看上去也有些死板，"汉斯通说道，"我需要经常长途驾驶，所以我决定选择一辆更有趣的车。"她购置一辆捷达的花费达 2.9 万美元，这还没算上购买节油汽车所享受的联邦税收减免。

9 月 18 日，《纽约时报》新闻标题赫然出现在汉斯通手机上时，她正驾车前往马萨诸塞州康科德，拜访合作伙伴。那天是星期五。汉斯通意识到清洁柴油是个谎言，她怒不可遏。她现在被困车中，这辆车转眼间就成了环境欺诈的代名词。很快，她打开脸书。"对于驾驶着一辆污染空气的车出行，不知道其他大众柴油车主是否会有所担心呢？"汉斯通写道。"你正在做什么？是否有人在组建公民行动小组？这辆车就是一个谎言，我以为我买了一辆环保汽车，它的里程表现很棒，同时还符合环保局标准。但是现在，我只要一开车就会内疚不已。"

在全世界范围内，数百万人和汉斯通一样愤怒。显而易见，大众卷入了有史以来最严重的公司丑闻之一。2009 年到 2015 年期间，大众销售了 1 100 万辆违规车辆，它们安装了专门用来欺骗监管机构的软件。美国的违规车辆近 60 万辆，德国 280 万辆，英国达到 120 万辆。如今，大众就好比汽车界的安然。安然曾是赫赫有名的能源公司，一夕之间毁于一旦。2001 年，安然公司的大部分利润都被证实是虚构的。另一起可以相提并论的案件是伦敦银行间拆借利率丑闻，德意志银行和瑞士信贷等银行串通一气，操纵基准利率，以获得更多的交易利润。这些案件涉及金融犯罪，本质上是偷盗行为，明显受人类的贪欲驱使，但大众的案件性质截然不同。大众的利润微薄，特别是考虑到最终成本。根据ICCT的数据，2012年之前，选择性催化还原系统的价格一落千丈，比每车稀燃氮氧化物捕集器的价格仅高出50美元左右。（如果像宝马一样，将两种系统相结合，每辆车的成本大约会增加500美元。）银行丑闻中，犯罪者可能会获取数千万美元或欧元的利润，相比之下，排放欺诈所带来的额外利润并未流向任何直接负责人的腰包。金钱不是他们的动机所在。奇怪的是，负责人竟会甘愿冒如此巨大的风险，来获得如此微薄的利润，个中原因至今成谜。

同一天，在西弗吉尼亚大学校园，丹·卡尔德正在煤渣砖块砌成的大楼中工作，该建筑主要用作发动机测试的场所。几个小时前，环保局在新闻稿中提到，西弗吉尼亚大学为揭露大众欺诈行为做出了贡献，但卡尔德还不知道这些。他穿着牛仔裤和T恤，全身沾满汽车机油的污渍。他的手机正在窗台上充电。卡尔德查看手机时，注意到自己错过了很多电话，这些电话区号来自美国不同地区。接着，电话响了。这是一个电视台记者打来的电话。"你知道我们为什么打电话给你吗？"记者问道。

卡尔德的第一个想法是，大学的移动排放测试实验室发生了事故，因为该实验室会使用拖车，在全国范围内漫游。"我在想，美国哪些地区有我们的工作人员？工作人员现在身在何处？什么东西爆炸了？我们做错了什么？"他不知道加州空气资源委员会的调查工作，他仍认为，两年前他们团队检测出大众汽车排放超标，是由于机械故障或设计缺陷。当卡尔德得知大众故意欺骗监管机构时，深感震惊。

1998年，为解决排放丑闻，卡车发动机制造商支付了10亿美元的罚金。自那以后，汽车制造商意识到，试图愚弄政府，一旦被抓，将付出巨大代价。与此同时，汽车在公路行驶时的尾气排放检测技术不断进步，增加了排放作弊被发现的可能性。在汽车行业，所有人都知道这点——但很明显，其中不包括大众。"我太震惊了，"卡尔德说，"90 年代发生了这么多事，怎么还会有人这样做呢？"

第十九章　后　果

　　排放丑闻爆出时，法兰克福国际汽车展已进行到第三天。每隔两年，国际汽车展便会在法兰克福市中心的大型展览中心举行，该中心自诩是世界上最大的展览中心。按照传统，这场盛会不过是为德国汽车制造商提供一个场合，让他们陶醉于自己在高端汽车市场不均衡的份额。宝马、奔驰和大众会租用整个展厅。与他们所展示的产品相比，雷诺、欧宝或菲亚特克莱斯勒等竞争对手看上去就像汽车精品店。93万名汽车爱好者淹没了展厅，德国总理安格拉·默克尔是其中的一员，她在大众的展台前停了下来，与保时捷使命E样车合影留念。在汽车行业，丑闻会让局面变得异常尴尬，就像你举办了一场奢华的聚会，想让所有的朋友眼前一亮，结果却惊动了警察。

　　环保局发布有关大众的新闻通稿的时机，恰在汽车展的周末人流高峰之前。大众的违规行为登上新闻头条，败坏了愉快的气氛，所有人的脸色都不好看。"汽车展上笼罩着一种阴郁的情绪，"德国汽车工业协会主席马蒂亚斯·威斯曼说道，该协会是此次汽车展的组织者，"尤其是专业人士，他们担忧的问题是：接下来会怎么样？"

　　"德国制造"品牌的精髓在于，无论人们如何看待德国人，他们都是非常出色的工程师。但就大众的作弊丑闻来看，部分工程师并不如传言中那般出类拔萃，不过是虚张声势罢了。

　　公众的强烈反应令大众颇为震惊。面对媒体铺天盖地的报道，大众并没有应对之策。监事会的几名成员，包括下萨克森州总理斯蒂芬·威尔在内，抱怨大众管理层从未向他们透露过排放问题，通过新闻媒体他们才得知此事。温特科恩足足等了两天才发表声明。他懊悔不已，承诺配合调查人员的工作。"我们辜负了客户和公众的信任，我深感抱歉。"温特科恩说道。

丑闻对财务的负面影响立竿见影。周一，也就是新闻发布会之后的第一个股票交易日，大众的股票足足下跌了 20%。许多抛出股票的大客户都是共同基金，专注于投资有良好环保记录的公司。大众跌出道琼斯斯托克全球环境、社会和治理领袖指数前 50 的榜单，该指数列出的公司可视为可持续发展和良好治理的典范。其他通过监测该指数来购股的基金随后自动清空了手中的大众股票库存。截至当月底，大众股票下跌 45%。

其他权威部门紧随环保局的步伐，对大众采取法律行动。德国金融监管局（*BaFin*），开始调查大众是否违反了证券法，未将排放问题提前告知股东。布伦瑞克临近沃尔夫斯堡，那儿的检察官展开了刑事调查，美国司法部和法国、英国和韩国等当局也同步展开调查。欧盟反欺诈办公室开始调查大众是否挪用数亿欧元，用于支付一家公立开发银行的低息贷款。美国律师宣布将代表大众车主提起集体诉讼。

大众的欺诈规模远不止环保局和加州空气资源委员会提出的指控。9 月 22 日，大众承认，在世界各地，配备有 EA189 发动机的 1 100 万辆汽车全都安装了非法软件。此案充分说明，皮耶希的零部件共享策略存在很大缺陷。只要车的零部件出了一个问题，便会造成全球性的灾难。为支付预期成本，大众监事会预留了 65 亿欧元（73 亿美元）。显然，这笔钱远远不够。

温特科恩努力了几天，想保住自己的职位。一个在沃尔夫斯堡见过他的人表示，由于局势转变猝不及防，他几近崩溃。2015 年 9 月 23 日，环保局新闻发布会召开五天后，温特科恩放弃抵抗，引咎辞职。"身为首席执行官，我会对柴油发动机违规行为负责到底。"温特科恩说。他坚称自己并非始作俑者，和所有人一样，他对排放丑闻感到震惊。"我对过去几天发生的事情感到非常震惊。最重要的是，我没想到在大众内部竟存在如此规模的违法行为，"温特科恩表示，"我不知道自己做错了什么。"

温特科恩脱离皮耶希的掌控，真正自主管理大众还不到五个月时间。自 20 世纪 90 年代起，两人便是大众的掌门人，现在两人都离开了。温特科恩离职，并不意味着管理层会彻底改头换面。大众把一些级别较低的高管停职了——当然是带薪的——他们曾在发动机研发领域担任过关键职位。这些高管包括大众品牌研发主管海因茨-雅各布·诺伊斯，他曾在大众集团之夜展示新版途观紧凑型 SUV 汽车，以及保时捷研发主管沃尔夫冈·哈茨，他曾为新款保时捷 911 作产品介绍。2007年，哈茨担任大众发动机和变速器研发主管；几年前，他曾在视频中抱怨加州的排放法规。克里斯蒂安·克林勒是大众销售和营销主管，是除温特科恩外，唯一在环保局提起诉讼后离开公司的管理委员会成员。大众称，他的辞职是"商业战略出现分歧的结果"，"与最近的事件无关"。管理委员会其他成员都留在沃尔夫斯堡。

温特科恩辞职两天后，大众监事会任命保时捷首席执行官马蒂亚斯·穆勒接替温特科恩，担任大众首席执行官。具有讽刺意味的是，4月份，曾有传言称穆勒是皮耶希的新宠，他有意让穆勒取代温特科恩的位置。看来，皮耶希无意中竟愿望成真。

六十二岁的穆勒并不像前两任首席执行官一样高高在上，令人望而却步。他既不像温特科恩那样歇斯底里，也不似皮耶希那般冷酷无情。穆勒身材修长、相貌端正，留着稍长的灰色鬓角，神态中流露出冷静自信。作为保时捷的首席执行官，他是一名赛车爱好者，对于将数字技术应用于汽车的新热潮持怀疑态度。穆勒是出了名的有女人缘。八卦杂志《彩色》称他和芭芭拉·里特纳关系不一般，她曾是职业网球运动员，后成为网球教练。他们在保时捷赞助的网球比赛中相遇。穆勒是资深网球爱好者，当时他已有妻室，两个孩子已经成年。但在德国，至少在大众，这很难使他失去担任首席执行官的资格。

穆勒给人的印象是，他比温特科恩或皮耶希更有同情心和社会责任感。温特科恩和皮耶希很少评论汽车业以外的事情。相比之下，默克尔总理对当时涌入欧洲的叙利亚难民采取开放政策，穆勒公开表示支持。在成为首席执行官之前，他曾接受《南德意志报》采访，穆勒表示自己的家人曾遭遇与难民相似的困境，三岁时，家人曾带着他逃离东德。穆勒说，叙利亚的情况要糟糕得多，因为他们得面对完全陌生的语言和文化。"我们必须伸出援手。"他说。这可不是温特科恩或皮耶希会说的话。

穆勒上任后，首要之事便是承认大众的管理体系已经过时。他在大众汽车的经理聚会上表示，公司管理不是"独角戏"，这显然是指皮耶希和温特科恩。"大众规模宏大，与国际接轨，内部结构复杂，决不能再以过去的规则来管理，"穆勒说，"新的公司结构来得有些迟了。"

穆勒承诺分散大众的权利，并给予大众经理更多的自主权。"我绝不会干涉任何产品决策。"穆勒说，显然，这句话是针对温特科恩在汽车设计的管理上事无巨细的作风。"汽车的挡风玻璃的倾斜度如何，我是不会担心这些问题的。"穆勒不像皮耶希或温特科恩那样专制，他拒绝进驻沃尔夫斯堡办公大楼高层办公室，那是穆勒的前任们的办公室，大楼顶部嵌有巨大的大众标志。穆勒将办公室选在附近的低层建筑里。

但穆勒并非空降到大众。他的整个职业生涯都在大众度过，中学毕业后，他加入奥迪，成为一位学徒技工。随后，他离开公司，在慕尼黑的一所技术学院取得了计算机科学学位。20世纪90年代，他回到公司，担任奥迪 A3 的产品经理，A3 是奥迪入门级紧凑型车，从此他声名鹊起。2007 年，温特科恩任命穆勒为大众产品管理主管。当时，该公司正努力解决柴油排放问题，准备采取非法手段。穆勒虽承诺不会像前任主管那般专制，但言辞之间还是流露出对温特科恩的赞赏。"我非常尊重他的成就。"穆勒成为首席执行官不久后如此表示。

有人怀疑，在沃尔夫斯堡，内部人士仍掌握着大众的控制权。任命皮耶希的正式继任者则完全打消了这些疑虑。监事会主席股东一致推选汉斯·迪特·珀奇（Hans Dieter Pötsch）为新的监事会主席，他曾是温特科恩手下的首席财务官。排放丑闻爆发前几周，大众宣布珀奇成为首席财务官候选人，但任命正式生效却是在丑闻爆发之后。珀奇是奥地利人，与保时捷家族关系密切，被视作大股东利益的守护者。很大程度上，这位守护者仍操纵着局势。

大众在一定程度上有一套媒体策略，这套策略似乎由两部分组成，一方面为违规行为真诚道歉，一方面却又坚称高层对此事毫不知情。环保局披露排放丑闻几天后，帕萨特新品发布会在纽约举行，这场发布会是早就定好了时间的。大众美国首席执行官迈克尔·霍恩在会上发表讲话。"我们搞砸了。"霍恩告诉人们。几周后，他出席国会小组委员会，再次就此事道歉，但暗示作弊软件是下属所为。2015 年 10 月 8 日，霍恩告诉美国代表："我谨代表公司和德国同事，对大众使用软件程序一事表达诚挚歉意，该软件违背了常规的排放测试制度。"在宣誓之后，他承认直到 2014 年春季，自己才得知"大众可能有排放违规行为"。他还表示，他曾经得到承诺，大众的工程师正在与监管机构合力解决这一问题。"我没想过大众内部会发生这样的事情。"霍恩说道。

成为大众首席执行官后，穆勒的说辞与霍恩如出一辙。"据我所知，只有少数员工参与其中。"穆勒在接受《法兰克福汇报》采访时表示。他在采访中还尽力维护了温特科恩这位曾经亲密的工作伙伴。穆勒说，尽管温特科恩是出名的细节控，但他对细节的关注还不至于延伸到电脑领域。穆勒怀疑，温特科恩并不知道欺诈事件。他反问记者："难道你真的觉得，首席执行官会有时间关心发动机软件的内部运作吗？"

大众监事会聘请美国众达律师事务所进行内部调查，并承诺调查会做到详尽彻底、独立自主。众达律师事务所在德国有大量业务。费迪南德·皮耶希的表弟沃尔夫冈·保时捷负责一个监事委员会，监督众达律师事务所的工作。

数周后，大众与美国监管机构的矛盾不断加深。2015年11月2日，环保局发布了另一份违规通知，这一次针对的是安装了3升柴油发动机的汽车。大众途锐、奥迪Q5、保时捷卡宴等SUV汽车以及其他奥迪大型汽车都属于违规车辆。据环保局称，3升发动机也安装了减效装置。

美国约有8万辆汽车受到第二次违规通知的影响。第一次违规通知的涉案车辆达50万辆，包括除奥迪A3外的所有大众品牌汽车。虽然此次涉及的车辆远远少于第一次，但主要是奢侈品牌汽车，一般售价在五万美元以上。就拿保时捷卡宴SUV来说，只需增添几项定制项目，其售价可轻松超过10万美元。奥迪和保时捷遭遇的指控给大众带来的危险远远超过涉案车数量带来的威胁。自20世纪50年代以来，美国一直是保时捷最重要的海外市场。在美国，奥迪最近几年业绩良好，重塑了经销商系统，与宝马和梅德赛斯-奔驰平分秋色。大众没有公开美国的利润额，但盈利模式很有可能与世界其他地区一样。奥迪和保时捷是主要的利润来源，大众品牌汽车利润微薄，甚至根本就没有利润可言。奥迪和保时捷也受到丑闻影响，大众根本承受不起这代价。

排放披露很快影响到大众在全球的销售。销量滑坡最快的地区就是美国，部分原因在于，大众终止了柴油车的销售，而柴油车数量占销售总量的五分之一。大众声誉严重受损。2015年10月，环保局公布消息后的第一个整月，汽车销售额基本稳定。到了11月，大众汽车在美销量下降了 25%，尽管整个汽车市场欣欣向荣。12 月，销量又下降了 9%，尽管查塔努加工厂生产的新版帕萨特已到达经销商手中。通常情况下，流行款汽车的新版都会大大提振销量。大众为美国顾客提供预付信用卡，可购买 500 美元的商品，此外，另提供 500 美元可在经销商处使用的卡和免费的道路救援服务。但在许多车主看来，这一点蝇头小利实在是微不足道，甚至有些可笑。

"大众提供 500 美元的礼物，就想弥补它向我和其他客户、经销商和美国政府犯下的欺骗罪。"佛蒙特州环保主义者伊丽莎白·汉斯通说。"我驾驶 2011 年款捷达刚刚超过五年时间。在这段时间，我的驾驶里程达 8.8 万英里，一氧化二氮排放量一直都是超标状态，但我却以为自己很环保。大众想要弥补我，还有很长的路要走。"

欧洲的销量下滑不那么严重，但可能对大众的净利润构成更大威胁。欧洲是大众的核心市场，约占销量的 40%。即使流失的只是几个点的市场份额，后果也不堪设想。根据 2015 年最后几个月的数据，大众汽车在欧洲的总销量呈增长态势，但增速远低于竞争对手。12 月，大众汽车销量比去年同期增长了 5%。雷诺、福特欧洲和标致雪铁龙集团的月销量涨幅都超过 20%，欧洲市场将摆脱低迷状态，开始恢复元气。因此，尽管大众在欧洲的总销量有所上升，但大众所有乘用车品牌的市场份额从去年同期的 25% 降至 2015 年 12 月的 22%。在欧洲，雪上加霜的是，排放作弊事件曝光后不久，瑞士等国家就禁止了大众柴油车的销售。

排放丑闻曝光前，大众汽车就略显颓势。中国已经成为大众最大的单一市场，但经济放缓使得中国的汽车销量受到打击。巴西作为另外一个重要市场，由于该国经济危机，巴西的销售额急剧下降。俄罗斯市场一度被大众看好，但由于美国和欧洲因乌克兰冲突，对俄罗斯实行经济制裁，大众汽车销量受到影响。此外，石油等经济支柱的价格下跌，使俄罗斯购买力急剧下降。大众和丰田之间横亘着巨大的效率鸿沟，削弱了大众经受挫折的能力。10月份，自15年前开始披露每季度的销售数据以来，大众第一次宣布了季度亏损。排放丑闻是造成损失的直接原因：会计规则要求公司从利润中抽出资金，用于支付排放欺诈的罚金。九个月的销售数据显示，就全球销量而言，大众已跌回第二位。尽管穆勒表示，销售规模不再是最终目的，否定了皮耶希和温特科恩长期以来追求世界霸主地位的梦想。穆勒认为，一味追求霸主地位，反而是舍本逐末。"'更快、更高、更大'成为首要目标，使得很多事情不得不为其让步。"他说道。

摇摆不定的销售数据、数十亿美元的罚款、法庭判决和汽车召回引发了金融连锁反应。2015年11月，惠誉评级公司下调大众信用评级，成为首家采取此做法的主要评级机构。惠誉表示，"我们认为，如此严重的欺诈行为，无论是被管理层忽视，还是长期未得到纠正，都不符合"最高信用评级。不久后，标准普尔和穆迪也下调了大众的信用评级。大众的信誉下降再次威胁到利润，因为这意味着投资者可能要求提高大众债务的利率，提高该公司的融资成本。在不影响销售的情况下，大众无法将更高的债务利率转嫁给消费者。

与多数大型汽车制造商一样，大众也拥有庞大的金融服务公司。该公司向投资者出售债券和其他形式的债务，筹集公司贷款为客户提供资金，以便他们购买或租赁汽车。经济繁荣时期，金融服务是大众的主要收入来源，利润超过大众曼恩和斯堪尼亚卡车部门的总和。

从法律上讲，大众金融服务公司是欧洲最大的银行之一，截至2015年年底，它拥有约1 140亿欧元（1 250亿美元）的贷款和其他资产。这还不包括大众在美国的独立金融部门大众信贷公司的资产，该公司拥有280亿美元的贷款组合，主要是向购买或租赁汽车的消费者提供信贷。作为银行，大众金融服务公司由欧洲央行直接监管，而非当地监管机构监管，足以凸显其重要地位。欧元区共 5 500 家银行，其中 129 家银行属于大众信贷公司，央行之所以对它们进行特殊审查，是因为它们一旦出现问题，可能会影响整个金融体系。除大众外，唯一一家获此殊荣的汽车公司银行便是雷诺国际信贷银行。

大众经销商，尤其是德国经销商的财务状况，暴露无遗。大众曾借给他们 100 亿欧元（约 110 亿美元），重塑经销商系统。如果销量下降，部分经销商可能会陷入麻烦，他们无法偿还贷款，造成恶性循环。穆勒表示："经销商的贷款账簿与相关汽车制造商和品牌的良好经营息息相关。"

大众金融服务公司最担心的是租赁车会受到冲击。通常，合同到期，大众有义务收回租赁汽车。如果汽车贬值超过计划数值，大众必须自行消化差额。金融服务部门不得不从 2015 年的利润中抽出 4.5 亿欧元（4.95 亿美元），以便弥补保险租赁汽车可能造成的损失。事实上，大众汽车在美国的转售价值暴跌，只占约租赁合同的五分之一。二手车价值评估网凯利蓝皮书估计，2016 年年初，相较于丑闻爆发前，大众二手车的价值下跌了 16%。

部分业主的损失更为严重。马克·温尼特是一家医药公司药品研发团队的组长，2015 年 12 月，由于工作调动，他得从宾夕法尼亚州凤凰镇前往上海，不得不出售自己的 2014 年款捷达。温尼特现年五十八岁，2014 年年中，他花 2.8 万美元买下这辆车。一个大众经销商花了比原价的一半高一点儿的价格就从温尼特手里买走了这辆车。温尼特说，他还表现得好像在好心帮助我一样。

"我感觉受到背叛。"温尼特坦言。他和很多人一样，一直坚定地相信大众的环保声明。他还拥有一辆电动尼桑聆风。"我开捷达差不多一年半了，自以为开的是一辆好车，减少了废气排放。"他补充道。

于大众而言，幸运的是，丑闻曝光时，欧洲利率处于历史最低水平。欧洲银行试图通过提高印钞效率，刺激奄奄一息的欧元区经济。根据货币政策措施，评级较高的企业债务利率接近零，即使在评级下调后，大众的借贷成本依旧保持较低水平。尽管如此，仍有迹象表明，投资者要求提高购买大众债券的利率。11 月，大众在德国出售租赁汽车的资产担保证券。证券由大量债券组合而成，购买者可从债券中获得收益。这样，对于类似的债务，大众汽车不得不向投资者支付比之前 5 月份高出 0.5 个百分点的费用。

大众资金充足，还不至于到破产的地步，至少不会马上破产。然而，时值汽车行业处在重大技术变革之际，财政负担迫使大众削减研发开支。11 月，大众表示，将削减新车型和其他项目的支出，约 10 亿欧元至 120 亿欧元（128 亿美元）。这是大众自 2009 年以来第一次削减投资。辉腾升级便是削减项目之一。2016 年年初，德累斯顿透明工厂停产，大部分工人被派往其他地方。表面上看，大众计划改造工厂，用于生产新型豪华电动汽车，但电动汽车尚未研发成功，至少得等到 2020 年才能准备就绪。2016 年 3 月 18 日，最后一辆辉腾诞生。数十名身穿白色制服的工人围在汽车周围，准备拍最后一张合影。

或许只有费迪南德·皮耶希才会为这款不受欢迎的豪华大众汽车感到可惜。如今，汽车业正面临来自硅谷的竞争。有传言称，苹果正在进行自己的汽车项目。谷歌正投入巨额资金用于研发无人驾驶汽车。在汽车展上，人们谈论的话题转向电池驱动。虽然公路上电动车的数量寥寥无几，但汽车高管担心，内燃机逐渐向电池驱动转变，会让传统汽车更容易受到新的竞争对手的攻击，尤其是来自中国的竞争对手。大众没有足够的资金来应对这些变化。

2015 年 12 月，众达律师事务所负责的内部调查已经拓展成一项庞大的工作。大众指出，450 名外部和内部专家参与内部调查，他们获得 100 兆字节的数据，相当于 5 000 万本书。公司反复表示，重点在于其调查的彻底性，而非速度。这意味着，要找到罪魁祸首得花上很长时间。

在此期间，大众只透露了众达律师事务所查明的部分信息。12月，穆勒和珀奇在沃尔夫斯堡举行新闻发布会，公布所谓的调查初步结果。发布会在大众汽车大学（AutoUni）举行，汽车大学是公司的培训中心，距离主工厂不远。汽车大学偏向激进现代主义的建筑风格，彰显着大众的财富和权力。这座建筑由两组混凝土、玻璃和钢铁结构构成，状如一对巨大的平行四边形。穆勒和珀奇并排坐在一张白色桌子上，桌前印着巨大的灰色字体的"大众汽车"。在数百名记者面前，他们承认，排放欺诈是"某些流程缺陷"和"公司某些领域对违规行为的容忍心态"的结果。他们承诺改进软件程序的检查和批准工作，现有程序"不能防止问题软件的使用"。

排放作弊丑闻首次曝光以来，大众首席执行官和监事会主席众口一词，从未改口。他们将其归咎于"个别员工的不当行为和品行缺陷"。九名大众员工因涉嫌不当行为而被停职。大众汽车没有透露名单，尽管名单的大部分内容已经泄露。他们包括质量控制主管弗兰克·图赫和乌尔里希·哈肯伯格，哈肯伯格是奥迪管理委员会成员，负责技术研发工作，当时已主动辞职。西弗吉尼亚大学发表研究报告后的十五个月里，大众一直遮遮掩掩，穆勒和珀奇未就此事作任何解释。他们断然不会给人留下这样的印象，让人以为排放丑闻乃公司高层蓄谋为之。

第二十章　正　义

作弊软件覆盖范围最广的是欧洲地区，但大众公司面临的最大法律纠纷是在美国。区别在于法律的执行力度不同。尽管欧洲法律禁止减效装置，但法律条例含糊不清，也几乎没有任何惩罚措施。最糟糕的情况不过是大众召回并修理汽车，这在欧洲要容易得多，因为法律允许的氮氧化物排放量是美国的两倍以上。2015 年 11 月，大众宣布了一项计划，该计划将会让欧洲的 850 万辆汽车符合欧盟的清洁空气规定，且修复成本相对低廉。该修复仅包括软件更新，并且在某些型号中，安装所谓的气流矫正器，即一种管状塑料零件，其直径略大于卷筒纸内的纸板芯。该零件可改善进入发动机的空气流量，减少排放。修复过程十分简单，以至于人们对公司一开始使用作弊软件逃避问题非常不解。大众唯一的解释是，自汽车问世以来，他们对技术的理解已经有所提升。环保组织对此持怀疑态度，但德国监管机构证实了修复工作的有效性。根据欧盟规则，德国的批准意味着汽车修复在所有成员国具有合法性。

在美国，大众就没那么容易能搪塞过去了。清洁柴油运动是彻彻底底的谎言，大众随后又一直在混淆视听，美国司法系统已经无法再抑制住自身的怒火了。丑闻曝光的时机实在太糟糕了。美国司法部刚宣布要下定决心追究企业高管在公司不当行为中所承担的责任，九天后，环保局便发布大众违规的正式通知。2015 年 9 月 9 日，美国司法部副检察长萨莉·奎利安·耶茨下达备忘录，指示司法部律师拒绝与被控不当行为的公司达成和解，除非他们惩处责任人。该备忘录明确表示，政府不应满足于逮捕一些中层管理人员。此文件引起了广泛关注。调查人员应该以"高层管理人员为目标，他们表面上可能与涉及不当行为的日常活动并无关联"。

全球金融危机期间，银行的不法行为造成巨大的经济损失，但只有少数罪犯最终被定罪。耶茨备忘录正是受全球金融危机启发。股东往往要承担罚款负担，而经理们离职时却身家丰厚。耶茨备忘录是写给司法部高级律师和联邦调查局局长的，目的是为了呼吁纠正这种不公正现象。"打击公司违法行为最有效的方法之一，是追究个人责任。"耶茨写道。这是委婉的说法，言外之意是要引起高管的关注，最佳方式是将少数人关进监狱。

大众便成为这项新政策的测试对象。2016 年 1 月，司法部正式对大众提起诉讼。这是一项民事诉讼，但各项指控清楚表明，刑事诉讼可能会接踵而至。司法部指控大众不仅安装非法软件，而且自 2014 年起精心策划，以掩盖违法行径。美国司法部在诉讼中表示，"美国努力了解排放超标的真相，但大众一直提供不完整的材料和误导性信息，给美国当局的工作带来阻碍。"

这只是大众面临的法律问题之一。相较于欧洲车主，美国法律赋予大众车主更多权利。美国法律允许车主在集体诉讼中联合起来，在实际损失的基础上寻求惩罚性赔偿。大多数欧洲国家不允许集体诉讼，没有规定任何惩罚性赔偿。尽管大众承认在美国的违法行为，但它辩称自己在欧洲没有任何违法行为。欧盟的排放法规给予汽车制造商很大的回旋余地，在不通知监管机构的情况下，汽车制造商可以关闭污染控制，以保护发动机不受损害。没过多久，美国的人身伤害律师察觉到机会。2015 年 12 月中旬，针对大众的诉讼至少有五百起。除车主外，二手车经销商也提起诉讼，由于安装了非法软件，大众汽车失去竞争优势，大量柴油车滞销。甚至连其他汽车品牌的经销商都提起了诉讼，称非法软件使大众获得了不公平的竞争优势。诉讼称，通过减少排放设备支出，大众能够以较低的价格出售汽车。州政府的诉讼则称，大众违反环境法，欺骗消费者。

于大众汽车而言，这是一场法律噩梦。原告指责大众欺骗消费者，要求三倍的赔偿金。他们希望大众以原价购回污染车辆。此外，大众得向联邦政府和州政府支付数十亿美元的罚款。不难想象，在最糟糕的情况下，总计费用将达到 500 亿美元或更多。大众可能因此破产，60 万员工的工作岌岌可危，而其中大多数人都是无辜的，他们没有做错任何事情。

在公众舆论面前，大众汽车的表现也乏善可陈。公司声称，少数心怀不轨的工程师才是罪魁祸首，这招致了人们广泛的嘲笑。菲利克斯·多姆克自称是一名黑客，住在德国北部港口城市吕贝克，他在易趣网上买了一台二手的博世发动机控制装置，正是大众柴油车所使用的 EDC17。多姆克能从中抽离出让汽车侦别到自己处于检测状态的计算机代码。多姆克曾就职于一家大公司的 IT 部门，但他不愿透露公司名称。2015 年 12 月，他在混沌通信大会上展示了自己的结论。混沌通信大会在汉堡举行，是一次黑客集会。通过投影到大屏幕上的幻灯片，多姆克分析该发动机软件如何操纵大众汽车的选择性催化还原系统。正如所料，汽车计算机考虑到了发动机转速、空气温度和气压等参数，以及通过调节进入污染控制系统中的尿素溶液量，决定氮氧化物排放量。多姆克解释说，在理想状态下，尿素溶液量要适中，以中和氮氧化物，但不宜过多，否则产生的氨气会从排气管泄露出去。

奇怪的是，一直以来，大众汽车程序注入系统的尿素溶液量少之又少。多姆克说，只有在特定条件下，计算机才会供给足够的尿素溶液，完全控制氮氧化物的排放。这辆车必须在一定时间内以一定的速度行驶特定的距离。在现实生活中，这种情况几乎不可能发生。多姆克身后大屏幕上定格的幻灯片显示，这些速度、距离和时间参数与监管机构的模拟驾驶循环参数精确对应，汉堡的观众掌声雷动。"这一切都基于能够检测出驾驶循环模式。"多姆克说。他指出，计算机代码的名称是"声学功能"。

一名黑客都能发现减效装置，大众汽车却口口声声否认减效装置的存在。当时，丹尼尔·兰格也出现在舞台上，他是宝马前信息技术高管，对大型汽车公司的运作有着最直接的了解。兰格告诉通信大会现场的黑客，减效装置不可能是少数低层员工的"杰作"。离开宝马公司后，兰格创立了一家名为"Faster IT"的技术咨询公司。他说，软件有大量文档记录，在没有得到高级管理人员批准的情况下，工程师不可能冒险修改代码。兰格表示，由"某个工程师"背负全部责任，是"完全不现实的事情"。

尽管大众新闻办公室进行了改组，许多外部公关公司提出了建议，高管还对公众的愤怒置若罔闻。2016 年 1 月，出任大众首席执行官以来，马蒂亚斯·穆勒首次出访美国，现身底特律汽车展。"我们知道，我们让顾客、监管机构和美国公众深感失望。"穆勒在底特律的新闻发布会上如此说道，"对于此次失误，我真心致歉。"他补充道，"我们正努力修正这一错误。"

截至目前一切尚好。随后，美国国家公共广播电台的一名记者在发布会间隙接触了穆勒。不知何故，由于经理人没有陪伴左右，穆勒似乎没有准备好用不标准的英语接受突发采访。当记者提出的问题涉及大众公司的道德层面时，穆勒勃然大怒。"那只是技术问题。"他说道，"道德问题？我不明白你为何要这样说。"穆勒解释道，大众错误地解读了美国法律。"我们为技术工程师们制定了一些目标，他们解决了问题，借助软件的力量实现目标，但美国法律不认可此类软件。"当国家公共广播电台的这位记者问及 2014 年至 2015 年间大众试图掩盖问题一事时，穆勒答道："我们没有说谎。我们一开始没明白问题在哪儿。然后，从 2014 年起，我们努力解决问题。我们共同努力，用了那么长时间是大众汽车的疏忽。"

穆勒坚持，大众汽车没有做任何不道德的事情，也没有说任何谎话，尽管充分的证据指向完全相反的方向。他的话招致强烈抗议，迫使他第二天就改变态度。"我必须要为昨晚的事情道歉，因为当时面对你的那么多记者同行，而且每个人都在大声说话，我觉得自己有点难以应付整个局面。"穆勒在第二次接受国家公共广播电台采访时说道。"首先，我们对违规行为没有异议。这毫无疑问。其次，我们要代表大众公司向大家道歉。在客户、经销商和权威机构面前，我们竟造成此番局面。"穆勒说，"我们年复一年从环保局和［加州空气资源委员会］获取信息，却做出了错误的回应。我们必须得为此道歉，未来会尽最大努力弥补。"

大众与美国当局的关系并没多大改善。公司援引德国严格的数据保密法，拒绝上交包含员工个人信息的内部电子邮件和其他文件。"对于大众，我们已经耗尽耐心。"2016 年 1 月，纽约司法部长埃里克·施耐德曼表示。"配合各州调查时，大众阴晴不定，反复无常。老实讲，他们表现得就像一家会抵赖的公司，而不是承认错误、试图塑造优良企业文化的公司。"

最初，大众将排放事件视为监管问题，并没有为大规模民事诉讼做好充分准备。在应对关系重大的美国诉讼方面，公司经验不足。2015 年 12 月，随着局势恶化，曼弗雷德·多斯取代了长期担任大众总法律顾问的迈克尔·甘林格。多斯是保时捷与皮耶希家族共同持有的保时捷汽车控股公司的总顾问。对于一家想要说服世人它正在提升自己的道德标准的公司而言，多斯并非理想人选。在德国，多斯行为粗野是出了名的，而且他还会继续担任保时捷公司的总顾问，必然会引发潜在的利益冲突。不过，多斯在应对美国诉讼方面经验丰富，毫无疑问，他会极力捍卫大众公司的利益。

多斯上任后，第一件事便是任命罗伯特·吉夫拉为大众美国诉讼的国家协调顾问。吉夫拉是苏利文和克伦威尔律师事务所的合伙人。吉夫拉定居纽约，已经与保时捷有过合作，而保时捷是大众最大的股东。当时，三十多个对冲基金联合起诉保时捷收购大众的金融策略，他在美国法庭上成功为保时捷辩护。这些基金试图借助美国更严格的证券法，挽回数十亿美元的损失。如前所述，2014 年，联邦上诉法院裁定，美国法院没有管辖权。

除这场胜诉的光辉战绩外，吉夫拉的履历也完美无瑕。他拥有普林斯顿本科学位和耶鲁大学法学学位，曾为美国最高法院首席法官威廉·伦奎斯特担任书记员。吉夫拉有一头红色卷发，在人们的印象中，他直截了当、真实不做作。他是土生土长的纽约人，讲起话来也是地道纽约人，有时听起来更像是出租车司机，而不是纽约最有声望的公司之一的高价证券诉讼律师。

吉夫拉和多斯都是斗士，不愿和解。可他们同时又是现实主义者。在美国，大众承认减效装置，实际上已经认罪。谈判是其寻求最好解决办法的唯一选择。留给大众的时间已经不多了。安装了作弊软件的汽车在路上待的时间越长，污染超标就越严重，罚款也就越高。庭审案件的战线拖得越长，大众品牌受到的影响就越大。

公司指定西班牙人弗朗西斯科·哈维尔·加西亚·桑兹担任大众最高管理层代表。加西亚·桑兹是何塞·伊格纳西奥·洛佩斯·德阿里奥图阿的徒弟，洛佩斯是通用汽车公司的采购奇才。二十年前，费迪南德·皮耶希从通用高薪挖走洛佩斯，却引发一桩丑闻（见第五章①）。

---

① 原文如此。应见第六章。——编注

当时有一小队人追随洛佩斯离开通用，加入大众，他们被称为"勇士"。加西亚·桑兹就是其中之一。洛佩斯被迫离开大众后，加西亚·桑兹仍继续留在大众，最终成为采购经理。采购经理拥有实权，能够控制价值数百亿欧元的供应商合同。

自 2001 年起，加西亚·桑兹便是大众汽车管理委员会成员，比委员会其他成员的资历都要更老。他是大众职业足球队沃尔夫斯堡足球俱乐部的负责人，并且与西班牙皇室关系密切。他平易近人，与委员会某些成员的粗鲁无礼形成鲜明对比。加西亚·桑兹不是德国人，尽管他的大部分职业生涯都在德国度过，这一点让他在与美国人打交道时占据微妙优势。在人们眼中，他并非刻板严厉的普鲁士人。在大众，加西亚·桑兹德高望重，他拥有决定权，而不必提前告知总部高层。

加西亚·桑兹和多斯迅速采取行动，缓和与美国当局的关系。自 2016 年 1 月起，他们定期拜访司法部、环保局和加州空气资源委员会官员，承诺大众会更加配合他们工作。他们和吉夫拉一起，努力绕过德国的数据保密法，向美国调查人员提供他们要求的信息。他们还说服在德国工作的大众员工放弃隐私权，使文件能够顺利转移到美国。特殊情况下，雇员可在公司律师的监督下删除个人信息。

大众在美国作出让步的同时，在欧洲却采取强硬政策，拒绝承认自己违反了欧洲的任何法律。2015 年，大众与美国监管机构的谈判以失败告终，奥利弗·施密特曾参与谈判。2016 年 1 月，穆勒接受国家公共广播电台采访后不久，施密特在英国议会委员会作证时，简单叙述了公司的立场。施密特身穿深色西装，剃了光头，眼袋明显。他告诉下议院运输特别委员会成员，大众已经移除用于识别排放测试的软件。施密特称其为"驾驶跟踪"软件，坚称"在欧洲，这款软件不算是减效装置"。

委员会成员围坐在马蹄形桌子旁，简直难以置信。"你错了，"特别委员会主席路易斯·艾尔曼说道，"德国交通管理部门的裁决非常清楚，你们所做的事情在欧洲并不合法。你现在是在告诉我，你们还没有移除减效装置吗？"

"不，"施密特答道，"我的意思是，我们已经移除软件，但是在大众集团看来，它并非减效装置。"

大众试图保护自己，避免在欧洲承担法律责任。在欧洲，大众柴油车约850万辆，若每一位车主都要求赔偿，需要承担的损失可能会击溃大众。对律师来说，采取这种策略或许是有意义的，但是大众如今这样做，给人留下的印象就是它仍在抵赖。它有可能会激怒大众在欧洲的消费者，而其中大多数消费者都曾信了清洁柴油的那套宣传噱头。

与此同时，吉夫拉和多斯在美国努力展现出的和解姿态初显成效。为了处理大量诉讼案件，联邦法官小组下令将所有的大众案件集中到旧金山的一个法院，由美国地区法官查尔斯·布雷耶负责监督。由布雷耶接手，是大众难得的好运气。布雷耶今年七十四岁，过去曾是一名有抱负的演员，他是美国最高法院法官斯蒂芬·布雷耶的弟弟。他处理过大量全国性集体诉讼案件，即所谓的跨地区诉讼。查尔斯·布雷耶善于抓住案件本质，快速解决棘手的案件。他最爱的一句名言是"完美是优秀的敌人"。2016年1月，布雷耶在第一次听证会上明确表示，他的主要关注点在于，修理污染汽车或让它们离开公路，并让车主得到应有的赔偿。他并非要将大众钉上十字架，或是对最高管理层严加惩处。"这显然不是什么扑朔迷离的侦探案件。"1月21日，布雷耶在预审听证会上说道，"我们更应该关注的是如何改正错误。如果无法改正错误，那么因此问题蒙受损失者能得到的公平公正的补偿是什么呢？"

谈判伊始，美国监管机构驳回了汽车召回计划，大众一度处于劣势。自从承认了减效装置的存在，大众就无法再提出对发动机软件进行修改，或做出其他调整，如控制点火时间或安装更大的尿素溶液箱。这样做，汽车能在不影响燃油里程和汽车性能的情况下，符合清洁空气规定。仅从技术层面上说，"清油柴油车"是否有可能达到炒作所说的性能，都令人生疑。公司唯一的选择是，回购和报废所有汽车，承担巨额成本。

1月份，车主和经销商的上百位代理律师出席了布雷耶法官主持的听证会。旧金山法庭听证会上人山人海，部分律师甚至被挤到走廊里。所有人都希望，布雷耶能让自己加入代表所有原告的指导委员会，这样就能主导委托人与大众间的谈判了。每位申请者有几分钟时间说服布雷耶自己有资格加入委员会。美国最杰出的几位诉讼律师排起了队。约瑟夫·赖斯是其中一员，他来自南卡罗来纳州，在与烟草业的谈判中，他曾促成价值2 060亿美元的和解协议。另一位是华盛顿律师大卫·博伊斯，他曾是阿尔·戈尔的代理律师，为其处理2000年总统大选时佛罗里达州发生的选票争端。此外还有前美国参议员和总统候选人约翰·爱德华兹，他因出轨对象怀孕，政治生涯毁于一旦。后来，他又回到了律师行业。爱德华兹告诉法官，在"处理最高级别的外国问题"方面，他很有经验。

当天听证会结束前，布雷耶选择了二十二位原告代理律师组成指导委员会，迅速利索，正如他明确期望律师们能做到的那样。赖斯和博伊斯成功通关，爱德华兹和其他数百位律师遗憾落选。布雷耶任命伊丽莎白·卡布瑟为指导委员会首席代表。她来自旧金山，是一位资深的产品责任律师。

布雷耶还任命前联邦调查局局长罗伯特·米勒为特别协调大使。这意味着，米勒负责确保谈判进展，并充当调解人。米勒是威凯平和而德律师事务所的合伙人，在华盛顿办事处办公室的书柜上，放置着一把仿制冲锋枪，他经常在那里举行会谈。这支枪是他过去FBI生涯的纪念，未来的几个月里，这支枪常被拿来开玩笑。当谈判陷入僵局时，有人就会劝米勒把枪拿下来用。

1月份，各方谈判开始，2月份的谈判更集中。布雷耶将谈判时间安排得十分紧凑，他想知道3月底之前，大众将如何修理汽车，让行驶在路上的大众汽车别再排放过量的有害氮氧化物了。各方人马分别驻扎在华盛顿威凯平和而德律师事务所的几个会议室里，吃着外卖食品，而米勒则斡旋在他们中间，在他们的讨价还价中充当信使。

政府急于遏制污染超标，也想要快速解决问题。吉夫拉的策略是集中精力与监管机构达成协议，一旦政府同意解决方案大纲，车主们的代理律师就别无选择，只能点头同意。这导致原告律师的不满，他们抱怨自己被排除在谈判过程之外。谈判进行时，他们只能在其他房间等待，消磨时光。

有时气氛实然剑拔弩张，有时人们沮丧地走出房间。但总的来讲，与会者都说，气氛竟十分和谐。"所有人都知道他们正参与的事情非常重要，"吉夫拉说，"一些较常见的骗人把戏都没有出现。"

3月，大众提出建议。公司会尽可能修理汽车，同时通过其他方式减少排放。例如，为政府卡车、公共汽车甚至拖船更换更环保的发动机，由大众承担更换成本。部门监管者感到不安，他们觉得这样的处理方式会降低清洁空气规则的威慑力。但最坏的情况是，美国各州拒绝登记大众柴油车，禁止柴油车上路，给车主造成严重的困难。

2016年3月9日，加西亚·桑兹、多斯和吉夫拉等大众法律小组成员结伴前往位于华盛顿的美国司法部，听取政府意见。政府官员退到副总检察长约翰·克鲁登的私人办公室，此人是国法部的代表。大众代表团只能在会议室里干等着。最后一刻，政府官员的争论点在于，政府是否太过妥协退让。"这对我们而言非常重要。"加州空气资源委员会主席玛丽·尼科尔斯说道。最终，官员们重返会议室。他们仍希望大众汽车向车主回购柴油车。不过政府代表一致认为，大众公司可让车主自由选择，是否要保留汽车。如果车主选择保留汽车，大众必须升级汽车，使之尽可能符合排放标准。大众汽车接受了这项折中的方案。

4月21日是法官定下的达成初步协议的最后期限。这之前的最后一个周六，双方在米勒办公室谈判到凌晨3点。协议规定大众召回或修理2009车型年以后的柴油车，给予车主经济赔偿，同时上缴罚款，弥补对环境的影响。罚款金额仍有待商榷，还有很多问题有待解决，包括升级汽车排放系统的技术细节和大众需付给车主的赔偿金数额。

更激烈的谈判即将来临。布雷耶拿令人精疲力竭的谈判时长开起了玩笑。4月21日的听证会上，主要议题是初步协议，布雷耶法官问吉拉夫，他为促成协议投入了多少时间。吉夫拉表示，自己上个月的工作时间长达400个小时。布雷耶回应道："那很完美。"他又说道："我希望，在接下来的一个月里，你能打破自己的这个记录。"

财务和技术细节令人头疼。谈判者必须就车辆贬值情况达成一致意见，且得根据个别车辆的车龄和里程进行调整。他们还得商议车主应得的额外赔偿。他们还得想清楚，对于2015年9月排放欺诈事件曝光后，车主已将汽车出售的情况，该如何处理。他们还得决定如何分配联邦政府和各州为环境项目指定的资金。讨论如何评估汽车价值时，他们在比较"中位数"和"平均值"的含义上一度停滞不前。

莎伦·尼尔斯是苏利文和克伦威尔律师事务所的另一位合伙人，与吉夫拉关系甚密。2016年6月，尼尔斯请假去参加女儿在纽约的高中毕业典礼。典礼结束后两个小时，尼尔斯已在返回华盛顿的飞机上。凌晨3点钟，尼尔斯啃着冷披萨，但像她这样的私人执业律师是按小时收费的，至少还有一丝慰藉。然而，对于那些拿国家薪水的政府谈判者来说，就完全是另外一回事了。这些政府谈判者包括美国环保局负责执法的助理局长辛西娅·贾尔斯和环保局空气问题执法部主任菲利普·布鲁克斯。2016年6月28日，谈判各方宣布达成协议，并于当月30日呈交给布雷耶。直到最后一刻，吉夫拉还在和得克萨斯州的官员通电话，商讨协议签订事宜。得克萨斯州是美国拥有大众柴油车数量最多的州之一。协议规定，大众最多将花费147亿美元，其中100亿美元预留给车主。车主若选择将汽车卖给大众，可获得与汽车在2015年9月估价时同等价值的车款，估价工作由国家汽车经销商协会负责。此外，根据汽车实际价值，车主可获得5 100美元到1万美元不等的补偿款。车主若选择保留汽车，可获得同样的补偿款，同时享受环保局和加州空气资源委员会授权的排放系统改进服务。大众柴油车租赁者若归还汽车，无须交付任何罚款，得到的赔偿款约是车主的一半。

此外，大众同意支付27亿美元的信托基金，用于支持环保项目，这些项目旨在缓解因污染车辆过量排放而造成大气中氮氧化物超标的情况。美国各州和土著印第安人部落有资格申请资金，用新的电动汽车取代旧校车或其他车辆，或者为市政工程机械配备更节能的轮胎，或用于其他减少污染的项目。大众另需拨款20亿美元支持电动汽车推广项目，包括研发和设立公共充电站。

各方实现共赢。如果大众车主愿意，他们可以选择摆脱自己的汽车，还能得到一笔不错的赔偿款。和解成本极其高昂，比以往任何排放诉讼案的成本都要高得多，足以对其他汽车制造商起到威慑作用。数十亿美元将流向美国各州。

此次民事诉讼和解对大众的财务状况是一个巨大的打击。但实际损失本可能更为严重。公司解决集体诉讼的最终费用可能低于150亿美元。大众为车主预留100亿美元，用于回购50万辆大众柴油车及奥迪A3，即涉案的全部汽车。如果一些车主选择保留自己的汽车，大众要承担的成本将少得多。此外，与其他汽车制造商一样，大众从零排放技术投资中受益，有助于为电动汽车创造市场。根据协议，大众保留了电动汽车项目的控制权，项目价值 20 亿美元，不过它有义务使投资的最终结果能让所有电动汽车制造商从中获益。

或许最重要的是，此次和解消除了大众的经济不确定性。和解谈判仍在进行时，大众公司推迟发布 2015 年年度报告，部分原因在于大众的外部审计师事务所普华永道，拒绝在没有彻底了解丑闻成本的情况下为财务数据背书。推迟发布引发了一系列其他问题。由于缺少年度报告，大众不得不重新安排年度股东大会。大众金融服务公司暂时停止发行债券，因为它无法向投资者提供他们所需的财务信息。和解结束前几个星期，大众最终发布收益报告，损失高达 16 亿欧元（18 亿美元）。自 1993 年皮耶希掌管大众以来，这是第一次年度亏损。

美国诉讼案的和平解决并不意味着大众法律问题的终结。该协议并不包括 8 000 辆奥迪、保时捷和大众汽车，它们都安装了 3 升发动机。大众仍在努力寻找环保局和加州空气资源委员会都能接受的方式，来修理这些大型汽车。该协议不包括联邦政府以及纽约州、马里兰州、马萨诸塞州、宾夕法尼亚州和佛蒙特州等各州可能向大众追加的罚款。该协议也没有对司法部的刑事调查产生任何影响。

美国法院忙于应对集体诉讼案件，与此同时，德国司法系统开始慢慢揭开早些年保时捷意图收购大众的内幕。斯图加特的检察官坚持不懈，逐步收集到的证据表明，2008 年金融危机爆发后，保时捷高管通过非法手段，威胁说他们要曝光自己用来控制大众股票的复杂金融衍生产品。检察官指控前首席财务官赫尔特犯信用诈骗罪，理由是在 2009 年，他曾试图说服法国巴黎银行①提供融资，以便保时捷公司继续进行

----

① 财富五百强公司之一。——译注

竞标收购。2013年6月，赫尔特被正式定罪，上诉失败后支付了63万欧元（88万美元）的罚款。他的一个下属也被判信用欺诈并被处罚金，但之后大众仍聘任他为财务总监。在大众看来，他依旧值得信任，是管理公司资金的合适人选。（保时捷发言人称，公司认为这位下属是事件中的受害者。因为没有前科，他得到了第二次机会。）

想要立案起诉保时捷前任首席执行官魏德金，难度就更大了。一开始，斯图加特州立法院驳回了控告他和赫尔特涉嫌违反证券法的诉讼，但上诉法院下令审理此案。2015年10月，斯图加特州立法院正式开始审理此案。州立法院是一座方形建筑，共八层楼高，墙面装饰有浅褐色的砖。第二次世界大战期间，炸弹炸毁了原始建筑，20世纪50年代，该大楼得以重建。如今，法院室内庭院放置着一块纪念碑，纪念惨遭纳粹政府屠杀的无辜民众。开庭那日，司机驾驶着一辆黑色保时捷帕纳梅拉送魏德金到达法院。帕纳梅拉是保时捷公司自2009年年底开始销售的一款四门豪华汽车。这辆车由魏德金监督研发，是大众和保时捷合作的另一个范例。汉诺威的大众工厂负责生产底盘，然后在莱比锡保时捷工厂与卡宴共同完成组装。

核心问题在于，魏德金和赫尔特是否通过制造市场上股票短缺的假象，故意抬高保时捷股价，造成投资者恐慌和空头挤压。在法庭的开庭陈述环节，魏德金表达了自己的愤慨。他控诉检察官们被对冲基金公司利用了，并否认枫叶银行曾差点儿不再为保时捷期权战略提供支持。他坚称，一直以来，保时捷都与银行保持良好沟通。"我没什么好羞愧的。"魏德金在法庭上说道。

代表斯图加特州的两位年轻的检察官，海科·瓦根菲尔和安尼洛·安布罗休，只能孤军奋战。首席法官弗兰克·默瑞公开质疑他们案件的真实性。德国新闻媒体认为，他们成功的机会不大。魏德金和赫尔特的法律团队吹嘘自己是德国最好的辩护团队。魏德金的首席辩护律师是汉斯·费根，他是面临牢狱之灾的杰出企业高管会去求助的德国律师之一。赫尔特的代理律师是斯文·托马斯，他的客户包括亿万富翁伯尼·埃克莱斯顿，埃克莱斯顿是一级方程式赛车的总裁。2014 年，在托马斯的帮助下，伯尼同意支付 1 亿欧元（1.35 亿美元）罚款，避免在德国因行贿罪而被判监禁。

审判过程中，检方缺乏证人，没人能证明保时捷在意图收购大众一事上欺骗投资者，因此在魏德金和赫尔特案上处于不利地位。一些前保时捷银行家一上证人席就开始失忆。枫叶银行的高管们说，传闻保时捷的资金链断裂，这并不是真的。辩护律师表示，雷曼兄弟银行倒闭后，场面一度十分混乱，无法证实 2008 年 10 月保时捷公司发布的新闻稿要对大众股价剧烈波动负责任。

2016 年 3 月 18 日前的几个星期，法官默瑞按计划发表由五名法官组成的合议庭的裁决，当时很多事还是未知数。瓦根菲尔和安布罗休这两位州检察官有时在审判过程中看上去笨手笨脚，但他们的最终论证却意外地有理有据。他们承认自己未能证明案件的大部分内容，他们聚焦于 2008 年 10 月 24 日，据新闻透露，保时捷锁定了大众 74% 的股份。他们争辩道，除了急于抬高大众股价，没有其他理由能解释保时捷为什么要发表这篇引发卖空者争相购股骚动的声明。正如新闻报道的那样，魏德金和赫尔特并没有考虑到对冲基金的处境。

判决当日，法庭里挤满了记者。赫尔特和他的律师们率先出场，随后是魏德金，他身穿深色西装，戴着无框眼镜。"早上好。"魏德金向记者们打招呼，声音里略带一丝讽刺的意味。然后他和律师一起坐到法庭前面。与大众公司、保时捷家族和皮耶希家族有关的律师也到场了，坐在被告方的一边。多斯也和他们在一起。他留任了保时捷汽车控股公司总顾问一职。这家公司掌握了保时捷家族和皮耶希家族持有的大众股份。作为保时捷汽车控股公司的律师，多斯对判决结果饶有兴趣。但他同时又是大众的总顾问，因此在刑事判决中，他选择坐在辩护律师中间实在有些奇怪。费迪南德·皮耶希的律师马提亚·普林茨也在现场。保时捷家族和皮耶希家族没有任何成员遭到起诉，但他们有直接利害关系。如果魏德金和赫尔特获罪，保时捷公司必须放弃8亿欧元（8.8亿美元），这笔钱便是检察官所说的不义之财。法庭上共有十一位辩护律师。两位检察官，瓦根菲尔和安布罗休，则单独坐在一起。

法官默瑞出现在审判席上，快速宣读判决结果：被指控的各项罪状不成立。接下来的两个小时里，他告诉瓦根菲尔和安布罗休，案件中有哪些不一致或不足之处，但这些只是他的个人观点。法官说，此外，他不相信2008年10月出现过所谓大众股票短缺现象。他表示，股票市场动荡不安，波谲云诡，或许有其他"非理性因素"导致股票飙升，使得大众一跃成为世界上最有价值的公司。这位法官坚称，股价飙升之前不久，保时捷公司发布的新闻通稿中，并没有包含任何市场动态新闻。虽然很明显，保时捷公司"不是'特蕾莎修女'"，他说，但公司对收购大众的意图毫不掩饰。"保时捷收购大众的计划并不是什么秘密。"默瑞总结道。

对两位检察官而言，这是公开羞辱。他们面前是深色贴面桌子，桌腿由铬合金制成，四周是空荡荡的椅子，他们背对着法庭的一面墙壁——可以说，他们此时确实是与整个法庭相背了。法官长达两个小时的判决解释结束后，各大新闻媒体和律师们涌入法院大厅。赫尔特说，检察官们以不公平的方式对待他，他们应当承担后果。

检察官们提出上诉，随后又撤回上诉，因为成功的机会太过渺茫。保时捷和皮耶希家族再一次安然度过危机，幸运的是，危机没有引发持续性后果。唯一的影响可能是，这场官司让人们越来越关注大众和保时捷的并购情况，以及并购会在何种程度上增强两大家族的权力和财富。在相信检察官说法的人看来，这场官司揭示了保时捷家族和皮耶希家族曾经离经济崩溃只有一步之遥。然而事实却恰恰相反，自二战以来，两大家族首次拥有了控制大众汽车的实际权力。

保时捷家族代表坚称，他们的财务状况从未像州检察官宣称的那般糟糕，甚至辩称，他们家族拥有一家跑车制造公司，公司利润可观，可比拥有欧洲最大的汽车制造商过得好多了。然而，费迪南德·皮耶希有时候坦率得令人惊奇，他不赞同家族财富从未经历风波的说法。"家族第一代建功立业，"皮耶希在电视采访中表示，"第二代守家持业。到我这是第三代。一般到我们这代就是败家破业。2008年，我们差点儿就成功了。"

再来说沃尔夫斯堡，大众坚持认为它正不断改变。2016年年初，公司聘请克里斯汀·霍曼-德恩担任大众管理委员会成员，负责廉政和法律事务，霍曼曾是德国最高法院的法官。她是有史以来大众管理委员会第一位女性成员，也是董事会上的第一位合规主管。她的工作是改进大众管理系统的明显漏洞，确保员工不违反任何法律规定。4月份，在汉诺威，穆勒和美国总统巴拉克·奥巴马于德国总理默克尔主持的晚宴上短暂会面，晚宴期间，穆勒亲自就大众排放事件向奥巴马总统道歉。

大众的某些行为却引发人们对其是否真实改变的质疑。2015年，大众损失高达16亿欧元，可一开始，大众监事会却拒绝削减管理委员会十二位成员2015年的年度奖金。按原计划，这十二位成员将获得3 500万欧元（3 850万美元）的绩效工资。公众强烈抗议后，董事会让步了。董事会从总金额中削减了420万欧元（460万美元），但这笔钱只是其中一小部分而已。如果2019年大众股票回升，便能弥补这笔被削减的资金，所得甚至会超过这个数字。管理委员会成员仍收到总计5 900万欧元（6 500万美元）的酬金，其中包括3 100万欧元（3 400万美元）的奖金。例如，穆勒的工资和奖金是 390 万欧元（430 万美元），而不是削减前的 480 万欧元（520 万美元）。即使是温特科恩，尽管在他的监督下还是发生了排放欺诈和掩盖事件，他依旧得到 730 万欧元（800 万美元）的工资和奖金。辞职前，温特科恩整个 2015 年只工作了不到十个月的时间。和其他成员不同，温特科恩的工资分毫未减。

2016 年 6 月 22 日，大众年度会议在汉诺威展览中心的一个巨大展馆举行，足足推迟了一个月。监事会和管理委员会在此次会议上备受指责。"他们居然因管理失败而获得奖赏。"汉斯-克里斯托弗·希尔特说，他是 Hermes EOS 的董事，该公司代表大股东们的利益。保时捷家族和皮耶希家族以及组织工会主导着大众监事会，希尔特告诉这些监事会成员，大众的"企业文化使排放丑闻不断升级，且多年不被察觉"，他们都必须对这种企业文化的形成负最终责任。

听到这些话，董事会成员毫无反应。大众只有不到 11% 的表决权股掌握在外部股东手中，因此董事会成员可以轻松地忽视这些批评意见。管理委员会背后有保时捷家族和皮耶希家族以及下萨克森州政府撑腰。公司的另一个主要股东，卡塔尔主权基金亦是如此。部分股东提议撤销珀奇的监事会主席职位，理由是在他担任大众首席财务官期间发生了不法行为，但主要股东联合起来，否决了这些异议分子的提案。穆勒在会上发言时，仍给人这样的印象：欺诈是少数员工犯下的不当行为。"根据我们如今掌握的信息，某些下属技术部门的管理过程存在漏洞，加上个别员工行为失当。"他说道。珀奇否认最高管理层试图掩盖排放丑闻，声称直到环保局正式提出诉讼前不久，他们才意识到排放问题的严重性。

外界的舆论压力纷至沓来。股东大会前两天，布伦瑞克的检察官透露，他们正在调查温特科恩和大众品牌主管赫伯特·戴斯是否违反了德国证券法，因为他们未能尽早通知股东排放问题。该调查参考了德国银行和股票市场的监管机构德国金融监管局的调查结果。事实上，该机构曾要求追究大众管理委员会所有 2015 年在职成员的集体责任，因为他们通过非法手段将股东蒙在鼓里。检察官只追究温特科恩和戴斯的责任，金融监管局对此感到十分恼火。大众股票下跌，欧洲和美国投资者蒙受损失，他们纷纷要求赔偿。赔偿可能高达数亿美元。

欧洲客户也怨声载道。大众在美国达成民事和解，每辆车可获得约 2 万美元的赔偿款，欧洲车主想知道凭什么自己只能接受软件更新，有些人的车还得增加一截塑料管。大众车主尤尔根·弗朗茨非常不满，他是慕尼黑一位退休的广告主管。"为什么他们能得到这么多赔偿，而我们什么也没有？"弗朗茨问道。每天早上，他都会驾驶途观 SUV 柴油车，到达十二公里外的湖边公园，和自己的宠物狗一同晨跑。弗朗茨把车送去更新软件，花了十五分钟，车子的燃油经济性明显受到影响。弗朗茨说，他接到一家消费者调查公司的电话，询问他是否会再购买大众汽车。"我的回答是，'不会'。"弗朗茨表示。

对于弗朗茨这样的欧洲人来说，想起诉大众或任何一家财大气粗的公司，诉讼风险很高。欧洲国家通常要求败诉方支付胜诉方的诉讼费用。像德国这样的国家，不允许律师采取"胜诉分成"的方式。如果诉讼成功，律师可收取一定比例的费用，如果官司败诉，律师将拿不到一分钱，"胜诉分成"是美国的行业惯例。在欧洲，任何起诉大众的高尔夫车主或途观车主，一旦官司败诉，都必须得支付大众律师的诉讼费用。

欧洲车主试图另辟蹊径，绕过重重障碍。人们在谷歌浏览器上用德语搜索"大众汽车损坏索赔"几个字，将会看到"我的权利"（My-right.de）网站的广告，创始人中的一人通过此网站，利用互联网召集大众车主。在巴黎，"我们索赔"（Weclaim.com）网站吸引了法国消费者的注意。该公司利用漏洞使欧洲消费者可以将他们的求偿权转让给第三方业务提供商，由后者尝试获取赔偿，如果成功则收取佣金。过去，这种模式曾帮助许多人向航空公司、银行或其他公司进行数额较小的索赔，对于消费者而言，这种模式不存在任何风险。借助互联网的力量，招募到大量车主的可能性非常大，他们抱有相似的不满，网站能自发处理索赔，从事实上达到集体诉讼的效果。几乎可以肯定，大众案是有史以来规模最大的此类型诉讼案。这些网站与律师合作，正慢慢扩展到其他欧洲国家。欧洲车主仅仅要求每辆车 5 000 欧元（5 500 美元）的赔偿金。他们只获得了每辆车 2 500 欧元的赔偿，但欧洲车主有几百万人，总金额达到了数亿欧元，无疑加重了大众的经济负担。

在世界其他地区，大众面临的法律诉讼要少得多，因为它从未在欧洲或北美以外的国家和地区销售如此多的柴油车。例如，中国的大众柴油车数量还不到 2 000 辆。尽管如此，大众还是召回了中国的柴油车进行修理。巴西当局要求大众支付 1 320 万美元的罚款，这是巴西法律针对非法软件的最高罚款金额。大众在巴西销售了 1.7 万辆阿莫诺克皮卡车，这是大众在巴西销售的唯一一款柴油车。在南非、澳大利亚和印度等国，当局也展开调查行动，要求强制召回大众汽车。韩国是亚洲为数不多钟爱柴油车的国家，它采取的措施异常严苛。政府机构突击检查大众办公室，控告一名大众官员伪造文件，禁止八十种大众柴油车和汽油车销售，几乎迫使大众退出韩国汽车市场。韩国还下令召回 12.6 万辆汽车，并处以近 3 000 万美元的罚款。然而其他国家不愿与大众正面对抗。加拿大的大众车主抱怨政府无所作为，因为约有 10 万辆大众柴油汽车仍在道路上行驶。

美国当局表示，联邦法院的民事和解并没有削弱他们的决心，大众高管必须对此事负责。纽约州、马萨诸塞州、马里兰州、佛蒙特州等提起诉讼，声称大众违反了消费者保护法和污染法，并破坏了大众内部调查的保密性原则。到 2016 年年中，调查人员整理了大量电子邮件和文件，对于大众内部发生的事件和参与者有了更清楚的认知。各州诉讼表明，大众经理遇到技术障碍时，通常会采用减效装置。

纽约州、马里兰州和马萨诸塞州称，在十年多的时间里，大众安装了六种独立的减效装置。第一种是奥迪"声学功能"，自 2004 年的车型开始，3 升柴油发动机启动时，排放系统便会关闭。大众声称其目的是降低天气寒冷时发动机发出的噪音。第二种是声学功能改进版，目的是让安装了 2 升发动机的 2009 年款大众和奥迪柴油车通过美国的排放测试。第三种减效装置安装在 2009 年及之后配备 3 升发动机的奥迪上，为了达到美国标准，这些汽车本应配备更大的尿素溶液箱，减效装置的作用就是弥补奥迪尿素溶液箱不够大的缺陷。第四种减效装置安装在 2012 年的帕萨特及以后的车型中，原因还是尿素溶液箱不够大。第五种减效装置亦是因为同样的原因，据称，2013 年及之后的保时捷卡宴 SUV 车型安装了该装置。2013 年款卡宴是在美国销售的第一款保时捷柴油车。2015 年款的帕萨特、捷达、高尔夫、甲壳虫和奥迪 A3 安装了第六种减效装置，它们都安装了选择性催化还原系统和尺寸过小的尿素溶液箱。诉讼称，在大众内部，使用减效装置是公开的秘密。

在德国，布伦瑞克的检察官受到严格的隐私条例的约束，但美国调查可以曝光违法名单，或指控高层管理人员合谋犯下违法行为。纽约州、马里兰州和马萨诸塞州最先提出诉讼，指控温特科恩和大众文件中提到的"穆勒先生"，他们早在 2006 年的时候就已知道 3 升奥迪的尿素溶液箱容积不够，无法达到美国的排放标准。于是，大众决定安装作弊软件，通过排放测试，而不是重新设计汽车，容纳更大的尿素溶液箱。记者在采访中提问大众公司发言人，新任首席执行官是否应承担后果。听到这样的问题，发言人反应激烈，怒不可遏。

美国调查人员并不相信大众的改进承诺。尽管大众的亏损创下纪录，股价疯狂下跌，高层经理还是照样能拿到奖金。纽约州抱怨道，这"表明大众的企业文化鼓励欺骗行为，否认高层的责任与义务，直到现在，仍然未加以抑制"。

大众投入了 150 亿美元，还是没能解决美国的法律纠纷问题，为此恼怒不已，但是还有更大的冲击正在等着它。2016 年 9 月 9 日，在底特律，六十二岁的工程师詹姆斯·梁向联邦法官承认欺诈和密谋违反《清洁空气法》的指控。自 1983 年，詹姆斯·梁就开始在大众工作。他来自新加坡，后加入大众，参与 EA189 发动机的设计。大众开始在美国推广清洁柴油时，梁的工作重心转移到洛杉矶附近奥克斯纳德的大众测试中心，负责监督在美销售的柴油汽车测试和认证工作。2014 年和 2015 年，西弗吉尼亚大学公布研究结果后，加州空气资源委员会开始怀疑大众。根据起诉书的内容，詹姆斯·梁是大众一个小组的成员，这个小组负责编造谎言，隐瞒柴油车在实验室外污染超量如此严重的真实原因。梁后来继续生活在加利福尼亚，他从一开始就身处整个事件的中心。根据认罪协议，如果他配合政府工作，表现良好的话，将获得减刑。

在这场阴谋中，梁身为中层工程师，不过是个小角色罢了。但他深知内情，可以利用此人向其他员工施加压力，包括在德国的大众员工。通常情况下，德国不会引渡本国公民。如果美国检察官决定起诉德国高管，高管们就必须特别注意自己以后要出访的国家。只有德国和少数国家没有与美国签订引渡协议，在那里，他们才能保证自身的安全。这些国家包括俄罗斯、中国和沙特阿拉伯，它们大多是发展中国家。其他欧洲国家不提供任何庇护。三年前，美国联邦调查局特工与意大利当局合作，在佛罗伦萨的一家美术馆逮捕了德国人弗洛里安·霍姆，霍姆是一位对冲基金经理，因证券诈骗而被通缉。（在可能被引渡之前，霍姆便被意大利监狱释放了。他匆忙返回德国，逃避美国当局的追捕。他从此再也没有经历过任何审判。）根据耶茨备忘录的内容，2015 年，一位美国高层官员呼吁让企业高层承担更多责任，当更多证据逐渐浮出水面，司法部将会起诉大众高管。"大众的违法行为和犯罪事实不容辩驳，且行为恶劣，已经严重影响到其他国家了。"佛蒙特州总检察长威廉·索雷尔说道。詹姆斯·梁认罪几天后，在蒙彼利埃①州议会大厦自己的办公室里，索雷尔说："我猜，自从梁认罪后，很多人晚上都睡不好了。"

---

① 美国佛蒙特州首府。——译注

第二十一章　惩　罚

"我们现中断本次节目，"播音员说，"因为美国向德国发出官方威胁。"2015年11月，德国电视二台（ZDF）开始播放具有讽刺意味的视频，二台是德国主要的电视网络之一。"大众汽车伪造排放数据，破坏了我们美丽的环境，"旁白说道，"因此，将来我们只会购买美国生产的汽车。"视频画面切换，美国产的皮卡车像怪物一般，吐出浓浓黑烟。旁白——列举卡车的巨大马力值和惨淡的燃油经济数据，而背景音乐播放的是硬摇滚乐。视频中，美国高速公路车满为患，大型卡车上点缀着身穿比基尼的女郎，手持自动武器四处扫射（显然是在讽刺美国的枪支文化）。视频最后一幕展示了星条旗迎风飘扬的画面。"美国汽车，"旁白的言语中充满讽刺意味，"没有操纵任何读数。因为美国热爱环境。"

许多德国人认为，对大众进行法律制裁的背后是美国的虚伪面孔，这个视频正好说出了他们的心声。美国的人均能源消耗高出德国约80%，他们凭什么要求大众这样的节能汽车制造商承担如此巨额的罚款呢？其他汽车公司也有污染问题，某些汽车公司的产品有致人死亡的缺陷，可是为什么大众就得付出更大代价呢？

2015年9月17日，环保局起诉大众排放欺诈的前一天，通用汽车同意支付9亿美元罚款，解决汽车点火开关缺陷而引发的法律纠纷。2005年到2007年产的雪佛兰、庞蒂克和土星汽车安装了该点火装置。汽车在驾驶状态下，装置有时会突然熄火，导致方向盘、刹车和安全气囊失灵。通用汽车内部有一些工程师知晓故障的存在，却并没有公之于众，结果造成 124 人死亡。2005 年，通用拒绝进行汽车修复，尽管成本还不到每辆车 1 美元。2015 年，为解决纠纷，通用汽车解雇了十五名员工，可司法部未对任何个人提起刑事指控。根据公司 2015 年的年度报告，汽车召回、罚款、法律费用和受害者家属的赔偿金总额达 60 亿美元。通用的产品缺陷导致百余人丧生，所支付的费用还不到大众的一半，大众仅为赔偿美国车主、弥补环境损失的费用已不止 120 亿美元。德国人质疑美国当局的公平性，确实可以理解。

绝非只有大众汽车的氮氧化物污染超标。排放丑闻曝光后，欧洲各国政府开始加大审查力度，了解其他汽车制造商的排放情况。政府对德国和其他国家的汽车制造商展开调查，进行道路测试，结果并没有证据表明，其他汽车制造商像大众一样，安装了减效装置，利用非法手段掩盖排放超标的事实。但是几乎所有其他制造商都利用了欧洲法规漏洞。欧洲法规允许制造商在寒冷天气等条件下，以保护发动机为理由减少排放控制。因此，欧洲城市的污染程度和民众的健康状况更加堪忧。

德国政府的一项研究表示，切诺基吉普车是菲亚特克莱斯勒在欧洲销售的一款柴油车，当外部气温低于 20 摄氏度（约 68 华氏度）时排放控制会自动关闭，但这其实算不上是极冷的状态。在特定情况下，吉普车的氮氧化物排放量超出标准十二倍。（菲亚特克莱斯勒拒绝回应德国政府的调查结果。）研究发现，吉普车是污染最严重的车辆之一，但几乎欧洲所有的汽车制造商，包括通用欧宝、梅赛德斯-奔驰、雷诺和宝马，日常驾驶过程中的排放量均超出污染标准。（通用、奔驰和其他欧洲制造商对研究报告的回应是他们正致力于改进排放系统。）英国政府研究了四十多辆汽车，结果发现，在正常驾驶状态下，它们的平均氮氧化物排放量是法定限值的六倍。某些情况下，相比合法利用欧盟规则漏洞的竞争对手，安装了非法软件的大众汽车污染排放反而更少一些。政府报告助长了德国的不满情绪，因为大众被针对了，没有一点公平性可言。有观点认为，所有人都撒了谎。的确，大众是唯一安装了减效装置的汽车制造商。但结果基本没有差别。

那么，大众为什么得支付如此高昂的罚款呢？

大众的支持者称，美国共有60万辆大众和奥迪柴油汽车，与长途卡车、发电厂和其他污染源相比，大众和奥迪的氮氧化物排放量只是九牛一毛。大众的污染超标量还不足人为产生的氮氧化物总量的0.001%。尽管如此，危害影响仍不容小觑。2016年9月，《国际环境研究与公共卫生杂志》发表了一项研究，发现安装了减效装置的大众汽车每年多排放了3 400吨至15 000吨氮氧化物。（此项研究由西北大学、得克萨斯大学、哥伦比亚大学和哈佛大学的团队合作开展。）

20世纪下半叶，空气污染的急剧减少是人类重大成就之一，但这一成就却被低估了。自从1990年以来，在更为严格的法规监管下，排放控制技术已使城市地区的二氧化氮排放量减少了一半。二氧化氮是氮氧化物族群中危害性最强的物质。利用减效装置，大众规避了法律限制，破坏了人们为环保事业所做的努力。德国电视二台的讽刺视频反映出德国对美国的成见，但事实上，西弗吉尼亚大学测试的那几辆大众柴油车，氮氧化物排放量远远超出美国普通尺寸、款式新颖的皮卡的排放量。（如果像德国电视二台视频中展示的那样，一辆卡车喷出浓浓黑烟，可能是因为车主通过非法途径关闭了排放系统。）根据加州空气资源委员会的说法，在美销售的2012年款捷达柴油车每英里约产生1克氮氧化物，是同车型年长途柴油卡车排放量的两倍。

《国际环境研究与公共卫生杂志》的研究表明，大众的氮氧化物排放超标已经夺去5到50人的生命，他们会因为呼吸道疾病而过早死亡。此外，250到1 000人会患上呼吸道疾病，包括哮喘或急性支气管炎。麻省理工学院和哈佛大学研究人员的另一项研究也得出了类似的结论。

约 60 人会因大众汽车而提早十到二十年死亡，汽车在路上待的时间越久，死亡人数就越多。

这样的研究存在缺陷。将大众排放对健康的影响直接与个人死亡和疾病联系起来是不可能的。因为人们无法跟踪氮氧化物分子，证明它们从捷达排气管进入到人的肺部，致人生病。学术研究人员缺乏相关数据，他们不清楚违法大众车辆的具体位置。人口稠密的城市地区更容易引发健康问题，但研究人员不清楚城市地区有多少大众汽车。通用的点火开关故障，使得汽车系统在高速公路上失灵，导致了致命车祸，但大众排放问题与其后果的因果关系并没有那么直接，所造成的后果也不如点火开关故障那般具有致命性。不过，人们可以肯定，大众汽车造成的污染会导致一些人生病，甚至可能过早死亡，这种说法是很合理的。

在美国，人们对柴油乘用车怨声载道，大众成为众矢之的。没有其他汽车公司像大众一样，如此大规模地推广柴油车。大众开始推广清洁柴油车之前，美国的柴油车销量微乎其微，且没有证据表明其他少数几家在美销售柴油车的公司也有类似的不当行为。（西弗吉尼亚大学的测试结果表明，宝马的排放表现良好。）

在欧洲，理论上来讲，污染法规更加严格了，但城市空气质量仍糟糕透顶，氮氧化物排放水平居高不下，大众并不是唯一该承担责任的公司。名义上，自 2000 年以来，汽车制造商已经减少了乘用车 80% 的氮氧化物排放量。但这是实验室的数据。正常驾驶状态下，汽车实际排放量仅下降 40%。

在欧洲，政府也需要为柴油车污染超标负责。二十八个欧盟成员国污染标准的执行情况不一致，有些甚至根本就没执行。如果没有国际清洁运输委员会、西弗吉尼亚大学和加州空气资源委员会所做的工作，欧洲监管机构很可能永远都发现不了大众的减效装置。欧盟规则没有明确定义减效装置，因此汽车制造商才能钻空子，在不违反法律条文的情况下规避排放规则。当吉普车的发动机软件在低于 20 摄氏度时关闭排放设备，汽车公司可以说，那是为了保护发动机。但一般情况下，欧盟的测试是在 20 摄氏度以上的环境下进行的。吉普车工程师很肯定，监管机构不会测试出超标的排放量，至少在大众唤起人们关注这个问题前是不用担心的。在这个意义上，吉普车和其他汽车制造商的行为从作用上看，与安装减效装置毫无二致。汽车制造商虽然没有违背法律条文，但藐视了法律的精神，让监管机构为清洁空气付出的努力毁于一旦。欧洲政府是这一现象的促成者，因为他们没有保证法律法规的实施。

不过，大众和竞争对手之间还是有所区别的。这就好比，一家公司利用一切可能的漏洞少交税，而另一家公司直接欺骗税务部门。人们可能会谴责第一家公司不爱国，理应受到谴责，但它并没有触犯法律。第二家公司就算缴纳了更多税款，其行为本质还是违法的。其他公司（据目前所知）至少遵守了法律条文，而大众选择诉诸非法手段，这也是其企业文化的反映。

欧洲几乎所有城市的氮氧化物水平都极其高，作为欧洲最大的汽车制造商，大众承担了主要责任。自 20 世纪 90 年代初以来，相比其他汽车制造商，大众的确要为柴油乘用车在欧洲的数量激增负更多责任。在费迪南德·皮耶希的领导下，大众和奥迪成为柴油车在乘用车市场的领头羊，并为此感到自豪。大众借助减效装置，降低了排放设备成本，给竞争对手带来了巨大压力。大众占据了 25% 的欧洲市场份额，其他欧洲汽车公司除非走捷径，否则难以与大众抗衡。作为目前欧洲最大的汽车公司，大众有树立行业标准的特殊责任。然而，它却设立了一个最低的通用标准。

大众开始在美国推广柴油时，公司高管表现得好像他们能在美国享受和欧洲同样的待遇，仿佛宽松的规则、市场支配地位和政治影响力统统掌控在他们手中。公司高管是对美国法律一无所知，还是他们太过傲慢，觉得自己不应受到约束，这倒是很难说清楚。环保局法规对减效装置的定义非常明确。环保局为汽车制造商提供了广泛的指导，告诉他们什么能做，什么不能做。这样的指导必不可少，现代汽车精巧复杂，依赖发动机计算机不断调整参数，如点火时间或废气再循环量。在汽车正常操作和作弊之间划定界限常常不是件容易事。"在欧洲，"国际清洁委员会成员约翰·杰尔曼说，"人们对减效装置的定义有一个较为清楚的认知，但缺乏指导，从而造成巨大的灰色不明地带。但在美国并非如此，一切都有明确规定。"

环保局工程师里奥·布雷登和堀场等公司努力提升汽车排放道路测试的可行性，对于他们所做的工作，大众经理和工程师似乎并不知情，因而增加了排放欺诈被发现的风险。欺诈行为被发现后，大众领导者低估了美国监管者的愤怒程度。"其他制造商很聪明，知道要移除减效装置。大众真是太笨了，它是唯一一个"没有移除该装置的制造商，杰尔曼说道。

大众通过排放作弊来满足美国严格的氮氧化物限制法规，甚至变本加厉地大力宣传汽车的环保特性。一开始它只是违反了监管条例，结果事情愈演愈烈，最终演变成大规模的消费者欺诈事件。由于点火开关缺陷，很多人丢了性命或负伤，通用汽车不得不补偿他们的家属。对于没有遭遇事故的消费者，通用汽车不承担任何责任，减轻了它的债务负担。大众公然散播欺骗性广告，让美国的所有柴油车车主都有权提出索赔，各州政府提起诉讼，称大众违反了它们的消费者保护法。布雷耶法官负责审理这些案件，原被告达成和解，大众需要为每辆汽车提供2万美金的赔偿款。相对来说，这样的和解赔偿金额并不算高。但汽车基数太大，大众的赔偿总金额要远远超出通用的赔偿金额。

西弗吉尼亚大学的研究结果引发了最初的怀疑，这之后，大众没能充分配合加州空气资源委员会和环保局的工作，导致它的债务负担愈加沉重。通用汽车在故障问题曝光后的行动，与大众形成鲜明对比。了解问题后，通用汽车首席执行官玛丽·巴拉立即与国会小组委员会见面，承诺向调查人员据实告知一切问题。巴拉于 2014 年 4 月 1 日说道："无论过去犯了什么错，我们现在和未来都不会推卸责任。"通用随后表态："现在的通用不会再做错事。"至少 2005 年开始，就有人察觉故障问题的存在，至于为何直到 2014 年通用都没有召回缺陷汽车，原因尚不清楚。公司聘用了前联邦检察官安东·沃卢克斯，负责调查此事。沃卢克斯"可自由出入任何地方，查明事件原委，无论最终结果如何，"巴拉告诉国会委员会，"事实就是事实。"

美国司法部认为，巴拉的承诺并非口惠而实不至。通用进行了"迅速而有效的内部调查"，该部门在 2015 年表示，它们为联邦工作人员提供"源源不断的事实真相"。通用还"主动提供了受律师与当事人保密特权保护的部分文件和信息"。该公司还"接受并承认其行为责任"，司法部说。通用的行为有助于减少公司必须支付的罚金。

大众足足拖延了一年多时间，才承认使用了减效装置。那时，它已经耗尽监管机构的耐心，得不到丝毫怜悯。被"清洁柴油"天花乱坠的宣传所欺骗的不仅是消费者。"我们关注柴油车很长时间了，对整个清洁柴油计划都充满怀疑。"加州空气资源委员会主席玛丽·尼科尔斯说，"但我们的工程师被德国工程师说服了，相信他们找到了一种方法，达到我们的环保标准，同时又能保证高燃油利用率，而大众肯定就是引领者之一。"

"很多聪明人购买了大众柴油车，他们相信清洁柴油技术是一项重大突破。"尼科尔斯说，"所以，当他们发觉自己受到欺骗，会比我更加恼火。"

即使在承认欺诈行为后，大众未及时澄清作弊发生的原因也没有让管理人员承担任何责任，导致它的财务漏洞越来越大。州级诉讼案和大众工程师詹姆斯·梁的起诉书表明，美国当局将排放欺诈视作大众阴谋的一部分。2016 年年末，十多名中层工程师和经理被停职，但监事会没有处罚任何一位管理委员会成员。退一步说，即便假设在大众承认使用减效装置后，马蒂亚斯·穆勒和奥迪主管瑞普特·施泰德等最高管理人员才知晓此事，那么还有一个问题：他们为什么会不知道这些事呢？不当行为足以威胁到公司命脉，而这一切就发生在他们眼皮子底下。为什么公司没有做好监管工作，端正员工行为，阻止此类行为的发生呢？大众承认确有减效装置后，依旧推三阻四，管理委员会成员对此有不可推卸的责任。可是，他们保住了自己的工作，享受丰厚的奖金，奖金只不过象征性地削减了小部分而已。

西门子作为另一家德国标志性企业，为大众树立了典范。西门子是电子和工程巨头，总部设在慕尼黑。2006 年年末，它被指控大规模贿赂外国官员，目的是赢得合同建设项目，如委内瑞拉的城市铁路网络或孟加拉国的移动电话系统。和大众一样，在西门子公司，较低级别的管理人员承受了巨大压力，必须要实现目标，而且公司容忍他们违反规则。最初，西门子企图大事化小，小事化了。然而，六个月内，监事会主席海因里希·冯·皮埃尔和首席执行官克劳斯·克莱因菲尔德迫于压力辞职，被公司外部人士取而代之。新任首席执行官彼得·罗旭德聘用了一位著名的反腐败专家，负责监督改革工作。公司内部合规人员一下子从不足 100 人增加到 500 人，并且处罚了 900 名雇员，其中大部分人被解雇。这些措施帮助西门子向检察官证明，它们对改革很认真。"西门子的配合异常优秀。" 2008 年 12 月 15 日，美国司法部副部长马修·弗里德里希对记者说道，"西门子正视事实，承担责任，雇佣经验丰富的顾问进行彻底的内部调查，并实施了真正的改革。"西门子在纽约股票市场上市，在美有大量业务，它支付了 16 亿美元，以解决德国检察官和司法部提出的指控。当时，这笔罚款虽打破历史纪录，但仍在西门子承受范围内。公司承担了这笔罚款。丑闻风波后，西门子公司并没有出现大规模裁员的现象，大多数无辜的员工没有受到牵连。

另一方面，大众在企业渎职方面无人能及，它散播虚假广告，掩盖排放事件，严重违反法律。丑闻曝光一年后，那些不法事件发生时在位的大众掌权者仍稳坐高位。监事会的失策造成了更严重的后果，让绝大多数工人承担了更大的代价，他们与丑闻和所在的公司没有任何关系。2016 年 11 月，为应对大众品牌汽车利润率低的情况，大众宣布将在德国削减 1 400 个职位，约占其在德国职位总数的 4%。尽管如此，监事会工人代表仍坚定支持穆勒。他们试图将失业率降至最低，却没有利用自身影响力迫使管理委员会改变决定。

2016 年，沃尔夫斯堡这座城市尝到苦果。大众是沃尔夫斯堡最大的纳税者，由于它损失惨重，2015 年未能上交一分税款。该市被迫提高公共幼儿园等机构的服务费，推迟建设新消防站及修缮城市图书馆和当地社区大学等项目。"大众共有 60 万员工，他们勤勤恳恳，诚实可靠，"沃尔夫斯堡市长克劳斯·莫尔斯说，"由于一小部分人的欺诈行为，所有员工和整座城市都得遭殃，这实在太糟糕了。"

第二十二章　更快、更高、更远

大众的最终结局尚不明朗。或许，消费者很快会忘记丑闻，汽车销量得以恢复，大众在欧洲无须承担进一步的法律责任，美国和欧洲的检察官缺少足够的证据来控告现任的或已离职的管理委员会和监事会成员。马蒂亚斯·穆勒将继续担任首席执行官，让大众有时间培养内部继任者，这是它一贯的做法。股价将恢复正常，保时捷家族和皮耶希家族同样能恢复昔日的富有。这是大众对自己前景的美好展望，也是高层经理所期待的结果。

然而不难想象，大众将要面临更严峻的局面。比如，欧洲法律运动迫使大众向欧洲涉案柴油车主提供 2 000 欧元（约 2 200 美元）的赔偿，总金额将达到 170 亿欧元（190 亿美元）。它还得负担数亿的股东诉讼和律师费，再加上大众形象受损，销售额足足减少了 100 亿欧元（110 亿美元）。还有解决美国纠纷的和解金额，丑闻造成的经济损失总额很可能超过 500 亿美元。如果大众的财政状况江河日下，评级将继续下降，借贷成本攀升，进一步蚕食公司利润。

与此同时，工人代表拥有权力，势必会影响到大众的成本削减计划。他们发出信号，不愿因为公司管理失误而平白受牵连。尽管大众 2015 年的亏损创造纪录，他们还是要求并最终获得了 3 950 欧元（4 400 美元）的年终奖金。虽然比 2014 年减少了约 2 000 欧元，但对大众而言无疑是雪上加霜。

与此同时，危机正在吞噬大众成功的根基。大众汽车在欧洲的地位步步攀升，柴油发动机技术发挥了至关重要的作用。丑闻引发了人们的关注，人们注意到了柴油机排放过程中人类付出了什么代价；丑闻还暴露了汽车的理想排放和实际排放天差地别。欧洲监管机构开始将道路测试作为排放测试的一部分，以弥补理论和现实之间的差距。审查越来越多，迫使汽车制造商安装更好的排放设备。柴油车的价格会更加高昂，对小车型来说不具备实用价值。大众汽车将失去主要竞争优势，不得不另辟蹊径，让自己脱颖而出。讽刺的是，独立测试表明，在公路上行驶时，最新款大众汽车是最清洁的柴油车之一。但是损失已经无法挽回。

如果销售和利润受到影响，大众投资无人驾驶汽车和电动汽车等新技术的资金将会减少。身处技术变革时期，研发工作可能决定着哪些汽车制造商将繁荣发展，哪些会暗自凋零。德国或美国的刑事调查将进一步削弱大众应对这些挑战的能力。管理委员会成员，甚至是监事会成员，必须认真应对被以前的下属告发的可能，那些与检察官进行交易的前下属可能会指控他们为同谋。一些最高管理层的成员可能会被迫辞职，而这会使大众的情况越发混乱。

如果大众汽车的经济状况持续恶化，最终其偿付能力就会遭到质疑。大众是德国经济的命脉，它绝对不能倒下。但是欧盟的补贴政策将限制德国政府援助大众，引发究竟谁该为援助买单的棘手问题。在最糟糕的情况下，股东将被迫出局。保时捷家族和皮耶希家族会失去对大众的控制权。大众汽车与两大家族长达八十年的紧密联系也会就此中断。

局面变得一发不可收拾之前，大众有很多方法可以力挽狂澜。截至2015年年底，该公司的现金和短期投资约为360亿欧元（400亿美元），远远超过宝马、戴姆勒或通用汽车。通过出售兰博基尼、宾利或曼恩和斯堪尼亚卡车部门的资产，大众能筹集到更多资金。大众可发行新股，要求股东提供资金。

很大程度上，结果取决于大众是否从排放事件中吸取了教训，做出必要的改变，防止丑闻再次成为威胁。学术界正密切关注大众的情况，因为它生动地展示了企业文化紊乱如何威胁到公司的生存，即使是最强大的公司也不例外。

并非只有大众承受了不惜代价实现企业目标的压力。实际上，几乎所有的公司丑闻都与不切实际的目标有关系，员工若是没能成功实现目标，将面临严重后果，与此同时，优秀员工则能获得巨额奖金。高层经理要是制定不出明确的行为标准，漠视社会规则，暴发丑闻的风险更高。

2016 年年末，美国富国银行再一次验证了这个观点。洛杉矶检察官调查发现，富国银行的销售人员面临巨大压力，为完成不切实际的目标，在没有得到同意的情况下为客户开设了账户。然后，他们会扣除信用卡和其他服务的费用，尽管客户从未订购过这些服务。客户进行投诉，银行却拒绝退款。针对没有缴费的客户，银行甚至委托债务催收公司追回相关款项。2016 年 9 月，富国银行首席执行官约翰·斯顿夫出庭，他向美国参议院委员会表示，自己会为不道德的销售行为负责，并真诚致歉。紧接着，他又将不当行为归咎于员工，超过 5 000 人被解雇，否认这是银行精心策划的结果。"不正当的销售行为完全背离了我们的价值观、道德和文化。"斯顿夫坚称。（几周后，他被迫辞职，另一位公司内部人士取而代之。据《财富》杂志报道，斯顿夫辞职后，获得了价值 1.33 亿美元的股份、递延补偿和养老金。）

此类案例充分说明，恐惧与不切实际的目标相结合，令正常员工被迫沦为违法者，高层经理却能冷眼旁观，一脸无辜地表示自己毫不知情。

在大众，员工若能找到技术问题的解决方案，得到的奖励远比指出法律风险的员工要丰厚得多。据目前所知，欺诈事件曝光后，没有任何员工作为告密者挺身而出，这点值得人们注意。在很多局外人看来匪夷所思的是，很多参与其中的人并不觉得自己的行为违背道德。几位不愿透露姓名的前大众工程师表示，他们真的相信自己在环保方面无可指摘。他们说服自己，想要减少二氧化碳的排放量，柴油发动机的氮氧化物高排放不可避免。欧盟积极推广柴油车，大大加强了这种信念。

大众汽车公司没有进行道路测试，于是工程师们便能自欺欺人，安慰自己污染超标并没有那么糟糕。西弗吉尼亚大学和加州空气资源委员会收集到的数据显示，大众的氮氧化物排放超过法定限值四十倍，一些工程师大为震惊。这些工程师和许多大公司内部的中层经理很像，他们谨小慎微。他们住在沃尔夫斯堡的郊区，如吉夫霍恩县，门前有块小草坪，舒适的房屋里面到处摆放着儿童玩具。工程师们都是受过高等教育的博士，他们申请过专利，撰写技术论文，在工业会议上发言。他们得工作很长时间，因为研发期限总是极其苛刻。虽然工资待遇丰厚，但不算真正的富有，比不上高层经理。当然，金钱不是他们工作的动力。不同于出售不良抵押贷款证券或出售内部交易信息的投资银行经理，大多数情况下，大众员工难以获得高额奖金或佣金。他们的目标是保住工作，支付贷款，养家糊口。

至少，在大众、奥迪、保时捷和其他大众汽车品牌中安装发动机软件的人之中，有一些人知道自己违反了规则。由于缺少监督，没人能出面阻止他们或说明潜在的后果。解决技术问题是工程师的本职工作。对于可能造成的额外损失，他们并不总是能够承受。这就是合规部门存在的意义和价值。但是在大众，负责监督工程师遵守规则的合规人员缺乏排放技术的专业知识。即使合规人员具备专业知识，他们也缺少足够的权力，执行自己的想法。大众承认，软件研发不接受其他部门的审查。在大众汽车公司，工程师们说了算。

总部唯我独尊的心态让大众吃尽苦头。它没能充分关注行业信息。

大众自己也承认，管理委员会将决策权牢牢攥在手中，部门负责人缺乏自主权。温特科恩痴迷于细节，并以此为荣。大众在世界各地扩张时，沃尔夫斯堡的总部从未放松手中的权力。就像当年总部的工程师花了数年时间才知道美国人想要更大的杯架，沃尔夫斯堡的管理者未能理解美国市场游戏规则的不同之处。使用减效装置是兵行险着，可能面临严厉的惩罚，不会像在欧洲一样，只是按轻罪论处。

大众目光短浅，这一点并非无法避免。其他德国汽车制造商认识到形成一种国际化视野的重要性。20 世纪 90 年代，宝马和戴姆勒在美国开设工厂，英语是企业的通用语言。大众仍固步自封，高管的英语水平不尽人意。管理委员会由九人组成，除弗朗西斯科·哈维尔·加西亚·桑兹外，另外八人全是德国人或奥地利人。此外，桑兹一生大部分时间都在德国度过。女性高管屈指可数，在 2016 年之前，甚至没有一名女性高管。

最终，大众最大的股东保时捷家族和皮耶希家族必须为排放丑闻承担责任，做出回应。他们拥有大部分的表决权股，能够掌控年度会议，尽管需要得到下萨克森州的同意。费迪南德·皮耶希是皮耶希家族的领导者，主导大众公司逾二十载。他所创造出的企业文化，令柴油车欺诈不断恶化，最终一发不可收拾。

家族在监事会的影响力非同一般。监事会共十位股东代表，其中四位是保时捷家族和皮耶希家族的成员。第五位成员，主席迪特·珀奇，则与家族联系密切。（其他家族成员分别是露易丝·斯宁［费迪南德·皮耶希的侄女］、汉斯·米歇尔·皮耶希［费迪南德的弟弟］、沃尔夫冈·保时捷［费迪南德的表弟和保时捷家族的发言人］和费迪南德·奥利弗·保时捷［沃尔夫冈的弟弟①］）。瑞典银行家安妮卡·法尔肯格

---

① 原文如此。费迪南德·奥利弗·保时捷是沃尔夫冈的长兄费迪南德·亚历山大·保时捷之子，因此他应是沃尔夫冈的侄子，而不是弟弟。——编注

尔是唯一一个不隶属于两大家族、下萨克森州或卡塔尔主权财富基金的大众监事会股东代表。根据德国法律，剩余十名监事会成员是工人代表。大众缺少来自集团外的声音，没有明显的改革意愿。在米特尔兰运河的河岸上，砖墙建筑拔地而起，大众汽车厂负责生产费迪南德·保时捷设计的"人民汽车"。八十年后，若大众黯然陨落，而罪魁祸首却是他的子孙后代，那可真是场悲剧。

终　章

2016 年 4 月 26 日，丹·卡尔德穿上西装，打好领带，前往纽约林肯中心。《时代周刊》2016 年度最具影响力的 100 人将齐聚此地。他们包括巴拉克·奥巴马、弗拉基米尔·普金、教皇弗朗西斯一世，以及卡尔德。西弗吉尼亚大学的研究工作让大众汽车的不当行为得以曝光，作为团队领袖，卡尔德拥有了一定的知名度，最终入选 100 人名单。这对车辆排放专家来说很是难得。但名声并不等于财富，卡尔德表示，自己在夜里还是难以入眠，为补助和合作发愁，因为他需要足够的研究经费，维持西弗吉尼亚大学测试中心的正常运转。

大众汽车与美国柴油车车主、联邦政府和州政府达成和解协议，同意支付 150 亿美元，卡尔德希望能获得部分资金。西弗吉尼亚大学或许会得到一些工作机会，验证大众是否信守诺言，减少违法汽车的排放量。然而，截至 2016 年年底，卡尔德仍不确定。

2016 年 10 月 25 日，旧金山地区法院的查尔斯·布雷耶法官正式批准 150 亿美元的和解协议。其中 100 亿美元是车主的赔偿金，这份协议仍有瑕疵。一些车主怒气难平，认为大众应以原价回购他们的车辆。"我们相信了他们的宣传和清洁柴油的承诺，为 2011 年款奥迪 A3 TDI 多花了钱。"来自旧金山的马克·迪特里希说道。2010 年，第一个孩子出生前，他和妻子买了这辆车。10 月 18 日的听证会上，迪特里希告诉法官布雷耶："我们被要了。"

大多数车主却表示愿意接受和解。布雷耶法官感激他们的让步，表示他希望尽快让排放超标事件得到解决。"违反了环保规定的汽车还在公路上行驶。当务之急是立即解决问题。"他坚称。

丑闻曝光导致大众的财政状况不断恶化。2016 年 12 月，大众达成和解协议，协议适用于 8 万辆奥迪、保时捷和大众汽车，它们都安装了 3 升发动机。和解成本高达 13 亿美元。大众还与加拿大的 10.5 万名车主达成和解，同意支付 21 亿加币（16 亿美元）。和美国车主一样，加拿大车主获得赔偿金，并且可选择将汽车卖还给大众公司。德国博世公司被告上美国法庭，同意向车主支付 3 275 万美元的赔偿，但它没有承认任何不法行为。

2016 年 10 月，保时捷家族和皮耶希家族素来争吵不休的两位资深成员表现出团结之态。汉斯·米歇尔·皮耶希是沃尔夫冈·保时捷的表弟，他取代哥哥费迪南德·皮耶希成为皮耶希家族的发言人。接受《明镜周刊》采访时，汉斯和沃尔夫冈发誓不再干预大众的日常管理。这两位多数股东的代表表示，他们将采取与费迪南德·皮耶希截然不同的管理方式，皮耶希是出了名地爱干预公司管理（据他弟弟的说法，他依旧会购买竞争对手的车辆，将它们与大众产品进行比较）。沃尔夫冈和汉斯承认，大众于 2015 年给予最高管理层高额奖金是不正确的，承诺将改革薪酬体系。

同时，他们也表示，并不打算对最高管理层进行大规模改革。保时捷家族和皮耶希家族对监事会主席珀奇寄予厚望。珀奇担任大众首席财务官期间，经理和工程师正在利用欺诈性排放软件，后来还试图掩盖软件的存在。那段时间，大众内部管控极其松懈，而珀奇是公司的主要监管者。大众未能告知股东排放丑闻的潜在风险时，他负责协调股东关系。沃尔夫冈·保时捷和汉斯·米歇尔·皮耶希从来没有对内部人士失去过信心。"我们任命公司内的人坐上领导岗位，过去一向很成功。"皮耶希告诉《明镜周刊》。"我们深深信赖珀奇先生。"采访结束几周后，大众透露，德国执法部门正在调查珀奇，他涉嫌隐瞒股东关键信息。珀奇仍然留在岗位上。

在大众，似乎外部人士才有问题。2016 年年初，德国高等法院前法官克里斯汀·霍曼·德恩加入大众，以彻底改革薄弱的内部法规体系，旧体系是丑闻滋生的温床。2017 年 1 月 26 日，公司宣布霍曼·德恩将离开大众。她和大众"正渐行渐远，因为双方对德恩引领下的责任和未来经营结构存在不同意见"，公司表示。对于一个正试图修复企业文化的公司而言，这并不是好事。

令人难以置信的是，2016 年，证据表明，在美销售的部分奥迪汽车可能安装了另一种减效装置。最新指控涉及操纵汽车自动变速器的软件。软件检测到汽车是在滚轴上行驶时，会调节设备，产生更少的二氧化碳，使之符合规定。新证据表明，大众和奥迪分别参与了独立的排放欺诈和掩盖案件，导致公司面临更多的诉讼和调查。大众屡教不改，或许会招致法院和监管机构更严厉的惩罚。公司否认了故意作弊的企图，将排放差异归咎于技术问题。"在测试状态下，"奥迪在声明中表示，"动态转变程序有时会导致错误读数，但之后不会再出现相同的结果。"

法院协议解决了针对大众和奥迪的联邦集体诉讼。但大众仍需面对二十一个州的诉讼，指控大众违反了他们的环境法。2017 年 1 月 7 日，联邦调查局特工暗示，美国政府要对大众管理人员提出刑事指控，不是说说而已。特工们在迈阿密国际机场逮捕了高管奥利弗·施密特，他在大众与加州空气资源委员会的往来中扮演重要角色。当时，施密特即将登上飞往德国的飞机。他选择在佛罗里达州度过圣诞假期，在那儿他有好几处租赁房产，尽管他只要现身美国，就有可能被当局立即逮捕。显而易见，施密特觉得自己自愿接受了联邦调查局的询问，他们便不会逮捕他。施密特被指控参与密谋欺骗美国政府，违反《清洁空气法》。法官命令施密特在等待审判时不可被取保候审，理由是他有可能在保释期间逃离美国。这是第一次有人因为排放丑闻而入狱。

施密特也是大众第一位在美国法庭陈述自己故事的被告人。2 月份，律师请求让他保释出狱，在申请文件中，施密特将自己描述为此次阴谋中的一个小角色。申请文件指出，他并不是柴油发动机专家，他只是按照专家和大众律师的话去行动罢了。"有时，在公司内部法律意见的指导下，施密特先生参加了这些会议，由于缺乏相关的技术知识，他只能依赖柴油发动机专家给出的解释，"申请文件如此说道。施密特的说法预示着其他被告可能会采取相同的策略。他们会说一切都是身不由己，自己就好比机器中的齿轮，任由更强大的力量摆布。法官根本不相信这一套说辞。3 月 16 日，底特律地区法院的肖恩·考克斯法官驳回了施密特的保释请求，在 2018 年 1 月确定了审判日期。

1 月 11 日，施密特被捕几天后，大众不再找任何借口，将排放作弊的责任推卸到一小撮工程师身上。政府律师和大众律师小组经过几周的深夜谈判后，司法部宣布了认罪协议。作为民事和刑事处罚，大众将向政府支付 43 亿美元的罚金。更重要的是，大众同意承认刑事指控。政府提出的刑事指控包括串谋欺骗政府，违反《清洁空气法》；妨碍司法；在货物进口过程中弄虚作假。认罪答辩将大众与金融危机之后犯有不法行为的银行区分开来。通常情况下，如果银行遵守某些条件，达成所谓的延期起诉协议，可以避免被定罪。美国总统奥巴马任期的最后几天，大众最终达成协议。金融危机之后，华尔街几乎没有银行家进监狱，现在，司法部终于要兑现自己曾经的承诺了——2015 年 9 月，丑闻爆发前几天，司法部承诺，他们会让公司里面的不法分子承认自己的罪行。

认罪协议包括三十页的"事实陈述"，实际上是大众对排放作弊事件的供认书。文件证实了许多针对大众和公司高管的指控，描述了大众在 2006 年面临的技术僵局，导致大众经理人采用减效装置。它讲述了高管怎样打压反对非法软件的工程师，解释了在过去几年中，大众如何改进减效装置使其更有效。它详细叙述了当监管者开始怀疑大众时，管理人员怎样精心编造出一连串谎言，来掩盖排放作弊事件，以及当他们意识到行径暴露，又是如何着手毁灭证据。事实陈述清楚地表明，这是一场天大的阴谋。涉案人员有高级管理人员、合规经理、工程师、质量控制专家、软件专家、内部律师。大众公司的领导者急于求成，通过非法渠道实现公司的野心。

1 月 11 日，大众签署认罪协议，同一天，密歇根州检察官起诉了施密特和其他五名员工，包括前大众研发总监海因茨-雅各布·诺伊斯和有质量控制界"红色"埃德尔之称的贝恩德·戈特维斯。除了施密特，所有高管都待在德国，美国当局准备跨国界追查此案。文件表明，大众或许会面临更多的起诉。尽管管理委员会现任或前任成员并没有直接被当成嫌犯，但诺伊斯和戈特维斯等人是温特科恩的直属下属，排放欺诈问题几乎已经摆在管理委员会的眼前了。

温特科恩依旧坚称，他和曾经的恩师费迪南德·皮耶希是清白的。1 月 19 日，温特科恩被传唤至柏林，在德国议会的调查委员会面前作证。温特科恩坚称，2015 年 9 月之前，他从未听说过"减效装置"一词。他承认 2015 年年初，自己曾告知皮耶希美国柴油车的召回情况。温特科恩表示，自己没有告诉当时还是监事会主席的皮耶希汽车召回的根本原因，因为他自己也并不了解个中缘由。即使辞职后，温特科恩还是坚称自己对所有违法行为概不知情。针对大众助长了恐惧文化，迫使管理者诉诸非法手段的说法，他表示难以理解。"没有人不敢和我说话，"他说，"我从不记得有这样的事情发生过。"

不久后，德国检察官开始怀疑温特科恩的说辞。1 月 28 日，布伦瑞克的州检察官对这位大众前首席执行官展开调查，控告他涉嫌欺诈和虚假宣传。访问了许多证人，梳理大量文件后，检察官得出结论，有充足理由相信，温特科恩早就知道了非法软件及其存在的目的。部分原因在于，过去的几个月里，他们突击搜查了沃尔夫斯堡和其他地区的住宅和办公室，基于收集到的大量证据，检察官继续扩大调查范围，嫌疑人从二十一名增加到三十七名。据德国媒体报道，温特科恩在慕尼黑的别墅是遭到突击搜查的住宅之一。温特科恩仍坚持自己是清白的，他在声明中表示，自己在柏林的证词足以证明一切。

大众丑闻人尽皆知，皮耶希一直设法保持置身事外的状态。但在2017年2月，身为大众长期以来的主导者，皮耶希再次成为关注和争议的焦点。《明镜周刊》报道，2016年12月，面对德国调查人员的审问，皮耶希声称，他在2015年2月了解到在美国有一起重大排放问题，当时他还是大众监事会主席。更重要的是，皮耶希告诉调查人员，他后来曾将信息传达给监事会执行委员会成员，其中包括下萨克森州总理斯蒂芬·威尔，以及沃尔夫冈·保时捷。《明镜周刊》报道称，温特科恩向皮耶希保证一切安好，没什么可担心的。

如果皮耶希的话属实，那这份声明将掀起千层巨浪。一旦证明公司最高领导层在2015年年初便知晓了违法排放行为，却没有采取任何恰当的措施，大众将面临更严重的法律责任。对于《明镜周刊》就皮耶希向德国检察官说了什么的报道，大众没有进行争辩。不过，大众监事会在声明中表示，它"强烈反对"皮耶希的说法，拒不承认他已将排放问题告知部分高管。大众声称，美国众达律师事务所的内部调查人员进行了审查，"没有证据表明指控的准确性，指控毫无可信度"。温特科恩的律师菲利克斯·多姆克表示，在有机会调查检察官档案之前，温特科恩将保持沉默。

皮耶希将监事会其他成员拖下水的行为令人不解。他承认自己在2015年年初便知晓排放问题，有可能会暴露自己。他没有义务说出来，与检察官面谈时，他有权保持沉默，避免受到牵连。他这样做还会让自己的财富遭受损失。皮耶希的举动提高了大众的财务风险，可能使自己手中的大众股票价值下跌。人们难以揣测他的动机和意图，当然这也不是新鲜事儿。也许理由很简单，就像《法兰克福汇报》专栏作家认为的那样：皮耶希想要报复温特科恩等人。

3月17日，动荡再次出现，皮耶希试图出售自己握有的保时捷汽车控股公司股份，要知道，保时捷汽车控股公司是两大家族手中大众股份的载体。皮耶希有义务将15%的股份（价值11亿欧元［约12亿美元］）转让给其他家族成员。若是成员们筹集不到足够的资金，皮耶希可以将股份卖给外人（如想要进军欧洲汽车市场的中国投资者）。皮耶希的做法或许会削弱保时捷家族在大众的地位，并且带来更多的不确定性。但与此同时，公司获得更多外部监督的前景也更加明朗，而这正是大众迫切需要的。

大众坚持，最高管理层成员在欺诈事件中都是无罪的。3月14日，马蒂亚斯·穆勒和管理委员会其他成员出席了沃尔夫斯堡的新闻发布会。穆勒表示，在美国的认罪协议中，大众未承认排放事件与"发布会上在座的任何人"有关。这其中包括奥迪首席执行官和大众董事会成员瑞普特·施泰德。

穆勒向记者们表态的时候，慕尼黑的检察官和警察却正在秘密准备以奥迪总部英戈尔施塔特为中心展开行动。尽管布伦瑞克的州检察官已经率先调查大众，慕尼黑团队一直在暗中调查奥迪在美国的欺诈行为。穆勒主持的新闻发布会结束后的第二天，早上七点，持有搜查令的慕尼黑官员出现在奥迪总部。奥迪原定在当天早上召开新闻发布会，谈论2016年的财务成果，因此对奥迪来说，警察出现的时机实在是太糟糕了。施泰德和其他奥迪管理委员会成员不得不就警察搜查奥迪办公室一事，回答记者们令人尴尬的提问。

从大众的角度来看，新闻报道的走向越来越糟糕。慕尼黑警方还搜查了众达律师事务所的办公室，该律师事务所负责了大众的内部调查工作。警方的行动表明，德国调查人员怀疑众达律师事务所是否将收集到的所有信息全数上交了。一家律师事务所接受了正在被调查的公司的委托，因此调查人员突击搜查律所的办公室，这在德国是不寻常的，但并非闻所未闻。德国关于律师与当事人保密特权的法律没有美国那样严格。众达律师事务所在德国的合伙人安斯加尔·伦普拒绝发表任何评论。

此外，慕尼黑法官签署的搜查令还授权警方搜查穆勒和施泰德的办公室。调查人员有权没收他们的信件、日程安排、笔记本、电子邮件、手机甚至密码。穆勒在奥迪度过了自己的大部分职业生涯，担任奥迪监事会主席，而施泰德监督奥迪长达十年时间。搜查令并没有对他们或其他个人提出指控。调查人员仍在试图找出谁提出了在美国销售的奥迪上安装非法软件，以及"弄清楚哪些级别的高管知道非法软件的存在，又是哪个级别的高管做出大规模生产减效装置的决定"。此次搜查表明，距环保局首次发布违规通知一年半之后，排放丑闻依旧困扰着大众。

大众没有放弃美国市场。公司反而打算在美国下更大的功夫，计划在查塔努加工厂生产一辆新款七座阿特拉斯 SUV。大众在田纳西州的工厂投资了 9 亿美元，为生产新车型做准备，该车型定于 2017 年 5 月发售。一款阿特拉斯配备 2 升四缸发动机，另一款配备 3.6 升六缸发动机，两款都是汽油驱动。不再有柴油发动机款供客户选择了。

后　记

如果你是个关心自己国家未来的德国人，最坏的情况下，大众汽车公司丑闻的结果是，该污点会蔓延到其他汽车制造商，威胁汽车制造这一德国经济的支柱之一，甚至可能败坏德国优质工程水平的声誉。丑闻曝光两年后，事态正是如此发展的。

欧洲公众渐渐开始意识到，在柴油车对人体健康的危害以及广告排放与实际排放之间的巨大差异上，汽车制造商从根本上欺骗了他们。消费者的愤怒冲击了包括宝马和戴姆勒的梅赛德斯-奔驰部门在内的德国汽车制造商。欧盟委员会反垄断部门在 2017 年 7 月表示，正在调查戴姆勒、宝马、大众、奥迪和保时捷是否合谋非法压制某些技术的价格时，这让这些制造商的声誉雪上加霜。在调查中，有关部门搜查了汽车制造商办公室。《明镜周刊》报道称，各方相勾结的目的可能包括在排放技术上做手脚，这增加了汽车制造商同意限制抗污染设备效果的可能性，为后来的丑闻打下了基础。所有的汽车制造商都表示，他们正在与调查人员合作。宝马更进一步，发布了一个声明，否认它曾经在排放上欺瞒。

在负面宣传的打击下，柴油车在欧洲的市场份额急剧下降，在欧洲，柴油车曾经是最受欢迎的车型。这对德国经济的影响是不利的。消费者的强烈抵制影响了德国汽车制造商的商业模式，而且也影响了他们在高档车市场的主导地位。汽车制造商和供应商提供了德国 2% 的工作岗位，如果消费者继续抵制柴油车，这些岗位中的一部分可能就会泡汤。德国财政部 2017 年 8 月警告道："所谓的柴油车危机必须被视为针对德国经济的新风险。"

这一丑闻迅速上升到了政治层面。最初，许多德国人认为针对大众的指责是美国政府削弱外国竞争者的阴谋。但是在 2017 年，公众舆论发生了变化。越来越明显的是，德国各政治领域的当选官员也曾为过量排放推波助澜，他们阻止强化执法的努力，并对汽车制造商没有认真对待排放标准的态度熟视无睹。政府和汽车业之间频繁的人员交换助长了这种不当行为。例如，负责大众汽车和政府之间联络的高管托马斯·施泰格（Thomas Steg）就是总理安吉拉·默克尔的前发言人；戴姆勒负责全球政府关系的埃卡特·冯·克莱登（Eckart von Klaeden）此前曾在总理的手下担任副部长。

许多德国政客事实上是该国最重要的汽车行业的说客。连总理本人都算在内。美国加州空气资源委员会的主席玛丽·尼科尔斯在 2017 年 3 月通过视频连线为德国议会的调查委员会作证时，讲了一件有关默克尔的颇有启发性的轶事。默克尔在 2010 年造访萨克拉门托时，会见了当时的加州州长阿诺德·施瓦辛格，谈论气候变化问题。尼科尔斯也在场。尼科尔斯作证说，会议刚开始时，默克尔抱怨了加州对氮氧化物的规定太过严格。"她说：'你们的氮氧化物限制太严格了，这不利于我们德国的柴油车。'"尼科尔斯道，"她当时就像个汽车行业的发言人。"尼科尔斯回忆说，她当时婉转地告诉总理，尽管加利福尼亚的标准确实很严格，但为了确保空气干净，严格是必须的，而且她确信德国汽车制造商将能够达到这些标准。默克尔随后换了话题。尼科尔斯说："我很惊讶她居然清楚德国制造商的氮氧化物问题。我从来没有见过有哪位政治人物像这样干预我们的环保法的。"

默克尔并没有否认自己在见施瓦辛格和尼科尔斯时提到氮氧化物的

事，但她的说法不同。默克尔在德国联邦议院委员会作证时，她指出自己以前当过德国环境部部长，因此对排放技术很熟悉。默克尔曾主张使用柴油车作为减少二氧化碳排放和应对气候变化的一种方式。"德国柴油车在加利福尼亚没有机会，"她回忆自己当时说，"那真的是保护气候的好策略吗？"

支持德国汽车业曾经被视为爱国的行为。但是在排放丑闻之后，这种表态让默克尔在政治上有了严重的政治负担，她当时正处在艰难的竞选活动之中。默克尔试图让自己远离汽车制造商。她在2017年9月大选前几周告诉《明镜周刊》说："和你们一样，我也对这种欺诈行为感到愤怒。"默克尔政府在柏林召见大众、宝马、戴姆勒的首席执行官马蒂亚斯·穆勒、哈拉尔德·克鲁格和迪特尔·泽谢，举办紧急峰会。汽车业老板们宣布鼓励老式柴油车主将旧车型换成新车型的激励措施，并表示将向一项价值5亿欧元（5.9亿美元）的基金捐款，以通过改善公交车队、修建自行车道或其他方式减少城市污染。但他们拒绝了升级已销售汽车的排放系统的方案，也拒绝补偿因为柴油车价值下降而受损的人。

这次会议没能在政治上控制住不利影响：默克尔领导的基督教民主联盟和社会民主党在几周后的投票中支持率大跌，这两个执掌德国的议会联盟是默克尔的合作伙伴。对基督教民主联盟的支持率下降至33%，而在2013年大选的支持率为42%。社会民主党得票率21%，而在2013年是26%。默克尔的党派还是得到了最多的选票，她得以继续担任总理，但她的权力变弱了许多。柴油车丑闻绝不是这场灾难性选举结果的唯一原因，还有一个重要原因在于，默克尔对移民采取的开放政策将一些保守的选民推向了一个新的极右翼政党。但是柴油车使许多选民对他们的领导感到失望，这让政治版图发生了变化。

由于公众越来越不满，许多欧洲城市开始讨论禁止柴油车。这引起了消费者的关注，没有人愿意购买只能停放在市区边沿的汽车。2017年10月，伦敦宣布将对在市中心行驶的旧柴油车（主要是2005年之前制造的柴油车）征收每日10英镑（13.20美元）的额外拥堵费。这是在每天11.50英镑的现有拥堵费之上收取的，这让旧柴油车驶入伦敦的总成本达到21.50英镑（约30美元）。伦敦市长萨迪克·汗将其成年后的哮喘病归咎于空气不良，尤其是柴油车的废气。在民众一片愤怒的情况下，正在考虑施行类似限制的城市中甚至有一些是汽车行业的堡垒。其中就有宝马的所在地慕尼黑和戴姆勒及保时捷的所在地斯图加特。到2017年后期，柴油车的市场份额垂直下跌，而柴油车在德国汽车制造商的战略中是不可缺少的部分。汽车制造商抗议说最新一代的柴油车是真的环保干净的。但汽车公司已经浪费了太多的信任，柴油车的声誉似乎永远都无法恢复。

柴油车销量的下降尤其威胁到了大型豪华轿车和SUV制造商——奥迪、保时捷、宝马和戴姆勒。在没有柴油发动机帮助节省燃料的情况下，大型车在欧洲很难销售出去。作为应对，汽车制造商启动了应急计划，转为推广电动车。另一家大型豪华车制造商沃尔沃汽车的产品也非常依赖柴油发动机，该公司宣布2019年后将不再开发任何由内燃驱动的新款汽车。2017年9月举行的法兰克福国际汽车展（这是自两年前大众汽车丑闻给汽车行业蒙上阴影以来，首次在德国举办的汽车展览）上，参观的人可能会有这样的印象：欧洲道路上已经挤满了混合动力和电池驱动的汽车。事实上，德国人正疯狂地试图弥补被丰田的混合动力车和特斯拉的电动汽车甩开的时间差距。在德国东部一个安静的小镇卡门茨，戴姆勒开始建造一间规模达到5亿欧元（6亿美元）的工厂，专门生产混合动力车和电动汽车的电池。就在不远处，在与捷克共和国的国境线的那一边，探矿者们正在挖掘含有电池所需锂的矿石。这是一场现代的淘金热，由汽车制造商为避免被技术变革淹没而做出的搏命一击所驱动。如果说柴油车丑闻背后还有一线希望的话，那就是它激励了德国汽车制造商全心全意地将其强大的制造网络和研发能力投入到零排放汽车上。

德国和美国的刑事调查进展缓慢。2017 年 8 月，詹姆斯·梁被判入狱 40 个月，外加 2 年监外看管，并被罚款 20 万美元。这名来自加州的工程师是第一个对柴油车欺诈指控认罪的人。美国底特律地区法院的法官肖恩·考克斯判处的刑罚比检察官建议的更严厉，称梁参与了一场"规模巨大、令人震惊"的诈骗案。六十三岁的梁成了编号 54762 - 039 的囚犯，在塔夫脱惩教机构服刑，这是一个安保中级和最低级别的惩教设施，位于洛杉矶北部 115 英里处（有"华尔街之狼"之称的股市骗子乔丹·贝尔福特此前也在此服刑）。梁被安排于 2020 年 8 月 28 日释放。

更残酷的命运在等待着奥利弗·施密特。在大众汽车最终徒劳地试图误导加州空气资源委员会和美国环境保护局时，他充当了大众汽车的先锋。他于 2017 年 1 月在迈阿密国际机场的一间男厕所被捕，同年 8 月，他被指控犯有阴谋欺骗美国政府和违反《清洁空气法》的罪行。在辩诉协议中，施密特承认，2015 年夏天，几位未透露姓名的大众员工曾向他告知过减效装置的信息，他还参与了如何在不暴露欺诈的情况下回答监管机构问题的讨论。施密特还承认，在密歇根州特拉弗斯市的会面中，他向加州空气资源委员会的一名雇员阿尔贝托·阿亚拉提供了虚假信息（见第十七章）。施密特在 12 月 6 日被考克斯法官判处 7 年监禁和 40 万美元罚款。刑满释放后，施密特将被驱逐出境。

然而，大多数嫌疑人都在德国，不在美国司法部的管辖范围之内。最终，将由德国检察官确定哪些工程师和高管参与了阴谋，哪些人犯了罪。因为有 50 多名嫌疑人，这是一项复杂的任务。截至 2017 年年底，在美国国家环境保护局发出针对大众汽车的初步违规通知 2 年多之后，布劳恩施韦格的检察官仍未进行任何逮捕或提起任何正式指控，而且似乎都没有相关的动作。根据德国的程序，在州检察官发出指控之前，嫌疑人的律师有机会检查对其当事人不利的证据。到 2017 年年底，这一情况还没有发生，这表明所有指控离被提出还有几个月时间，甚至更久。

事实证明，慕尼黑的检察官比德国大众汽车公司总部所在地布伦瑞克的检察官更积极。慕尼黑州政府的律师负责调查奥迪高管在柴油车欺诈案中的角色。奥迪的总部所在地因戈尔施塔特就在他们的地理管辖范围内。2017 年 7 月，慕尼黑检方逮捕了扎奇奥·乔瓦尼·帕米奥，此人曾任奥迪发动机开发部热力学主管。虽然帕米奥的大部分职业生涯是在德国度过的，但他是意大利公民，因此不享有德国赋予自己公民的引渡豁免权。帕米奥被关在慕尼黑附近的一所监狱里，不准保释，同时美国当局启动了引渡程序。他是在德国被捕的第一个与柴油车欺诈案有关的人，在监禁的压力下，他很快表现出了合作的意愿。在至少 10 次漫长的审讯过程中，帕米奥告诉慕尼黑检察官，说奥迪高层管理人员早在2006 年就知道该部门生产的汽车达不到美国和欧洲的排放标准。正如第十章所述，这些汽车无法携带足够的 AdBlue 尿素溶液来中和氮氧化物的排放。奥迪没有安装一个更大的 AdBlue 溶液箱，也没有让车主忍受频繁给溶液箱加注的麻烦，而是安装了一个减效装置。帕米奥告诉检察官的详细内容，是由代表他的慕尼黑资深辩护律师沃尔特·莱奇纳透露的。在德国或美国，律师讨论正在进行的调查是非常罕见的。莱奇纳决定与笔者和其他记者交谈，这是一个明确的信号，表明他不会让帕米奥成为奥迪车的替罪羊。莱奇纳说，帕米奥向调查人员提供了电子邮件和其他文件，以证实他的说法。帕米奥也和美国调查人员沟通过。大众和奥迪的发言人拒绝对帕米奥的指控发表评论。

帕米奥提供的信息帮助调查人员对组织结构图上的高层人员立案。2017 年 9 月下旬，慕尼黑检方逮捕了大众汽车发动机开发部门前负责人沃尔夫冈·哈茨，他曾与马丁·温特科恩及其继任者马蒂亚斯·穆勒密切合作。在丑闻曝光后不久，哈茨就被停职了，他是迄今为止被调查的级别最高的高管，对他的监禁将丑闻带到了管理委员会的门口。（哈茨就是第十章中所述的 2007 年被摄像头拍到，抱怨加州空气质量标准"太苛刻"的那个人。）哈茨被拘留且不得保释。在德国，如果法官认定嫌疑人会逃跑，或者利用其自由妨碍司法公正，就可能做出不允许嫌疑人取保候审的决定。检察官肯定会向哈茨施压，要求他指证其他人。

大众汽车依旧坚称，欺诈是管理委员会以下的人做的，高层的人没有参与。穆勒没有表现出要辞职的意向，奥迪首席执行官瑞普特·施泰德也一样。要坐实针对任何大公司高管的指控是困难的，因为他们往往不写电子邮件，也不把自己的名字写在文件上。都是助理为他们做这些，没有书面记录。但有关欺诈的信息越多，就越清楚地表明，即使没有数百人参与其中，那也有数十人，其中包括许多直接向管理委员会报告的人。这本书的精装版出版后，笔者得以查看 2006 年 11 月大众研发大楼会议后几个月里流传的文件。在第十章中有描述，在那次会议上，高管们决定制作排放作弊软件。会议后几个月的内部备忘录和报告显示，职位仅次于温特科恩和穆勒的高管公开讨论了非法技术。他们还希望在部署之前得到最高管理层的批准。

例如，2007 年 5 月，一份关于 EA189 的进展状况报告指出，这款为美国市场设计的新型柴油车发动机的"循环外功能"需要得到高层批准。"循环外功能"这个术语可以被解释为，软件的代码将允许汽车在监管机构用于实验室测试汽车的模拟驾驶循环之外产生更多的排放。后来，要求管理委员会批准的请求从状态报告中消失了，但文件显示，工程师们仍在努力解决排放问题。到 2007 年 11 月，该公司凭借"清洁柴油"在美国夺回市场份额的计划严重落后于计划进度和预算。经销商急于开始销售新车。温特科恩安排了一次紧急会议来讨论这个问题。

在会议之前，向温特科恩汇报的高管们已经做好了 PPT 演示文稿，其中描述了一个软件"包"，可以优化"循环内"的排放。我们可以合理地得出结论，认为大众汽车公司的高管所描述的软件在测试条件下的表现会有所不同，这是一种减效装置。比如，演示文稿的一页描述了该软件能检测出测试人员为测试而做发动机准备所使用的程序，还能检测出他们何时在实验室中调整滚筒。该软件还将确保汽车的车载诊断系统不会报告这些措施。

2007 年 11 月 7 日，在计划召开会议的前一天，这份演示文稿以电子邮件附件的形式发给了职位仅次于最高管理层的十几位经理。这封电子邮件包含了一个警告，提醒收件人不要转发给其他人。当晚，第二场文稿演示被分发给了一个更小的团体，包括几位经理，不过没有发给温特科恩和穆勒。两份报告都指出，以现有的设备，新发动机无法达到氮氧化物标准，并提出了每辆车需花费约 270 欧元（约 300 美元）的改进方案。但是第二份报告没有包括描述减效装置详情的附录。大众坚称，穆勒从未见过详细介绍非法软件的较早发送的那份演示文稿。"大众集团知道这些文件，"该公司在发给笔者的一封电子邮件中说，"这些文件不能为马蒂亚斯·穆勒知道有人在努力开发和使用减效装置这一推断提供证据。"如前所述，温特科恩否认有不当行为。笔者检查了会议的内部纪要，这份纪要对讨论只作了含糊的描述。会议纪要称："技术方面的情况得到了确认，已提出的措施得到了落实。"会议结束后，大众汽车将新车型在美国的上市时间推迟了一年，改为 2008 年年底。公司对发动机的排放系统做了一些改进，但随后的事件表明，这些改进还不够。

即便从字面上理解大众的否认说辞，这些文件也表明，与穆勒和温特科恩关系密切的很多人在 2007 年就知道了这个非法软件，并进行了热烈的讨论。要接受大众汽车对事件的说法，就必须相信，在以解决排放问题为目的的会议中，这些高管设法避免提及软件作弊。此外，他们还必须让温特科恩和穆勒（当时是大众汽车的产品规划负责人）相信，他们找到了其他合法的方法来解决这个极其困难的技术难题。考虑到这两个人的知识和对细节的关注，很难想象他们会如此容易受骗。如果级别较低的工程师隐瞒了减效装置，即使这款非法软件已经安装在数百万辆汽车上，他们也不得不在接下来的八年里对高层管理人员保守这个爆炸性的秘密。

在笔者看来，这种设想是不可信的。但对调查人员来说，排除合理的怀疑是一项艰巨的任务。他们是否有足够的资源、意愿，以及最重要的是，是否有足够的证据来追究高层管理人员的责任，在撰写本书时仍是一个悬而未决的问题。

如果能够证明任何一名管理委员会成员参与合谋，大众汽车将面临严重的经济惩罚；欧洲和美国的股东正在起诉大众，要求获得超过 100 亿美元的损失赔偿，他们也能有更多有力的证据来证明，大众没有尽责地告知他们在其排放技术上面临的风险。事实上，欺诈造成的财务负担在继续增加。大众在 2017 年第三季度的利润中减去了 26 亿欧元（30 亿美元），以反映在美国为遵守集体诉讼和解条款而改装柴油车的意料之外的高成本。这使得仅在美国的总成本就达到 260 亿美元，这还不包括律师费。尽管发起集体诉讼存在障碍，但欧洲的诉讼数量仍在增长。在德国，截至 2017 年年底，柴油车主个人提起的诉讼数量增至 4 600 起，英国和澳大利亚也出现了集体诉讼。与在美国的情况相反，大众汽车拒绝在欧洲和解。公司争辩说这种做法在欧洲并不违法，但这一说法令人难以置信。他们的策略似乎是尽可能长时间地拖延案件的审理，以推迟审判的日期。大众似乎希望，随着时间的推移，世界将对这起事件逐渐失去兴趣。

有迹象表明，这一策略将会成功，至少股票投资者相信大众公司正在熬过这桩丑闻。截至 2017 年年底，大众的优先股（交易最活跃的股票）已接近收复自 2015 年 9 月 18 日全世界获悉排放欺诈事件以来的跌幅。随着俄罗斯和拉美地区经济增长的改善，这些地区的销量开始复苏。即便是在大众声誉受损最严重的美国，2017 年的销量也出现了增长，部分原因是在查塔努加生产的阿特拉斯 SUV 很受欢迎。因此，大众汽车今年的全球汽车销量可能会略有增长。对投资者来说，这些大众公司回弹的迹象，可以克服令人不安的发展事态——比如在欧盟的市场份额下滑，以及在公司治理和文化方面缺乏令人信服的改革。

大众汽车股价的回升可能也反映了该公司对电动汽车真实的投入。排放丑闻迫使大众放弃了长期以来对柴油车的痴迷。取而代之的是，大众将其仍然强大的工业实力集中在向电动汽车转型上。这是公司重建声誉、遵守日益严格的二氧化碳排放限制的唯一途径。大众承诺将在 2019 年推出一款电动车，其大小和价格定位大致与高尔夫相当。这款新车只是一系列电动车型中的第一款，该系列还将包括一款面包车，甚至一款电动保时捷。这些车型将是从上到下重新设计的电动汽车，而不仅仅是对现有车型的改造。如此一来，工程师们便不必再为如何安置庞大的内燃发动机和变速器伤脑筋，他们可以充分利用由此带来的设计自由。大众汽车的工程师设计了一套所谓的模块化电动驱动组件，这套组件可以安装在该公司所有品牌的汽车上。这与费迪南德·皮耶希几十年前实施的平台战略相同，现在则为零排放汽车服务。

2015 年大众汽车的高管们刚开始讨论时，推广电动汽车听起来似乎是一种公关策略。但两年后，不可否认的是，大众确实投入了大笔资金。2017 年 11 月，公司宣布，到 2022 年为止，公司会在电池驱动汽车技术和自动驾驶汽车上投资 340 亿欧元。其中一部分资金将用于改造德国东部兹威考的一家工厂，使其只生产电池驱动的汽车。大众汽车宣布的同时，特斯拉正面临 Model 3 的交货问题。Model 3 是这家加州汽车制造商目前为止价格最实惠的车型。超过 50 万人支付了 1 000 美元预订 Model 3，这表明消费者对设计精良的电动车有很强的需求，但特斯拉迄今只生产了几百辆。大众股价上涨的另一种理由是，投资者开始相信它能够做到特斯拉做不到的事情：迅速提高价格合理、吸引人的电动汽车的产量。

在规模巨大这一点上，世界上很少有公司比大众汽车公司做得更好。打造汽车帝国和不切实际的野心，曾让大众汽车陷入如此多的麻烦，但如果将其用来在全世界范围内普及零排放车辆，这两点还是会对人类有益处的。

致 谢

大众汽车丑闻曝光后几个星期，诺顿出版公司主编 John Glusman 主动和我联系，告诉我这将是绝佳的故事素材。如果没有他的提议，这本书也不可能问世。我感谢 John 给予我的宝贵机会，也感谢他在调研和创作过程中给予我的灵感和鼓励。感谢我的经纪人 Marly Rusoff，她沉着冷静、效率惊人，能够妥善处理各项业务，反映出她对出版事业的热爱。

很多人都愿意和我分享自己与大众汽车的故事，在此我想献上诚挚的谢意。他们的名字在文本或尾注中可以找到，我想感谢他们每一个人。部分人的姓名因为某些原因未出现在书中。他们冒着事业和名誉损失的风险向我透露大众的故事，我欠他们一份情。大众档案馆的 Manfred Grieger 帮助我找到有价值的文件，他和德国史学家 Hans Mommsen 合著的书是重要的资料来源，该书主要讲述了大众在纳粹时期的历史故事。

此外还得感谢《纽约时报》的编辑们，他们同意让我转移工作重心，这一年里，我都在潜心创作本书。《纽约时报》的新闻基础设施无与伦比，为我的创作提供了强有力的支持。我还要感谢监督大众新闻报道的编辑们，尤其是 Dea Murphy、Adrienne Carter、Jesse Pesta、Tim Race 和 Prashant Rao。在《纽约时报》，我并不是唯一揭露大众真相的记者。很多记者有突破性的新闻报道，他们是我必不可少的合作伙伴，也是亲切友好的同事。他们是 Danny Hakim、Hiroko Tabuchi、Melissa Eddy、Alison Smale、Graham Bowley、Bill Vlasic 和 Coral Davenport。Danny 为我提供了非常有价值的建议。引用他人作品时，我尽量小心谨慎地给予评价，但如果我的意见不够中肯，请大家见谅。

我的妻子，Bettina Stark，一直默默给予我爱和精神上的支持。她充分运用自己敏锐的审美，为我悉心挑选出现在书中的照片。她为我排除干扰，让我专心创作。我们的女儿 Saskia，是我快乐和灵感的源泉。没有她们，就没有这本书。

最后，我还要感谢我的父母，Zita Lee 和 John Ewing，他们乐观坚韧，为我树立了人生榜样。

注　释

第一章　公路之旅

卡尔·本茨（Carl Benz）在 1886 年申请专利："Company History：Benz Patent Motor Car，the first automobile（1885－1886），"Daimler website，https：//www. daimler. com/company/tradition/company-history/1885－1886. html.

第二章　费迪南德之孙

早在 20 世纪 20 年代：Porsche Museum，*Ferdinand Porsche and the Volkswagen*（Stuttgart：Porsche AG，2009），13.

1938 年，德国每五十人才：Otto D. Tolischus，"Nazi Hopes Ride the 'Volksauto，'"*New York Times*，Oct. 16，1938，p. 129.

希特勒执政后，很快利用了：Porsche Museum，*Porsche and the Volkswagen*，15.

他命令，这款车：Ibid.，19.

元首希特勒想要：Ibid.，17－19.

保时捷来自苏台德地区：Ibid.，12－19.

希特勒邀请保时捷：Ibid.，18.

32 型的车身设计：Ibid.，24.

在慕尼黑，他们见到了希特勒：Ibid.，41.

竞争对手坚持认为：Ibid.，47.

老牌汽车制造商对保时捷的敌意：Ibid.，62.

战后，作为放弃要求赔偿的回报：Berthold Huber，"Die historische Verantwortung für VW，" *Frankfurter Allgemeine Zeitung*，March 5，2008（all translations by the author unless otherwise noted）.

大发雷霆：Ferdinand Piëch，with Herbert Völker，*Auto*. *Biographie* （Hamburg：Hoffmann und Campe Verlag，2002），20.

保时捷访问美国：Ibid.，23.

新工厂选址：Porsche Museum，*Porsche and the Volkswagen*，91.

希特勒亲自在大众汽车厂奠基仪式上发表讲话：Ibid.

保时捷被指控：Steven Parissien，*The Life of the Automobile: The Complete History of the Automobile*（New York：St. Martin's Press，2014），122.

《纽约时报》记者：Porsche Museum，*Porsche and the Volkswagen*，91.

将此车叫做"甲壳虫"：Ibid.，96.

最大的工厂：Tolischus，"Nazi Hopes Ride."

33.6 万德国人：Markus Lupa，*Volkswagen Chronik: Der Weg zum Global Player*（Wolfsburg：Volkswagen AG，2008），8.

工厂没有制造大众汽车：Ibid.，10.

该厂还生产：Peter von Bölke，"Der Führer und sein Tüftler，" *Der Spiegel*，Nov. 4，1996，accessed Nov. 22，2015，http：//www. spiegel. de/spiegel/print/d-9114600. html.

这辆车甚至有水陆两栖型：Porsche Museum，*Porsche and the Volkswagen*，158.

虎式坦克是个著名的失败案例：William Manchester, *The Arms of Krupp*, 1587–1968 (Boston: Little, Brown, 1968), 441.

数年后，在斯图加特的保时捷跑车厂：Piëch, *Auto. Biographie*, 81.

1942 年夏天：Ibid., 24.

费迪南德·皮耶希后来回忆：Ibid., 9.

1944 年，KdF 汽车城才遭到轰炸：Ibid., 23.

工厂使用了大量：Lupa, *Volkswagen Chronik*, 10.

一家人的大部分时光：Piëch, *Auto. Biographie*, 10.

"我想有天能在这家工厂工作"：Ibid., 11.

皮耶希后来为他的外祖父找借口：Ibid., 24.

即使是工人中间待遇最好的：Bölke, "Der Führer und sein Tüftler."

最终他们都夭折了：Sara Frenkel, in *Überleben in Angst: Vier Juden berichten über ihre Zeit im Volkswagenwerk in den Jahren 1943 bis 1945* (Wolfsburg: Volkswagen AG, Historische Kommunikation, 2005), 66.

"睁一只眼闭一只眼"：Bölke, "Der Führer und sein Tüftler."

大众雇用的奴工数量之多：Hans Mommsen, "Zwangsarbeit im Dritten Reich: Eine Einleitung," in *Erinnerungsstätte an die Zwangsarbeit auf dem Gelände des Volkswagenwerks* (Memorial for forced laborers on the grounds of the Volkswagen factory) (Wolfsburg: Volkswagen AG, 2014), 3.

保时捷家族和皮耶希家族成员怨声载道：Piëch, *Auto. Biographie*, 25.

二战盟军首次对大众汽车厂发起攻击：Eighth Air Force Historical Society, "WWII 8th AAF Combat Chronology," http://www. 8thafhs. org/combat1944a. htm.

美军第八空军轰炸机投掷了：Hans Mommsen and Manfred Grieger, *Das Volkswagenwerk und seine Arbeiter im Dritten Reich* (Düsseldorf: ECON

Verlag, 1997), 927 – 28, 634.

大部分机械: *Erinnerungsstätte an die Zwangsarbeit*, 122.

大众还在生产: Hans Mommsen, "Das Volkswagenwerk und die 'Stunde Null': Kontinuität und Diskontinuität," website for the exhibition "Aufbau West, Aufbau Ost" (Berlin: Deutsches Historische Museum, 1997), accessed Dec. 6, 2015, http://www. dhm. de/archiv/ausstellungen/aufbau _ west _ ost/katlg14. htm.

"美国人!": *STO à KdF: Die Erinnerungen des Jean Baudet*, 1943 – 1945 (Wolfsburg: Volkswagen AG, Unternehmensarchiv, 2000).

费迪南德·皮耶希早已离开: Mommsen, "Zwangsarbeit im Dritten Reich."

皮耶希从公司的金库: Mommsen and Grieger, *Volkswagenwerk*, 927.

皮耶希和保时捷夫妇甚至拆除了: Letter from Porsche Konstruktion to Volkswagen regarding billing disputes, June 18, 1948, Volkswagen Archive.

欧宝汽车公司就遭遇了: Opel website, http://www. opel. de/opel-erleben/ueber-opel/tradition. html.

"负责的官员们": Markus Lupa, *Spurwechsel auf britischen Befehl: Der Wandel des Volkswagenwerks zum Marktunternehmen*, 1945 – 1949 (Wolfsburg: Volkswagen AG, 2010), 23.

和德国其他工业家一样: Parissien, *Life of the Automobile*, 183 – 84.

接受完盟军关于大众汽车厂的审讯后: Mommsen and Grieger, *Volkswagenwerk*, 940 – 44.

多亏了法国标致汽车公司经理: Mommsen and Grieger, *Volkswagenwerk*, 943 – 44.

第三章 复 兴

一位足智多谋、精力充沛的少校：Ralf Richter，*Ivan Hirst：Britischer Offizier und Manager des Volkswagenaufbaus* （Wolfsburg：Volkswagen AG，2003），15–17.

大众向荷兰经销商出口了五台车：Ibid.，84.

他努力提高车辆质量：Markus Lupa，*Volkswagen Chronik：Der Weg zum Global Player* （Wolfsburg：Volkswagen AG，2008），17.

赫斯特还成立了由十二名成员：Markus Lupa，*Changing Lanes under British Command：The Transformation of Volkswagen from a Factory into a Commercial Enterprise*，1945–1949，trans. Patricia C. Sutcliffe （Wolfsburg：Volkswagen AG，2011），62.

诺德霍夫坚称：Richter，*Ivan Hirst*，111.

大众汽车产量：Lupa，*Volkswagen Chronik*，15.

诺德霍夫却对他不屑一顾：Richter，*Ivan Hirst*，109.

在他去世前几年：Steven Parissien，*The Life of the Automobile：The Complete History of the Automobile* （New York：St. Martin's Press，2014），183.

诺德霍夫提议，大众应：Protokoll Hauptabteilungsleiter Besprechung，Oct. 18，1951，Volkswagen Archives，Wolfsburg.

"不友好的文章"：Ibid.，Aug. 31，1951.

诺德霍夫首开先例：Hans Mommsen and Manfred Grieger，*Das Volkswagenwerk und seine Arbeiter im Dritten Reich* （Düsseldorf：ECON Verlag，1997），938–39.

英国占领军的管理人员表示反对：Ibid.，939.

他们还指出，保时捷在战前的一位犹太人股东：Memorandum British Property Control Branch to Volkswagen，July 25，1949，Volkswagen Archives.

但当专利所有权问题：Letter from Volkswagenwerk managers to Stuttgart Finanzgericht（Finance Court），June 9，1948，Volkswagen Archives.

"我们工作的整个领域"：Letter from a Herr Knott to Ferry Porsche，1949（precise date missing），Volkswagen Archives.

他索赔5万马克：Eberhard Reuß，"Adolf Rosenberger：Porsches dritter Mann und ein wenig ruhmreiches Kapitel der Firmengeschichte," transcript of documentary broadcast on SWR2，March 12，2010，http：//www. swr. de/swr2/programm/sendungen/tandem/-/id ＝ 10068636/property ＝ download/nid＝8986864/tyumep/swr2-tandem-20120906-1005. pdf.

诺德霍夫应当到斯图加特来：Letter from Ferry Porsche to Heinrich Nordhoff Oct. 2，1953，Volkswagen Archives.

第四章　子孙后代

费迪南德认为父亲的早逝：Ferdinand Piëch, with Herbert Völker, *Auto. Biographie*（Hamburg：Hoffmann und Campe Verlag，2002），34 - 37.

1959 年，皮耶希被：Ibid.，40.

他刚上大学不久，女友科琳娜：Ibid.，41 - 43.

皮耶希希望能从事与飞机相关的工作：Ibid.，43.

他们有更重要的事情要做：Ibid.，42.

但毕业后的头三个月：Ibid.，43.

唯一的条件是：Ibid.，56.

三人因其他汽车制造：Ibid.，59.

保时捷家族和皮耶希家族内部：Ibid.，66.

1970 年，……其中四个孙子：Ibid.，67.

当时保时捷公司是：Anton Hunger and Dieter Landenberger，*Porsche Chronicle*，1931 - 2004（Munich：Piper Verlag，2008），78.

尽管产品享誉世界：Ibid.，75.

1970 年秋：Piëch，*Auto. Biographie*，69 - 71.

的确，他也没做什么有利于：Ibid.，80.

如今，皮耶希被家族企业拒之门外：Ibid.，82.

几年后，有人企图：Ibid.，26.

第五章　首席执行官

20 世纪 50 年代，大众汽车：Markus Lupa，*Volkswagen Chronik：Der Weg zum Global Player*（Wolfsburg：Volkswagen AG，2008），46.

纽约的多伊尔·戴恩·伯恩巴克广告公司在早年的广告中：Bob Garfield，"Ad Age Advertising Century：The Top 100 Campaigns," *Advertising Age*，March 29，1999，http：//adage. com/article/special-report-the-advertising-century/ad-age-advertising-century-top-100-campaigns/140918/.

伯恩巴克毫不装腔作势，哈恩看重了他这一点：Interview with Carl Hahn，March 31，2016.

大众对美国的汽车出口量达到 33 万辆：Lupa，*Volkswagen Chronik*，60.

超过福特 T 型轿车：Ibid.，90.

1961 年，西德政府：Steven Parissien，*The Life of the Automobile: The Complete History of the Automobile*（New York：St. Martin's Press，2014），124.

尽管费迪南德·保时捷与希特勒关系密切：Hans Mommsen and Manfred Grieger，*Das Volkswagenwerk und seine Arbeiter im Dritten Reich*（Düsseldorf：ECON Verlag，1997），939.

保时捷试图在 20 世纪 60 年代和 70 年代设计出：Anton Hunger and Dieter Landenberger，*Porsche Chronicle*，1931－2008（Munich：Piper Verlag，2008），63.

皮耶希视母公司为：Ferdinand Piëch，with Herbert Völker，*Auto. Biographie*（Hamburg：Hoffmann und Campe Verlag，2002），80.

1970 年，美国通过《清洁空气法》："Hearings Set on Automobile Pollution Control," Environmental Protection Agency press release，March 4，1971，http：//www. epa. gov/aboutepa/hearings-set-automobile-pollution-control.

欧盟……直到 1980 年才："Assessment of the Effectiveness of European Air Quality Measures and Policies，Case Study 2：Comparison of the US and EU Air Quality Standards & Planning Requirements"（DG Environment，Oct. 4，2004），http：//ec. europa. eu/environment/archives/cafe/activities/pdf/case_study2. pdf，p. 1.

皮耶希前往美国，……解决了排放问题：Piëch，*Auto. Biographie*，81.

贝勒斯被打入冷宫：Ibid.，86.

与会嘉宾们聚集到一起，惊讶极了：Ibid.，105.

到 1984 年，他共有九个孩子：Ibid.，126.

叫停了这种重复劳动：Ibid.，124.

皮耶希开始担心柴油车排放问题：Ibid.，123.

奥迪……推出了第一款 TDI 车型：Oliver Strohbach，"Das große Wettbrennen：Mit dem TDI Von Malmö nach Kopenhagen,"*Dialoge. Online* (Audi online magazine)，http：//audi-dialoge. de/magazin/technologie/01-2015/134-das-grosse-wettbrennen.

皮耶希对此感到无比自豪：Audi website，"TDI Chronicle,"http：// www. volkswagenag. com/content/vwcorp/info＿center/en/themes/2014/08/Light＿my＿fire/TDI＿chronicle. html.

美国甚至有一个……TDI 俱乐部：TDI Club website，https：//www. tdiclub. com/.

博姆庆祝自己九十岁生日时："Audi Betriebsrat－Fritz Böhm wird 90 Jahre alt,"*AutoNewsBlog*，Dec. 21，2014，http：//www. auto-news-blog. de/audi-betriebsrat-fritz-bohm-wird-90-jahre-alt/.

哈恩评论道，皮耶希升任：Piëch，*Auto. Biographie*，135.

经理在公司里找到了另一份工作：Ibid.，110.

皮耶希认为这位财务官对大众总部过于阿谀：Piëch，*Auto. Biographie*，141.

奥迪工人家属聚集在他家门外哭泣的场景：Ibid.，142.

第 21 529 464 辆，也是最后一辆：Lupa，*Volkswagen Chronik*，188.

大众还是没有跟上：Piëch，*Auto. Biographie*，184－87.

大众汽车缺乏早期预警系统：Piëch，*Auto. Biographie*，147.

哈恩认为，他成了：Carl H. Hahn，*Meine Jahre mit Volkswagen* (Munich：Signum，2005)，289－302.

按照皮耶希的说法：Ibid.，154－55.

"只有当一家公司"：Ibid.，286（translation by the author）.

第六章　不择手段

由于员工数量过多，……大众几乎无法盈利：Ferdinand Piëch，with Herbert Völker，*Auto．Biographie*（Hamburg：Hoffmann und Campe Verlag，2002），156.

例如，装潢设计部的女员工：Christine Holch，"Wie López in den VWWerken die Arbeit revolutionierte,"*Die Zeit*，Dec. 6，1996.

在他的领导下：Nathaniel C. Nash，"Putting Porsche in the Pink,"*New York Times*，Jan. 20，1996，http：//www. nytimes. com/1996/01/20/business/putting-porsche-in-the-pink. html? pagewanted = all.

减裁了 1 850 个工作岗位：Anton Hunger and Dieter Landenberger，*Porsche Chronicle*，1931‑2004（Munich：Piper Verlag，2008），137.

大众为……提供单一平台：Markus Lupa，*Volkswagen Chronik：Der Weg zum Global Player*（Wolfsburg：Volkswagen AG，2008），162.

在皮耶希严苛的监管下：Ferdinand Piëch，with Herbert Völker，*Auto．Biographie*（Hamburg：Hoffmann und Campe Verlag，2002），239.

没过多久：Lupa，*Volkswagen Chronik*，153.

但就算是卡尔·哈恩：Carl H. Hahn，*Meine Jahre mit Volkswagen*（Munich：Signum，2005），42‑44.

大众工人每周工作："Tarifrunde 1993：Vier-Tage-Woche bei Volkswagen,"Wirtschafts- und Sozialwissenschaftliche Institut，http：//www. boeckler. de/wsi-tarifarchiv＿3267. htm.

公司仍有三万：Lupa，*Volkswagen Chronik*，162.

"共同决策都更容易扰乱工作"：Hahn，*Meine Jahre mit Volkswagen*，294.

"双方都没有将共同决策制度视作"：Werner Widuckel，"Paradigmenentwicklung der Mitbestimmung bei Volkswagen," *Schriften zur Unternehmensgeschichte von Volkswagen* （Wolfsburg：Volkswagen AG，2004），16.

1994 年年底："Volkswagen：Piech-Opfer Nummer neun," *Der Spiegel*，Sept. 26，1994，http：//www. spiegel. de/spiegel/print/d-13692675. html.

哈恩上台后推动……更公开的辩论：Hahn，*Meine Jahre mit Volkswagen*，39.

"恐惧和不信任的气氛"："Angst und Mißtrauen：Hat der gefeuerte Audi-Chef versagt—oder sein Vorgänger Ferdinand Piech?," *Der Spiegel*，http：//www. spiegel. de/spiegel/print/d-13684200. html.

赫尔曼后来回忆道：Interview with David Herman，Oct. 19，2015.

助手们将手表戴在：Keith Bradsher，"Former G. M. Executive Indicted on Charges of Taking Secrets," *New York Times*，May 23，2000，http：//www. nytimes. com/2000/05/23/business/former-gm-executive-indicted- on-charges-of-taking-secrets. html? ref = topics.

连皮耶希这样以严苛出名的：Piëch，*Auto. Biographie*，177.

得知……皮耶希高兴极了：Ibid.，161.

承诺，会考虑……建造：Ibid.，172.

当媒体开始谣传："Kisten nach Amorebieta," *Der Spiegel*，2 Aug. 1993，pp. 82－86.

根据通用公司……提起的诉讼：General Motors Corp. v. Ignacio Lopez De Arriortua，948 F. Supp. 670（E. D. Mich. 1996），Nov. 26，1996，http：//law. justia. com/cases/federal/district-courts/FSupp/948/670/2098385/.

皮耶希否认了通用汽车的说法：Piëch, *Auto. Biographie*, 168.

皮耶希后来坚称……"战争"一词：Ibid., 175.

"大众开始着手摧毁欧宝"：Herman interview.

通用曾向大众索赔 40 亿美元：Robyn Meredith, "VW Agrees to Pay G. M. $ 100 Million in Espionage Suit," *New York Times*, Jan. 10, 1997, http://www. nytimes. com/1997/01/10/business/vw-agrees-to-pay-gm-100-million-in-espionage-suit. html.

大众汽车不承认自己的不当行为：Ibid.

德国检方得出结论：Diana T. Kurylko and James R. Crate, "The Lopez Affair," *Automotive News Europe*, Feb. 20, 2006, http://europe. autonews. com/article/20060220/ANE/60310010/the-lopez-affair.

出席了在西班牙首都马德里举办的听证会：Emma Daly, "Court Fight in G. M. Spy Case," *New York Times*, May 22, 2001, http://www. nytimes. com/2001/05/22/business/court-fight-in-gm-spy-case. html? ref = topics.

数年后，商学院仍将：Michael H. Moffett and William Youngdahl, *Jose Ignacio Lopez de Arriortua*, Case ♯: A02-98-0003, Thunderbird School of Global Management, Arizona State University (Glendale, AZ, 1998), http://caseseries. thunderbird. edu/case/jose-ignacio-lopez-de-arriortua.

他不知道……错在何处：Piëch, *Auto. Biographie*, 196.

据欧洲汽车制造商协会称：Consolidated Registrations by Manufacturer, European Automobile Manufacturers Association, 2016, http://www. acea. be/statistics/article/consolidated-registrations-by-manufacturer.

"如果你想追溯"：Herman interview.

第七章　执法者

"我疑惑不解"：Interview with Leo Breton，June 4，2016.

1993年，环境保护局的测试人员：U. S. Justice Department，"U. S. Announces ＄45 Million Clean Air Settlement with GM"（news release），Nov. 30，1995，https：//www. justice. gov/archive/opa/pr/Pre ＿ 96/November95/596. txt. html.

"这些所谓的减效装置"：Ibid.

"现实是残酷的"：E-mail from Leo Breton，June 23，2016.

没有资金来支持科学项目：The EPA did not respond to several requests for comment on Breton's account of events. Nor did it make officials available for interviews.

设备看上去像是：Leo Breton，"ROVER：U. S. Environmental Protection Agency's Real-time On-Road Vehicle Emissions Reporter，" presentation to the 8th Integer Emissions Summit & DEF Forum USA，Chicago，Oct. 29，2015.

福特……支付了780万美元："Ford Motor Company Clean Air Act Settlement"（EPA news release），https：//www. epa. gov/enforcement/ford-motor-company-clean-air-act-settlement. See also United States of America v. Ford Motor Co. ，Consent Decree，June 4，1998，retrieved from https：//www. epa. gov/sites/production/files/documents/fordmotor-cd. pdf.

"他挂断电话后"：Leo Breton，written notes provided to the author，June 2016.

康明斯发动机公司：Consent decree，United States of America v. Cummins Engine Co. Inc. ，United States District Court for the District of

Columbia, 1998（no precise date given），https：//www. epa. gov/sites/production/files/2013-09/documents/cumminscd. pdf.

总的来说，和解使得这些公司损失了：Environmental Protection Agency，"DOJ，EPA Announce One Billion Dollar Settlement with Diesel Engine Industry for Clean Air Violations"（news release），Oct. 22，1998，https：//yosemite. epa. gov/opa/admpress. nsf/b1ab9f485b098972852562e7004dc686/93e9e651adeedb7852566a60069ad2e？OpenDocument.

但是，布雷登表示，……他也因此受到处罚：E-mail from Leo Breton，April 27，2016.

赢得了专利版税：United States Patent Number 6，470，732；Leo Alphonse Gerard Breton（inventor），*Real-time exhaust gas modular flowmeter and emissions reporting system for mobile apparatus*，October 29，2002.

这份报告将环保局描述成：U. S. House of Representatives Committee on Commerce，"Bliley Statement on EPA Diesel Rule Says，'EPA Enforcement Is All Show and No Go'"（news release），May 17，2000.

在亚历山大市的测试实验室：Peter Whoriskey，"The EPA Closed the Lab That Might Have Caught VW Years Ago，" *Washington Post*，Oct. 5，2015，https：//www. washingtonpost. com/business/economy/the-epa-closed-the-lab-that-might-have-caught-vw-years-ago/2015/10/05/03487752-67b5-11e5-9223-70cb36460919_story. html.

到 2002 年，……达到 40%：European Automobile Manufacturers Association，"Share of Diesel in New Passenger Cars，" http：//www. acea. be/statistics/tag/category/share-of-diesel-in-new-passenger-cars.

1998 年，美国卡车制造商被曝光后不久：Per Kageson，"Cycle Beating and the EU Test Cycle for Cars，" European Federation for Transport and Environment，Nov. 1988，http：//www. transportenvironment. org/

sites/te/files/media/T&E%2098-3 _ 0. pdf，p. 2.

"我们唯一缺少的"：Interview with Dan Carder，May 24，2016.

副教授格雷格·汤普森：Interview with Greg Thompson，May 24，2016.

得到一辆自行车作为生日礼物："WVU's Dan Carder among Time's 100 Most Influential People in the World"（West Virginia University news release)，April 21，2016，http：//wvutoday. wvu. edu/n/2016/04/21/ wvu-s-dan-carder-among-time-s-100-most-influential-people-in-the-world.

十六岁时，他将……恢复原样：Dan Carder，e-mail to author，July 12，2016.

卡尔德和汤普森合作开发出：Gregory J. Thompson，Daniel K. Carder，Nigel N. Clark，and Mridul Gautam，"Summary of In-use NOx Emissions from Heavy-Duty Diesel Engines," *Journal of Commercial Vehicles* 117 （2009)：162–84.

第八章　没有什么不可能

宾利唯一盈利的年份：Markus Lupa，*Volkswagen Chronik: Der Weg zum Global Player* （ Wolfsburg：Volkswagen AG，2008)，218–22.

布加迪创始人埃托里·布加迪：Ibid.，224–27.

仅三辆成功出售："1926：Type 41 Royale," http：//www. bugatti. com/fr/tradition/histoire/.

唯独费鲁吉欧·兰博基尼：Lupa，*Volkswagen Chronik*，228–33.

部分大众高管认为：Interview with Stephan Winkelmann，chief executive of Lamborghini，March 2，2016.

之所以会对布加迪感兴趣：Ferdinand Piëch，with Herbert Völker，

Auto. Biographie (Hamburg: Hoffmann und Campe Verlag, 2002), 224.

公司投资 11 亿马克: Lupa, *Volkswagen Chronik*, 220 - 23.

帕里斯·希尔顿就拥有一辆: Nicholas Schmidle, "The Digital Dirt," *New Yorker*, Feb. 22, 2016.

他对布加迪的目标定位是: Piëch, *Auto. Biographie*, 224.

皮耶希……曾让自己最中意的工程师: Ibid., 233.

米其林轮胎公司专门为其生产了一种轮胎: Ray Hutton, "Inside Château Bugatti: Piëch's Million-Euro Supercar Inches Carefully Closer to Reality," *Road and Track*, May 2005, http://www. caranddriver. com/ features/inside-chateau-bugatti.

布加迪威龙比皇家布加迪 41 型更畅销: Lupa, *Volkswagen Chronik*, 227.

如果一位帕萨特车主想将座驾: Piëch, *Auto. Biographie*, 265.

"辉腾的组装过程": "A Car Factory in the Centre of Town," Volkswagen website, accessed Feb. 27, 2016, https://www. glaesernemanufaktur. de/en/idea.

"我看到测速针指向": Peter Robinson, "Volkswagen Phaeton 4MOTION W-12: A People's Car for People with Princely Incomes," *Car and Driver*, Sept. 2002.

十二缸发动机被紧紧地: Matthias Kriegel, "Produktionsende des VW Phaeton: Nicht mal der Papst konnte ihn retten," *Spiegel Online*, March 10, 2016, http://www. spiegel. de/auto/aktuell/vw-phaeton-selbst-der-papst-konnte-ihn-nicht-retten-a-1078294. html.

1990 年年底: Volkswagen AG, *Annual Report 1999*, pp. 96 - 97.

"我会告诉他们": Paul A. Eisenstein, "Just Following Orders? Who Was Really Responsible for VW's Emissions Cheating?," *The Detroit Bureau*,

Oct. 8, 2015, http：//www. thedetroitbureau. com/2015/10/just-following-orders-who-was-really-responsible-for-vws-emissions-cheating.

"我说道，'这样的车身间隙'"：Interview with Bob Lutz，March 14，2016. Lutz also told the story during an interview on *Autoline*，Nov. 13，2015，http：//www. autoline. tv/journal/？p = 40331. See also Bob Lutz，"One Man Established the Culture That Led to VW's Emissions Scandal，"*Road and Track*，Nov. 4，2015，http：//www. roadandtrack. com/car-culture/a27197/bob-lutz-vw-diesel-fiasco/.

"我不愿意为他工作"：Interview with Bob Lutz，March 14，2016.

被问及这些轶事时：Conversation with Matthias Prinz on the sidelines of a court hearing in Stuttgart，March 18，2016.

自那以后，在萨尔斯堡：Jack Ewing，"As Boardroom Struggle Ends，Volkswagen Looks to the Future，"*New York Times*，April 26，2015，http：//www. nytimes. com/2015/04/27/business/international/as-boardroom-struggle-ends-volkswagen-looks-to-the-future. html.

"谁订的车？"：E-mail from Walter Groth，Dec. 12，2015.

"很多人都怕他"：E-mails from Walter Groth，December 12，2015，and April 15，2016.

大众的管培生阿恩特·埃林霍斯特：Interview with Arndt Ellinghorst，Nov. 2015.

"你必须服从每个人"：Interview with Arndt Ellinghorst，November 2015.

"皮耶希的危险之处"：David Woodruff，"Volkswagen's Hard-driving Boss，Ferdinand Piech Is Obsessed with Making Volkswagen into a Global Powerhouse，"*BusinessWeek*，Oct. 5，1996，http：//www. businessweek. com/1998/40/b3598015. htm.

2002 年利润为：Volkswagen AG, *Geschäftsbericht 2002*，1 - 2.

丰田的年销售回报率：Toyota Motor Corporation，Form 20-F（Annual Report，fiscal year ending March 31，2003），Securities and Exchange Commission，Washington，DC，1，69，http：//www. sec. gov/Archives/edgar/data/1094517/000119312503027032/d20f. htm#toc10753 _ 22.

镀金变速箱旋钮：Jack Ewing，"Can Porsche Shine at Volkswagen?，" *New York Times*，Aug. 28，2010.

晚宴期间：The author attended the dinner in 2008 and sat at Wiedeking's table.

保时捷向大众支付了 7. 8 亿欧元：*Angebotsunterlage Pflichtangebot der Dr . Ing . h . c . F. Porsche Aktiengesellschaft an die Aktionäre der Volkswagen Aktiengesellschaft*（Prospectus for Porsche offer to buy Volkswagen shares，filed with stock market regulator BaFin），April 26，2007，24，http：//www. bafin. de/SharedDocs/Downloads/DE/Angebotsunterlage/porsche. pdf? _ _ blob = publicationFile.

皮耶希甚至穿着法拉利出品的：Piëch, *Auto . Biographie*，282.

皮耶希……结果浑身冰冷：Ibid.，284.

有些人对皮耶希……提出质疑和不满：Henning Krogh，"Gros der Anteilseigner ist zufrieden mit der Ära Piëch，" *Automobilwoche*，April 16，2002，http：//www. automobilwoche. de/article/20020416/NACHRICHTEN/204160702/gros-der-anteilseigner-ist-zufrieden-mit-der-ara-piech-vw-hauptver sammlung-ohne-eklat.

还是驾驶一升车：Piëch, *Auto . Biographie*，285 - 86.

他描绘了一幅宁静的退休生活画卷：Ibid.，286.

第九章 劳资关系

最长在失业两年后：Bundesagentur für Arbeit，"Dauer des Anspruchs，" accessed May 21，2016，https：//www. arbeitsagentur. de/web/content/ DE/BuergerinnenUndBuerger/Arbeitslosigkeit/Arbeitslosengeld/DauerdesAns pruchs/Detail/index. htm? dfContentId = L6019022 DSTBAI485667.

她在……派对上很受欢迎：Stacey Dooley，"Stacey Dooley at K5 Relax，" BBC Three，Oct. 21，2013，https：//www. youtube. com/ watch? v = vm6o _ 2chMgI.

他用这笔……钱款："Lustreisen und ein Lamborghini，" *Süddeutsche Zeitung*，Sept. 21，2010，http：//www. sueddeutsche. de/wirtschaft/vw-korruptionsaffaere-lustreisen-und-ein-lamborghini-1. 1003074.

他……拥有专属停车位：Landgericht Braunschweig，decision from Jan. 25，2007（case number 6 KLs 48/061）.

如果女人没有及时现身："Gebauer，wo bleiben die Weiber?，" *Die Welt*，June 20，2015，http：//www. welt. de/print/die _ welt/wirtschaft/ article142799194/Gebauer-wo-bleiben-die-Weiber. html.

这件事并非只关乎我：Peter Hartz，resignation statement，as reprinted verbatim in *Handelsblatt*，July 8，2005，http：//www. handelsblatt. com/ unternehmen/industrie/im-wortlaut-dokumentation-erlaerung-von-peter-hartz/ 2523644. html.

审计人员掌握的证据："Volkswagen Announces Ombudsman System throughout the Group of Companies"（press release），Nov. 11，2005，http：//www. volkswagenag. com/content/vwcorp/info _ center/en/ news/2005/11/Volkswagen _ Announces _ Ombudsman _ System _ throughout _ the _ Group _ of _ Companies. html.

任何做过这种事情的人：Ferdinand Piëch, Zeugenvernehmung, Landeskriminalamt Niedersachsen, Dezernat 36, March 29, 2006. Lawyers for Mr. Piëch did not respond to multiple requests for comment.

"我从没有管过"：The original German reads, "Ich habe niemals Geld verteilt, sondern in diesen unangenehmen Fällen mich dadurch aus der Schlinge gezogen, dass ich es an jemand anderen delegiert habe."

皮耶希被传唤作证："Piëch will nichts gewusst haben," *Zeit Online*, Jan. 3, 2008, http://www. zeit. de/online/2008/02/prozess-vw-affaere-piech.

那时他……来到布伦瑞克的法院：Kate Connolly, "Bribery, Brothels, Free Viagra: VW Trial Scandalises Germany," *Guardian*, Jan. 13, 2008, https://www. theguardian. com/world/2008/jan/13/germany. automotive.

哈茨在法庭上承认："VW Sex and Bribery Scandal: Sentences Handed Down in Corruption Affair," *Spiegel Online*, Feb. 22, 2008, http:// www. spiegel. de/international/business/vw-sex-and-bribery-scandal-sentences-handed-down-in-corruption-affair-a-537137. html.

他……服刑一年零九个月："VW-Affäre: Ex-Betriebsratschef Volkert vorzeitig entlassen," *Spiegel Online*, Sept. 2, 2011, http://www. spiegel. de/wirtschaft/unternehmen/vw-affaere-ex-betriebsratschef-volkert-vorzeitig-entlassen-a-784073. html.

新技术使用单个加压："Common Rail Injection: Advanced Technology for Diesel Engines," Bosch Auto Parts website, http://de. bosch-automotive. com/en/parts _ and _ accessories/motor _ and _ sytems/diesel/common _ rail _ injection/common _ rail _ diesel _ motorsys _ parts.

"多年来，市场份额"：Jack Ewing, "Volkswagen Not Alone in

Flouting Pollution Limits," *New York Times*, June 9, 2016, http：//www. nytimes. com/2016/06/10/business/international/volkswagen-not-alone-in-flouting-pollution-limits. html? ref = topics.

毕睿德决定结束此项目：Mark Landler, "VW's Chief, under Fire, Fights Back," *New York Times*, March 8, 2006, http：//www. nytimes. com/2006/03/08/automobiles/08volkswagen. html? pagewanted = print&_r = 0.

2006 年 3 月，皮耶希在接受：Ibid.

第十章　作弊风波

马丁·温特科恩担任首席执行官不到一年时间："Offensive 2018," *Der Spiegel*, Nov. 12, 2007, http：//www. spiegel. de/spiegel/print/d-53621814. html.

这些车清洁高效："Auf den Punkt：BlueMotion-Offensive," Volkswagen website, Sept. 11, 2007, http：//www. volkswagenag. com/content/vwcorp/info _ center/de/news/2007/09/to _ the _ point _ bluemotion _ offensive. html.

沃尔夫斯堡研发中心的部分工程师：Interview with a Volkswagen engineer who was knowledgeable about the internal debate but insisted on anonymity.

尿素排放净化系统：Vicente Franco, Francisco Posada Sánchez, John German, and Peter Mock, "Real-World Exhaust Emissions from Modern Diesel Cars," International Council on Clean Transportation, Oct. 2014, p. 7.

下萨克森州总理克里斯蒂安·乌尔夫：Richard Milne, "VW Did

Approach DaimlerChrysler over Stake," *Financial Times*, Sept. 30, 2005, https：//next. ft. com/content/039a41c8-31a5-11da-9c7f-00000e2511c8.

由于稀燃氮氧化物捕集器：Volkswagen of America, "Self Study Program 826803 2. 0 Liter TDI Common RailvBIN5 ULEV Engine" (service manual), 2008 , 24.

"我们没法解释为什么"：Interview with Walter Groth, May 2, 2016.

他父母是德国人：Nicola Clark and Melissa Eddy, with reporting by Jack Ewing and Bill Vlasic, "Volkswagen's Chief in the Vortex of the Storm," *New York Times*, Sept. 22, 2015, http：//www. nytimes. com/2015/ 09/23/business/international/volkswagens-chief-in-the-vortex-of-the-storm. html? ＿r＝0.

他曾是足球守门员：Joann Muller, "How Volkswagen Will Rule the World," *Forbes*, May 6, 2013, http：//www. forbes. com/sites/ joannmuller/2013/04/17/volkswagens-mission-to-dominate-global-auto-industry-gets-noticeably-harder/＃120161821ab6.

正如大众汽车后来在法庭文件中承认的那样：Göhmann Rechtsanwälte, In Sachen TILP Rechtsanwälte gegen Volkswagen Aktiengesellschaft (Volkswagen law firm's reply to lawsuit filed on behalf of shareholders), Feb. 29, 2016, p. 46.

2006 年 11 月，……负责软件研发的工程师：In re：Volkswagen "Clean Diesel" Marketing, Sales Practices, and Products Liability Litigation, Amended Consolidated Consumer Class Action Complaint, as filed in U. S. District Court, Northern District of California, San Francisco Division, Sept. 2, 2016, p. 152.

出席会议的最高级别高管：The author's account of this decisive meeting is based on interviews with several sources with firsthand knowledge of the discussion and with people who have seen documents that were presented at the meeting. The meeting and Krebs' involvement are also described in a documentary and article by Norddeutscher Rundfunk, "VW: Zeugenaussagen belasten früheren Leiter der Motorenentwicklung—vorerst keine Beweise gegen damalige Vorstände," April 25, 2016. Other sources include the class action lawsuit in the United States, In re: Volkswagen "Clean Diesel," Amended Consumer Class Action Complaint filed September 2, 2016, 152 – 53, which cites documents available to plaintiff's attorneys but not the public, as well as the California State Teachers' Retirement System et al. v. Volkswagen AG complaint filed in state court in Braunschweig, Germany, June 20, 2016, 40, paragraph 52, which cites a Volkswagen employee who is cooperating with German prosecutors.

报告只有三张幻灯片：The PowerPoint was described to the author by three people who have seen it.

克雷布斯对……持怀疑态度：VW Franchise Dealer Amended and Consolidated Class Action Complaint, 32.

有些人持保留意见：In re: Volkswagen "Clean Diesel," 153.

被发现的几率很小：United States of America v. Volkswagen AG, Plea Agreement, Statement of Facts, January 11, 2017, Exhibit 2 – 14. （The document does not mention Krebs by name but attributes the quote to the head of VW brand engine development, the position that Krebs held.）

目前还没有技术可以：Göhmann Rechtsanwälte, In Sachen TILP Rechtsanwälte gegen Volkswagen Aktiengesellschaft, 50.

当时，该公司支付了 12 万美元："Volkswagen to Pay ＄120,000 to settle complaint by EPA," *The Wall Street Journal*, March 13, 1974, archived by Center for Auto Safety, http://www. autosafety. org/wp-content/

uploads/import/VW%20Defeat%20Device%20%24120%2C00%20fine%203-12-74%20Pr. pdf.

大众汽车支付了 110 万美元的罚金：United States of America v. Volkswagen of America, Consent Decree, United States District Court for the District of Columbia, case 1: 05-cv-01193-GK.

奥迪的工程师们发明了：Lawsuit filed by State of New York, and the New York State Department of Environmental Conservation, by Eric T. Schneiderman, Attorney General of the State of New York v. Volkswagen Aktiengesellschaft d/b/a Volkswagen Group and/or Volkswagen AG; Audi AG; Volkswagen Group of America, Inc. ; Dr. Ing. H. C. F. Porsche AG d/b/a, Porsche AG; and Porsche Cars North America, Inc. , July 19, 2016, retrieved from https://consumermediallc. files. wordpress. com/2016/07/new-york-vw-complaint-7-19. pdf, pp. 21 - 22.

因此，奥迪研发出一款软件：State of New York v. Volkswagen et. al. , 21 - 22, as well as in the complaint filed in Maryland Department of the Environment v. Volkswagen Aktiengesellschaft d/b/a Volkswagen Group and/ or Volkswagen AG; Audi AG; Volkswagen Group of America, Inc. ; Dr. Ing. h. c. f. Porsche AG d/b/a, Porsche AG; and Porsche Cars North America, Inc. , July 19, 2016, 26 - 27. Commonwealth of Massachusetts, v. Volkswagen AG; Audi AG; Volkswagen Group of America, Inc. ; Dr. Ing. H. C. F. Porsche AG, d/b/a Porsche AG; and Porsche Cars North America, Inc. , 22. The German newspaper Handelsblatt reported the existence of the Audi acoustic function (see "Exclusive: VW's Diesel Manipulation Software Originated at Luxury Car Subsidiary Audi, Sources Say," Handelsblatt, April 20, 2016, https://global. handelsblatt. com/breaking/exclusive-vws-diesel-manipulation-software-originated-at-luxury-car-subsidiary-audi-sourcessay），although that article said that the device was not deployed until VW began to install it.

博世宣称，这款新电脑："The Brain of Diesel Injection: New Bosch EDC17 Engine Management System"（Bosch press release），Feb. 2006.

博世新款 EDC17：In re: Volkswagen "Clean Diesel" Marketing, Sales Practices, and Products Liability Litigation, Defendants Volkswagen AG et al. Motion to Dismiss the Consolidated Securities Class Action Complaint; Memorandum of Law in Support Thereof, 28.（In its defense against a suit by shareholders, Volkswagen referred to Bosch's role as producer of the software code as part of its argument that Winterkorn would not have known about the defeat device.）

博世与大众合作密切：In re: Volkswagen "Clean Diesel," Consolidated Consumer Class Action Complaint, 145 – 52.

2008 年 6 月，博世高管：The text of Bosch's letter to Volkswagen asking to be indemnified is quoted verbatim in a complaint filed against Volkswagen on January 3, 2017, in the Landgericht Braunschweig by the law firm Hausfeld Rechtsanwälte on behalf of an anonymous Volkswagen owner, pages 10 – 12. The existence of a disclaimer that would exclude Bosch from liability was alluded to in testimony before the European Parliament. See: Committee of Inquiry into Emission Measurements in the Automotive Sector （EMIS）, Hearing of representatives of Robert BOSCH GmbH, September 15, 2016, 15. https: //polcms. secure. europarl. europa. eu/cmsdata/ upload/161c2028-a174-4776-a20b-5507d4fdb51c/CRE ＿ EMIS ＿ 15% 2009%202016 ＿ EN ＿ redacted. pdf.（A Bosch representative declined to comment in response to a question from a member of Parliament and said he was not aware of any disclaimer.）

"另一条可能的路径"：Text as quoted in Hausfeld complaint against Volkswagen, 10.

负责发动机研发的大众高管：Ibid., 155.

所指的是其他发动机：In re: Volkswagen "Clean Diesel" Marketing, Sales Practices, And Products Liability Litigation, Plaintiffs' Memorandum in Support of Preliminary Approval of the Bosch Class Action Settlement Agreement, January 31, 2017, 13.

大众后来承认：Jack Ewing, "VW Says Emissions Cheating Was Not a One-time Error," *New York Times*, Dec. 10, 2015, http://www. nytimes. com/2015/12/11/business/international/vw-emissions-scandal. html.

2006 年 11 月，大众美国区高管斯图尔特·约翰逊：State of New York v. Volkswagen AG, 30. The relevant passage in the New York complaint reads in full: "He [Johnson] referenced an earlier lawsuit in which heavy-duty engine manufacturers were caught using 'cycle beating strategies [with] timers on them that enacted the injection timing change once the engine was in a mode for a specific length of time' as a 'clear violation of the spirit of the emission regulations and the certification test procedure. ' " The same language is cited in Maryland Department of the Environment v. Volkswagen AG et al. , 35 - 36; and Commonwealth of Massachusetts v. Volkswagen AG et al. , 28 - 29.

几天后，……伦纳德·卡塔：New York v. Volkswagen, 31; Maryland v. Volkswagen, 36 - 37; Massachusetts v. Volkswagen, 29 - 30. According to the complaints, Kata wrote: " In connection with the introduction of future diesel products, there has been considerable discussion recently regarding the identification of Auxiliary Emission Control Devices (AECDs)... The agencies' interest in the identification of AECDs is to determine whether any of these devices can be considered a defeat device. " Kata also wrote, according to the complaints: "EPA also discusses the concept of the existence of a defeat device strategy if a manufacturer's choice of basic design strategy cannot provide the same degree of emission control during both [emissions-test cycle] and [non-emissions-test cycle] operation when compared with other systems available in the industry. "

任何导致汽车: Johnson and Kata did not respond to requests for comment.

"大众同意": State of New York v. Volkswagen AG, 32, Maryland v. Volkswagen, 37; Massachusetts v. Volkswagen, 30. The text quoted in the complaints reads: "VW [*sic*] position regarding 'normal vehicle operation' is that the light-duty vehicle emission test procedures cover normal vehicle operation in customer's hands. [CARB official] Duc Nguyen expects emission control systems to work during conditions outside of the emissions tests. Volkswagen agrees. " According to Alberto Ayala, deputy executive officer of the California Air Resources Board, Volkswagen was told on "multiple occasions" that emissions systems had to function outside the lab (e-mail from Ayala, December 31, 2016).

2007 年，他在旧金山的技术演示会上: Danny Hakim and Jack Ewing, "VW Executive Had a Pivotal Role as Car Maker Struggled with Emissions," *New York Times*, Dec. 21, 2015, http://www. nytimes. com/2015/12/22/business/international/vw-executive-had-a-pivotal-role-as-car-maker-struggled-with-emissions. html.

"加州空气资源委员会一点都不考虑实际情况": "Dr. Wolfgang Hatz talks at German Tecday about CARB and CAFE," DrivingTheNation. com, retrieved from https://www. youtube. com/watch? v =

zThmune955g.

"我们不需要蓝色技术": Mark Stevens, "VW, Audi Will End Joint US Diesel Campaign with D/C," *Automotive News Europe*, Aug. 8, 2007, http: //www. autonews. com/article/20070808/ANE01/70808010/vw-audi-will-end-joint-us-diesel-campaign-with-d/c.

奥迪最终采用的方案是给 Q7 也配备了: Volkswagen Plea Agreement, Exhibit 2-15. In the plea agreement, Volkswagen admits that cars with three-liter diesel motors were equipped with defeat devices designed to help conserve consumption of AdBlue diesel exhaust fluid. See also: State of New York vs. Volkswagen AG et al. (lawsuit filed by New York Attorney General Eric T. Schneiderman), July 19, 2016, 24. See also In re: Volkswagen "Clean Diesel" Marketing, Sales Practices, and Products Liability Litigation, Partial Consent Decree with U. S. government, December 20, 2016, https: // www. epa. gov/sites/production/files/2016-12/documents/30literpartialconse ntdecree. pdf. In the partial consent decree, Audi admits that vehicles with three-liter motors from model years 2009 to 2015 contained defeat devices. Volkswagen on behalf of Audi has agreed to a ＄1 billion settlement covering the three-liter motors. There is a three or four-year lead time from when design decisions are made and the cars come on the market, so it would be logical that decisions made in 2006 would apply to 2009 model cars, which came on the market in late 2008.

温特科恩得知: Ibid.

但文件显示: Ibid. , 24-25.

"急剧的车辆增长": Martin Winterkorn, text of closing remarks to Vienna Motor Symposium, April 25, 2008, as reprinted in "Conference Report: 29th International Vienna Motor Symposium," *MTZextra*, 31.

第十一章 保时捷家族和皮耶希家族

记者们被……训斥：The author is among those who have been scolded.

在大众汽车年度报告中：Volkswagen AG, *Annual Report 2004*, 38.

"保时捷的战略目标"：Anton Hunger and Dieter Landenberger, *Porsche Chronicle*, *1931－2004*（Munich：Piper Verlag, 2008）, 168.

"保时捷针对的是小众市场"：Wendelin Wiedeking, statement to State Court in Stuttgart，Oct. 22, 2015, p. 1（not publicly available）.

两人开始在管理会议上激烈争吵：Ibid., 10.

魏德金对……不屑一顾：Dietmar H. Lamparter, "Macht ist ihm wichtiger als Geld: Warum sich VW-Aufsichtsrat Ferdinand Piëch gegen Porsche und damit gegen die eigene Familie stellt," *Die Zeit*, Sept. 18, 2008, http://www. zeit. de/2008/39/Piech-Porsche.

德国《时代周刊》影响力非凡：Ibid.

"一位普通的经理"：Piëch used the German word *Angestellter*, meaning a salaried employee. The word implies ordinariness.

2007 年 10 月 23 日：European Commission press release No. 74/07, Judgment of the Court of Justice in Case C-112/05, Commission of the European Communities v Federal Republic of Germany, *The Volkswagen Law Restricts the Free Movement of Capital*, Oct. 23, 2007.

魏德金后来形容说当时的气氛：Wiedeking, court statement, 14.

魏德金后来坚称：Ibid., 15－16.

直到 2008 年 9 月 16 日：Porsche SE, *Annual Report* 2007/2008, 18.

尽管金融市场动荡加剧：Transcript of testimony before Stuttgart State Court on Jan. 15, 2016（not publicly available）.

大众股价跌得越厉害：U. S. Court of Appeals for the Second Circuit, Parkcentral Global Hub Limited, et al. v. Porsche Automobile Holdings SE, F/K/A Dr. Ing. H. C. F. Porsche AG, Wendelin Wiedeking, Holger P. Härter, Aug. 15, 2014.

例如，10 月 21 日上午 8 时 41 分，枫叶银行：Indictment of Wendelin Wiedeking and Holger Härter by Stuttgart state's attorney (not publicly available).

1 700 万股期权的执行价：Transcript of final argument by Heiko Wagenpfeil, Stuttgart state's attorney, in trial of Wendelin Wiedeking and Holger Härter, Feb. 18, 2016 (not publicly available).

"保时捷……决定宣布这一消息"：Porsche Automobil Holding SE, "Porsche Heads for Domination Agreement, Interest in Volkswagen Increased to 42. 6 Percent" (news release), http://www. porsche-se. com/pho/en/press/newsarchive2008/? pool = pho%20%20 & id = 2008-10-26.

另一位……是德国亿万富翁阿道夫·默克：Carter Dougherty, "Town Mourns Typical Businessman Who Took Atypical Risks," *New York Times*, Jan. 12, 2009, http://www. nytimes. com/2009/01/13/business/worldbusiness/13merckle. html? _ r = 0.

"保时捷的神话永生不朽"： "Wendeling Wiedeking: Tränen beim Abschied," *Süddeutsche Zeitung*, May 17, 2010, http://www. sueddeutsche. de/wirtschaft/wendelin-wiedeking-traenen-beim-abschied-1. 168179.

法学院教授理查德·佩因特：Interview with Richard W. Painter, Feb. 2, 2016.

这笔交易 "是为了满足"：Anne Kvam and Ola Peter Krohn Gjessing, Norges Bank Investment Management, letter to Ferdinand Piëch and members of the Volkswagen supervisory board, Oct. 7, 2009, http://www. nbim.

no/globalassets/documents/news/2009/2009-10-07 _ nbim _ letter _
volkswagen. pdf.

第十二章　清洁柴油

绿色营销吹响了号角：In re：Volkswagen "Clean Diesel" Marketing，
Sales Practices， and Products Liability Litigation， Amended Consolidated
Consumer Class Action Complaint，U. S. District Court，Northern District
of California，San Francisco Division，Aug. 16，2016，pp. 166 - 82.

辛西娅·麦基在美国马里兰州：E-mail from Cynthia Mackey，Nov.
9，2015.

大众汽车的消费者大多：In re：Volkswagen "Clean Diesel," 6 - 125.

"选清洁柴油车绝对没错"：Ibid.，49.

TDI 废气干净到"几乎"：Ibid.，34.

例如，2010 年，大众宣传册：Ibid.，175.

托尼·杰尔曼是……卫生保健官员：Interview with Tony German，
Sept. 21，2015.

关闭了匹兹堡……的一家工厂：John Holusha，"Volkswagen to Shut
U. S. Plant," *New York Times*，Nov. 21，1987，http：//www. nytimes.
com/1987/11/21/business/volkswagen-to-shut-us-plant. html.

"汽车工厂就是经济发展的聚宝盆"：Jack Ewing，"Investing in
America：Volkswagen Rolls the Dice on Tennessee," *BusinessWeek*， as
reprinted in *Spiegel Online*，Dec. 11，2008，http：//www. spiegel. de/
international/business/investing-in-america-volkswagen-rolls-the-dice-on-
tennessee-a-595770. html.

他曾七次到访美国：Declaration of Martin Winterkorn，U. S. Judicial

Panel on Multidistrict Litigation, In re: Volkswagen "Clean Diesel" Marketing, Sales Practices, and Products Liability Litigation, MDL No. 2672, Document 1707-1, filed Aug. 1, 2016.

这一比例要高得多：Volkswagen PowerPoint presentation, "TDI: U. S. Market Success," March 2015.

柴油车更有利可图：VW Franchise Dealer Amended and Consolidated Class Action Complaint, Case No. 02672-CRB (JSC), Sept. 30, 2016, p. 69.

在查塔努加工厂的落成典礼上："Volkswagen Inaugurates New Plant at Chattanooga/U. S." (Volkswagen press release), May 24, 2011, http://www. volkswagenag. com/content/vwcorp/info _ center/en/themes/2011/05/Volkswagen _ inaugurates _ new _ plant _ at _ Chattanooga _ U _ S _ . html.

战略核心目标是：Volkswagen AG, *Annual Report 2009* (online version), http://annualreport2009. volkswagenag. com/managementreport/reportonexpecteddevelopments/strategy/strategy2018. html.

该守则承认有责任：The Volkswagen Group Code of Conduct, http://en. volkswagen. com/content/medialib/vwd4/de/Volkswagen/Nachhaltigkeit/service/download/corporate _ governance/Code _ of _ Conduct/ _ jcr _ content/renditions/rendition. file/the-volkswagen-group-code-of-conduct. pdf, p. 4.

"延伸目标非常有用"：Interview with David Bach, June 17, 2016.

大众工程师又一次选择步奥迪后尘：In re: Volkswagen "Clean Diesel" Marketing, Sales Practices, and Products Liability Litigation, Partial Consent Decree, December 20, 2016, 3.

诺伊斯让工程师：Volkswagen Plea Agreement, Exhibit 2-18, 2-19.

Also: United States v. Richard Dorenkamp, Heinz-Jakob Neusser et al. , Second Superseding Indictment, January 11, 2017, 19 - 21.

"由于先进的工程技术": Heinz-Jakob Neusser, Jörn Kahrstedt, Richard Dorenkamp, and Hanno Jelden, "The Euro 6 Engines in the Modular Diesel Engine System of Volkswagen," *MTZ—Motortechnische Zeitschrift*, June. 2016, pp. 4 - 10.

"我一直在痛骂他们": Interview with Bob Lutz, March 14, 2016.

"他们说:'但是我们是清白的!'": Jack Ewing and Graham Bowley, "The Engineering of Volkswagen's Aggressive Ambition," *New York Times*, Dec. 13, 2015.

"它不会吱呀作响": "IAA 2011 Hyundai New Generation i30 and Martin Winterkorn," YouTube, Sept. 15, 2011, https://www. youtube. com/ watch? v = YpPNVSQmR5c.

"这位聪明的女性取得的成就": Mark Christian Schneider, "Die Piëchs bei der VW-Party: Szenen einer fast normalen Ehe," *Handelsblatt*, Oct. 1, 2010, http://www. handelsblatt. com/unternehmen/industrie/die-piechs-bei-der-vw-party-szenen-einer-fast-normalen-ehe-seite-2/3552522-2. html.

生产了数百万发动机: Audi presentation reproduced by *Handelsblatt* online, http://www. handelsblatt. com/images/auszug-aus-einer-audi-praesentation/ 123 53470/4-formatOriginal. png.

大众汽车不仅在……中安装了减效装置: In re: Volkswagen "Clean Diesel," Partial Consent Decree with U. S. government, September 30, 2016, 2 - 3; Partial Consent Decree with U. S. government, December 20, 2016, 3. https://www. epa. gov/enforcement/30l-second-partial-and-20l-partial-and-amended-consent-decree.

该公司还对车载诊断系统进行编程: In re: Volkswagen "Clean

Diesel," Consolidated Consumer Class Action Complaint, September 2, 2016, 156.

第十三章　执法者　二

大量科学证据表明：　"Nitrogen Dioxide（NO2）Pollution," EPA website, https：//www. epa. gov/no2-pollution.

当人们吸入这种气体时，二氧化氮：Environmental Protection Agency, "Integrated Science Assessment for Oxides of Nitrogen – Health Criteria," Jan. 2016, lxxxvii, 1 – 6 to 1 – 36.

研究发现：EPA, "Integrated Science Assessment."

雾霾同样会导致哮喘：　"Ozone Basics," EPA website, https：// www. epa. gov/ozone-pollution/ozone-basics♯effects.

加剧全球气候变暖：National Aeronautics and Space Administration, Goddard Institute for Space Studies, "Tango in the Atmosphere：Ozone and Climate Change," http：//www. giss. nasa. gov/research/features/200402 _ tango/.

一氧化二氮对气候的影响是等量："Overview of Greenhouse Gases," EPA website, https：//www. epa. gov/ghgemissions/overview-greenhouse-gases♯nitrous-oxide.

排气管排放的污染物占：EPA, "Integrated Science Assessment," 1 – 7 and 1 – 48.

空气污染导致了：European Commission Impact Assessment, "Communication from the Commission to the Council, the European Parliament, the European Economic and Social Committee and the Committee of the Regions—A Clean Air Programme for Europe," 2013 , pp. 10, 105.

在其职业生涯早期：Axel Friedrich，Volkhard Möcker，and Karl G. Tempel，*Was sie schon immer über Luftreinhaltung wissen wollten*（Berlin：Bundesminister der Innern，1983）.

2003 年，弗里德里希领导的部门发布：Umweltbundesamt，"Sachstandspapier：Erhöhte NO$_x$-Emissionen von EURO 2-Lkw，" https：//www. umweltbundesamt. de/sites/default/files/medien/publikation/long/3590. pdf.

德国杂志《明星周刊》称：Dirk Vincken，"Axel Friedrich：Schadstoff-Ritter in der Abstellkammer，" *Stern*，Dec. 7，2007，http：//www. stern. de/auto/service/axel-friedrich-schadstoff-ritter-in-der-abstellkammer- 3221498. html.

"我是个输不起的人"：Interview with Axel Friedrich，April 13，2016.

汽车是德国出口份额最大的产品：Statistisches Bundesamt，"Wichtigstes deutsches Exportgut 2015：Kraftfahrzeuge，" https：//www. destatis. de/DE/ZahlenFakten/GesamtwirtschaftUmwelt/Aussenhandel/Handelswaren/Aktuell. Html.

整个行业约有 80 万工人：Verband der Autoindustrie，"Zahlen und Daten，" https：//www. vda. de/de/services/zahlen-und-daten/zahlen-und-daten-uebersicht. html.

魏斯曼直接称呼默克尔：Letter from Matthias Wissmann to Angela Merkel，May 8，2013. Reproduced at https：//www. greenpeace. de/sites/www. greenpeace. de/files/publications/20130508-vda-brief-merkel. pdf.

西格马尔·加布里埃尔被投票下台后：Florian Harms，"Politiker-Gehälteraffäre：Auch Sigmar Gabriel stand geschäftlich in Beziehung zu VW，" *Der Spiegel*，Feb. 3，2005，http：//www. spiegel. de/politik/deutschland/

politiker-gehaelteraffaere-auch-sigmar-gabriel-stand-geschaeftlich-in-beziehung-zu-vw-a-340083. html.

魏斯曼代表汽车行业给默克尔：Matthias Wissmann, Verband der Automobilindustrie, letter to Chancellor Angela Merkel, May 8, 2013.

"我们试图做好"：Interview with John German, Sept. 2, 2016.

第十四章　在路上

卡尔德让赫门特·卡普潘纳为：Interview with Hemanth Kappanna, June 30, 2016.

"我们从没想过与任何人为敌"：Interview with Dan Carder, June 30, 2016.

该州拥有2 500万辆汽车："History of Air Resources Board," CARB website, http：//www. arb. ca. gov/knowzone/history. htm.

10个城市中有6个：　"Most Polluted Cities," American Lung Association website, http：//www. lung. org/our-initiatives/healthy-air/sota/city-rankings/most-polluted-cities. html.

阿尔贝托·阿亚拉是……的负责人：Interview with Alberto Ayala, Oct. 10, 2015.

阿亚拉拥有……的博士学位：　"Alberto Ayala Deputy Executive Officer California Air Resources Board," CARB website, https：//www. arb. ca. gov/html/org/eo-bios/bios/alberto-ayala. htm.

阿里·哈根斯米特是荷兰："History of Air Resources Board."

"那时候我们就应该洞察一切的"：Interview with Dan Carder, May 24, 2016.

贝施曾在瑞士比尔市：Interview with Marc Besch, May 24, 2016.

蒂鲁文加丹……获得机械工程学士学位：Curriculum vitae, Arvind Thiruvengadam, Research Assistant Professor, West Virginia University.

格雷格·汤普森十分满意：Interview with Gregory J. Thompson, May 24, 2016.

一篇长达 117 页的研究论文：Gregory J. Thompson, Daniel K. Carder, Marc C. Besch, Arvind Thiruvengadam, Hemanth K. Kappanna, "In-Use Emissions Testing of Light-Duty Diesel Vehicles in the United States," Center for Alternative Fuels, Engines & Emissions, Department of Mechanical & Aerospace Engineering, West Virginia University, May 15, 2014.

至少有一个人已经在怀疑：Interview with John German, Sept. 2, 2016.

纷纷索要研究报告的副本：State of New York v. Volkswagen AG et al. (lawsuit filed by New York Attorney General Eric T. Schneiderman), July 19, 2016, https://consumermediallc. files. wordpress. com/2016/07/new-york-vw-complaint-7-19. pdf, p. 36. Also: State of Maryland v. Volkswagen, 43; Commonwealth of Massachusetts v. Volkswagen, 34.

第十五章 暴 露

直接向温特科恩报告工作：Declaration of Martin Winterkorn, filed as an exhibit in Winterkorn's Motion to Dismiss the Consolidated Securities Class Action Complaint, August 1, 2016.

戈特维斯是第一批：State of New York v. Volkswagen AG et al. (lawsuit filed by New York Attorney General Eric T. Schneiderman), July 19, 2016, https://consumermediallc. files. wordpress. com/2016/07/

new-york-vw-complaint-7-19. pdf, p. 36.

包含在……信息包中：Cover letter from Frank Tuch, head of group quality assurance, to Martin Winterkorn, May 23, 2014, filed as an exhibit in Volkswagen's Motion to Dismiss the Consolidated Securities Class Action Complaint, August 1, 2016. The report that Gottweis wrote will be referred to below as the "Gottweis memo."

"大众无法向当局彻底解释"：Bernd Gottweis, "Notiz an Herrn Tuch," May 23, 2014（memo to Frank Tuch, Volkswagen head of quality control, which Tuch forwarded to Winterkorn on May 23, 2014）. Translation was provided by Volkswagen in the course of court proceedings.

没有证据证明温特科恩阅读过此文件：In re: Volkswagen "Clean Diesel," Motion to Dismiss the Consolidated Securities Class Action Complaint, August 1, 2016, 32.

根据一份多方证实的文件……与会者：In Re: Volkswagen "Clean Diesel," Amended Consolidated Consumer Class Action Complaint, September 2, 2016, 164 – 65；http：//www. wsj. com/articles/volkswagen-robert-bosch-met-in-2014-to-discuss-emissions-software-suit-says-1473370004（refers to "the meeting agenda"）；https：//www. ft. com/content/6e0ec870-798e-11e6-97ae-647294649b28（refers to "notes from a May 2014 meeting"）.

对柴油发动机的一般性讨论：In re: Volkswagen "Clean Diesel," Plaintiffs' Memorandum in Support of the Bosch Class Action Settlement Agreement, 13.

这些建议都被否决了：Jack Ewing, "VW Presentation in '06 Showed How to Foil Emissions Tests," *New York Times*, April 26, 2016, http：// www. nytimes. com/2016/04/27/business/international/vw-presentationin-06-showed-how-to-foil-emissions-tests. html. The information in the article was based on two sources who attended meetings where the proposals were discussed，but who insisted on anonymity.

大众便准备了内部报告：Kayhan Özgenc and，Jan Wehmeyer，"Skandal-Akte VW：Die ganze Wahrheit über den Abgas-Betrug," *Bild am Sonntag*，February 14，2016. The author has reviewed the documents upon which the *Bild* report is based.

排放事件是技术问题：Göhmann Rechtsanwälte, In Sachen TILP Rechtsanwälte gegen Volkswagen Aktiengesellschaft，56 – 57. The author has also reviewed Volkswagen internal documents from the period in question.

"首先我们要决定"：United States v. Oliver Schmidt, Criminal Complaint，Affidavit by Ian M. Dinsmore，FBI special agent，December 30，2016，pages 11 – 12.

6月，大众悄悄修改了：State of New York v. Volkswagen AG，39. Also：State of Maryland v. Volkswagen，47；Commonwealth of Massachusetts v. Volkswagen，37. The change to the application for certification was confirmed by Alberto Ayala, deputy executive officer of CARB（e-mail from Ayala，January 5，2017）.

"重要理由拒绝购买"：State of New York v. Volkswagen AG，39 – 40；State of Maryland v. Volkswagen，47；Commonwealth of Massachusetts v. Volkswagen，37. See also：Göhmann Rechtsanwälte, In Sachen TILP Rechtsanwälte gegen Volkswagen Aktiengesellschaft，49，a brief filed on behalf of Volkswagen in response to a lawsuit by shareholders in Germany. The brief notes that one purpose of the defeat device was to allow reduced consumption of the urea solution.

即使尿素消耗量增加：Gottweis memo. Volkswagen was never able to

find a technical solution for the vehicles with illegal software that brought all of the cars into compliance with U. S. standards.

加州空气资源委员会的官员表示：Interview with Stanley Young, CARB spokesman, July 5, 2016.

那是一间普通的会议室：Based on author's observations during a tour of the offices and labs on Oct. 11, 2016.

大众虽多次重申，但这些解释在官员们：State of New York v. Volkswagen AG, 42.

软件更新将"优化"：Volkswagen of America recall notice, April 2015, reproduced in In re: Volkswagen "Clean Diesel," Volkswagen-Branded Franchise Dealer Amended and Consolidated Class Action Complaint, September 30, 2016, 50. (The recall notice is reproduced in the complaint.)

汽车召回将解决……排放超标问题：Letter from CARB to Volkswagen AG, Audi AG and Volkswagen of America Re: Admission of Defeat Device and California Air Resources Board requests, September 18, 2015. https://www. arb. ca. gov/newsrel/in _ use _ compliance _ letter. pdf. The letter retroactively revoked approval for the recall based on CARB's conclusion that the recall did not fix the emissions problem. See also Gottweis memo, discussed above at page 176.

大众告知加州空气资源委员会官员：Ibid. , 41 - 43.

"大众承诺的环境保护"：Volkswagen of America recall notice, April 2015.

更新了 28 万辆汽车的软件：Göhmann Rechtsanwälte, In Sachen TILP Rechtsanwälte gegen Volkswagen Aktiengesellschaft (Volkswagen law firm's reply to lawsuit filed on behalf of shareholders), Feb. 29, 2016, p. 53.

但软件升级还是保留了非法代码：United States of America v. James

Robert Liang，6.

事实上，大众厚颜无耻地利用：The flash action added functionality that caused the cars to go into good behavior mode when the wheels were moving but the steering wheel remained stationary，as would be the case during a lab test on rollers. E-mail from Felix Domke，software expert who analyzed the Volkswagen engine computer before and after the recall，April 20，2016. His conclusion was reported by German media，for example：http：//www. ndr. de/der _ ndr/presse/mitteilungen/Der-zweite-Betrug-VW-Mitarbeiter-erweiterten-illegale-Abschaltvorrichtung-offenbar-noch-2015，pressemeldungn dr16946. html.

方向盘保持不变时：Ibid.

事实上，2014 年年底，奥迪自行进行了：State of New York v. Volkswagen AG，43 - 44；State of Maryland v. Volkswagen，53；Commonwealth of Massachusetts v. Volkswagen，41. E-mail from Alberto Ayala，January 3，2017.

"我们听到各种各样的解释"：E-mail from Alberto Ayala，January 3，2017.

大众汽车召回完成后：Ibid.，44 - 45.

工程师担心最新一轮的：State of New York v. Volkswagen AG，45；State of Maryland v. Volkswagen，55；Commonwealth of Massachusetts v. Volkswagen，42. See also：United States of America v. James Robert Liang，grand jury indictment，June 1，2016，21. The German engineer's comment is translated in the indictment as，"We need a story for the situation！" The anecdote is also recounted in：Aruna Viswanatha and Mike Spector，"VW Emissions Cheating Ran Deep and Wide，State Alleges，" *Wall Street Journal*，July 19，2016.

地毯式审查：In re：Volkswagen "Clean Diesel," Volkswagen-Branded Franchise Dealer complaint，34 – 35.

"请注意，……行为不同寻常"：State of New York v. Volkswagen AG，46.

第十六章　皮耶希的没落

"我正与温特科恩保持距离"：Dietmar Hawranek，"Aufsichtsräte attackieren VW-Boss 'Ich bin auf Distanz zu Winterkorn,'" *Spiegel Online*，April 10，2015.

"曾是"这个职位的最佳人选：Stefan Anker，"Ferdinand Piëch attackiert Porsche-Chef Wiedeking," *Welt*，Nov. 17，2011，https：//www. welt. de/wirtschaft/article3723072/Ferdinand-Piech-attackiert-Porsche-Chef-Wiedeking. html.

"最成功的汽车经理"：Volkswagen Konzernbetriebsrat，Statement von Bernd Osterloh，April 10，2015.

该公司上半年的利润率：Volkswagen AG，*Half-Yearly Financial Report January – June 2015*，p. 21.

如果皮耶希……意识到排放问题："Piëch sprach Winterkorn im März 2015 auf Abgasermittlung an," *Bild*，Aug. 28，2016，http：//www. bild. de/geld/aktuelles/wirtschaft/bams-piech-sprach-winterkorn-im-maerz-2015-47538026. bild. html.

一些德国新闻媒体：David Böcking，"Piëch vs. Winterkorn：Zukunft im Zeichen der Guillotine," *Spiegel Online*，April 13，2015，http：//www. spiegel. de/wirtschaft/unternehmen/ferdinand-piech-vs-martin-winterkorn-was-wird-aus-vw-a-1028296. html.

她的现身引发热议：Markus Voss，"Erstaunliches Comeback：Der Alte ist zurück! Wieviel Piëch steckt jetzt wieder in Volkswagen?，" *FOCUS-Online*，Sept. 28，2015，http：//www. focus. de/finanzen/boerse/aktien/gut-getimtes-comeback-der-alte-ist-zurueck-wieviel-piech-steckt-jetzt-wieder-in-volkswagen_id_4977616. html.

"说……也毫不夸张"：Jack Ewing，"Volkswagen's Chairman, Ferdinand Piëch, Is Ousted in Power Struggle，" *New York Times*，April 25，2015，http：//www. nytimes. com/2015/04/26/business/international/volkswagens-chairman-ferdinand-piech-is-ousted-in-power-struggle. html.

大众及相关品牌：European Automobile Manufacturers Association，"New Passenger Car Registrations in the European Union，" June 16，2015，http：//www. acea. be/uploads/press_releases_files/20150616_PRPC_1505_FINAL. pdf.

第十七章　招　认

2015 年 6 月，……委员会测试了 2012 年款帕萨特：State of New York v. Volkswagen AG et al. (lawsuit filed by New York Attorney General Eric T. Schneiderman)，July 19，2016，https：//consumermediallc. files. wordpress. com/2016/07/new-york-vw-complaint-7-19. pdf, pp. 45 – 46.

"我们必须阻止"：United States of America v. James Robert Liang, grand jury indictment，21.

一般认为这两人均在霍恩的通知名单之列：State of New York v. Volkswagen AG，46，State of Maryland v. Volkswagen，57；Commonwealth of Massachusetts v. Volkswagen，44.

没有证据表明霍恩知晓：In re：Volkswagen "Clean Diesel" Marketing,

Defendants Motion to Dismiss, 37. In testimony before Congress, Horn said he was told in the spring of 2014 about "a possible emissions non-compliance," but that he was assured engineers were working with regulators to resolve the issue. See Testimony of Michael Horn, President and CEO of Volkswagen Group of America, Inc. Before the House Committee on Energy and Commerce Subcommittee on Oversight and Investigations October 8, 2015.

委员会将结论整理到备忘录中："Notiz an Herrn Tuch, Q2 2015 TREAD Meeting am 21. 07. 2015" (Volkswagen internal memo).

绝对可能知晓：Göhmann Rechtsanwälte, In Sachen TILP Rechtsanwälte gegen Volkswagen Aktiengesellschaft, 63.

温特科恩未在会议上得知此事：Ibid.

温特科恩后来发誓说：Alison Smale and Jack Ewing, "Ex-Chief of V. W., Testifying in Germany, Stands His Ground on Emissions Deception," Martin Winterkorn testimony to Bundestag Untersuch-ungsausschuss zur VW-Abgasaffäre (Parliamentary Investigative Committee on the Volkswagen Emissions Affair), January 19, 2017.

大众内部律师科尼利厄斯·伦肯：Göhmann Rechtsanwälte, In Sachen TILP Rechtsanwälte gegen Volkswagen Aktiengesellschaft, 55.

报 告 还 指 出，…… 环 保 局：Kirkland & Ellis LLP, memo to Volkswagen, "Re: Emissions Control and Onboard Diagnostics Compliance Issues—Regulatory Overview," Aug. 6, 2015.

这就是大众高管得到的回复：Göhmann Rechtsanwälte, In Sachen TILP Rechtsanwälte gegen Volkswagen Aktiengesellschaft, 7 - 8.

现代起亚的情况就是如此：United States of America; California Air Resources vs. Hyundai Motor Company; Hyundai Motor America; Kia Motors Corporation; Kia Motors America; Hyundai America Technical

Center, Inc. , Consent Decree, Nov. 3, 2014, p. 4.

2008 年，大众曾宣誓：United States of America v. James Robert Liang, grand jury indictment，2 - 3.

詹姆斯·罗伯特·梁自 1983 年起：United States of America v. James Robert Liang, plea agreement.

西弗吉尼亚大学的研究出炉后：United States of America v. James Robert Liang, plea agreement，6 - 7.

8 月初，两人向：State of New York v. Volkswagen AG，47.

施密特和约翰逊……便要求会见：Interview with Alberto Ayala, October 10，2016.

大众提供的信息毫无意义：Ibid.

阿亚拉没有告知大众任何人：E-mail from Alberto Ayala, Oct. 17，2016.

他们承诺对旧车型进行第二次召回：State of New York v. Volkswagen AG，48 - 49.

不用说，委员会依旧拒绝：Göhmann Rechtsanwälte, In Sachen TILP Rechtsanwälte gegen Volkswagen Aktiengesellschaft，58.

那天，约翰逊向阿亚拉承认：Ayala interview, October 10，2016.

罔顾上级命令：Volkswagen Plea Agreement, Exhibit 2 - 24.

删除……所有相关信息：Volkswagen Plea Agreement, Exhibit 2 - 29，2 - 30.

大众和奥迪的四十名员工：Ibid.

高管们觉得他们能：Göhmann Rechtsanwälte, In Sachen TILP Rechtsanwälte gegen Volkswagen Aktiengesellschaft，7. See also Stuart Johnson e-mail to Cornelius Renken (Volkswagen in-house counsel) re：EPA Notice of Enforcement, January 19，2016.

他们谎话连篇：Ayala interview, October 10, 2016.

大众辩称，在汽车行业：Ibid., 53 - 59.

"在 2015 年 9 月 3 日的会议上"：Memo to Martin Winterkorn from W. Zimmermann, Sept, 4, 2015.

第十八章　大众帝国

球类室内体育馆位于：The author attended the event and recorded it. Translations are his own.

几天前，……穆勒向一家汽车杂志："Porsche-Chef Müller im Interview: Hybrid—Die neue Porsche-Strategie?," *Auto*, *Motor und Sport*, 14 Sept. 2015, http://www. auto-motor-und-sport. de/news/porsche-chef-mueller-interview-hybrid-strategie-9968044. html.

大众是唯一一家拒绝加入：Interview with Mary Nichols, chairwoman of CARB, Oct. 10, 2016. See http://www. pevcollaborative. org/membership.

在中国，大众汽车销量远超："China: The Second Home Market of the Volkswagen Group" slide presentation by Carsten Isensee, executive vice president finance, Volkswagen Group China, Hong Kong, Nov. 24 - 25 2014, http://www. volkswagenag. com/content/vwcorp/info _ center/en/talks _ and _ presentations/2015/01/China _ Pres. bin. html/binarystorageitem/file/2014-11-24 + HSBC + Roadshow. pdf.

大众的销售额下降了 2.5%："Marke Volkswagen Pkw verkauft 4, 35 Millionen Fahrzeuge per September, Oct. 16, 2015," Volkswagen press release, http://www. volkswagenag. com/content/vwcorp/info _ center/de/news/2015/10/Aak _ VW _ Brand. html.

毫无疑问，这份新闻稿："EPA, California Notify Volkswagen of Clean Air Act Violations / Carmaker allegedly used software that circumvents emissions testing for certain air pollutants," EPA press release, Sept. 18, 2015, https://www. epa. gov/newsreleases/epa-california-notify-volkswagen-clean-air-act-violations-carmaker-allegedly-used.

现年六十七岁的伊丽莎白·汉斯通：Telephone interview with Humstone, Oct. 17, 2015.

许多大众车主表示：Volkswagen boasted that real world mileage was better than the EPA ratings in a presentation in March 2015 titled "TDI: U. S. Market Success." The presentation cited testing by Consumer Reports as well as an auto blogger who said he got 50 mpg with his Passat.

选择性催化还原系统的价格：Francisco Posada Sanchez, Anup Bandivadekar, and John German, "Estimated Cost of Emission Reduction Technologies for Light-Duty Vehicles," International Council on Clean Transportation, March 2012, http://www. theicct. org/sites/default/files/publications/ICCT_LDVcostsreport_2012. pdf, pp. 60–64.

"我在想，美国哪些地区"：Interview with Dan Carder, May 24, 2016.

第十九章 后 果

"汽车展上笼罩着"：Interview with Matthias Wissmann, April 13, 2016.

9月22日，大众承认："Volkswagen AG informiert"（news release）September 22, 2015, https://www. volkswagenag. com/en/news/2015/9/Ad_hoc_US. html.

"身为首席执行官，我会对"：Volkswagen AG, "Statement by Prof. Dr. Winterkorn," Sept. 23, 2015, http：//media. vw. com/release/1070/.

他的辞职是"商业战略"：Volkswagen AG, "The Volkswagen Group Is Restructuring：Supervisory Board Passes Resolutions for New Organization," Sept. 25, 2015, http：//www. volkswagenag. com/content/vwcorp/info _ center/en/news/2015/09/organization. html.

八封杂志《彩色》称："Das Aufregende Leben des Neuen VW-Chefs," *Bunte*, Oct. 5, 2015.

他曾接受《南德意志报》采访："Porsche Chef Matthias Müller：Wir Haben Verantwortung," *Süddeutsche Zeitung*, Sept. 5, 2015, http：//www. sueddeutsche. de/wirtschaft/porsche-chef-matthias-mueller-wir-haben-verantwortung-1. 2635475.

"我绝不会干涉"：Matthias Müller, speech to Volkswagen managers in Leipzig, Oct. 15, 2015.

"我非常尊重"：Danny Hakim and Jack Ewing, "Matthias Müller, in the Driver's Seat at Volkswagen," *New York Times*, Oct. 1, 2015, http：//www. nytimes. com/2015/10/02/business/international/matthias-muller-in-the-drivers-seat-at-volkswagen. html.

"我谨代表公司"：Michael Horn, testimony before the House Committee on Energy and Commerce, Subcommittee on Oversight and Investigations, Oct. 8, 2015.

"据我所知，只有少数"：Matthias Müller, interview with *Frankfurt Allgemeine Zeitung*, Oct. 6, 2015 (print edition only).

详尽彻底，独立自主："Erklärung des Präsidiums des Aufsichtsrats der Volkswagen AG zur Sitzung am 30. September 2015" (news release), Oct.

1，2015，http：//www. volkswagenag. com/content/vwcorp/info _ center/de/news/2015/10/AR. html.

环保局发布了另一份违规通知：United States Environmental Protection Agency，Notice of Violation，Nov. 2，2105，https：//www. epa. gov/sites/production/files/2015-10/documents/vw-nov-caa-09-18-15. pdf.

到了 11 月，大众品牌的汽车："Volkswagen of America Reports November Sales"（Volkswagen news release），http：//media. vw. com/doc/1684/volkswagen _ of _ america _ reports _ november _ sales-november _ 2015 _ sales _ release-1950388522565dbe450fe08. pdf.

"大众提供 500 美元"：E-mail from Elizabeth Humstone，Nov. 9，2015.

"很多事情不得不为其让步"：Matthias Müller，conference call with analysts and journalists，Oct. 28，2015.

"我们认为，如此严重的欺诈行为"："Fitch Downgrades Volkswagen to 'BBB +'；Outlook Negative," *Fitch Ratings*，Nov. 9，2015，https：//www. fitchratings. com/site/pr/993669.

"经销商的贷款"：Moody's Investors Service，"Credit Opinion：Volkswagen Bank GmbH," March 1，2016，https：//www. moodys. com/research/Moodys-concludes-review-on-European-captive-auto-finance-institutions—PR _ 262157.

"我感觉受到背叛"：Interview with Mark Winnett，Jan. 19，2016.

大众汽车不得不向投资者支付：Frank Fiedler，chief financial officer of Volkswagen Financial Services，reply to written questions from author，Jan. 22 ，2016.

11 月，大众表示将削减：Jack Ewing and Jad Mouawad，"VW Cuts Its

R. &D. Budget in Face of Costly Emissions Scandal," *New York Times*, Nov. 20, 2015, http：//www. nytimes. com/2015/11/21/business/international/volkswagen-emissions-scandal. html.

最后一辆辉腾： "Gläserne Manufaktur wird neu ausgerichtet: Schaufenster für Elektromobilität und Digitalisierung entsteht" (Volkswagen news release), March 18, 2016, https：//www. volkswagen-media-services. com/detailpage/-/detail/Glserne-Manufaktur-wird-neu-ausgerichtet-Schaufenster-fr-Elektromobilitt-und-Digitalisierung-entsteht/view/3297765/7a5bbec13158 edd433c6630f5ac445da? p_p_auth=dbJ9ifiy.

大众指出，450 名： "Volkswagen Making Good Progress with Its Investigation, Technical Solutions, and Group Realignment" (Volkswagen news release), Dec. 10, 2015, http：//www. volkswagenag. com/content/vwcorp/info_center/en/news/2015/12/VW_PK. html.

第二十章　正　义

萨莉·奎利安·耶茨：Sally Quillan Yates, "Individual Accountability for Corporate Wrongdoing," memo to assistant attorneys general and the director of the Federal Bureau of Investigation, Sept. 9, 2015, https：//www. justice. gov/dag/file/769036/download.

"美国努力了解"：United States of America vs. Volkswagen AG, U. S. District Court for the Eastern District of Michigan, Jan. 4, 2016 , p. 18.

2015 年 12 月中旬，针对：U. S. Judicial Panel on Multidistrict Litigation, In re: Volkswagen "Clean Diesel" Marketing, Sales Practices, and Products Liability Litigation, MDL No. 2672, Transfer Order, Dec. 8,

2015，p. 1.

菲利克斯·多姆克自称是一名黑客：E-mail exchanges with Felix Domke，Feb. to June 2016.

多姆克分析该发动机软件如何：Daniel Lange and Felix Domke，"The Exhaust Emissions Scandal（'Dieselgate'），" Chaos Communication Congress，Dec. 27，2015，https：//www. youtube. com/watch? v = xZSU1FPDiao.

由"某个工程"背负全部责任：Interview with Daniel Lange，Feb. 16，2016.

"我们知道，我们让……深感失望"："Matthias Müller：'The USA Is and Remains a Core Market for the Volkswagen Group'"（Volkswagen news release），Jan. 11，2016，http：//media. vw. com/release/1129/.

"那只是技术问题"：Sonari Glinton，"'We Didn't Lie，' Volkswagen CEO Says of Emissions Scandal，" National Public Radio website，Jan. 11，2016， http：//www. npr. org/sections/thetwo-way/2016/01/11/462682378/we-didnt-lie-volkswagen-ceo-says-of-emissions-scandal.

"我必须要为昨晚的事情道歉"：Ibid.

"对于大众，我们已经耗尽耐心"：Danny Hakim and Jack Ewing，"VW Refuses to Give American States Documents in Emissions Inquiries，" *New York Times*，Jan. 8，2016，http：//www. nytimes. com/2016/01/09/business/vw-refuses-to-give-us-states-documents-in-emissions-inquiries. html.

联邦上诉法院裁定：Parkcentral Global Hub Limited et al. vs. Porsche Automobile Holdings SE，f/k/a Dr. Ing. H. C. F. Porsche AG，Wendelin Wiedeking，Holger P. Härter，U. S. Court of Appeals for the Second Circuit，Aug. 15，2014.

公司指定西班人弗朗西斯：Volkswagen AG, "Dr. rer. pol. h. c. Francisco Javier Garcia Sanz Member of the Board of Management of Volkswagen AG, with responsibility for 'Procurement' " (curriculum vitae), Dec. 2015, http：//www. volkswagenag. com/content/vwcorp/content/en/the _ group/senior _ management/garcia _ sanz. html.

施密特……告诉下议院：British House of Commons, Transport Select Committee, "Oral evidence: Volkswagen Group emissions violations, HC 495," Jan. 25, 2016, http：//data. parliament. uk/writtenevidence/committeeevidence. svc/evidencedocument/transport-committee/volkswagen-group-emissions-violations/oral/27791. html.

布雷耶……过去曾是一名有抱负的演员：Kate Galbraith, "Volkswagen Case Gives Judge, Onetime Aspiring Actor, Role of a Lifetime," *New York Times*, April 19, 2016, http：//www. nytimes. com/2016/04/20/business/volkswagen-california-judge-charles-breyer. html.

"这显然不是什么扑朔迷离的"：Reporter's Transcript of Case Management Conference, In re: Volkswagen "Clean Diesel" Marketing, Sales Practices, and Products Liability Litigation, U. S. District Court, Northern District of California, Jan. 21, 2016, p. 30.

放置着一把仿制：Jack Ewing and Hiroko Tabuchi, "Behind Volkswagen Settlement, Speed and Compromise," *New York Times*, July 15, 2016, http：//www. nytimes. com/2016/07/16/business/international/behind-volkswagen-settlement-speed-and-compromise. html.

"所有人都知道"：Interview with Robert Giuffra, June 27, 2016.

"这对我们而言非常重要"：Interview with Mary Nichols, Oct. 10, 2016.

4 月 21 日是法官定下的：Transcript of proceedings, In re: Volkswagen

"Clean Diesel" Marketing, Sales Practices, and Products Liability Litigation, U. S. District Court, Northern District of California, April 21, 2016, p. 8.

布雷耶回应道："那就很完美"：Ibid., 8 - 9.

大众同意支付 27 亿美元："Frequently Asked Questions for Beneficiaries to the Volkswagen Mitigation Trust Agreement," EPA news release, July 2016, https：//www. epa. gov/sites/production/files/2016-07/documents/faqvwmitigationtrusdtbeneficariesfirstedition0716. pdf.

2013 年 6 月，赫尔特被正式定罪："Porsche ex-finance chief fined for credit fraud," Deutsche Welle, June 4, 2013. http：//www. dw. com/en/porsche-ex-finance-chief-fined-for-credit-fraud/a-16857544?

他的一个下属也被判："Geldstrafe für Ex-Porsche-Finanzchef," Frankfurter Allgemeine Zeitung website, June 4, 2014. http：//www. faz. net/aktuell/wirtschaft/kreditbetrug-geldstrafe-fuer-ex-porsche-finanzchef-12208349. html.

枫叶银行的高管们说：In a coda to the case, Maple Bank was in February 2016 closed by German banking regulators amid an investigation into possible tax evasion and money laundering. The questionable transactions were not related to Porsche. See "BaFin Orders Moratorium on Maple Bank GmbH," Federal Financial Supervisory Authority (BaFin) news release, Feb. 8, 2016, http：//www. bafin. de/SharedDocs/Veroeffentlichungen/EN/Meldung/2015/meldung _ 160207 _ maple _ en. html.

判决当日，法庭里挤满了：The author attended the hearing on March 18 , 2016.

家族第一代建功立业：Stephan Aust, interview with Ferdinand Piëch, Vox television, broadcast July 17, 2012, https：//www. youtube. com/watch? v = O3Tw779LfHM.

2016 年年初，公司聘请：Volkswagen AG, "Christine Hohmann-Dennhardt"（curriculum vitae）, http：//www. volkswagenag. com/content/vwcorp/content/en/the _ group/senior _ management/Hohmann-Dennhardt. html.

"他们居然因管理失败"：Jack Ewing, "VW Shareholders Vent：'They Have Been Rewarded for Failure,'" *New York Times*, June 22, 2016, http：//www. nytimes. com/2016/06/23/business/international/volkswagen-shareholder-meeting. html.

"根据我们如今掌握的信息"："Matthias Müller：We have Launched the Biggest Change Process in Volkswagen's History"（Volkswagen news release）, June 22, 2016, http：//www. volkswagenag. com/content/vwcorp/info _ center/en/news/2016/06/HV _ 2016. html.

事实上，该机构曾要求：Ewing, "VW Shareholders Vent."

"为什么他们能得到这么多"：Interview with Jürgen Franz, Aug. 5, 2016.

欧洲车主试图另辟蹊径：Jack Ewing, "In the U. S. , VW Owners Get Cash. In Europe, They Get Plastic Tubes," *New York Times*, Aug. 15, 2016, http：//www. nytimes. com/2016/08/16/business/international/vw-volkswagen-europe-us-lawsuit-settlement. html.

巴西当局要求大众支付：Ionut Ungureanu, "Volkswagen Fined $ 13. 2 Million by Brazil's Environmental Agency over Amarok Emissions," *autoevolution*, Nov. 15, 2015, http：//www. autoevolution. com/news/volkswagen-fined-18-million-by-brazils-environmental-agency-over-amarok-emissions-101967. html.

韩国还下令召回：Choe Sang-Hunaug, "South Korea Bans Volkswagen from Selling 80 Models in Country," *New York Times*, Aug. 2, 2016, http：//www. nytimes. com/2016/08/03/business/international/south-korea-volkswagen-emissions. html.

加拿大的大众车主抱怨：Christopher Adams，"Motorists Decry Canada's 'Powerless' Response to Volkswagen Scandal as US Nears Settlement," *National Observer*，Aug. 19，2016，http：//www. nationalobserver. com/2016/08/19/news/motorists-decry-canadas-powerless-response-volkswagen-scandal-us-nears-settlement.

纽约州……提交的诉状称：State of New York v. Volkswagen AG et al.，Maryland Department of the Environment v. Volkswagen AG et al.，Commonwealth of Massachusetts v. Volkswagen AG et al.

指控温特科恩和大众文件中提到的：Ibid.，24.

"企业文化鼓励欺骗行为"：Ibid.，68.

六十二岁的工程师詹姆斯•梁：United States v. James Robert Liang，grand jury indictment，U. S. District Court，Eastern District of Michigan，Southern Division，June 1，2016.

根据认罪协议：James Robert Liang，plea agreement，U. S. District Court，Eastern District of Michigan，Southern Division，August 31，2016.

三年前，美国联邦调查局特工：Jack Ewing，"Hedge Fund Manager Found and Jailed in Fraud," *New York Times*，March 10，2013，http：// www. nytimes. com/2013/03/11/business/global/hedge-fund-manager-found-and-jailed-in-fraud. html？_r＝0.

"违法行为和犯罪事实"：Interview with Vermont Attorney General William Sorrell，Sept. 14，2016.

第二十一章 惩 罚

"我们现中断本次节目"：Neo Magazin Royale mit Jan Böhmermann，

"Offizielle Drohung der Vereinigten Staaten von Amerika an das Autoland Deutschland," ZDFneo, https：//www. youtube. com/watch? v = oMkLrHPYmWw.

美国的人均能源消耗高出：World Bank,"Energy use（kg of oil equivalent per capita）," http：//data. worldbank. org/indicator/EG. USE. PCAP. KG. OE.

通用汽车同意支付：U. S. Department of Justice, U. S. Attorney Southern District of New York,"General Motors Company—Deferred Prosecution Agreement," Sept. 17, 2015.

结果造成124人死亡：Danielle Ivory and Bill Vlasic," $ 900 Million Penalty for G. M. 's Deadly Defect Leaves Many Cold," *New York Times*, Sept. 17, 2015, http：//www. nytimes. com/2015/09/18/business/gm-to-pay-us-900-million-over-ignition-switch-flaw. html? _ r = 0.

赔偿金总额达60亿美元：General Motors Co. , U. S Securities and Exchange Commission Form 10-K, 2015, p. 20.

德国政府的一项研究表示：Bundesministerium für Verkehr und digitale Infrastruktur," Bericht der Untersuchungskommission 'Volkswagen,'" April 2016, pp. 90 - 91.

美国政府研究了：British Department of Transport,"Vehicle Emissions Testing Programme," April 2016, p. 22.

2016年9月，……发表了一项研究：Lifang Hou, Kai Zhang, Moira A. Luthin, and Andrea A. Baccarelli,"Public Health Impact and Economic Costs of Volkswagen's Lack of Compliance with the United States' Emission Standards," *International Journal of Environmental Research and Public Health 13*, no. 9（2016）：891.

在美销售的2010年款捷达柴油车：E-mail from Stanley Young,

CARB, Oct. 17, 2106.

约 60 人会因大众汽车而：Jennifer Chu, "Study: Volkswagen's Emissions Cheat to Cause 60 Premature Deaths in U. S. ," MIT news office, Oct. 28, 2015, http://news. mit. edu/2015/volkswagen-emissions-cheat-cause-60-premature-deaths-1029.

仅下降 40%：John German, International Council on Clean Transportation, "Volkswagen's defeat device scandal," presentation to University of Michigan Conference, "Transportation Economics, Energy and the Environment," Oct. 30, 2015, p. 12.

二十八个欧盟成员国污染标准：Rachel Muncrief, John German, and Joe Schultz, "Defeat Devices under the U. S. and EU Passenger Vehicle Emissions Testing Regulations," International Council on Clean Transportation, March 2016, pp. 4 – 5.

低于 20 摄氏度时：Bericht der Untersuchungskommission "Volkswagen," 90.

"但缺乏指导"：Interview with John German, Sept. 2, 2016.

"无论过去犯了什么错"：Written Testimony of General Motors Chief Executive Officer Mary Barra before the House Committee on Energy and Commerce Subcommittee on Oversight and Investigations, "The GM Ignition Switch Recall: Why Did It Take So Long?," April 1, 2014, http://media. gm. com/media/us/en/gm/news. detail. html/content/Pages/news/us/en/2014/mar/0331-barra-written-testimony. html.

"迅速而有效的内部调查"：U. S. Department of Justice, "General Motors Company—Deferred Prosecution Agreement," 4.

"所以，当他们发觉自己受到欺骗"：Interview with Mary Nichols, Oct. 10, 2016.

公司内部合规人员：Graham Dietz and Nicole Gillespie，"Rebuilding Trust：How Siemens Atoned for Its Sins，" *Guardian*，March 26，2012，https：//www. theguardian. com/sustainable-business/recovering-business-trust-siemens.

"西门子的配合"：U. S. Department of Justice，"Transcript of Press Conference Announcing Siemens AG and Three Subsidiaries Plead Guilty to Foreign Corrupt Practices Act Violations，" Dec. 15，2008，https：//www. justice. gov/archive/opa/pr/2008/December/08-opa-1112. html.

"大众共有 60 万员工，他们勤勤恳恳"：Interview with Klaus Mohrs，April 27，2016.

第二十二章　更快、更高、更远

洛杉矶检察官调查发现：Testimony to the U. S. Senate Committee on Banking Housing and Urban Affairs by Michael N. Feuer，Los Angeles city attorney，Sept. 20，2016，http：//www. banking. senate. gov/public/_cache/files/e5c17a33-d8b0-4e07-8913-a7aaa1ea334c/506BE968E3DBC0673D2DB0B731F45E61. 092016-feuer-testimony. pdf.

富国银行首席执行官约翰·斯顿夫：Testimony of John Stumpf，chairman and chief executive officer of Wells Fargo & Co.，before the U. S. Senate Committee on Banking，Housing，and Urban Affairs，Sept. 20，2016，http：//www. banking. senate. gov/public/_cache/files/18312ce0-5590-4677-b1ab-981b03d1cbbb/3B18AA6E3A96E50C446E2F601B854CF1. 092016-stumpf-testimony. pdf.

斯顿夫辞职后，获得了：Lucinda Shen，"Here's How Much Wells Fargo CEO John Stumpf Is Getting to Leave the Bank，" *Fortune*，Oct. 13，

2016，http：//fortune. com/2016/10/13/wells-fargo-ceo-john-stumpfs-career-ends-with-133-million-payday/.

终 章

"我们被耍了"：In re：Volkswagen "Clean Diesel" Marketing，Sales Practices，and Products Liability Litigation，transcript of proceedings，Oct. 18，2016，p. 34.

"违反了环保规定的汽车"：Ibid.，105.

协议适用于 8 万辆奥迪、保时捷和大众汽车：Keith Laing ，"VW agrees to spend ＄1B fix or buy back 3-liter diesels，" *Detroit News*，Dec. 20，2016，http：//www. detroitnews. com/story/business/autos/foreign/vw-emissions-scandal/2016/12/20/vw-deal/95664236/.

与加拿大的 10.5 万名车主达成和解：Greg Keenan，"Volkswagen Canada strikes ＄2. 1-billion deal with drivers in emissions scandal，" *Globe and Mail*，Dec. 19，2016，http：//www. theglobeandmail. com/report-on-business/vw-canada-settles-with-drivers-over-diesel-emissions-scandal/article 33361734/.

德国博世公司被告上美国法庭：Robert Bosch GmbH press release，"Bosch reaches settlement agreement for diesel vehicles in the U. S." http：//www. bosch-presse. de/pressportal/de/en/bosch-reaches-settlement-agreement-for-diesel-vehicles-in-the-u-s-87936. html，February 1，2017.

"我们任命公司内的人坐上"：Dietmar Hawranek and Armin Mahler，"We Will Do Everything to Bring VW Back"（interview with Wolfgang Porsche and Hans Michel Piëch），*Spiegel Online*，Oct. 26，2016，http：// www. spiegel. de/international/germany/vw-and-dieselgate-wolfgang-porsche-

and-hans-michel-piech-a-1117984. html.

采访结束几周后：Jack Ewing, "Volkswagen Emissions Scandal Inquiry Widens to Top Levels," *New York Times*, Nov. 6, 2016, http：//www. nytimes. com/2016/11/07/business/inquiry-in-emissions-scandal-widens-to-volkswagens-top-levels. html.

"正渐行渐远"：Volkswagen AG press release, "Dr. Christine Hohmann-Dennhardt to leave the Volkswagen Group Board of Management by mutual agreement—Hiltrud Werner appointed as successor," January 26, 2017.

令人难以置信的是，2016 年：Jack Ewing, "New Type of Emissions Cheating Software May Lurk in Audis," *New York Times*, Nov. 12, 2016, http：//www. nytimes. com/2016/11/13/business/volkswagen-audi-new-emissions-cheating. html.

特工们……逮捕了高管奥利弗·施密特：Jack Ewing, Adam Goldman and Hiroko Tabuchi, "Volkswagen Executive's Trip to U. S. Allowed F. B. I. to Pounce," New York Times, January 9, 2017.

显而易见，施密特觉得：United States of America vs. Oliver Schmidt, Defendant Oliver Schmidt's Motion for Revocation of the Magistrate Judge's Detention Order, United States District Court Eastern District of Michigan, February 24, 2017, 1.

法官命令施密特：Keith Laing, "Judge denies bail request from VW exec," *Detroit News*, January 12, 2017.

律师请求让他保释：United States of America vs. Oliver Schmidt, Defendant Oliver Schmidt's Motion for Revocation of the Magistrate Judge's Detention Order, United States District Court Eastern District of Michigan, February 24, 2017, 6 - 9.

"有时，在公司内部法律意见"：Ibid.，8.

驳回了施密特的保释请求：Melissa Burden，"Ex- VW exec accused in emissions scandal denied release," *The Detroit News*，March 16，2017，http：//www. detroitnews. com/story/business/autos/foreign/2017/03/16/volkswagen-executive/99248826/.

"事实陈述"：Volkswagen Plea Agreement，pages 2-1－2-30.

密歇根州检察官：United States v. Richard Dorenkamp，Heinz-Jakob Neusser，Jens Hadler，Bernd Gottweis，Oliver Schmidt，and Jürgen Peter，Second Superseding Indictment，January 11，2017.

依旧坚称……是清白的：Alison Smale and Jack Ewing，"Ex-Chief of V. W.，Testifying in Germany，Stands His Ground on Emissions Deception," *New York Times*，January 19，2017.

布伦瑞克的州检察官：Staatsanwaltschaft Braunschweig press release，"Zahl der Beschuldigten steigt," January 27，2018，http：//www. staatsanwaltschaften. niedersachsen. de/startseite/staatsanwaltschaften/braunschweig/presseinformationen/zahl-der-beschuldigten-steigt-150570. html.

据德国媒体报道：M. Manske and W. Haentjes，"WEGEN BETRUGSVERDACHT Razzia in Winterkorn-Villa!" Bild Zeitung，January 27，2017.

《明镜周刊》报道，2016 年 12 月：Dieter Hawranek，"Piëch beschuldigt VW-Aufsichtsräte," *Der Spiegel*，February 8，2017，http：//www. spiegel. de/wirtschaft/unternehmen/volkswagen-ferdinand-piech-beschuldigt-aufsichtsraete-im-dieselskandal-a-1133747. html.

温特科恩向皮耶希保证："Piëch belastet Winterkorn vor Staatsanwaltschaft," *Der Spiegel*，February 3，2017，http：//www. spiegel. de/wirtschaft/unternehmen/volkswagen-ferdinand-piech-belastet-martin-winterko rn-vor-staatsanwaltschaft-a-1133024. html.

它"强烈反对"皮耶希的说法：Statement by the Supervisory Board of Volkswagen AG，February 8，2017.

温特科恩将保持沉默：Felix Dörr，Statement zur Vorabmeldung des Spiegel vom 3. Februar 2017.

也许理由很简单，就像：Georg Meck，"Piëchs Rache，" *Frankfurter Allgemeine Zeitung*，February 12，2017，http：//www. faz. net/aktuell/ wirtschaft/vw-abgasskandal/diesel-skandal-bei-vw-piechs-rache-14873334. html.

皮耶希试图出售自己握有的：Porsche Automobil Holding SE press release，"Mögliche Veränderung der Aktionärsstruktur，" March 17，2017.

"发布会上在座的任何人"：Matthias Müller，statement made during news conference in Wolfsburg，March 14，2017.

搜查了众达律师事务所的办公室：*Handelsblatt* was the first to report that the searches included Jones Day, and Volkswagen later confirmed it, while protesting vehemently. Jan Keuchel，Martin Murphy，Volker Votsmeier，"Staatsanwälte durchsuchen US- Kanzlei Jones Day，" *Handelsblatt*，March 16，2017；Volkswagen press release，"Statement by Volkswagen AG，" March 16，2017.

合伙人安斯加尔·伦普：E- mail from Ansgar Rempp，March 16，2017.

搜查穆勒和施泰德的办公室：Amtsgericht München，Beschluss，March 7，2017（authorizing searches of Audi AG premises）.

"哪些级别的高管知道"：Ibid.，8.

后 记

搜查了汽车制造商办公室：European Commission news release,

"Antitrust: Commission confirms inspections in the car sector in Germany," October 23, 2017.

《明镜周刊》报道称: Frank Dohmen and Dietmar Hawranek, "Absprachen zu Technik, Kosten, Zulieferern: Das geheime Kartell der deutschen Autobauer," *Der Spiegel*, July 21, 2017.

汽车制造商和供应商提供了: Commerzbank research note, "German auto industry: are glory days over?" August 9, 2017.

"所谓的柴油车危机": Bundesministerium der Finanzen, Monatsbericht des BMF, August 2017, 49.

在 2010 年造访萨克拉门托时: Testimony of Mary Nichols, March 6, 2017, before the *Untersuchungskommission Volkswagen*, as described in the investigative committee's final report, 355‑66. Translated from German to English by the author.

"我从来没有见过": Ibid., 356.

"那真的是……好策略吗": Ibid., 356.

她……告诉《明镜周刊》说: "Spiegel Gespräch: 'Ich bin empört,'" *Der Spiegel*, Issue/36/2017.

2017 年 10 月，伦敦宣布: Mayor of London news release, "Mayor's new £ 10 'T-Charge' starts today in central London," October 23, 2017.

伦敦市长: Mayor of London website, "London's toxic air is a health crisis," https://www. london. gov. uk/sites/default/files/shorthand/clean _ air/.

被判入狱 40 个月: U. S. Department of Justice news release, "Volkswagen Engineer Sentenced for His Role in Conspiracy to Cheat U. S. Emissions Tests," August 25, 2017, https://www. justice. gov/usao-edmi/pr/volkswagen-engineer-sentenced-his-role-conspiracy-cheat-us-emissions-tests.

"规模巨大，令人震惊"的诈骗案：Bill Vlasic, "Volkswagen Engineer Gets Prison in Diesel Cheating Case," *The New York Times*, August 25, 2017.

施密特承认……提供了虚假信息：*United States of America vs. Oliver Schmidt*, plea agreement, U. S. District Court Eastern District of Michigan, August 4, 2017.

帕米奥告诉慕尼黑检察官：Interview with Walter Lechner, August 21, 2017.

"循环外功能"需要：Volkswagen internal memo, "Status report, 2. 0l TDI," May 4, 2007.

优化"循环内"的排放：Volkswagen internal PowerPoint presentation, "Status 2. 0l Common Rail (CR) US, '07/Exhaust gas emissions," November 7, 2007.

不会报告这些措施：Ibid.

不要转发给其他人：Email from Andreas Specht to numerous Volkswagen employees, November 7, 2007.

不能为……这一推断提供证据：Email from Volkswagen Communications Department to the author, May 17, 2017.

"技术方面的情况得到了确认"：Email from Falko Rudolph to numerous Volkswagen employees, November 9, 2007.

欺诈造成的财务负担：Volkswagen AG, Interim Report 2017 January - September, 1.

柴油车个人提起的诉讼数量增至 4 600 起：Ibid. , 56.

在欧盟的市场份额下滑：European Automobile Manufacturers Association news release, "New Passenger Car Registrations European Union,"

November 16，2017.

投资 340 亿欧元：Volkswagen news release，"Volkswagen Group's planning round commits to investments for the future，" November 17，2017.

Jack Ewing
Faster，Higher，Farther：The Volkswagen Scandal
Copyright © 2017 by Jack Ewing
Published by arrangement with Marly Rusoff & Associates，Inc.，
through The Grayhawk Agency Ltd.

图字：09 - 2018 - 1090 号

图书在版编目(CIP)数据

"排放门"：大众汽车丑闻／（美）杰克·尤因
(Jack Ewing)著；吴奕俊,鲍京秀译. — 上海：上海
译文出版社,2020.6
(译文纪实)
书名原文：Faster，Higher，Farther：The
Volkswagen Scandal
ISBN 978 - 7 - 5327 - 8370 - 0

Ⅰ. ①排… Ⅱ. ①杰… ②吴… ③鲍… Ⅲ. ①纪实文
学—美国—现代 Ⅳ. ①I712.55

中国版本图书馆 CIP 数据核字(2020)第 066957 号

"排放门"：大众汽车丑闻

[美] 杰克·尤因/著　吴奕俊　鲍京秀/译
责任编辑/常剑心　装帧设计/邵旻工作室

上海译文出版社有限公司出版、发行
网址：www.yiwen.com.cn
200001　上海福建中路 193 号
上海景条印刷有限公司印刷

开本 890×1240　1/32　印张 10.5　插页 6　字数 258,000
2020 年 7 月第 1 版　2020 年 7 月第 1 次印刷
印数：00,001—10,000 册

ISBN 978 - 7 - 5327 - 8370 - 0/I・5133
定价：55.00 元